U0618686

太阳深处的火焰

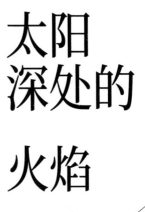

红柯——著

北京出版集团公司
北京十月文艺出版社

1

　　失败的初恋总能给人留下深刻的记忆，吴丽梅留给徐济云终生难忘的记忆就是她的手。那是 1980 年秋天大二最后一个学期的早晨，吴丽梅熬了好几夜，在晨光中完成了她最得意的论文《张载与玉素甫·哈斯·哈吉甫之比较》，下楼时与徐济云相遇。凌晨 6 点半，教学楼空荡荡，吴丽梅看到徐济云就一阵狂奔，楼梯台阶被这小女子的皮鞋敲成了锣鼓；徐济云加快步伐，还是赶不上吴丽梅居高临下的速度，狂奔的吴丽梅都要飞起来了，有道是万物生而有翼，相距四五米好几个台阶呢，吴丽梅凌空而起扑向徐济云，差点扑进徐济云的怀里。实际情形是徐济云准确无误地抓住吴丽梅的手轻轻一拖，一旋，化险为夷，成了美妙的舞蹈动作。

吴丽梅轻轻落地，两人手抓着手，叽里呱啦说了一大堆话，中心话题就是刚刚画上句号的了不起的论文，话题突然中断，他们才发现彼此的手抓得那么紧，吴丽梅满脸喜悦，倒是徐济云大吃一惊，本能地抽一下手，不但没抽出来，反而被吴丽梅死死地抓住了。这个来自塔里木盆地罗布荒原的牧羊女跟牵一头绵羊一样牵着徐济云顺楼梯而下。徐济云放松了。美妙的感觉就是从这种放松的状态中开始的。五层楼的楼梯七拐八拐，两人一路无话，滚烫的手在交流。

那个年代，交往一年半载的恋人们即使在公园在河边在树林在黑暗中也很少牵手。徐济云跟吴丽梅相恋一年了，这是他们第一次握手，握得那么紧，很快就分不清彼此了，成了同一只手。好多年以后徐济云还那么清晰地记得电流穿身而过的感觉，接着是火焰，从血液里喷涌而出的热浪在熊熊燃烧，燃烧到极致竟然感觉到一股可怕的冰凉，正是这种冰凉，让他看到了吴丽梅身上散发出的光芒。刚开始他以为是晨光。晨光只能投射到楼梯的正面，拐角一片灰暗，他们走到灰暗的拐角处，吴丽梅身上的光芒就格外显眼，比晨光还要亮。这种生命之光很快就从吴丽梅冰凉的小手转化成柔软细腻的羽毛，在徐济云的手心滑动。这种妙不可言的滑动一直延伸到大楼门口，瀑布般的晨光扑面而来，吴丽梅羽毛般的小手哗啦一下成了翅膀，吴丽梅鸟儿一样逐级而下，到了广场，跟鹿一样连蹦带跳，回头朝徐济云招招手，掉头继续蹦跳。徐济云手心羽毛般的小手滑动的感觉还没有消失，已经跑远的吴丽梅回头一招手，再回眸一笑，就让那美妙的小手永远定格在徐济云的记忆里了。

晚上约会，老时间老地方，晚自习后 9 点 35 分图书馆东侧密林中。不等握手吴丽梅就主动给徐济云一个吻，亲吻拥抱这些热烈的场面多少年后全都模糊不清了，徐济云还是忘不了吴丽梅的手。他清楚地记得他们拥抱亲吻最热烈的时候，吴丽梅的手就摸他的脑袋，揪他的头发，然后手指跟梳子一样反复不停地抚摩他的头。那个年代小伙子们时髦的偏分头被吴丽梅的手梳成了大背头，然后就摸他的脸、鼻子、眼睛、嘴巴、下巴包括耳朵，仔仔细细地摸，已经有点儿清洁工擦地板擦门窗打扫卫生的迹象了。女人的感觉太可怕了，徐济云心里刚产生清洁工擦地板擦门窗的念头，吴丽梅就掐住他的鼻子一板一眼地告诉他：“我妈就是罗布小镇的清洁工。”“那肯定是塔里木盆地最漂亮的小镇。”“没有比它更漂亮的小镇了。”“大街小巷都让你可爱的妈妈收拾得跟你们家一样窗明几净温暖如春。”“还真让你说对了，牧场几百户人家，属我们家最干净，领导第一次进我们家就惊呆了，比上海人家里还要干净漂亮。那个年代，天山南北十万上海支边青年，给新疆人留下最美好的印象就是会生活，黄泥小屋小窝棚收拾得跟宫殿似的，镇上要收两个清洁工，我妈是首选，一个扫把一把铁锨，一辆推车，天不亮出门繁星满天回家。塔里木盆地不但有沙暴，还有可怕的浮尘，跟蝗虫一样在天上飘好几天，遮天蔽日，一出门立马变成土人。我的清洁工妈妈在浮尘天气里还能把自己收拾得一尘不染，上海人都服她了。""你妈妈有魔法，尘土不能靠近她。""本姑娘就告诉你我可爱的妈妈对付浮尘的魔法，绝对不是你想象的不让浮尘靠近。新疆有人烟的地方都有几十米宽的防风林带，都是抗风能力强的沙枣树和榆树，庄稼地周围都有十几米宽的防风林带。飞沙走石穿过几十米宽的榆树林就威力大减，进入第二道防线沙枣林，沙枣树茂密高大，都有一头浓密的鬈发，密不透风，再强的风力也把石头带不进沙枣林，能混进去的也就是些沙土。大风过后，土还要在天空飘一个礼拜，正是上帝创世记的时间，正是盘古开天辟地女娲娘娘抟土造人的时间。这七天，别人可以不出门，我的清洁工妈妈天天出门上班，妈妈躲飞沙走石，不躲浮尘。妈妈最讨厌垃圾，烟头纸屑塑料袋瓜果皮，这些人为的垃圾她一个都不放过。领导反复提醒她要清理尘土，她置若罔闻，只收拾垃圾，不清理尘土。她甚至反击领导：大西北尘土飞扬不想在这里待就离开嘛！这么淡淡一句话，再也没人为难她了。她只清除垃圾，任何垃圾在小镇地面上不会超过半小时。没有垃圾的尘土很干净的。"

有一天，吴丽梅从图书馆找来一本地质学专著《黄土》，地质出版社1958年6月出版，潘德扬著，84页至88页专门讲述黄土的形成，就是那个清朝末年数次来中国考察的李希霍芬提出的黄土风成说。李希霍芬走遍中国大江南北，尤其是大西北，最早提出"丝绸之路"这个概念，也敏锐地发现中国西北的黄土源于大漠长风。旷野长风吹动下，群山戈壁大漠的岩石崩溃碎裂成沙石成尘土，反复积淀反复起落形成绿洲。中国古老的神话传说里，万物灵长的人也是女娲娘娘一个一个捏出来的，有道是盘古开天辟地，女娲抟土造人。科学神话都提到大漠瀚海的绿洲以及大片大片的高原平原都是飞翔的黄土积淀而成。山前都是生黄土，河的下游绿洲都是熟黄土，生黄土就是原生黄土，熟黄土就是次生黄土。原生黄土是风成的，次生黄土是水成的。飞沙走石化为土，随风满地石乱走，一川碎石大如斗，石头飘在风中，落地为土，就这么神奇。

那本《黄土》的封面就是黄土的颜色，朴素大方，字体黄中透红，整本书就像从大地取下的一片黄土。

也就是在这个时候，在下午4点钟的校园草坪上，在这本地质学专著的书页上，徐济云惊奇地发现相恋一年的恋人吴丽梅的手一片金黄，她的面部也是金黄色的，灿烂金黄的吴丽梅笑眯眯的，身上散发出一股新鲜的小麦的芳香，连那芳香也是金黄色的；

吴丽梅那笑盈盈的眼神在告诉徐济云："陕西的黄土，整个黄土高原都是从我们塔里木盆地吹来的，牛皮是可以吹的，火车是可以推的。"吴丽梅开口说话了："'一川碎石大如斗，随风满地石乱走。'不是浪漫主义，是纪实，是新闻体，比现实主义还真实，兰新铁路的百里风区，三十里风区，火车常常被大风吹翻，跟吹纸盒子一样，你就想想几万年前几十万年前大风掀起一座座黄土山脉，鲲鹏展翅九万里，扶摇直上，沿塔里木河潜行万里从巴颜喀拉山再次起飞，沿黄河呼啸而下，构建起中国北方的黄土高原黄土平原。庄子也不是浪漫主义，更不是奇思妙想，只是实录远古自然变迁的过程。你该相信塔里木是人类文明的摇篮了吧？"

1980年秋天，天山南北的兵团农工有很多人住在蓝田人山顶洞人式的地窝子里，偏远绿洲的人们好多还住着古老的窝棚黄泥小屋；干打垒土坯房相当不错了，城镇才有砖房。罗布荒原边缘小镇的吴丽梅家，凭着能干的父母，早早就住上了干打垒土坯房。

1978年秋天，离开塔里木盆地考上大学的吴丽梅坐汽车奔波一礼拜到乌鲁木齐，平生第一次坐上了火车，火车终于从电影从书本进入现实，一路山呼海啸进入口里，进入祖祖辈辈无限向往的陕西关中。吴丽梅很快就在渭北市郊外看到三千年前西周时期就有的单边溜土房子，不是人字梁，是直角三角形的黄土平房，用很少的木料做大梁，架上苇把扫帚树梢，抹上一层厚泥砌上瓦，直角背墙山墙全是黄土夯筑而成，屋内隔壁墙和门窗墙用土坯砌成墙根加几层砖。整个房屋的建造程序演电影一样在吴丽梅脑子里一一闪现，当吴丽梅描述这一幕幕场景时，关中西部山区小镇吃商品粮住砖房长大的徐济云惊讶得大张嘴巴，徐济云也只是在农村亲戚家见过盖单边溜土房子，具体细节早都忘了。吴丽梅就告诉这个陕西人：伟大的祖先周人就来自塔里木盆地，在肥沃的关中平原成功地改造了西域大漠的窝棚黄泥小屋干打垒土坯房，创造了黄土高原遮风挡雨的单边溜，还加了砖瓦，西域大漠的窝棚黄泥小屋干打垒土坯房是没有砖瓦的。关中平原水土好啊，降雨量是大漠的几十倍。三面朝外的背墙山墙还保留着西域大漠干打垒土墙原貌，全都是黄土夯筑而成，不同的是西域大漠的土墙加了芦苇和红柳条子，内地单边溜背墙不加麦草不加树梢，纯一色黄土，几根碗口粗的圆木扎上麻绳，从两侧轮番上升，中间加湿土，青壮劳力喊着号子提石锤猛砸；墙基一米多宽。越高越窄，一丈多高的土墙呈梯形，干透后坚硬如磐石。吴丽梅告诉徐济云：塔里木盆地的汉长城和烽火台就是这个样子，只是加了芦苇和红柳条子。河西走廊的长城也是黄土加芦苇加树梢，嘉峪关的城楼才有砖。关中西部周原农村的单边溜土墙就是西域长城的缩影。远远望去，村庄就是树木掩映下的一堆堆黄土。炊烟升起，鸡鸣狗叫，说明有人居住。从关中平原往西往北，到甘肃陇东，黄土厚达几百米，有道是八百里秦川不及董志塬一个边边，那里的农民几千年来都是在黄土台地挖几十米深的大坑，在坑的四壁凿出窑洞，再挖一个斜坡通达地面，就住在大坑的几十个窑洞里。

吴丽梅的手捂着徐济云的头，徐济云就好像蜷缩在窑洞里了。黄土绵软温暖，黄土在告诉他：本姑娘是大自然的结晶，有深厚的历史沉淀，比你们陕西十三朝历史更悠久，更深厚。吴丽梅快要把她那双神圣伟大的手跟女娲娘娘的手扯在一起了，徐济云很绅士地吻了一下吴丽梅的小手，吴丽梅马上就感应到了徐济云的心思，吴丽梅就步步紧逼："怎么？不相信本姑娘能抟土造人？"徐济云频频点头连连称是，这种言不由衷的恭维很快就成了泡影，吴丽梅正儿八经地告诉徐济云："我爸是我们那里最能干的泥瓦匠，我们那里最好的房子从窝棚黄泥小屋干打垒土坯房到场部和镇机关的砖瓦大房都是我爸盖的，我妈就不用说了，最简陋的窝棚黄泥小屋她都能收拾成宫殿。"

吴丽梅的手就成为神话，不管她跟徐济云亲热到何等程度，徐济云总是想到抟土造人的女娲娘娘，他们总是发乎情止乎礼，徐济云甚至拿三八线和马其诺防线形容这双神奇的手。从吴丽梅诡秘的笑容里也能看出被她神话的这双小手确实起到了防范作用。从大二最后一学期亲密接触到毕业前夕，所有的拥抱亲吻甚至让人难以自拔的深吻都无法与滚烫绵软的小手相比。

渭北大学南靠秦岭北依渭河，渭河涨水时泥浪滔滔。塔里木河清澈温暖，春季起风时沙土才把河水变成泥汤，泥沙沉淀，河水又清澈起来。吴丽梅一到关中就喜欢上了渭河。渭河从高原进入平原，挟沙带泥，沙石都在河滩，水下河泥细腻。有一天，吴丽梅在河边玩得兴起，挽起裤腿，下到水里好像回到罗布荒原回到塔里木河下游，吴丽梅变戏法似的捏出了牛羊马驼，还捏出一个菩萨。徐济云都看傻了，吴丽梅哈哈一笑："我是泥瓦匠的女儿，西域大漠的泥瓦匠，打土坯盖房子，也能做这些小玩意儿哄孩子们高兴，挣零花钱。"那个泥塑菩萨很像吴丽梅自己，吴丽梅一本正经地告诉徐济云："我妈就是这样子。"这些泥塑还没有晾干，吴丽梅就把它们抛到水里，很快化为泥浆，徐济云急得直跺脚，多么好的艺术品说毁就毁啦。吴丽梅刮他的鼻子："晾干就裂开了，泥巴里要加棉絮，要揉好几十遍，胶泥直接不能用，打土坯都要加碎草，你就不是个劳动人民，小资产阶级知识分子。"吴丽梅挖胶泥捏泥塑的过程他全看到了，他还看见吴丽梅捏了一个调皮的小男孩，捧手里笑眯眯看半天，随手又抛进河里。河堤陡险，徐济云拉吴丽梅时马上感觉到吴丽梅手指细滑如河泥。

渭北市地处陕甘交界处，抗战时铁路就修到这里，大量难民在这里落脚。1980年铁路沿线渭河滩上还有许多简陋的窝棚，渭河北岸黄土高原的深沟大壑里还有许多人住窑洞。吴丽梅总能感受到罗布荒原的气息。跟罗布荒原塔里木河孔雀河沿岸的窝棚地窝子土坯房不同，渭北市的窝棚地窝子窑洞土坯房就是个脏乱差，只能远眺不敢靠近。徐济云就笑："简陋的住宅能有多么干净？"吴丽梅就告诉他："本姑娘生在窝棚长在地窝子长在干打垒土坯房，现在我们家还住干打垒土坯房。"

他们俩还专门去了几家比较讲究的棚户区，夫妻都在附近工厂上班，屋子里收拾得干干净净，自行车收音机缝纫机都有，很温馨很幸福的一个小家庭，关上门就是天堂，门外污水垃圾如同地狱。吴丽梅与漂亮的女主人站在一起，徐济云马上就明白什么是美什么是漂亮。他们手牵手穿行在幽暗的小巷里，徐济云感受到了吴丽梅身上的金色光芒，就像举灯而行，就像举着火把夜奔。

第二天清晨，吴丽梅迎着初升的太阳出现在徐济云面前，徐济云有多么惊讶，吴丽梅在晨光里亮如火焰。

有一天，雨后的校园林荫道上，徐济云看见水洼里的几只蜗牛，徐济云就蹲在水洼边，手伸过去，一只蜗牛爬到徐济云的手上，湿漉漉凉飕飕的吻让人战栗。晚上他们幽会时吴丽梅一点儿也没有意识到她的小手滚烫到极点会变得冰凉，就是蜗牛那种湿漉漉的凉。她一点儿也没意识到她还是个小姑娘帮妈妈干活的时候她的小手就成了大地上的蜗牛。

那时他们家还在牧场最荒凉最偏僻的地方，住着窝棚，她就出生在窝棚里。罗布人传统的窝棚萨特玛太简陋，四根角柱用胡杨木，墙壁隔墙顶棚都用芦苇，容易造成火灾，吴丽梅的父亲进行加工改造，加进红柳条子和胶泥，泥瓦匠父亲指挥，男人们扎苇把子红柳条子，往地下打胡杨木桩，木桩中间插两层红柳笆子，中间填满泥巴。女人们从河里挖出胶泥，加上草屑，反复搓揉，塞进红柳笆子中间，顶棚盖上芦苇把子，抹上泥巴。整个窝棚远看就像个土堆或沙丘。窝棚也就两米多高，五六米七八米宽，最宽超不过十米，跟鸟儿巢穴差不多。

窝棚最怕失火，稍有不慎就化为废墟，必须控制好火。吴丽梅的父亲砌的炉子让人放心，很简单的土炉子，塞上柴火，火势凶猛如虎豹，就是无法挣脱小小的土炉子，火焰只能在炉膛里吼叫，土炉子散发出滚滚热浪，把小小的窝棚烘得温暖如春。窝棚外寒风怒号，冰天雪地。一家人围在炉边，谈天说地弹琴唱歌到后半夜安然入睡。柴火全堆在窝棚外边避风的地方，全都是红柳梭梭、干牛羊粪。入睡前，火炉里就不再添加火势凶猛的红柳梭梭，加上牛粪，再加厚厚一层羊粪，火焰也累了，跟主人们一起入眠。入眠后的炉火跟婴儿吮奶一样咂羊粪蛋。羊粪蛋坚硬似铁，又含有油脂，火焰死缠不放，费好大劲也嚼不烂手指蛋大的羊粪蛋；火焰的牙齿都要崩掉了，牙床都出血了，嘴巴和舌头都麻木了，羊粪垫着屁股，火焰就把厚墩墩的羊粪当马骑，跨着火焰驹奋勇向前，也只能一点儿一点儿渗进羊粪蛋；烧红的羊粪蛋就像兔子眼睛，又红又亮，火焰就这么睡着了。土炉子就像个牛皮灯笼。

夏天蚊子成灾，解手都很麻烦，烈日能把人晒晕，驱赶蚊虫要用艾草熏。这是女人干的活。母亲收集药性杂草，拧成草绳，放在窝棚的四角，杂草搭配很讲究，只冒烟不起火，起火容易引起火灾。母亲点燃的草绳呛蚊子不呛人，有烟草的味道，男人们在屋子里聊天，还真是一种享受，也熏不黑屋子。

吴丽梅早早上学了，没有学到妈妈这手绝活。姐姐学到了。吴丽梅只能在冬天大家睡觉的时候给炉子里添牛粪和羊粪蛋。吴丽梅过手的牛粪饼羊粪蛋一直燃烧到天亮。塞红柳块和干梭梭的活弟弟包了，儿子娃娃喜欢火焰凶猛如虎豹如烈马。

小学二年级的时候塔里木河最大的水库大西海子水库以下断流，塔里木河从1200公里缩减到800公里，牧场从河滩撤到大戈壁，再也没有芦苇和大片的红柳林了，牧场周围全是沙包砾石滩和稀稀拉拉的骆驼刺铃铛刺苦豆子胡杨。梭梭红柳全都孤零零散落在沙海里。戈壁风一泻千里，势不可当，人们只能住地窝子了。

地窝子劳动量大技术含量高，泥瓦匠父亲再显神技，挖大炕时父亲每个地窝子设计了同样的家具，土桌土凳，甚至有书架，橱柜。大炕上面盖树梢苇把子再抹上草泥。

塔里木的浮尘一飘就是一礼拜，地面都是半膝盖深的浮土，细如面粉，房子里都落满尘土。擦尘土最好的不是抹布是新鲜的湿牛粪，牛粪擦过的地方光滑闪亮，墙壁桌凳锅台就像砂纸打磨过的一样。家家户户的女人们都是三五天擦一次，也就擦桌凳锅台不擦地面。母亲每天都从桌凳锅台到墙壁，连地面都擦。母亲在上海知青那里见过图片上上海人的房子，地板跟水晶跟玻璃一样，母亲就要把自己家的地面擦成水晶擦成玻璃。跟搓衣板上搓衣服一样，反反复复地搓，墙壁桌凳锅台地面还真的擦亮了。土可以发亮。塔里木的黄土是原生黄土，有很好的质地。吴丽梅告诉徐济云这些童年往事时，吴丽梅一下子就想到了"玉出昆冈"这个古老的传说，昆仑山出玉也出黄土，玉不琢不亮，土不揉不肥。

"你见过和田玉吗？玉的光芒是潮润的。"

"你见过泥土的光芒吗？泥土的光芒也是潮润的。"

把地窝子打磨得跟和田玉一样晶光闪亮，上海知青们都惊呆了，他们看到的是古代楼兰尼雅精绝寺庙里佛光四射的观音菩萨，女知青们忍不住抓起母亲的手，贴在自己的脸上，小学生吴丽梅真真切切地听见她们内心的声音，她们在内心深处不停地念叨吉祥、吉祥、祥瑞之光。

吴丽梅成了妈妈的好帮手。每天清晨从野外捡一大筐新鲜的冒着热气的湿牛粪，红柳条编的大筐，泥瓦匠父亲在大筐底下安两个胡杨木轮子，能提能拉，晨光中哗啦啦一大筐热气腾腾的牛粪穿过旷野，停在地窝子外面，用盆子端进屋里，从墙壁开始擦到桌凳最后是地面，跪在地上跟圣徒朝拜一样双臂向前扑倒爬起再扑倒。天长日久，地面墙壁和桌凳跟打了釉子一样跟寺庙宫殿的琉璃瓦一样。

地窝子比窝棚宽敞明亮多了，地窝子有单独的窗户和烟道。窝棚的窗户和烟道是合在一起的，就是天花板上小小的天窗，既采光也排烟。地窝子大半在地下，窗户烟囱和顶棚在地上。兼顾了房屋与窑洞的优点，冬暖夏凉。

领导下基层，很想看看被大家传得神乎其神的吴丽梅家的地窝子。领导来他们家前半年，妈妈就有了好帮手。领导看到的是母亲的小女儿吴丽梅打扫的地窝子，场部领导、镇机关领导们都愣住了，都不由自主地后退几步，他们全都被地窝子里的亮光给镇住了，从墙壁从黄土桌凳黄土灶台黄土地面闪射出一道道金色的阳光，确实是阳光，此时此刻塔里木上空的太阳又大又亮，地窝子里的太阳却更加鲜活，就在眼前就在脚下，就在祖祖辈辈生活的大地上。女人那双巧手啊，触摸到哪里哪里就有生命，哪里就熠熠生辉。我们的小镇应该是这个样子。镇上仅有的两个清洁工指标就给了妈妈一个。

泥瓦匠父亲几年前就随工程队到镇上搞建筑，也就是那个年代最奢侈的砖房。母亲带着孩子们到了镇上，他们就告别了地窝子住上了干打垒土坯房，一米多宽的黄土墙，夹了芦苇、芨芨草和红柳条子，跟电影里的炮楼一样，土墙和房屋全在地面上，门窗又宽又大，烟囱好几米高。这应该是真正的房屋。桌凳全是胡杨木的，要用抹布擦。墙壁地面和锅台还得用牛粪。牛粪成了吴丽梅的专利。妈妈早出晚归，家务活留给孩子们，弟弟已经是小小男子汉，负责收拾柴火，就是拉着小爬犁去沙漠深处刨红柳根干梭梭。姐姐到县城上中学节假日回家。家务活吴丽梅包了。擦墙壁要站在凳子上，擦地面还是老样子扑倒爬起跪行向前。地面上的尘土多好几倍，牛粪饼就更多了。用上了铁炉子，黑乎乎的铁炉子就像一头大狗熊蹲在火墙下边，嘴巴伸进火墙，火墙连着烟道和烟囱，黑狗熊铁炉子撅着屁股，所有的柴火就烧这个大屁股。后半夜封炉子还用黑乎乎的牛粪饼。尘土和牛粪揉成的牛粪饼包含更多的热量。

"揉搓牛粪的结果，我的手就成了这个样子。"多少年后少女吴丽梅抚摩徐济云的时候还真的有点儿古代楼兰尼雅精绝寺庙壁画上的飞天菩萨气象。1980年秋天已经是大学二年级最后一个学期了，远在塔里木罗布荒原她的家乡小镇，人们还住着干打垒土坯房。吴丽梅的手一次次在恋人的脸上头上闪闪发亮时，吴丽梅不再为家乡的窝棚地窝子和干打垒土坯房感到遗憾了。

西域大漠从古就被称为瀚海，人类生活的绿洲就像漂散在辽阔海洋的岛屿，就像茫茫宇宙微弱渺小的星辰，长途跋涉的人们远远看见绿洲的影子就有一种走向天堂的喜悦。绿洲的标志就是树，榆树、沙枣树、胡杨树、白杨树，这些高大的树木总是以树尖哗哗翻动的叶片和叶片闪射的光芒给远方的人们带来无限的希望，绿洲上的房屋，无论是干打垒土坯房地窝子还是简陋的萨特玛窝棚，只要踏进屋宇，就等于进了天堂。房屋无论大小甚至包括帐篷毡房都称之为屋宇穹庐，都与天相连，都象征着天堂。我们可以想象从沙尘暴从火焰般的烈日下从严寒风暴冰天雪地挣扎出来的人们走进屋宇和穹庐的感觉。在西域瀚海，地狱与天堂就一墙之隔，近在咫尺。绿洲与绿洲之间都是几百公里的戈壁沙漠荒漠，遇上风暴一天走不了几里路，浮尘天气，太阳就成了雾夜中的月亮，一米外一片漆黑什么都看不见。人在绝境中就对曾经生活过的天堂产生极其强烈的向往，就容易产生幻想幻觉甚至幻影，把眼前看到的任何东西都能想象成美好的事物。许多在风暴和戈壁沙漠中窒息而死的人咽气的那一刻都面带微笑，死神也是以天使的面目出现的。那些赶着牲畜游荡在荒野草地十天半个月回不了家的牧人，即使在阳光灿烂鲜花盛开百鸟齐唱的时候，依然向往与亲朋好友相聚的天堂气氛。

这种幻想幻觉幻影几乎成了西域大漠千百年来人们生存的常态，甚至产生幻术。幻术早在张骞凿通西域的那个年代就传到了中原，引发出各种魔术。幻想幻觉产生的幻影最大的结果是想象，是人对自己对世界对宇宙天地无尽的想象。在沙尘暴暴风雪和浮尘天气之外，西域大漠更多的是晴天，晴空万里，空气透明得让人难以想象，这种无限透明不但让群山、沙丘、土堆、树木、花草、牲畜，天地的万物变得巨大无比，而且离人特别近，宇宙万物不但生而有翼而且伸手可触，而且让人真切地感觉到万物的背后隐藏着不可知晓的秘密。

吴丽梅还记得在塔里木河边窝棚里度过的童年。泥瓦匠父亲加工改造过的窝棚墙壁加了胶泥，可以抗击风暴。塔里木盆地的风暴一刮就是好几天不分昼夜。屋外飞沙走石，屋内顶棚沙土唰唰掉落，大白天都亮着马灯，更可怕的是大风堵住了烟道，无法生火做饭，只能靠水果干馕充饥，这时候歌舞就显得特别珍贵。人们总是挤在大窝棚，好几家并在一起，又唱又跳度过漫漫长夜。大风肆虐的日子，昼夜没有界限，白天如同黑夜，黑夜更加恐怖。窝棚里却热闹非凡，歌声如潮。各个民族的舞曲轮番演唱。不管演唱哪个民族的舞曲，总是以《罗布古歌》开始，这是一首带着哭声极其忧伤的歌曲："跑吧，快跑吧，离开罗布荒原吧。想起来时那个样，现在太阳落山了。火里的东西没带上，全都埋在那里了。跑吧，快跑吧，回到罗布荒原吧。亲人的面容不见了，湖上的鸟儿不见了。你的房子留下了，不要把我也留下。"

西域所有的歌曲总是在痛苦绝望中低吟呐喊，在喜悦狂欢中结束。人们总是在灵魂的恍惚狂喜状态和日常世俗生活之间自由转换，不同民族不同地域的人们相逢相交相知，他们彼此在对方身上寻找自己。最有意思的是从陕西关中传来的秦腔和秦腔中最抒情最委婉细腻的眉户腔，传到兰州西宁银川融入花儿，传到河西走廊传到敦煌又融入敦煌曲子，出玉门关在哈密又形成哈密曲子，一下子流传到整个西域。

吴丽梅的泥瓦匠父亲和清洁工妈妈都是唱曲子拉二胡的高手，他们家的窝棚就是个大剧场，暴风来临，大家总是往他们家挤，挤得满满的，男女老少热闹非凡。以《罗布古歌》开头，以维吾尔哈萨克蒙古歌舞渲染气氛，由秦腔眉户戏加工改造的哈密曲子就开始了。经典曲目肯定是文戏《杜十娘怒沉百宝箱》《火焰驹》《平贵别窑》《李太白醉草吓蛮书》《俞伯牙摔琴》；武戏《渭河水》《闻太师显魂》《黄河阵》《古城会》《草船借箭》《华容道》《断桥》《游龟山》。《火焰驹》中的李彦贵，《平贵别窑》中的薛平贵都曾沦落西凉番邦，容易引起生活在西域的土著汉人的共鸣，李白就出生在西域碎叶楚河托克马克，草原人甚至叫他耶律白，吉尔吉斯人认为李白既是汉族诗人也是吉尔吉斯的伟大诗人。《华容道》义放曹操的关公关老爷义薄云天，忠勇双全，在草原人眼里就是江格尔、玛纳斯的化身。《渭河水》《闻太师显魂》《黄河阵》里的姜子牙闻太师这些《封神榜》中的人物，与周朝有关，周穆王曾巡游昆仑会西王母，周人源自塔里木，祖先公刘率部众从敦煌西迁豳地，周人与西域关系密切。《断桥》《游龟山》《杜十娘怒沉百宝箱》这些爱情故事完全可以跟西域的《热比娅与赛丁》《艾里甫与赛来姆》《雷莉与马杰农》相媲美。

这些曲子戏已经不同于中原的村社文化了，古代中国，原始的村社文化上升为哲学，巫舞无论在民间还是在宫廷都成为纯观赏艺术。汉族曲子进入西域与各民族歌舞综合，成为独立的唤醒人生命潜力建构人性辉煌的更文明的感性观照艺术，跟西域所有的歌舞一样，汉族曲子也是在痛苦绝望中低吟呐喊，在喜悦狂欢中结束，总是让生命大放异彩。严酷的自然无法摧毁人性以及人性的光芒。

歌舞中的每一个人都燃烧如太阳。

歌曲中最感人的是张骞从西域大漠带入中原的胡乐"摩诃兜勒"，经李延年改编。"摩诃兜勒"使用的是胡乐曲法，这种曲法应胡笳之声，匈奴人用角状乐器或草叶卷成角状吹出的一种声调，有大胡笳十八拍和小胡笳十九拍，据说是老子入西戎所造，融入了西域、天竺音乐，由张骞带入中原，成为兴于汉，盛于唐的西域大曲。印度史诗《摩诃婆罗多》成书时许多中国人参与了。摩诃婆罗多意思是我们是兄弟，西域大曲摩诃兜勒同样隐喻着我们是兄弟。穿越瀚海13年的张骞对摩诃兜勒情有独钟。《史记》中记载："张骞为人强力，宽大信人，蛮夷爱之。"初到西域大漠语言不通，最佳的交流方式就是唱歌，张骞唱的是最原始的秦腔，悲壮苍凉慷慨豪迈血性，打动了劲敌匈奴人，打动了月氏人，打动了楼兰人、尼雅人、精绝人，蛮夷爱之，他们就成了兄弟，他们就唱起了摩诃兜勒。他们成了我们。

1978年秋天收到高考通知书的吴丽梅跟同学们欢聚在塔里木河下游的罗布荒原，同学们以篝火晚会庆祝小镇产生第一个大学生，男生点燃了一棵枯死千年的高大的胡杨树，大火冲天而起，就像射向太空的火箭，喷射出大团大团的火焰，罗布荒原的孩子们又唱又跳，唱遍了西域各个民族最好的歌曲。泥瓦匠父亲在家里招待亲朋好友，还是歌舞不断。热闹了大半个月。从若羌县坐班车去乌鲁木齐，旅客们互不相识，大家就以歌声消磨漫长的旅程，到了乌鲁木齐，上火车前，在饭馆吃饭，这些不相识的顾客们也是挨个唱歌，以歌声助兴，吃得高高兴兴。离开新疆后，这种美好的生活方式就没有了。

吴丽梅大一时就写了《老子学说的负面作用和影响》，大二写了《张载与玉素甫·哈斯·哈吉甫之比较》。文体干部吴丽梅排演的节目中总带有贝多芬的《欢乐颂》，吴丽梅总是逮住机会就给大家介绍维吾尔族古代诗人玉素甫·哈斯·哈吉甫的《福乐智慧》，直到北宋关中大儒张载进入她的视野，她就很容易把张载《西铭》中的"民胞物与"与玉素甫·哈斯·哈吉甫追求幸福的智慧与贝多芬《欢乐颂》中"人们团结成兄弟"连在一起。毕业前夕，吴丽梅重述老子，老子身上不再有阴气而是太阳的使者。1992 年，毕业 10 年后，吴丽梅成为国内最出色的西域研究专家，这一年吴丽梅发表了两篇有关老子的论文，一篇是有关老子与太阳墓地的；另一篇是有关老子与西域大曲《摩诃兜勒》的。人类生前是兄弟，死后葬于太阳墓地还是兄弟。论文这样结尾：西域文明的核心在楼兰，楼兰最初的意思是城市，塔里木不但是人类文明的摇篮，也是人类文明的曙光。

充满歌声容纳不同民族的窝棚远胜钢筋水泥的高楼大厦。

2008 年秋天，塔里木的黄金季节，胡杨灿烂如火焰，金色的沙枣挂满枝头，罗布白麻罗布红麻可以收割制茶织布了，红柳的芳香弥漫荒漠，吴丽梅被突然降临的沙尘暴刮走，半月后在一个长满红柳的沙包下边找到了尸体。

得知这个消息，徐济云马上举起手，仔细地看自己的手，还本能地摸一下自己的额头鼻子耳朵，感觉告诉他不是吴丽梅那双圆润饱满小巧的手；那双散发着黄土气息的温暖的观音菩萨一样的手早就不摸他了。报纸的标题是大漠红柳，图片上死亡的地点，那个房子那么大的沙包被茂密的红柳包裹着，红柳就像千手观音，就像一团火焰。据说冒出地面的红柳仅仅是冰山一角，在火红的枝条下边是长达几十倍几百倍的极为发达的根须。用大漠人的说法，不是红柳长在沙包上，而是红柳用它的根把沙子聚集在一起，那些伸出地面的枝条是为了从空气中吸取水分，供那些捕捉沙子的根须以营养，沙子越来越多，与沙子偎依在一起的红柳枝条就成了根，根在地下狂舞，枝条在地上在旷野长风中呼号在烈日中舞蹈，沙子也且歌且舞。吴丽梅用生命证实红柳就是摩诃兜勒就是追求幸福的智慧，消除一切分歧我们都是兄弟，天地万物都是兄弟；民胞物与包括动物植物，包括一切生命，万物生而有灵生而有翼。

1835 年初，塔里木盆地曾发生过一个维吾尔族版的梁山伯与祝英台式的爱情悲剧，这对殉情的恋人坟墓分别长出两棵巨大的红柳，枝杈相交，同时开花，一棵开红花另一棵开白花，维吾尔诗人纳扎里根据这个真实的故事写下了叙事诗《热比娅与赛丁》。

徐济云与大漠红柳吴丽梅毕业前一个月就分手了，他们爱得轰轰烈烈如歌如泣，但却不是悲剧；吴丽梅惨遭不幸，也不是悲剧。内情只有他们两个人清楚。吴丽梅跟他分手后很快就跟别人结婚生子，组成幸福美满的小家庭。徐济云跟王莉结婚，有一个美丽的女儿，也是一个美满幸福的小家庭。随着吴丽梅的去世，他和吴丽梅之间不为人知的秘密只有他最清楚了。他们之间确实不是悲剧。回想起来还有点儿滑稽可笑，人总是嘲笑别人，谁也不想嘲笑自己。徐济云还没有自我调侃自我嘲讽的能力和勇气。有一天晚上，他在梦中听见了遥远而渺茫的声音：大地不曾负我，小人负我！他一下就惊醒了。妻子王莉睡得很熟。他呆坐半天，不会惊醒妻子，他彻底醒过来了，那声音再次响起：大地不曾负我，小人负我！这声音显然来自西域大漠，来自西域亡灵之口，徐济云一下子陷入迷惑之中。

徐济云迷惑了很久，不想再迷惑了，徐济云就放松了。时间总会冲淡一切。人生的目的就是追求幸福，吴丽梅崇尚的《福乐智慧》讲的就是追求幸福的智慧。徐济云彻底放松了。

2

徐济云教授最近好事不断，拿到博导10年后的2011年5月初，春暖花开时节，又拿到了博士点学科带头人，被这巨大的喜悦撑大好几圈的嘴巴和眼睛还没来得及合拢，又得到一个特大喜讯，徐济云教授再次成为新闻热点。这个特大喜讯是要加引号的，有点儿不厚道，具体日子应该是2011年5月15日下午5点45分，徐济云教授在书房正翻阅罗振玉、王国维的《流沙坠简》，手机响了，是一条短信，外地的一位朋友告诉他，享誉海内外的著名学者、中国古典文论大师佟林教授5月15日下午5点40分因病去世，享年85岁。

可以肯定的是徐济云教授是少数几个最早知道佟林教授去世

消息的人，可以肯定的是徐济云教授看到这条短信时都傻了，两个细节足以证实，一是徐教授忘了关手机，主人惊呆，手机卧床不动；二是徐教授接手机时另一只手没放弃罗振玉、王国维的《流沙坠简》，手机带来这么大的刺激，罗振玉、王国维再伟大也只能跟他们的不朽巨著《流沙坠简》一起滚落在地，还好，是木地板，没招惹罗振玉、王国维。不是牛顿在捣鬼，不是万有引力，怎么扯上牛顿了。没办法，谁让我们生活在地球上呢？

"我看到了白云，54岁这个年龄看到白云是不是很可笑？那不是一般的云，高原的云太多了，也只有在这个时候我才发现天上飘的白云都是人的灵魂，人是有灵魂的，牛顿见鬼去吧，万有引力见鬼去吧，白云是自由的，灵魂也是自由的。"

徐济云教授慢慢地从呆滞状态进入激情状态，通俗一点儿就是从一根木头变成一团火。妻子王莉下班回家立刻发现气氛不对，直奔书房，徐教授已经成了一堆透亮酥软的灰烬，王莉毫不畏惧把这团灰烬揽入怀中，王莉拥抱的可不是燃烧的激情而是一个无助的孩子。王莉很快冷静下来，公公婆婆七老八十进入高龄危险期，丈夫的样子一看就像爹妈出事啦，关键时候女人总比男人坚强，王莉把怀中的丈夫推开20公分，得确认一下自己的判断是否有误。"出啥事了？"大教授哽哽咽咽说不出话，王莉就有点儿急，还没乱方寸，一手抱丈夫一手摸过丈夫的手机，拨拉几下就看到了那条让丈夫悲痛欲绝的短信。

"真是个书呆子，爷爷去世时你都没有这么难受。嫁给你就年年回老家给爷爷上坟，听你讲爷爷的陈年旧事，爷爷怕冷火炕又是加木柴又是加煤，席子被子都起火了，爷爷胡子烧掉了，你的小屁股烧伤了。爷爷火炕起火那次就是加了煤。爷爷连续三年在煤火烧烤的火炕过冬，那个年代西部山区从来没有过的享受。村里人把爷爷当活神仙，大白天爷爷蹲墙角晒暖暖，老人们把爷爷围在中间，爷爷跟火炉一样，大家都相信睡过煤炭火炕的人热量大，暖和，爷爷就这么美滋滋地在老伙伴们的赞美和羡慕中闭上眼睛，笑眯眯地上了路，村里人说爷爷有福气，死成了暖暖。他的孙子大教授说：'我爷爷死成了一颗太阳，太阳还会升起来。保佑你孙子吧爷爷，你孙子越来越有出息啦！'"

王莉长舒一口气，拍拍丈夫的后背，轻轻放平丈夫，重新拿起手机敲打出近百字的回复短信。已经接近正规的悼文了，仔细修改好几遍，然后读给丈夫听。丈夫频频点头，在点头的短暂时间里丈夫完成了从无助孩童到成人的跳跃式突变，岂止是成人，完全是一副官员架势，王莉成了贴身秘书，俯身汇报，领导点头，正确一点儿应该叫首肯。这是王莉所需要的，大男人大丈夫才符合大教授的身份嘛。王莉把短信发出去了，很快收到带有感谢意味的回信。在附中担任语文教师的王莉声情并茂地给丈夫读佟林教授女儿发来的回信，差不多也有一百字，这些内容后来被记者采访时原文转发，轰动一时，成为学界佳话，被反复引用。

当天晚上电视新闻报道了学术大师佟林教授病逝的消息，迅速传遍大江南北。徐济云教授夫妇在客厅看电视时，互相拍对方的手背，王莉用手语来表达对丈夫的无限钦佩。王莉还记得好多年前丈夫告诉她拿到正高以后还有更高的奋斗目标博导，博导之上还有博士点的学科带头人；学术地位不仅仅是利益，更重要的是荣誉和尊严。丈夫的手语简单明了铿锵有力，丈夫告诉妻子要忙起来啦。果然，《新闻联播》后不到一刻钟，手机座机就响爆了，跟过年放烟花爆竹一样，中心话题就是佟林教授。一连好几天，当地媒体，省城西安的媒体，全陕西的媒体，北上广深大江南北的媒体铺天盖地全都来了。我们可以想象徐济云在渭北大学的校园里有多么忙碌。平时不跟文科打交道的理工科的师生也凑上来跟徐济云教授套近乎，校长们院长们系主任们都被边缘化了。有学生竟然拿佟林教授的著作请徐济云教授签名，理所当然地搭上徐济云教授的著作。徐教授犹豫片刻，还是痛痛快快地签了。纸媒也好，电子媒体也好，文字已经不重要了，最抢眼的是图片。与佟林教授合影最多的是徐济云教授。更多的是抢拍偷拍的场景，也最为感人，显然是弟子们的杰作；学术研讨会上，书房里，课堂上，一人主讲，一人点评，互相酬唱，相得益彰。老实不客气地讲，佟林教授的家人都没有这么多机会与其合影。

徐济云教授理所当然地参加了佟林教授的葬礼和悼念活动。第二次坐飞机时扣上安全带那一瞬间飞机的机翼就跟他的双臂融为一体，飞机起飞等于他起飞。已经不能用飞翔的鸟儿来形容自己了，完全是庄子笔下展翅九万里的鲲鹏。他的成名作《庄子文艺思想新论》已经打下伏笔，时机一到就羽化成仙。佟林教授去世前，高空云海在他的意识里就是神仙们的居所，完全是古老的神话世界。佟林教授仙逝等于神仙世界的消失，等于神话的毁灭。云雾瞬间转化成亡人的灵魂。他在灵魂中穿行。

这段时间渭北大学官方网站首页公示徐济云教授博士点学术带头人的消息，公示同时出现在教育部网站上，接受同行与群众的监督，公示期一周。这一周徐济云教授成为各大媒体的新闻热点，学术成就学术影响借佟林教授之势烈火烹油般红透半边天。竞争对手们只能自认倒霉。渭北大学跟徐济云教授最近的竞争对手有好几个，其中一个情绪失控，从书架上抽出老子《道德经》，扬手扔出窗外，38层高楼，从32层中间的窗户飞身而出的《道德经》很快被高空气流撕成碎片天女散花白日焰火般飘飘而下。五六个熟人挤在一起叽叽喳喳，都是高级知识分子，就是胡说八道也免不了引经据典，其中一位提到了老子《道德经》中有名的"福兮祸所伏，祸兮福所倚"。徐济云教授的竞争对手颤抖起来啦，另一位对历史尤其是近现代史深有研究的家伙不失时机地把话题扯到李鸿章身上，当年大清王朝甲午惨败，李鸿章签订《马关条约》，刚踏上日本国土就被日本浪人开了一枪，全世界舆论哗然，日本只好让步，原来狮子大张口索要的战争赔款三亿两白银减为两亿两，日本首相伊藤博文对前来看望父亲的李鸿章的儿子李经方说：

"汝父之不幸，汝国之大幸也！"李中堂李大人就这样用他的血肉之躯为大清王朝挽回了一亿两白银，所谓福祸相依，中国古老的辩证法。当这种辩证法出现在 2011 年 5 月 18 日下午渭北大学家属区 38 层高楼里的这几个高级知识分子中间时，徐济云教授的这位竞争对手再也控制不住了，也就是说伟大的先哲老子创立的中国式辩证法失效了。什么狗屁辩证法！老子不辩证啦！老子伟大的著作《道德经》就从高楼跳下去了。有人趴窗户往下看，碎裂的《道德经》接近地面时还真有点儿像死者出殡时孝子们撒向天空的白纸花，纷纷扬扬，哀乐遍地。大家喝茶抽烟沉默然后纷纷告辞。电梯把大家一个一个分送出去。最后一位到了一楼，正好与进电梯的徐济云教授相遇，徐济云教授浑身吉祥喜气洋洋，这一位显然受到感染，脱口而出："祝贺！祝贺！"徐教授赶紧以同贺同贺谢谢谢谢应对。

女人心细，王莉下班回家就捡了一张散落地面的《道德经》，不是"福兮祸兮"那章，是"有无相生，难易相成，长短相形，高下相倾"。王莉马上想到丈夫的竞争对手，心里一乐，就哗啦哗啦把老子《道德经》的残页摇成扇子。进电梯，《老子》玄而又玄的道就玄向幽暗的深处。徐济云当年的初恋情人吴丽梅对《老子》情有独钟，毕业论文就写《老子出关西行的文化意义》。这个来自塔里木盆地的新疆姑娘，毕业后又回到新疆，再也没有跟徐济云联系过。徐济云去新疆讲学好多次也没有得到吴丽梅的消息。徐济云最远抵达南疆库尔勒，最确定的消息就是吴丽梅当年放弃留在乌鲁木齐和库尔勒的机会，甚至放弃留在阿克苏，去了沙漠深处塔里木农垦大学。真跟老子一样西行入流沙去了。吴丽梅与王莉既是同学又是情敌，随着王莉成功地嫁给徐济云，她们之间的爱恨情仇全都烟消云散。"可她并没有消失，她冥冥中在支持徐济云，用命运，用无限的期待。"徐济云把佟林教授对他的期待看成太阳深处的火焰，女人的爱更强烈，强烈而持久。电梯里的灯光在王莉想象中的那团激情火焰照射下显得黑沉沉的，跟在隧道里一样。出了电梯她长长出口气，打开房门时脸上阳光灿烂，她安慰丈夫："你要化悲痛为力量，看看这个，看看这个，你的对手比你更难受，他们把火发到老子身上啦！《道德经》撕成碎片满天飞，福祸所依，天道啊，爷爷去世是喜丧，佟教授也是喜丧呀。爷爷去世你说爷爷死成了太阳，太阳还会升起，佟教授也死成了太阳呀。你这颗太阳就升起来啦，他们恨的就是你这颗冉冉升起的学术明星。你在天空都翱翔几十年啦，天有三宝日月星，你已经从星星月亮转化成太阳啦。"王莉就这样把爷爷跟佟大师连在一起，徐济云茅塞顿开，又是点头又是拍王莉的手背，只要不把火引到那个遥远的吴丽梅身上，把世界所有的赞美词用到佟教授和爷爷身上都行。尤其是爷爷，王莉从来没有见过这么可敬的老人，完全凭想象把爷爷神话成光芒四射的太阳。神圣的太阳在外人眼里难免有些夸张玄虚之嫌，可在亲人眼里，他们的祖先就是永不衰落的太阳。丈夫以文人的情怀把永不衰落的太阳说成太阳深处的火焰。吴丽梅算不算太阳？她一直在喷射火焰。夫妻俩心照不宣。那颗太阳在遥远的塔里木盆地。王莉喜欢用遥远这个词。可谁都知道远和近前后相倾紧密相连。这个问题纠结在王莉心里，没完没了。每当王莉用她陪嫁过来的老式唱片机播放黑胶唱片莫扎特甜美柔和欢快的《小夜曲》时，另一种声音就在她心里响起，就是莫扎特的对立面贝多芬，就是第九交响曲的精华《欢乐颂》。大一入校不到半学期，吴丽梅就给大家推荐贝多芬和维吾尔族古典诗人玉素甫·哈斯·哈吉甫，从此大家就沉浸在《欢乐颂》与《福乐智慧》里，大家都知道人生最大的事情不是升官发财，是追求幸福。好多年后大家发现他们班同学幸福指数最高，大家就对吴丽梅充满感激之情。王莉一直用莫扎特淡化贝多芬，效果不大，王莉还在坚持。

　　徐济云教授顺利地通过博士点学科带头人公示，公示期间没有任何异议。渭北大学建校100多年，大师级的专家学者尤其是文科教授多多少少都会引起些争议，但学术地位无法撼动。改革开放30多年，教授多如牛毛，含金量大减，无论评职称拿项目争博导，抢学科带头人，公示期内告状信雪片般涌向主管部门，新媒体互联网时代，告状就更方便了，也不用雪片似的信函了，一道道电波原子弹冲击波一样波涛滚滚铺天盖地。可以想象教育部与渭北大学官网公示的前夕，多少投枪匕首核弹头瞄准了徐济云教授。徐济云教授自己接到几十个朋友的善意提醒，校园里怪异的目光就更多了，王莉在附中都能感觉到磨刀霍霍向牛羊的声音。在外边，夫妻俩还要强装欢颜，毕竟是大好事大喜事嘛，喜悦与恐惧交织一起真让人受不了。公示的当天下午就传来佟林教授的死讯，然后是持续数天的媒体轰炸，祸福互换，有关徐济云教授博士带头人的种种险恶用心阴谋诡计所炮制的投枪暗箭匕首核武器统统成为垃圾，晴空万里，多么蓝的天哪！徐济云教授好多年前看过的日本电影《追捕》里的台词都背出来了，整个人都快要融化到蓝天里了。

　　这是天道也是天意。更是徐济云教授真实的心声。当一切平息下去时，徐济云教授走进家里这样告诉妻子。妻子泡好了茶，极品大红袍，清香弥漫，品一口热茶，慢慢回味，再放一曲经典民乐《春江花月夜》，算是彻底放松下来了。

下边的事情就简单了。后来他一直在想他为什么会把以后的事情简单化，他告诉办公室先安排给博士生讲座，办公室问他硕士们也很积极怎么办，他就告诉人家，没必要那么大张旗鼓，教学秘书还是给他安排了全校最大的学术报告厅，坐五六百人没问题。教学秘书埋怨徐老师太低调，正常的学术报告都是提前一周发布消息，徐老师可好，中午发消息，当天晚上就开讲，行政会议也没这么紧。

王莉提前下班。王莉太了解丈夫了。丈夫正在做案头准备，整理思路。王莉必须提前准备好丈夫的行头。丈夫把上课看得比天还大，遇到大型讲座，还要洗澡，王莉就开玩笑又不是进教堂还要沐浴一番。后来王莉就习惯了，一个整洁有风度的男人，谁都喜欢。除非有课，遇到大型讲座王莉都会提前回家，当丈夫的好帮手，扎领带、擦皮鞋，端着镜子左右照照，跟演员上台一样。

我们可以想象学术报告厅的盛况，本科生都挤进来了，而且毫不客气地抢占博士生硕士生的座位。前三排坐满了青年教师，还有不少中老年教师和行政人员，外校的师生也来了不少，过道都挤满了。主持人就调侃明星演唱会也不过如此，大家哄笑，主持人话锋一转：说明我们渭北大学学术气氛有多么好！说明我们渭北市文化积淀有多么厚！渭北市是关中平原的起点，又是周秦故地，渭北地区一直以居高临下的眼光打量省城西安。西安有什么了不起？我们周人向东扩张建了丰镐，有丰镐才有古长安，秦人就更牛了，从雍出发，建都咸阳，扫平天下。渭北地区任何大型活动只要主持人说话的口气压倒省城西安，就能赢得暴雨般的掌声。气度不凡的徐教授就这样出场了，白衬衫花领带，银灰色长裤，棕色皮鞋，步伐稳健，走到讲台时会场静下来。徐教授的开场白很简单，只说了一句谢谢大家光临，我今天讲的话题是……声音平缓自如，娓娓道来。其实这个话题就是一个半月前他在教育部论证会上面对国内顶级专家评委做的十五分钟的学科研究陈述，可谓学术研究的精华。此时此刻，徐教授把给专家评委的十五分钟的学术陈述剥洋葱一样一片一片展示给大家，一个半小时意犹未尽，干净利落，剩下半小时听众提问。问答时间延续一个多小时，跟讲座时间持平。徐教授的答复也是干净利落绝不拖泥带水。内行都看出来徐教授是做了充分准备。多少学科带头人过了专家评委关，却在这种地方出尽洋相。

徐教授是轻易不上电视的，业内人士对明星教授嗤之以鼻。轻易不上不是一次也不上，偶尔也会露露面。徐教授当博导10年间，上过三次电视，都给观众耳目一新的感觉，旁边两位外校的教授都有点儿不自在：都是博导都是教授差别咋就这么大呢？家长会告诉孩子这就跟上医院看病一样，高级职称的大夫很多，真正的好大夫没几个，教授也一样。徐教授宅心仁厚，不轻易上电视就是不想伤害同行。在电视上炫技跟在教室里不一样。徐教授现在就不想伤害同行。学校把徐教授讲座的全过程都拍摄下来了，徐教授目光如炬，看到座位上有市电视台的人，徐教授就给学校打招呼，录制的影像不要外传，尤其是不要上省市电视台。徐教授把他的学术影响严格地控制在教育系统。

人家也不会拿佟林教授来抬他的杠，逝者为大，中国人把死者看得很高，给一个德高望重的大学者做一些宣传等于尽一个学者的义务和责任。徐教授就是在给佟林教授尽一分心意的时候成为社会热点人物。这么理解就对啦。

佟林教授是当年教育部颁布的第一批博导，终身教授，85岁高龄还招收研究生，去世的前一天还在书房指导学生。所谓桃李满天下，这个天下原在神州版图之内，像佟林教授这种大师级泰斗级学者，弟子高徒已遍及海内外。中国西部地区尤其是干旱荒凉的大西北，佟林教授的弟子们生态意义远远大于文化教育意义，桃李们个个呈现原始森林的气象。与佟林教授没有任何师生关系的徐济云教授竟然成了佟林教授在西部尤其是大西北的代理人和化身，原因何在？悼念期间亲朋好友弟子们都沉浸在哀痛中，悼念活动结束，从沉痛中清醒就会产生质疑。

徐济云教授在本校做完讲座的第二天，飞往遥远的乌鲁木齐，在新疆大学做了一场水平不亚于渭北大学的学术讲座，主要内容依然是那个不可更改的学术话题，行头依然是白衬衫花领带银灰色长裤棕色皮鞋。5月的乌鲁木齐还带有寒意，白衬衫上加了一件羊毛衫。高档白衬衫一下子就暗淡下去了。我们可以想象这件羊毛衫有多么神奇。

这是吴丽梅当年与徐济云分手时赠送的衣物。

毕业这些年，吴丽梅不但跟初恋男友徐济云断了联系，跟新疆本地的同学也很少来往。七八级的大学毕业生，又是内地名牌大学毕业，当时要留乌鲁木齐很容易，最差也不过库尔勒。徐济云去库尔勒讲学，库尔勒有人告诉徐济云，吴丽梅连留库尔勒的机会都放弃了，阿克苏都不待，直接去了位于大漠腹地阿拉尔小镇的塔里木农垦大学。徐济云做出一个大胆的决定，电话打到塔里木农垦大学，办公室的工作人员反复核实对方的身份，确认是渭北大学的徐济云后人家就告诉他我是吴丽梅老师的学生，好多年前吴老师给办公室留了一张纸条，如她的母校有人找她就让我们给对方念纸条上的这句话，请听好了："羊消失在云里，水消失在土里，鸟儿消失在风里，火消失在太阳里。"对方还问：你听明白了吗？明白了。你听清楚了吗？听清楚了。你可以回去了。徐济云都失神了，电话那头就笑："后边的问题是吴老师的原话，我照原文念的，你回答得很好，你回去吧。"好多年以后，重要的学术期刊上开始出现吴丽梅的信息，她带她的学术团队一直在考察塔里木河下游的太阳墓地，就是有名的山普拉墓地、小河墓地和楼兰墓地，那些沙漠台地的坟墓周围布满胡杨木刻成的阳具形状的木桩子，一圈一圈跟光芒四射的太阳一样，被称为太阳墓地。最先为西方探险家斯文·赫定、斯坦因和贝格曼发现。半个世纪后中国学者首次进入太阳墓地，进行更深入系统的发掘考察。2003年塔里木大学西域研究中心在塔里木河中游阿拉尔附近120公里的沙漠腹地发现了新的太阳墓地，这是中国学者的首次发现，2008年再次考察时考察队的领军人物吴丽梅教授殒命大漠。媒体上只有吴丽梅工作业绩的报道，她的个人生活只字未提。她的整个人生就是大漠红柳，红柳就是无法熄灭的生命之火。传统媒体和新媒体都这么宣传。王莉无法安慰徐济云，徐济云一个人在书房待了一夜，不说话不抽烟不喝茶，就像一根木头，王莉试图把那件吴丽梅亲手织的羊毛衬衫给他穿上，他整个人都是僵硬的，穿不上去。

吴丽梅的学生，台上台下都是，全都激动得哭起来。我们不用仔细介绍徐教授讲座的过程了。徐教授讲完后跟大家合影，聊一会儿，就匆匆离开，飞往青海西宁，当晚讲座。互联网新媒体时代，徐教授在乌鲁木齐的讲座情况在他还未到西宁时，西宁这边就传遍了。不用说徐教授在西宁非常成功。住了一宿。第二天飞银川，下午飞兰州，第三天直达省城西安。西北五省区佟林教授的弟子们都把徐教授当自己人。渭北地区那些佟林教授的桃李们只能欢迎徐教授进园子品尝果实了。家乡的码头最难摆弄，这可是江湖铁律。

3

　　徐济云教授最难以忘怀的是佟林教授的弟子们第一次与他相见时的眼神，先是眼睛一亮，从眼睛深处蹿起一团火，谁都能看出来这完全是出于对恩师的无限热爱，天地君亲师，中国人根深蒂固的集体无意识，一点儿办法都没有。我们的徐教授无数次地享受过佟林教授弟子们的顶礼膜拜和无限热情，天长日久，内心深处偶尔会荡起一丝不自在的尴尬，毕竟是借别人的光嘛，当他意识到这一点时，他马上就觉察到人家也有这种尴尬和不自在。知识分子斯文所在，喜怒不形于色，知识分子又都有一双明察秋毫的第三双眼睛，学术术语应该叫心灵深处内在的眼睛，民间老百姓干脆就叫后脑勺长眼睛，或者叫一双毒眼，不饶人的。他就被这种内在心灵的眼睛或一双双毒眼扫来扫去，茫然不觉，还自以为荣。

徐济云教授是在学校图书馆后边僻静的林荫小道陷入沉思的，准确的说法应该是反思。是他没有看到白云。这才是他最大的迷惑。说困惑也行，简直就是一道魔咒。当初吴丽梅送他羊毛衫时就说得清清楚楚明明白白，羊毛衫是她亲手织的一朵白云。从那时起天上的云就跟他纠缠在一起。以前他去新疆没穿羊毛衫，他就感觉不到天上的云彩会成为他的影子，走哪跟哪。这次新疆之行，羊毛衫回到故土显露原形大大方方成为他身上的一朵云，他再也摆脱不掉了。他让王莉把羊毛衫收起来，王莉说没必要，王莉甚至说你的好运都是羊毛衫带来的。王莉明明知道当年吴丽梅把羊毛衫说成她亲手织的白云，王莉也知道羊毛衫放在屋子任何一个地方，都等于家里飘着一朵云彩。王莉需要多大的勇气容纳这朵吉祥的白云。王莉的眼神还告诉他：只要能给你带来好运就是一只老虎我也愿意让它待家里。王莉忍不住还是说出来了，是用中学语文老师的方式说的，很熟练地运用中学语文课本上的《鸿门宴》，范增告诉项王，刘邦有大志，所到之处，有云相随，成五彩。"多吉祥的礼物啊！"王莉总是用洗发液手洗羊毛衫，洗衣机会搅坏的。就是说破了天，徐济云还是对天上的云耿耿于怀，同样一朵云，在西域，在天山，清晰洁白，荧光闪闪，渭北市上空的云却模糊不清，虚无缥缈。渭北大学位于城市南郊，秦岭山下，古木参天，树顶常常有雾但没有云，所谓山谷吐纳云雾，渭北市南郊秦岭峡谷以及密林里吐纳的也都是雾不是云。有道是云上天，雾贴地，云藏龙，雾潜蛇；连大片的阳光都被阻挡在树顶上，林间小径凉飕飕的，徐济云教授在林中走八卦。

他还记得第一次见佟林教授的情景，来参加学术会议的专家教授全都笑了，"看人家渭北大学多热情，派一个小佟林来拜访老佟林。"佟林教授更是惊喜万分，世界上竟然有一个与他如此相像的后生徐济云，一老一少成了忘年交，也开始了他们漫长的友谊。年届六旬的佟林教授劲头十足精神得不得了，返老还童了，他常常自我调侃说是沾了年轻人的光，然后就挖苦徐济云的导师太自私，发现一个大才子也不知道带出去见见世面，从本科读到硕士读到博士都在自己身边。徐济云的导师干笑几声。渭北大学的人都心知肚明：徐济云毕业能留校，导师费了太大劲。导师学问好，人更好，刚直不阿，人脉关系就不怎么样，捎带也连累了学生。徐济云出道后不久导师就去世了。几年后佟林教授给徐济云一次访学的机会。严格意义上讲访问学者不在弟子门生之列，但以学生自称也说得过去。这就是佟林教授众多门生弟子面对徐济云时那种复杂心态的原因。

徐济云教授加快步伐穿林而过。踏上图书馆前边那条大道时步伐轻盈，仿佛回到翩翩少年时代，大家的问候也众口一词："这么高兴？又有好事啦？"他频频点头，频频微笑频频招手。通往家属楼的路上熟人越来越多，徐济云教授点头微笑招手的频率越发高涨，加上啊啊的招呼声，远远望去简直就是一只贴着辽阔大海飞翔的海鸥，抖动着湿漉漉的翅膀满怀激情飞向新大陆。

徐济云教授进门后长长出一口气。王莉还没下班，但王莉把房间收拾得干净整洁。更重要的是王莉重新布置了房间，与佟林教授有关的东西都摆放在显要位置，主要在书房，正墙书架上方摆放的是徐济云教授与佟林教授的几幅合影。最醒目的是生活照，他们在海滩上散步时的照片，白沙碧海椰林海鸥跟油画一样，后边几幅都是在讲坛上探讨交流的状态，再后边都是跟佟林教授齐名的大学者们的合影。导师的合影摆放在书桌上，台灯的另一侧依然是他与佟林教授的合影，可见佟林教授在他心中的位置有多么重要！

书房也是徐济云给研究生上课的地方，那些投奔徐济云教授门下的硕士博士们，第一次踏进导师的书房就被浓浓的书香迷醉了，学子们首先看到的是一系列享誉海内外的学术大师与导师的合影，在这些照片的后边才是书架上的一排排经典名著。学子们将在这样的氛围中度过三年美好的时光，硕士中的幸运者会硕博连读把这种美好时光延续六年。这段时间，王莉把佟林教授的著作集中起来摆放在书柜的中心位置，这些著作都有佟林教授的签名。

此时此刻，徐济云教授走进书房有一种恍如隔世的感觉，首先映入眼帘的是佟林教授与他的合影，然后是其他教授与大师们的合影，真正的徐济云完全成了旁观者，他在欣赏影像世界中的自己，比在场的这个自己更真实更感人。光影世界中的佟林教授与徐济云教授已经没有了年龄的差别，他们如此相像跟亲兄弟一样。确切地讲，佟林教授比徐济云的导师年纪大，甚至比徐济云的父亲都大七八岁，完全是他的父辈。光影世界中一老一少完全没有了年龄的差别。更重要的是佟林教授气度不凡，儒雅清秀俊朗，比实际年龄年轻十几岁，跟乡村同龄老人待一起就形同父子啦。这不仅仅是城乡差别，也不仅仅是劳力者与劳心者的差别，更重要的是修养涵养学养的缘故。

此时此刻徐济云正在翻阅《文摘周报》上一篇文章，讲的是清华北大一帮哲学教授，冯友兰、金岳霖、贺麟、汤一介都活到了九十岁一百岁，七八十岁都不敢称自己为老人，都被人家称为小王小李，文章最后的结论是这些哲学家一生大灾大难不断，从事的哲学研究都是针对人类的命运，人类的终极关怀，天道世道人道，宇宙人生人性人心全都通脱达观，达到了庄子所谓的至人真人达人状态，才能轻轻松松活到九十岁一百岁。85岁的佟林教授是野外春游爬山时突然在半山腰去世的。死亡一点儿也不丑陋反而呈现一种罕见的美。徐济云教授小心翼翼地折好《文摘周报》，放进书柜，以备不时之用。虽不能至，心向往之。生命在54岁的徐济云教授面前展现出无限美好的前景。徐济云教授的目光再次投向他与佟林教授的合影上，他忍不住把那张合影捧到手里，左看右看，看到了窗前看到了阳台。阳台上有王莉专门为他安放的躺椅，靠椅小圆桌，几乎是个小吧台，自然光中的照片更加清晰。王莉下班进门他都没有察觉。王莉微微一笑，退到厨房去做饭。

其实，王莉看到的是徐教授的侧影，看不到徐教授的正脸。徐教授手里的照片一清二楚，一本杂志那么大的彩照，装在枣红色的木质相框里，跟一幅油画一样，从屋子里的任何角度都能看清楚，两个杰出人物的合影，相辅相成，相得益彰，中学语文老师王莉脑子里不断地蹦跳这两个古老的汉语成语，很快就蹦出了新意，佟林教授与丈夫合二为一，他们是一个人！这个发现让王莉大吃一惊，西红柿刚削了几片，银光闪闪的不锈钢小刀就这么停住了，王莉削土豆削西红柿的手艺可以跟山西面馆的刀削面师傅相媲美，此时此刻削西红柿的刀子和女人的手全都凝固了，也就那么片刻，西红柿和刀子轻轻落在菜板上，西红柿汁跟汗水一样渗出来。女人擦擦手，轻轻走过去，走到门口，斜一下身子，丈夫手中的照片与丈夫本人已经不分彼此。当一杯热茶递过去时，丈夫深情地看着妻子，摸一下照片，说："佟林教授没有死，他不会死，他活着，不但活在大家心中，也活在每一个热爱他的人身边。"王莉点点头，递上热茶，接过照片。

吃饭时王莉告诉丈夫："你这么想就对啦，佟教授跟你不是像不像的问题，你们简直就是一个人。""真的吗？"丈夫满脸喜悦，胃口大开。王莉不停地给丈夫夹菜。王莉每一个眼神每一个动作都在告诉丈夫："一切都是真的，实实在在，确实如此。"

下午去上班，同事学生也都是这么认为。王莉的话没错，女人的感觉太要命了。徐教授当晚去一趟西安，第二天西安几十所大学的师生再次证实王莉的判断有多么准确。徐教授回到渭北市回到家里，进门的时候又是摇头又是叹气，全都是对王莉的无限钦佩。王莉给丈夫煮了咖啡，王莉好这一口，茶和咖啡中西合璧。徐教授给王莉如实交代西安之行的情况，一切如王莉所料，王莉就抖着肩膀笑："去不去北上广？这么点儿自信都没有。"徐济云不停地那是那是。王莉就轻轻来一句："关键是佟教授人好。"绝对是咖啡的作用，咖啡提神，中学语文老师王莉有如神助，一下子联想到臧克家的诗："有的人活着，他已经死了；有的人死了，他还活着。有的人，把名字刻入石头，想不朽。有的人，情愿作野草，等着地下的火烧。"徐教授握住妻子王莉的手轻轻拍着，王莉就把臧克家的诗全都背出来了。王莉甚至回忆起若干年前佟林教授在渭北大学的一次学术讲座，渭北市的许多党政干部、中小学教师都来了，一个半小时的讲座，接着是听众提问，很快就从学术问题扩大到社会问题。机关干部提出的问题很直接很现实，当时流行《康熙大帝》《雍正王朝》《曾国藩》，佟林教授就讲了这些流行小说中不曾涉及的史料：左宗棠眼睛揉不得沙子，跟左帅打交道不敢做对不起左帅的事情；李鸿章精明，对不起李中堂的事情连想都不敢想，你还没动念头，李中堂就防患于未然，提前灭了你的念想，让你不寒而栗；曾大人仁厚，谁也不忍心做对不起曾大人的事情，除非你不想在世上混。王莉还是那句话：佟教授人好。这应该是他们夫妻最坦诚的几次谈话之一。徐教授也说了大实话："我们彼此相像，可也是两个人呀！亲兄弟也能分辨出来嘛。可大家就是认可我徐济云。"丈夫把话说到这份儿上了，妻子就不妨进一步："其实，是谁都无所谓，就是一个跟佟教授毫无瓜葛的陌生人逮住机会挺身而出，大家就认，社会就认，好人一生平安，好人活在大家身边，群众的心声，亲爱的，你抓住了机会，你太了不起了。"妻子忍不住亲丈夫一下。丈夫用拥抱抚摩亲吻回应妻子，跟当年热恋一样，他们一下子年轻起来。好人就这么好，谈论他都能给你带来快乐带来幸福。

王莉忙起来啦，从衣着打扮饮食嗜好业余生活全方位改造丈夫。参照标准，首选是照片，接下来是往事与随想，搜寻与佟教授交往的所有细节。王莉成了化妆师，家里成了美容院。神似固然重要，形似万万不能忽略。大众更在乎形似。女人就这么矛盾，刚刚说过的话忘得一干二净。女人较真的时候，男人最好听从女人们的摆布。徐教授就像个木偶。一个礼拜后徐教授跟皮影木偶搭上关系，妻子王莉对他的摆布应该是前奏，是预演是排练。毕竟是不同的两个人，里里外外衣服全换，完全是佟林教授的风格。幸好礼服和外套好多年前就佟林化了。还是花了一大笔钱。买衣服女人毫不心疼。

徐济云教授再次让人耳目一新。已经不是简单几套新装，重要的是鲜活生命的复活与新生。王莉看到了徐济云生命深处的火焰，有爷爷取暖的火炕，有罗布荒原牧羊女舍命发掘的太阳墓地，更重要的是佟林教授无限期待的目光。神灵附体浴火重生呀！大家不再感到惊讶，而是理所当然，佟林教授有了替身，就相当于投胎转世，换上新衣显然是对大家对社会对生活的尊重，也是对自己的尊重。大家跟徐济云打招呼时流露出的是一种诚挚的感动。已经不能拿简单的人靠衣裳马靠鞍来描述徐教授了。徐教授这身打扮完美地体现出知识分子的严谨和女人的细心。佟教授风格的衣服与大活人徐教授可谓形神兼备。这正是妻子王莉的心愿，也是徐济云的心愿，更是大家所期待的。

这段时间，徐济云最爱照镜子，跟女人一样，不但在大衣镜前晃，还往妻子的梳妆台前蹭，书房里的小镜子已经不能满足他了。

王莉就专门上街买了好几种高档镜子，其中包括一个手机大小可以翻盖的双面小圆镜。自然光、阳光、灯光、月光在镜子里闪闪发亮，佟林教授与徐济云教授融为一体交相辉映。已经不是照片上凝固的光影世界，而是江河湖海般的波光涌动，人人成了幻影，不断地聚散离合，我不是我，他不是他，你不是你，很快又恢复到我还是我，他还是他，你还是你。光来自神，来自上帝，上帝说要有光，于是就有了光。上帝说牛顿来吧，于是一切都洞现光明。牛顿的光比上帝的光比神的光更准确更科学。牛顿从坠落的苹果发现万有引力，还用三棱镜分解太阳的光芒，证明白光是由不同颜色不同波长的微粒混合而成。牛顿还把凸透镜压在平面玻璃上，在白光照射下看到了明暗相同的同心圆圈，把上帝和他并列一起，后人称之为牛顿环。

　　徐济云教授沿着僻静小路绕很大的弯进入他们家那栋住宅楼，出电梯时本能地掏出钥匙，可竟然没有用钥匙，而是敲三下门。屋里没有动静，又敲三下。他应该知道妻子上班，女儿在国外读书，屋里连猫狗都没有，养的那几盆花是不会有任何反应的，他还在敲。幸好邻居家没人，他可以继续敲。他手都敲麻了。要是个粗人，到了这份儿上会咚咚用拳头砸，用脚踢。大教授很斯文很有耐心地在以啄木鸟的方式很有节奏地叩击自己家的门。哪！哪！哪！哪！哪！哪！如此反复。已经不是叩击，而是真正的叩问，徐济云教授确实想到了叩问这个庄严肃穆的词，徐济云教授还想到了屈原的《天问》。有意思的是防盗门上的油漆是深蓝色，根本不用产生幻觉也不用产生联想，只要用眼睛平视，就能把这深蓝色的油漆看成蓝天，"多么蓝的天哪！"应该是曾经风靡大江南北的日本电影《追捕》中的台词，一丝白云都没有，海水一样的深蓝，肯定是蓝天深处，九霄云外，吾将上下而求索式的追问。应该这么深沉遥远。他的手指已经没有感觉了。一片茫然中凭着本能他使用了钥匙，进屋后耳朵里还是敲门声，他还在茫然四顾。不知在屋里转了几圈，麻木的手指开始有了感觉，他一下子就站在大衣镜前，看着镜子里的自己，已经认不出镜子里的自己了，镜子里的那个人同样认不出外边的人，他们同时问对方："你是谁？"同一个声音告诉对方："是我！"彼此落荒而逃。

仓皇中他带了一包烟。他不抽烟，偶尔抽一两支，完全是为了应酬，不上瘾。烦心的事不多，老婆又是标准的贤妻良母，事业有成而且是大成，如此顺利的人生烟酒就成了点缀。此时此刻，这个点缀成了救命的稻草。

在校园一个僻静的角落，他一边抽烟一边翻阅一本古书，具体的书名就不说了。书是摆设嘛，重点是抽烟，一根接一根，连抽五根，整个嘴巴都麻木了，跟刚才敲门的手指一样。嘴巴的麻木状态持续的时间要长一些。偶尔路过的人会把这个场景看成学者的一种修炼境界，这种身份的教授都有工作室和书房，他们在校园看书完全是奇痒难忍，不择地而生，成为校园佳话。徐济云就给人家这种印象。不少学生和教师偷拍了这个场景。徐教授永远不会知道被偷拍的自己，那肯定是永远无法追寻的自己。

一个半小时后，徐教授又返回自己家中。门外的敲击直至手指发麻是免不了的。略有不同的是进屋后绕过大镜子。但是小镜子不放过他，他也不打算避开小镜子。妻子王莉在每个房间都摆了小镜子，全都对着他那张脸。

"我们一生都在互望对方的脸，今天也是如此。"

这应该是吴丽梅的声音。他从窗户看到了天上的白云，吴丽梅的声音就来自白云深处，吴丽梅还告诉他这是波斯诗人鲁米的诗。

徐教授听从那神秘声音的支配，摸自己的脸，手指告诉他，摸到的这一切都属于自己，反复揣摩就反复证实皮肉和骨头都属于自己，他就来劲了，摸啊摸，要塑造出一个真实的自己。

"我们一生都在互望对方的脸，我左思右想，怎样才能把我的脸，变成你的。"这回不是吴丽梅的声音，是真正的鲁米的声音。

手凝固了，停在半空，镜中的脸与正在凝望的这张脸如此不同，让人颇感意外。徐教授连观察这种意外的能力都没有了，这种巨大的差异只能是一种内心感受，进不了镜面，所谓镜中花水中月，羚羊挂角都没有了，镜中映现的可是他无限敬仰的佟林教授啊。

他那么执着那么专注，妻子王莉进门他都不知道，王莉叫他三声他都没有反应，王莉奔过来，就看到了那惊人的一幕。不是镜子里的佟林教授，而是捧着镜子呆若木鸡的丈夫；丈夫神采尽失，灰头灰脑。让王莉更为惊异的是丈夫脸上再也没有佟林教授的痕迹了。王莉摸丈夫的脸，皮肉松垮垮的。王莉只能这样安慰丈夫："佟林教授已经去世了，都安葬了，人死如灯灭，灭了的灯是没有光亮的。"丈夫徐济云如梦方醒："我也颜面无光啊。""你们关系太密切了，不分彼此，真正伤心的是你，你要想开啊。""我只想在我的生命中保留一点儿佟教授的影子，哪怕一点点。""这么想就对了。"王莉拉起丈夫，左瞧瞧右瞧瞧，"留在你身上的东西不少呢。"王莉摸一下徐济云的耳朵，告诉徐济云："左耳像，右耳也像。"王莉煞有介事，徐济云不能不信。王莉就刮一下徐济云的鼻子，鼻子就不用说了。王莉重点进攻眼睛、眉毛和嘴巴，还有下巴。一句话，五官没问题，样样接近佟林教授，知足吧！我的老公！大概是心理作用吧，得到鼓励的徐济云教授恢复了自信，王莉就拿镜子让他看，大致轮廓确实没有变，还没等他仔细琢磨，王莉就赶在他前边，告诉他："人毕竟死了，失去的神采无法挽回。"徐济云抓住王莉的手："我要的就是这么一点点神采，萤火虫那么一点儿亮光都行啊。那可是佟老对我的期待啊！活在伟大人物的期待里就等于活在太阳的光芒里。"王莉笑眯眯攥着小圆镜子，慢慢靠过来，一直到徐济云的鼻尖，再往上升，镜子里只有徐济云一双忧郁的眼睛，王莉跟催眠大师一样嘴巴附在徐济云耳朵上小声嘀咕："放松，放松，再放松，高兴起来，笑起来，开开心心，眼睛里有光了，是不是？"徐济云嗯了一声。王莉抚他的背："再大一点儿声。"

眼睛里的目光确实是这样的。微弱的光算不算神光？

半夜醒来徐济云这样问自己。生命结束的地方，灵魂开始了。难道我们活着的时候没有灵魂。

早晨醒来，首先听到厨房里的响动声，王莉在做早餐，接着看到窗口的亮光。窗帘拉开一道缝，太阳还没出来，天光就照射到大地上，跟蛋清一样，冰凉而微弱。他对微弱的光特别感兴趣。他躺着看一会儿，坐起来又看了很久，王莉喊饭好啦起床啦。他进卫生间蹲马桶眼睛还盯着窗口上灰白的光。

课堂上他讲了那么多晨光晨曦微弱的光，已经离课堂内容很远了，都到九泉之下九天之上了，他还不收声。课间就有学生问他佛光，他告诉学生佛光就是生命之光，每个人的体外都包裹着这么一层生命之光，就像地球周围的大气层一样。讲完之后，他才意识到能把人体包裹起来的生命之光绝对是一团熊熊大火，既是大气层也是奔腾的岩浆。可当他回到家里，端起镜子时，他只能按照王莉的方式让镜子贴近鼻尖，让镜子只照射出自己的眼睛。

确切地说那是一双失神的眼睛，散发出的微光已经不能用萤火虫来形容啦，隐藏在浓密的眼睫毛底下，戴上眼镜一团模糊，世界是明亮的，模糊的是他的眼睛，眼镜底下一团迷雾；无论天晴与否，眼镜一闪一闪。不管他眼瞳保留了多少佟林教授的生命之光，别人是看不见的。别人把他的萎靡不振苍白憔悴全都理解成劳累过度。好心人劝他悠着点儿：不要太拼命，拿到了学科带头人还想拿院士呀？文科没院士！他笑笑不吭声。

那微弱的光完全成了徐济云教授的个人隐私，也可以说是他们家庭的秘密。夫妻在校园相遇，妻子就发现了问题的核心，衣服太耀眼，质地太好，把人遮住了。主要是上衣，直接影响到脸和眼睛。佟林教授招牌式的白衬衫都不行，白色更亮，但必须穿白衬衫。纯棉布已经相当朴素了，没办法，高科技深加工，优质布料，自有一种罕见的自然之光让微弱的生命显得苍白无力毫无生机。王莉就想办法弄来农民手工织的白布，带点儿灰黄，真正的土布，制作出的上衣上身效果很好。农村老头老太太穿上都蛮精神的。大教授毕竟是大教授，土布褂子，一穿精神多了，但也离佟林教授更远了。徐济云教授问心爱的妻子："你乐意看到人家把我跟佟林教授分开吗？""可我不愿意看到你失魂落魄的样子。"幸好是礼拜天，可以不出门。王莉开始倒腾家里所有的衣柜包括床底下的柜子，包括各种皮箱包括结婚时置办的藤箱。

4

　　下午 6 点左右，王莉发出一阵欢叫："找到啦，找到啦。"就是吴丽梅亲手编织的那件羊毛衫，那是没有加工的原始羊毛，从羊身上剪下来的生羊毛，当吴丽梅搓羊毛时手都快出血了，羊毛的光泽纯正内敛沉郁，完全是高品质的玉才有的那种发自肺腑的光泽，它让微弱的光显出真正的光芒。

　　来自罗布荒原的光芒很容易遮蔽王莉，王莉心如刀绞，可她更心疼自己的丈夫。难道我要跟死人较劲？她死了，可她比活人更可怕。王莉深呼吸好半天才平静下来。

　　徐济云可以大大方方去操场晨练了。无论是王莉新做的土布衬衫还是洁白的优质纯棉衬衫全都罩在那件手工羊毛衫下边，羊毛的光泽护着徐济云和徐济云的那张脸。还是那张苍白的脸，还是那双失神的眼睛，在粗羊毛的掩饰下却显露出那么一点点生机。这正是徐济云与佟林之间仅有的一点儿联系。在整个面孔和眼睛之外，阴阳两界，他们之间就剩下了衣服。从背影从侧影，我们看到的是行走的衣裳。这完全是想象中的自己。徐济云用心在问自己，同时也问王莉。王莉就用目光回答他："你想象的自己非常成功。""那么你呢？""我也这样想象你。"王莉闭上眼睛，王莉的头发在飘动，那么柔美的细发所发出的声音在告诉丈夫，"她也在想象你。"他们在不知不觉中开始使用想象，他们知道想象代替期待后果很严重，他们也知道期待与想象的根本性区别。期待是有温度的，期待滚烫滚烫火辣辣的，想象客观冷静，完全是一面镜子，牛顿的镜子，三棱镜凸透镜凹透镜望远镜显微镜，一团凝练的水，冰冷残酷。你还在想象自己吗？你还能想象自己吗？你好意思想象自己吗？人对自己的想象就是一张皮，那微弱的生命之光就包裹在那张皮里，就是一盏灯笼。过年的时候农村人都要到坟地去给地下的亲人送灯笼，灯筒一样的小灯笼叫鬼灯，罩着一团绝望的火光。如果没有吴丽梅的手工羊毛衫连这一点可怜的光都会熄灭。王莉就想起那些生长在大漠里的胡杨树，世界第二大沙漠的腹地，一条胡杨树组成的林带，被称为绿色走廊，把大漠劈为两半，海洋般波涛汹涌的流动沙漠被死死地隔开了，几

百万年几十万年都无法合拢，以至于所有的树木从枝干到叶片全
都染上了大漠的金黄色，全都被太阳点燃，每棵树都像巨型火炬。
吴丽梅告诉她："我就在胡杨树林里放羊，羊角上挂着课本，我是
真正的罗布人，我是胡杨少女。"后来王莉找到航拍图片，王莉看
到了罗布荒原与塔克拉玛干沙漠中间的火焰般的胡杨林带，所谓
绿色走廊完全是人们对森林的期待，绝对是期待不是想象，那么
热烈的生命之火，语文老师王莉竟然联想到希腊神话里那个为人
类盗火的普罗米修斯，在中国西北，在新疆大漠深处，土生土长
这么庞大的一群普罗米修斯。宙斯无法惩罚这些巨人，一大群巨
人，傲然屹立在戈壁瀚海。这就是吴丽梅跟徐济云分手时赠送他
羊毛衫的原因。那时候吴丽梅就感觉到徐济云身上的寒气，那时
候徐济云青春年少，意气风发，吴丽梅觉察到的寒气潜伏了几十年，
在徐济云 54 岁人到中年时露出真相。徐济云生命的火焰相当微弱，
支撑不起佟林教授赐予的那身木棉袈裟，罗布荒原的羊毛衫就跟
五彩祥云一样呵护徐济云。

　　王莉越发珍惜这件羊毛衫。王莉对即将到来的大热天都做了
安排，大教授出入的场所都有空调，羊毛衫就是最好的空调外套。

　　王莉从来没有问过徐济云当年跟吴丽梅分手的原因。从大一
开始王莉就暗恋徐济云。徐济云太出色了，新生入学晚会上就大
显身手，先来一首当时流行的日本电影《人证》的插曲《草帽歌》，

接着又露出一段秦腔《周仁回府》，一土一洋，赢得满场喝彩。能与他媲美的也只有新疆女生吴丽梅，也是两个节目，一段舞蹈，一首维吾尔民歌《百灵鸟》。那么热烈的场面，那么轰动的喝彩声，才艺双绝的一对新生很容易走在一起。暗恋他们的男生女生只能黯然退到一边。王莉太普通了，无论相貌还是才华，唯一的长处就是生长在渭北市，父母都在政府机关工作，家境殷实，文静本分。众多男生的追求，她一一回绝，不给他们任何机会，连她自己都不明白她在等什么。这种无望的等待苦涩而又甜蜜。

节假日表姐表妹堂姐堂妹们聚在一起谈论的话题就是彼此的男朋友，王莉家族的少男少女们都上了大学也是渭北市一大美景。她的闺密她的同学也在节假日聚在一起，也谈同样的话题。很快她成为大家议论的中心，亲朋好友们一致认定她是那些野心勃勃的男生们首选的目标。这个观点得到了长辈们的认同。道理很简单，男人们要干大事就要找一个贤妻良母。她差点笑出声："哈，我怎么就成贤妻良母啦？贤妻良母有样本吗？拿出来让本姑娘瞧瞧。"人家就告诉她：贤妻良母旺夫，旺夫的女人都有几分菩萨相。菩萨相的女人把丈夫看得很高，有了孩子孩子就排在丈夫前面，真正地相夫教子，这样的女人越来越少，城市里就更少了。言外之意已经有点儿奇货可居的意思了。改革开放思想大解放，寺庙香火兴隆，很容易到寺庙道观看到真正的菩萨，连方丈都特意瞥她一眼，她确实有菩萨相，用同班同学的话说，她生气发火的时候都慈眉善目。她就必须观察一下情敌吴丽梅。

吴丽梅性格刚烈，但吴丽梅刀子嘴豆腐心，大家毫不在意她的烈性子，那张脸娇艳无比，完全是一张上了油彩的菩萨脸，同学们戏言西域活菩萨。佛教诞生于印度，从西域中转来到中原，王莉那张白白净净的菩萨脸经过千年的修炼完全中原化了。吴丽梅脸上还有佛的本相，要比王莉纯粹。王莉一点儿也不生吴丽梅的气。她乐意接近这个大大咧咧的新疆女孩。还邀请吴丽梅到她家做客。家里人还以为吴丽梅是少数民族，吴丽梅哈哈一笑："我是正宗汉人，土生土长的新疆汉人都这样子，吃牛羊肉喝奶茶。"家里人就明白了，都是国家干部，都知道一个新名词：疆二代。吴丽梅又告诉大家："疆二代指那些五六十年代支边青年的后代，从大江南北西上天山献身边疆，献了青春献子孙，就是疆二代，疆三代，我们家唐朝就落脚西域啦，地地道道新疆人，新疆土著汉人。"大家嗷了半天。这就是吴丽梅。

王莉和吴丽梅心里都清楚，她们共同心仪的男生是徐济云，她们彼此都不说破，说到最敏感的地方也仅仅是吴丽梅说她不像口里人这么小心眼，应该生活在新疆。她问吴丽梅："我们俩这样子在新疆是不是很正常？""回答正确。"吴丽梅往她嘴里塞一颗大白兔奶糖以示奖励。她就这么眼睁睁看着吴丽梅跟徐济云大学四年卿卿我我成双成对出出进进。临毕业的前一个月，吴丽梅跟徐济云分手了，甚至放弃了留校工作的机会，回塔里木盆地。吴丽梅跟她道别时只告诉她："我跟徐济云分手啦，我跟他不合适。"她目瞪口呆，她显然是第一个知道吴丽梅跟徐济云分手消息的人。她以为吴丽梅接下来会告诉她："徐济云是个大好人，你们在一起更合适，你要好好待徐济云。"诸如此类的话。这个新疆姑娘只告诉她跟徐济云分手啦，就这么一句话，然后摆摆手踏上了西去的列车，然后就是轰隆隆的火车声。

那个年代还有蒸汽火车，喷着大团大团的白色蒸汽，山呼海啸，穿山越岭向西北之北向西北之西呼啸而去。好多年以后，她跟丈夫参加各种大型学术会议，乘坐内燃机车，甚至乘坐飞机，都没有毕业时那个夏天，7月15下午2点半从渭北火车站发往乌鲁木齐的老式蒸汽列车那么惊心动魄。后来她给学生讲课时总是告诉学生，古老的蒸汽火车才是真正的火车，火车应该那个样子。学生们一头雾水。她眼泪都要下来了，她说出山呼海啸地动山摇，她还说出了气派，那种气派不会再有了。她发誓不会追问丈夫徐济云跟吴丽梅分手的原因。

多少年来，王莉一直觉得因为吴丽梅的主动退出她才有机会跟徐济云结为夫妻，随着徐济云的步步高升，王莉越发觉得自己跟徐济云是天仙配，也就越发相信很早以前大家说她旺夫的种种预测。她们家族从父辈到子女都走仕途从事文教工作，也都干到中层就知足常乐了，典型的城市中产阶级，见好就收，重在享受生活，讲究生活情调。偏远小镇出身的徐济云拼命干事业而且干得这么成功这么引人注目，在岳父家里显得很特别，也很给王莉长面子。徐济云30岁破格升到副教授那年，岳父就在公开场合郑重其事地给众人介绍自己的女婿，从那天起，岳父家的重大活动，女婿徐济云都坐上席，而且要说上几句。徐济云的自尊心得到极大满足。几年后徐济云再次破格晋升为正教授，岳父整个家族把这个女婿奉为神明，理所当然成为整个家族重大活动的贵宾，用时髦话讲就是在城里扎下根啦，扎得很深，根深叶茂。

王莉从小就是个好孩子，家长喜欢，老师喜欢，同学们喜欢，中学时有男生套近乎传信息，全都没用，好女孩王莉不会早恋。也就是说徐济云才是她的初恋，只恋一次，一次到位。王莉带这么帅气的高才生回家见父母，让众姐妹大吃一惊，开始对王莉刮目相看，随着徐济云的步步高升，夫贵妻荣，姐妹们对王莉佩服得五体投地。

她们并不知道大学四年王莉一直处于暗恋状态。王莉因为吴丽梅来自新疆，就对新疆产生强烈的兴趣，搜集有关新疆的所有资料，包括吐鲁番的坎儿井。维吾尔族人在戈壁滩打出一口口深井，再从井底凿渠，把天山雪水引到几百公里以外的绿洲，典型的人工地下河，也堪称地下万里长城。王莉邀请吴丽梅到家里做客，父母都惊呆了，王莉家的那些美女姐妹们黯然失色，呆若木鸡。这不是让王家姐妹们出丑吗？王莉的姐妹们调侃、嘲笑挖苦王莉是天仙配，从小就习惯绿叶配红花当配角。就在那个时候姐妹们都没有想到王莉是因为暗恋一个男生才处心积虑地去接近这个男生的恋人。这个恋人太出色了。大家都忽略了王莉。吴丽梅家在塔里木盆地罗布荒原，孔雀河、叶尔羌河、玉龙喀什河、喀拉喀什河、阿克苏河、塔里木河从四面八方汇聚罗布泊，孔雀河畔的胡杨形成的绿色走廊隔开了罗布荒漠和塔克拉玛干沙漠，两个大沙漠永远无法合拢。他们都听到了吴丽梅的声音。"我就是罗布荒漠的牧羊女。"吃胡杨叶子红柳条子骆驼刺长大的绵羊有罕见的生命力，这种羊毛织的毛衣能抵挡任何严寒。

5

　　第一次坐飞机，万米高空波涛滚滚的云层就被他看成了草原上的羊群。吴丽梅的声音再次响起，不是那句让他迷惑不解的楼兰誓言，而是轻风般的内心独白，那声音在告诉他羊是大地上唯一能接近太阳的动物，羊的翅膀就是天上的云，云就是羊群，云也是人的灵魂。羊有那么神奇吗？

　　吴丽梅还记得她第一次跟母亲放羊的情景。大清晨太阳还没有出来，母亲叫醒她，她迷迷瞪瞪，洗脸刷牙，站在大门口，她就看见了从远方地平线上渗出来的亮光，地平线把天地连在一起，天空很容易就被大地的光芒渗透渗湿。吴丽梅第一次看见这神奇的一幕，很快她就听见母亲甩响的牧鞭，就像轻轻地抽天空的脸，天离地那么低，就压在低矮的窝棚顶上，窝棚跟人差不多一样高，母亲挥一下鞭子就能打天空的脸。很清脆的响鞭，显然不是抽打天空，圈里的羊听见鞭响全部都涌出来了。羊训练有素，紧跟头羊，头羊紧跟母女俩，母女骑着小毛驴。吴丽梅担心羊会丢掉，扭头往后看。母亲就告诉她羊比你听话，它们不会乱跑，朝前看，带好路。吴丽梅不识路，只能乖乖跟着母亲走，吴丽梅感到她也成了一只羊。

母亲比别人辛苦。别人放羊只管羊吃饱喝足，十天半个月才刮刮羊身上的尘土。塔里木风沙大，还有可怕的浮尘天气，羊身上不但落满尘土，还生虫子，羊在地上啃草，鸟儿就落羊身上捉虫子吃。母亲却每天都要刮羊身上的尘土。羊干干净净过夜。母亲更辛苦的是两三天给羊洗一次澡，要走好长的路，带羊群到水边。洗过澡的绵羊个个喜气洋洋，就像一群白云在大地上飘荡，银光闪闪，太阳都暗下去了。当白云般的羊群回到村庄，人们赞不绝口。赞美完之后，没人效仿母亲，太累。更重要的一个原因，母亲来自苦寒的阿尔金山牧场，在母亲的记忆里山区才叫艰苦，到了辽阔平坦有湖有草场有绿洲的塔里木，母亲就以为进了天堂福地，母亲就无视风沙浮尘的存在，任何事都干得比别人出色。当年泥瓦匠父亲跟师傅去山区盖房子，父亲的好身手强烈地吸引了山区的牧羊女，那些年泥瓦匠父亲吸引的美丽姑娘有很多，好手艺加上能歌善舞还能拉二胡，父亲就很挑剔了。阿尔金山之行，心高气傲的父亲却一下子被这个苦寒之地的牧羊女给征服了，牧羊女身边的羊群像白云一样，山区缺水，她还是把羊洗那么干净，美丽羊群中的少女显得更为高贵优雅，当她的歌声响起，当她的舞蹈反复回旋，传说中的楼兰姑娘一下子复活了，年轻的泥瓦匠情不自禁唱起了楼兰古歌。其实是古罗布人求爱的古歌，叫作那鲁斯库木，每年母亲的生日父亲总要唱这首歌。母亲干活干得高兴就唱这首歌。吴丽梅和姐姐弟弟听到的都是曲调，亲朋好友听到的也是曲调。好多年以后吴丽梅考上了大学，举家欢庆时父亲才公开唱出了歌词，那一刻母亲面带羞涩成了美少女，她的孩子们永远记住了那首古歌的歌词：

　　　　啊！心爱的人哪！

　　　　你的黑发半遮脸。

　　　　你不答应，我就不能亲你吻你。

　　　　你这样板着脸，

　　　　实在让我心酸。

　　　　心爱的人哪！

　　　　我朝思暮想，

　　　　无时无刻不在依恋着你。

哪怕天涯海角，

也要看到你的容颜，

与你终身相伴。

　　在西域大漠，人们都把罗布泊和楼兰看作大地的尽头。阿尔金山美丽的牧羊女就跟着泥瓦匠来到罗布荒原。她很快成了母亲。她把大女儿培养成了牧羊女，她开始培养二女儿吴丽梅。

　　按母亲的吩咐，吴丽梅每天清理10只羊。一个月后增加到了30只羊。两个月后，跟母亲对半。已经是冬天了，冰天雪地让人受不了。母亲就让吴丽梅把光脚伸进热牛粪里取暖，牛粪呛人的气息中有一种清香，5岁的吴丽梅就问母亲："妈妈，你小时候是不是也在牛粪里暖脚？""鬼丫头，妈妈还暖手呢。"母亲的手就伸过来摸吴丽梅的脸，从出生到现在妈妈抱啊亲啊多少次了，这一刻吴丽梅才发现母亲的手那么温暖，那么绵软那么圆润饱满，母亲那么辛苦，又是放牧又是种地，又是干家务，别的女人在她这个年龄已经开始憔悴，手开始粗糙变成树皮。连母亲自己也没有意识到她长年累月地当泥瓦匠丈夫的好帮手，揉面一样揉泥巴，每天都用湿牛粪擦墙壁，擦地板，反而滋润了她的手，她的手就保持了泥巴和牛粪的潮润和柔性。还有温度，泥土和牛粪的温度持久而热烈。母亲的儿女们都保持了这种持久而热烈的泥土和牛粪的特征。儿女们情窦初开，与恋人亲热的那一瞬间，那双火焰般的手就永远留在恋人的记忆里了。

吴丽梅比姐姐和弟弟辛苦，也比他们幸运。母亲培养二女儿吴丽梅的第二年，牧场出现一大批弃之可惜、留之不堪的又瘦又弱的羊。大家就想到了特别能干的吴丽梅的母亲。母亲肩负着领导和牧场职工们的期待挑这副担子。弟弟太小，姐姐上学，6 岁的无忧无虑的吴丽梅就成了妈妈的好帮手。母女俩赶着 50 只瘦弱不堪的羊到离水近的好草场。正好是夏天，金色的沙枣花散发着浓郁的芳香。遍地的罗布麻开着红色小花，红柳花红如玫瑰，湖畔长满了茂密的芦苇，胡杨沙枣高大茂密。这都是羊爱吃的食物。饮水洗澡很方便，还有牧羊人住的窝棚。吃用的东西都带来了。这些可怜的羊在别人手里又脏又难看，身上沾满了草屑和粪土。母女俩取出胡杨木梳子清理羊身上的垃圾，梳子划过之处，着火一般烟雾升起，梳子很轻，不能拔下羊毛，忙半天清理完毕，母女俩成了土人，呛得直咳嗽，草地空气清爽，深呼吸，醒过神，开始给羊洗澡。羊不习惯下水，母女俩一只一只牵到水里。撩水把羊浇湿，牵着羊耳朵在水里游荡，羊就适应了，在水里又蹦又跳，干干净净银光闪闪跳上岸，边吃青草边晒太阳。50 只银光闪闪干干净净带着水珠的羊埋头吃草。太阳就贴过来了。银子一般亮晃晃的一身羊毛吸取了大团大团金色的阳光，一下子就蓬松起来，柔软细腻光滑如杨花柳絮，羊精神漂亮起来了。

母女俩跟护士护理病人一样细心呵护，每天按时放牧，羊们吃饱喝足，还要按时活动按时休息，不受热不受潮，不受虫害，羊喝的都是干净的水，不吃霜打过的草。狼是羊的天敌，羊见到狼就是浑身酥软不能动弹，羊唯一能做的反抗举动就是狼出现在几十里以外羊就能察觉到，羊就开始骚动，挤成一团咩咩地叫，大合唱一样边叫边发抖，制造恐怖气氛。这种情况常常发生在后半夜，狼总是在这个节骨眼偷袭羊圈。头羊总是最先察觉，唤醒所有的羊进入救亡大合唱，唤醒沉睡的主人。主人如果喝了酒或迟钝如猪狗，羊就要遭殃了。吴丽梅的母亲从梦中惊醒，叫醒女儿，叮咛女儿待窝棚里不要出来。她一个人操起家伙出去了。窝棚的门关死死的，里边挂着马灯，吴丽梅懵懵懂懂不知道发生了什么事。她很快就听见母亲敲打脸盆的声音，接着是冲天大火。母亲在羊圈里点燃梭梭和红柳，很壮观的一堆篝火，加上爆响的脸盆，羊围着篝火，羊们都放心了，女主人把搪瓷脸盆都敲烂了都敲成火炮了，燃烧的红柳和梭梭，噼啪作响，尤其是红柳，就像无数颗太阳在爆炸，炸裂出一团团烈火，狼群不敢靠近，篝火和暴雨般的敲打声一直延续到天亮一直到太阳升起，太阳就像从篝火里发射出来的。两个月后，这些准备淘汰的病秧子被母女俩喂养得又肥又壮。母女俩骑着小毛驴带着羊群离开草地返回牧场，羊群就像移动的毡房。

吴丽梅7岁上学那年，就能一个人出去放羊了。母亲总是在儿女们上学前把他们培养成劳动能手。上学后的吴丽梅假期放羊。父亲专门给女儿做了一根漂亮的牧羊鞭，三米长的坚硬柔软有弹性的白蜡条做鞭杆，鞭梢是二胡的琴弦，炸起鞭来声音清脆响亮，琴声在空中回荡，羊群随鞭声而动。带着琴声的响鞭还能给羊提神。羊吃草的路都走熟了，每一块草地就像个车站，早晨有早晨的站，中午有中午的站，下午有下午的站。放羊是个轻松活。已经上学识字的吴丽梅能看书了，上学前看小画书就认了不少字。上学不久她就能看简单的故事书。那个年代，师资力量薄弱，但新疆的中小学老师大多都是上海知青，教学水平不亚于大上海。孩子们常常能听到手风琴小提琴口琴的演奏。口琴简单便宜，很受大家欢迎。父亲就托上海知青从大上海买来了口琴，一教就会。吴丽梅放羊的时候带着口琴和书，羊儿们和小毛驴自由自在地吃草，吃饱了就在旷野上嬉戏打闹，毛驴的叫声响彻云霄，俨然羊们的领唱，羊总是浅声低吟，咩咩声单调乏味，毛驴就大显身手，时而嗷嗷嚎叫，时而悠扬长啸，毛驴最拿手的是充满幽然风趣的开怀大笑，笑到至极就满地打滚，边滚边叫，已经有点儿动物版芭蕾舞的意思了。黑色毛驴成了王子，洁白美丽的绵羊就成了天鹅，最漂亮的羊就站起来了，直立行走，狗日的还真的成天鹅了，毛驴与羊的芭蕾舞《天鹅湖》。很快引来了百灵鸟和塔里木兔。旷野从来都不寂寞，荒原是人类的说法，飞禽走兽草木沙石从来都不认可人类的狗屁想法。它们终于发现那在胡杨树下看书的小姑娘放下书本，操起小口琴呜呜咽咽呜叫着加入动物们的狂欢。小姑娘刚刚学会两首歌，爸爸教的《北京的金山上》，上海知青教的是《在那遥远的地方》。动物们能听懂音乐，口琴中的歌曲没有歌词，动物们也听不懂人类的语言，但它们能听懂人类音乐的曲调。两首歌吹完，吴丽梅开始唱塔里木和罗布荒原的古歌，七岁孩子记不清歌词，曲调记得很熟，一曲接一曲。动物们听得很开心，动物们把吴丽梅当成最贴心的朋友和伙伴。

大人们也唱歌，大人们唱的都是哀伤的歌曲，飞禽走兽听不到一半就离开了，太伤心了。动物们喜欢孩子的歌声。孩子们没有遭受过苦难，孩子们几乎就是人类的动物时代。这个刚刚上学的小女孩只带两本书，上海知青从上海带来的旧书，1957年新文艺出版社出版的《普希金童话诗》，1955年人民文学出版社出版的《伊索寓言》，《普希金童话诗》里的《鲁斯兰与柳德米拉》《神父和他的长工巴尔达的故事》《沙皇萨尔坦的故事》《公主和七勇士的故事》，她看不懂也不感兴趣，她只喜欢《渔夫和金鱼的故事》和《金鸡的故事》。《伊索寓言》大都是动物寓言，都是《农夫与蛇》《龟兔赛跑》《驴子与青蛙》《蚯蚓和蟒蛇》《小男孩与蝎子》《掉进

井里的狐狸与山羊》《站在屋顶的小山羊和狼》《蚂蚁与屎壳郎》《老
鼠与青蛙》《老鼠开会》，这些动物就在身边，跟她当伙伴，不分
彼此玩得很开心。寓言里的哲理她一点儿也不懂，她只喜欢寓言
里的动物，全都是有血有肉的生命。这些书就成了动物本身。有
道是从书本里求知识，从自然中求智慧，吴丽梅的启蒙老师就是
塔里木。7 岁的牧羊女给上海知青重述的《普希金童话诗》和《伊
索寓言》变化有多么大，上海知青不停地眨眼睛：这是普希金吗？
这是古希腊那个奴隶伊索吗？小女孩吴丽梅把塔里木的兔子狐狸
乌鸦驴子百灵鸟老鼠跳蚤蚊子四脚蛇天鹅牛羊马骆驼胡杨红柳梭
梭骆驼刺芦苇包括飞扬的沙土全裹进去了，上海知青听到的是幽
默风趣的阿凡提，骑着毛驴到处逗人开心到处挖苦讽刺巴依老爷
的阿凡提，吴丽梅那张乖嘴让普希金和伊索骑上了小毛驴抽上了
莫合烟。

吴丽梅还记得父亲带她去巴扎买毛驴的场景，那是个物资贫
乏的年代，牲畜市场最多的不是牛羊马驼，是可爱的小毛驴。从
古到今塔里木从来都不缺小毛驴，性格温驯活泼可笑，蹦跳欢叫，
一对招风大耳，长而密的眼睫毛，一双又大又亮的黑眼睛，毛茸
茸的就像个顽童。泥瓦匠父亲在驴群中挑中一匹，揪住它的大耳
朵往下压，驴背就弯成一张弓，驴背长而圆，父亲猛地一跳跨上
驴背，驴子就踏起烟尘，一阵快跑兜一圈回到原地不喘气，打个

响鼻，兴奋地嗷嗷大叫，体力很好，父亲再摸摸牙口，就买下了，就成了吴丽梅的坐骑。好多年以后，已经成为西域研究专家的吴丽梅又把研究目标对准了老子。老子骑青牛出关，骑白马过河西走廊，骑骆驼入大漠，到了塔里木就换上了小毛驴，老子就幽默起来了。人类的幽默意识绝对来自驴子，再古板再无趣的人骑上小毛驴肯定脑瓜开窍大彻大悟。写《道德经》的老子只沾了智慧一点儿毛，骑上毛驴后老头开始笑了，幽默起来了，跟驴比笑比幽默，真正的智慧出现了，创造出了"摩诃兜勒"的老子真正成了得道之人。西域大曲"摩诃兜勒"的互文本史诗《摩诃婆罗多》中的大神们都骑着天鹅骑着大白牛甚至骑着老鼠叱咤风云。

我们是兄弟。

这不正是吴丽梅的金色童年吗。骑着驴骑着羊，与飞禽走兽相伴为伍。她甚至骑过高大壮美的头羊，只有那些壮健沉稳聪慧的公羊才有资格当头羊。有道是头羊怕狼，尾羊怕鞭，牧人总是骑着马，在后边挥鞭赶羊，狡猾的狼就从前边袭击羊群，头羊就很危险。牧羊女吴丽梅三天两头骑头羊，就给头羊壮了胆，驴子与尾羊相伴。如果有双眼睛从天空往下看，就会看到天刚亮，太阳还没有升起，一个红彤彤的小姑娘骑着大公羊，一长串银光闪闪的绵羊和黑毛驴紧随其后，奔向辽阔的荒野，奔向遥远的地平线，就像天地间划过一道耀眼的闪电，大公羊就像驮了一轮红日，天空和大地都被照亮了。羊群到了青草地，羊群不再是整齐的队列，羊群一下子就在草地上散开了，散开的那一刻太阳刚刚升起，阳光跟羊群一起在大地上散开，红彤彤的牧羊女从公羊背上下来，就像太阳从天而降走向金光闪闪的胡杨树，胡杨树就燃烧起来了。响彻天地的不是太阳的燃烧，是吴丽梅吹响的口琴。吴丽梅刚刚从上海知青那里学会了《边疆处处赛江南》，就立竿见影活学活用，把太阳当朋友当伙伴，就吹起了口琴，吹到"牛羊肥来瓜果鲜"，羊们就拼命啃草，吹到"天山南北红光闪"，石头沙子都冒起了火，尘土都冒烟了，旋风一股又一股，大漠孤烟指的就是旋风。日落大地，赶着羊群回家，羊身上披满了落日的辉煌，牧羊女就像镀了金，落日散发出浓烈的土腥味，太阳风尘仆仆满脸慈祥就像古代行走在丝绸古道上舍身求法的高僧，整个大地都披上了辉煌的袈裟。羊成了小沙弥，毛驴也是。

　　牧场最忙的是春季产羔。吴丽梅白天上课，晚上就当妈妈的好帮手。接羔是大人们的工作。吴丽梅给羊羔喂奶，给母羊调料喂草，累得小腿抽筋小手发抖毛毛眼通红通红。后半夜一只待产的母羊得了急症，不停地挣扎呻吟，身边没大人，妈妈只能叫吴丽梅来帮忙。兽医没来之前，母羊就不再呻吟不再挣扎，母羊肚子里的羊羔还在动，母羊保不住了得保羊羔。母亲叫吴丽梅出去，拉上门别进来。吴丽梅蹲在门外，外边黑乎乎的，窗口灯光照不到一米。吴丽梅听见刀子宰羊的声音。吴丽梅不知道妈妈在剖腹取胎。不到 5 分钟妈妈就干净利落地完成了外科手术。吴丽梅进去时没看到母羊，只看见炉子烧得更旺了，妈妈还不停地叫她加柴火。妈妈用旧衣服轻轻地沾羊羔身上的黏液和血水，接着就剥开羊羔粉嫩的小嘴，用棉花擦口腔里的黏液，然后捏着小腿，一呼一吸轻轻做人工呼吸，小羊羔吐出一口气，眼睛慢慢睁开，光明从眼睛里流出来，灯光就暗下去了，屋外黑夜上空月亮又圆又大，从新生羊羔眼睛里流露出来的微弱的生命之光打量着这个陌生的世界，就看到窗外上空的月亮，塔里木上空的月亮又圆又大，月亮里的兔子也被出生的小羊羔看见了，小羊羔看见了它自己。月亮里的小白兔跟它一模一样，小羊羔太吃惊了，它投向世界的第一道光明就这样升上天空，被吸进了月亮，变成了小白兔，那就是它的魂魄。

佛教盛行西域的时代，就有狐、猿、兔三兽供养菩萨的传说。兔无所得肉，舍身火中，上帝大发慈悲，从火中取出焦兔，置于月亮，令天下众生举目敬仰，要知道月亮是菩萨行善的化身。西域兔子有许多种，只有戈壁兔和塔里木兔头大身小矫健无比，一蹦数丈，能蹿成一团火焰，哈萨克语兔子就是火焰。菩萨的另一个化身隐含着更多的火。吴丽梅帮妈妈抢救危难中的羊羔，目睹了生命的死亡与再生。好多年以后她的恋人徐济云并不知道这一切，但他们确实相爱过，相爱的双方就不再有秘密；好多年以后他们分手了，都有了家室都有了自己的生活，徐济云还时不时地梦见小羊羔从死难中复活新生的场景。徐济云就相信了天誓和缘起，人默想什么，什么就会出现在你面前。

母亲在牧场的声望越来越高，一个把窝棚地窖子收拾成宫殿的女人，一个把黄土打磨成宝石的女人，一个把灰头灰脑的绵羊变成白云的人，是罗布荒原的骄傲，也是整个塔里木的骄傲。母亲成了镇上的清洁工，全家就从分场搬到镇上，成了城镇居民。总场场部就在镇上，不但有牛有羊还有骆驼还有马。吴丽梅假期还去放羊，吴丽梅开始骑马了。妇女儿童老人都骑小毛驴，男人们都骑马，万不得已才骑驴。男人骑驴那个样子就很搞笑，高大魁梧的西北大汉，往驴身上一坐，就跟坐在棉花包上一样，扑哧一下，两条大腿就搭地上了，脚划着地面，几乎让毛驴拖着走，毛驴不觉着累，跑得更欢，叫得更响，长一声短一声，整个大地都在开怀大笑，钻天杨的叶子都成了毛驴的招风耳，不但把白杨树拍得叭叭响，也在打天的脸，白杨树就成了天上的小毛驴，狂得上天了，一个劲往天上蹿，蹿着蹿着就成了钻天杨，钻到上天的胳肢窝里上天忍不住都哈哈大笑，就带动了沙包上的红柳沙地上的梭梭戈壁上的骆驼刺，无边无际的牧草，飞禽走兽，大地上的万物都喧闹起来。没办法，有驴子的地方就这么搞笑。一个庄重沉稳的男子汉一定要注意，不到万不得已不要骑毛驴，笑会传染的。毛头小伙子还罢了，一个娶妻生子成为一家之长的男人，一个当了领导说一不二的男人，笑声会让你不严肃，会让你失去威信。男人们一边告诫自己一边陷入毛驴的欢笑难以自拔。毛驴已经成为他们生命中最有活力的一部分。他们满脸鄙夷满脸轻蔑地骑驴出门，又满脸喜悦小顽童一样骑毛驴回家。驴子让所有人变成孩子。万物有灵，万物生而有翼，万物皆有童心。驴子永远也长不大。

　　吴丽梅小同学渴望长大，12岁这年她骑上了高头大马。不管毛驴如何欢叫如何逗她，小丫头一脸严肃地就像个小男子汉，抖着缰绳一阵狂奔，消失在辽阔的原野上，白烟飘起，很快被风吹散。每天早晨，吴丽梅都骑马奔向天地交汇的地平线。太阳从地平线升起时，吴丽梅和红鬃烈马就成了大地的火焰，就地燃烧，不再狂奔，速度完全消失。好多年以后，吴丽梅考上大学，坐火车去内地，火车进入戈壁沙漠就不再动了，连声音都没有了。月球一样的戈壁滩，没有房屋，没有树木，只有稀稀拉拉的骆驼刺，没有参照物，火车再怎么跑都跑不出速度了，仿佛凝固在天地间，火车一下子就变小了，就像一只小甲虫一只蟑螂一只小蜥蜴。蜥蜴新疆人叫四脚蛇，小拇指那么大。火车就这么可怜巴巴地趴在戈壁滩上。从沙漠里来的吴丽梅一下子感到前所未有的孤独和寂寞。更强烈的孤独和寂寞是在她到陕西第二大城市渭北市以后，

1978 年，大学生都是珍贵的大熊猫，举国欢庆全民拥戴，吴丽梅只能把这种孤独和寂寞埋在心里。大一第一学期她就跟徐济云谈恋爱了，一直相恋到大四毕业前夕，热恋也没有消除这种孤独和寂寞。

大城市的孤独和寂寞不是吴丽梅第一个感觉到的。吴丽梅纵马狂欢那一年，孔雀河畔一个蒙古汉子当了劳模，去自治区首府乌鲁木齐参加表彰大会，接着参观工厂博物馆展览馆，观赏自治区顶尖级的歌舞团表演，整整一个礼拜，回到孔雀河畔不到千人的小镇向亲朋好友实话实说："乌鲁木齐什么都好，就是太孤独太寂寞啦。听不到鸟鸣听不到羊叫听不到驴笑，歌舞团的演员们在台子上又唱又跳，观众只能在台下干瞪眼。"歌声和舞蹈跟自己一点儿关系都没有，大漠深处孔雀河畔塔里木河畔，人们一起唱歌一起跳舞，认识的不认识的，只要是人都能加入，千百年来，塞人、月氏人、吐火罗人、汉人、匈奴人、柔然人、羌人、回鹘人、蒙古人不都这么进来的吗！连死后的墓地都在一起，胡杨木以太阳放射光芒的形状排列成不断死亡不断复活再生的太阳墓地，各色人种的亡灵大狂欢。死亡都不孤独都不寂寞。这就是戈壁大漠深处人们的生活。蒙古人总是春天把骆驼放出来，任由它们浪迹天涯，秋天长肥了再把它们找回来。骆驼通常在哪个地方主人都知道，大地上的一草一木包括一粒沙子都跟自己身上的器官一样熟悉。千百年来，住窝棚的塔里木人都习惯把钱财珍宝埋在沙子里。用钱的时候就到沙子里去找。沙子常常移动，他们能找到流沙的踪迹。找不到就不找了。总有一天大风扬沙，钱财珍宝会露面的，谁捡到就是谁的福气。塔里木人相信人跟金钱财富是有缘的，人跟人是有缘的，人跟万物是有缘的，你的就是别人的，别人的也会成为你的。流沙荒漠就是自己的家园。好多年以后吴丽梅才明白楼兰这个城市名称的现代意义。

　　1974年高中生吴丽梅不再看《伊索寓言》了，《普希金童话诗》中的《渔夫和金鱼的故事》《金鸡的故事》显得滑稽可笑，她的目光投向了《公主和七勇士的故事》《鲁斯兰与柳德米拉》，1957年上海新文艺出版社出版的《普希金童话诗》的封面就是英俊的骑士鲁斯兰和美丽的少女柳德米拉，从七岁读到十四岁，从孩童到少女，她才发现这本书的封面远胜书中的插图和文字。吴丽梅的口琴不再是《边疆处处赛江南》了，吴丽梅不需要人家教她了，吴丽梅偷偷地学会了《草原之夜》，这首东方小夜曲当时是被当"大毒草"批判的，上海知青们约会时就用小提琴手风琴口琴演奏《草原之夜》。一男一女在河边在芦苇荡里在胡杨树沙枣树下在红柳沙包的后边，男的来一段，女的也来一段，这美妙的场景很容易被人看到，大人们笑一笑，孩子们蒙头蒙脑。少女吴丽梅中了魔一样，不由自主地跟着学，《鲁斯兰与柳德米拉》等于烈火烹油，吴丽梅版的《草原之夜》青出于蓝而胜于蓝,把上海知青全比下去了。上海知青就告诉她你这么聪明一定要上大学,一定要到城市去生活。上海人眼里大江南北真正的现代化城市就是大上海。高中生吴丽梅说出一长串的地理课本上的大城市,上海知青摇摇头,都不是。已经不是那个教她小学语文课送她《伊索寓言》《普希金童话诗》教她吹口琴的上海男知青了,这个教她高中语文的上海女知青说得更直接更具体:"你这么漂亮这么美,这么聪慧,你应该到上海去生活。"女知青盯着吴丽梅好半天告诉吴丽梅:"高中毕业就争取推荐上大学的机会,哪都不去,只去上海。"

1972年北京大学、清华大学开始以推荐方式招收工农兵大学生,1973年许多大学恢复招收工农兵大学生,开始重视文化考试,条件是必须当过三年以上的工农兵,给大江南北的下乡知青带来希望。吴丽梅开始设计自己的未来,她马上要高中毕业了,当三年牧工,到1976年她就有资格上大学了。文化考试更不是问题。父母出于一种本能,在那个知识越多越反动的年代崇尚文化,接二连三地交结上海知青,给孩子补课,后来三个孩子都考上了大学。沉醉在《鲁斯兰与柳德米拉》与《草原之夜》中的吴丽梅在上海女知青的开导下把城市当成爱情的花园,开始了对爱情的无限向往和想象。遭罪的肯定是吴丽梅身边的小伙子们,14岁情窦初开的大漠美女,仿佛楼兰美女再生,不是那种拒人于千里之外的冷美人，是一朵燃烧的玫瑰。能歌善舞又满腹诗书，聪慧异常。很容易接近又很伤人。她热情而遥远的目光，总是看着远方，任何靠近她的男生都变小了，跟草叶上的七星瓢虫一样。更恐怖的是吴丽梅身上有一股天然的芳香。吴丽梅的妈妈能做出最好的玫瑰酱，牧场以及全镇能常年做玫瑰酱的没有几家，汉族只有吴丽梅的妈妈。玫瑰酱是维吾尔族人的传统手艺。吴丽梅的妈妈在阿尔金山的时候就学会了。不但会做花酱，还能种植玫瑰花，不是院子里花盆里的那么几枝摆设，美化美化环境，是跟种菜一样开垦出的一片地种植大片玫瑰。这才是难度极大的技术活。几次搬家，他们家总是把房子建在近水的地方。水不够，泥瓦匠父亲就驾毛驴车跑几十里去湖里去河里去水库拉水，再苦再累也要满足妻子的心愿。当年泥瓦匠父亲不就是被阿尔金山苦寒之地的玫瑰花点燃了爱情之火吗？玫瑰生根长高会遮住太阳，你就成为你自己的太阳。穷人种不起玫瑰，荒漠里种玫瑰更是天方夜谭。新疆日照时间长，昼夜温差大，降雨小，蒸发量大，用农家肥，手工除草，玫瑰的品质就不同凡响。花期只有 20 天，清晨采摘，花瓣被揉搓翻拌成细碎的花末，加入砂糖，装入大缸，密封搬到屋顶，阳光暴晒 60 天，浓香甜蜜的玫瑰花酱就做成了。吃玫瑰酱长大的孩子身上就有一股天然的芳香。在塔里木人的意识里，没有玫瑰，童年就成了戈壁沙漠。再穷的人都要从巴依老爷的花园里偷一枝玫瑰，栽在自己家简陋的院子里，一株就会长成很多株，西域大漠，许多人家徒四壁，破败的墙角一定有几株燃烧的玫瑰。玫瑰使人高贵。

1978年秋天，当吴丽梅与徐济云走在一起时，徐济云看到的就是一朵可爱的玫瑰花，西域大漠还真有这么一首民歌，肯定是情歌。以后的日子她会经常唱这首歌。吴丽梅还记得她用口琴吹《草原之夜》时徐济云眼神里忽悠一闪的不自信。吴丽梅就把口琴收起来了。吴丽梅问他是不是有点儿冷，深秋的晚上，冷是很自然的。徐济云到底是个下过乡的大学生，徐济云微微一笑："你都不怕冷，我就不好意思说冷。""你就硬撑着？"毕业前夕，吴丽梅给徐济云织了一件毛衣。从老家罗布荒原带来的原生羊毛，亲手搓线，亲手编织。2008年秋天，吴丽梅葬身大漠，葬身的地方有一个大沙包，茂密的红柳把整个沙漠都抓起来了，红柳条子就像吴丽梅的手，就像千手观音，在西域大漠，红柳又叫观音树；大漠人都知道，流沙流到哪里，红柳就长在哪里，红柳生长的速度总是大于流沙流动和掩埋的速度，红柳总是随着沙包的增高而增长，每一棵红柳下面都有一个巨大的沙包。徐济云觉得他的脑袋就是那个大沙包。吴丽梅的手就像红柳，在大地的皮肤下面，红柳们手牵手。吴丽梅再也不用告诉他天上的云是羊群，吴丽梅所有的声音就是那旷野长风。风说："我已经想好了一本书，可是不知道找谁来把我的口述记录下来。"徐济云竟然想到了自己，他一下子被自己的这个念头吓坏了。念想一旦产生就无法收回，只能任其蔓延。这本书可以叫《皮影》，因为它收集了那么多生命的影子，也可以叫《太阳深处的火焰》。我们深爱过的女人不都是玫瑰吗？也只有荒漠里的玫瑰才能点燃爱情的火焰。

6

　　徐济云上课或参加各种会议，进屋先从包里取出粗羊毛衫套
在衬衣上，给人感觉这是一件空调衣。有次参加市里一个文化系
统会议，几位画家音乐家也都是乡村土布缝制的衣裳，大家就把
大教授著名学者徐济云归到艺术家行列，甚至有人向他讨要字画，
他越拒绝，人家越较真，更让人相信他暗中修炼字画几十年偶尔
露峥嵘，待价而沽，三年不飞，一飞冲天哪。徐济云摇头苦笑。
回家告诉王莉，王莉拍手叫好：练呀！练呀！练呀！真是天上掉
下来个大馅饼，字画要的是名气，老公你太了不起了，你太有才了，
你还没写呢，名气就出去了，多少人熬一辈子都熬不到这种机会。
王莉吸口冷气，摸一下丈夫身上的粗羊毛衫，这一切都归功于吴

丽梅，吴丽梅也不会想到她织的这件衣服这么神奇！

更神奇的事情在后边呢。丈夫徐济云刚出门，王莉就奔到窗口，拉开白色窗帘的一角。这是一栋38层的高楼，他们家住18层东户，大半个校园尽收眼底。乘电梯五分钟左右，丈夫徐济云就出来了。妻子王莉发现丈夫徐济云挺拔瘦高的身躯后边拖着一丈多长的影子，丈夫走哪影子随哪。王莉之所以惊讶无比，是因为以前那些长长短短的影子都在丈夫徐济云的前边，丈夫徐济云一直跟着影子走。影子走哪丈夫跟哪。王莉一直拿太阳的上升与下沉给自己做心理安慰。心理脆弱到极点人才会有这种想法，跟乡下女人一样跟古代女人一样，求神拜佛祈求丈夫平安祈求全家平安。现在好啦。丈夫从阴影里走出来啦。

王莉开始出现在徐济云讲课的教室和学术会议的场所，徐济云的衬衫每天换，款式颜色各有不同，都是妻子王莉精心选的，但粗羊毛衫永远不变。更重要的是灯光下的徐济云不管在哪个方位，身体永远在影子前边，王莉关心的就是这个，王莉松一口气又一口气，放松了一次又一次；已经不是放松而是正常的呼吸，一种极大的精神享受。

影子应该在人的后边，影子应该跟人跑而不是相反。

王莉满面春风的样子让大家以为她进入到了恋爱状态。她也不掩饰这种巨大的喜悦，她告诉人家我爱上了一个人，人家就起哄要把这个消息透露给徐济云。她不但不紧张，反而不断地把话题往丈夫徐济云身上引，一点儿作用都没有，大家的兴奋点在她跟另一个男人的关系上。这帮人真是的。徐济云变啦！徐济云换了一个人！我爱上的就是这个旧貌换新颜的崭新的徐济云。没人懂她的心思，更没人揣摩她的心思。人到中年，个个老奸巨猾，说真话比吃屎都难。王莉就想吴丽梅的直率与痛快。王莉渐渐控制住自己的情绪。她们其实都看到了那个崭新的徐济云，她们就是不说，不说等于全说，有一句话叫于无声处听惊雷，还有一句陕西粗话，尿刺沟子装着睡。王莉嘴角挂上了微笑。

下班回家。跟中国所有的家庭一样，无论贫富贵贱，进门第一件事打开电视，然后进厨房做饭。丈夫徐济云总是晚一个小时回家。电视跟猫狗一样。但今天不同，今天王莉听到了"秦之声"里有皮影戏的响动。他们家跟陕西所有高校知识分子家庭一样，不大爱看老百姓喜欢的锣鼓喧天的秦腔，他们爱看凤凰卫视。教授夫人王莉下午六点半听到的是凤凰卫视播出的陕西皮影，而且是西路皮影，就在渭北市附近。王莉一边择菜一边看皮影戏，白布上晃动的影人让她大开眼界，影戏影戏影子也能成戏，影子也是艺术！天上的云，地下的水，太阳深处的火焰，无法消失的爱，无边无际的灵魂全都聚在一张白布上，这就是虚构的艺术。王莉就迷上皮影啦。徐济云进门时王莉手上的芹菜成了道具，在红色塑料盆上摔得噼啪响，把徐济云吓一跳。王莉抱怨徐济云回来得真不是时候，节目刚刚结束。王莉又把节目调到陕西台"秦之声"，哈，踩狗屎运啦，"秦之声"也是皮影《游龟山》。徐济云懵懵懂懂。王莉把徐济云按沙发上，徐济云要看凤凰卫视，王莉已经不是原来那只温顺的小鸟了，王莉变成了鹰一般的吴丽梅，口气果断："就看'秦之声'！就看皮影！底层老百姓能看你大教授也能看！"连王莉都对自己这么专横感到不适应，马上从吴丽梅调回到自己原来的状态，摇摇丈夫："皮影很好看的，你会看出名堂来的。"

徐济云就很勉强地听从妻子的吩咐，皱着眉看皮影《游龟山》，看着看着还真看进去了。才子田玉川也好，民间美女胡凤莲也好都不重要，内容主题唱词全都忽略了，只剩下对白布上晃动的影子的迷恋与欣赏。还有白布后面的灯火，被灯火照亮的白布又叫亮子，太阳的火焰，灵魂般的白云全聚在这里，完全可以跟牛顿的万有引力相媲美，千军万马历史风云人情世故全都被小小的灯火照得透亮，全都一一展现在一张白布上，牛顿的三棱镜凸透镜凹透镜望远镜也不过如此。牛顿用这些仪器完成上帝对他的期待，皮影艺人就用一盏灯一张布几件道具来幻想自己来想象自己。他们没期待。活在别人的期待里还不如活在自己对自己的想象里。皮影是什么？皮影是人对自己的想象，电影源于皮影，而电影是人对世界的想象。王莉端饭菜出来时，徐济云眯着眼睛摇头晃脑手舞足蹈，完全沉浸进去了。王莉悄悄地摆上饭菜。电视上"秦之声"里的皮影已经结束，一个壮汉在大吼《铡美案》，黑脸包公把大教授徐济云给吼醒了，徐济云哈哈一笑，闻到了饭菜的香味，手舞足蹈半天打了一套太极拳，出一身汗，王莉递上热毛巾，擦几把，吃口热菜，还真饿了。两口子饭桌上的话题就是皮影。

饭后散步回来进书房看当天的信件。"瞌睡遇上热枕头好事不断"，众多信件中还真有一封有关皮影艺术学术研讨会的邀请函，加一张大红镀金请帖，就在本市，后天上午，正好没课。妻子王莉连那个送信的研究生都记住了，叫王勇，是个博士。徐济云当博导 10 年了，既招博士又招硕士，国内外各种学术会议的邀请函雪片一般，研究生们负责收这些信函，按导师的要求，国际性学术会议邀请函属于一级，国内重大学术会议属于二级，省市以及普通院校属于三级，地市及大专学校以及民间学术团体属于四级。一二级属于必送信函，三四级就当废纸处理。这也是一种学术训练。个别有眼光的研究生会从三四级邀请函中找到某些学术信息，得到导师许可后便代导师去出席研讨会，也不失为一次见世面的机会。每个研究生负责一周的信件收送。这周轮到王勇博士，王勇博士在几封一二级信函中夹带了一封本地的三级学术邀请函，说明王勇博士对皮影感兴趣。

王勇博士的机会来了，他没想到导师也对皮影产生了兴趣，而且是极其浓厚的兴趣。王勇博士很快就收到导师发来的短信，后天导师与他一起去参加本市举办的皮影艺术研讨会，确切地说，是皮影艺术研究院成立 50 周年学术研讨会。王勇博士收到短信，大叫了一声，又蹦又跳，手机都快要爆炸了，旁边的同学那个羡慕忌妒恨呀！徐济云就这样跟皮影艺人周猴走在了一起。

7

徐济云教授不止一次询问周猴坟墓里的感觉，周猴总是告诉他：黑乎乎啥都看不见。"那不是夜晚吗。""对对，就是半夜三更黑乎乎的夜晚，到底是大教授，我心里的感觉全让大教授说出来啦。"每次交谈就这么三言两语，不转移话题就等于诱供。

徐济云出于好奇，半夜三更醒来好几次，摸黑下床时眼睛已经能适应黑暗了，凭感觉可以走到客厅，一直走到沙发跟前。夜太黑，屋里屋外黑成一团。外边没有月亮连星星都没有，整个校园，家属区都没有灯光，连路灯都没有，完全符合徐济云和周猴设想的什么都看不见的黑。徐济云摸出烟，呷一口，没点火，他看见自己的眼睛在黑暗中一闪一闪。他知道这是自己的感觉，可这种感觉太真实了，他闭上眼睛也没用，内心第二双眼睛火焰一样又闪又跳，然后是清晰的呼噜声。他的家人、整栋楼都在酣睡，整个世界都在酣睡。徐济云教授穿上外套，特务一样轻手轻脚出去了。

他都不知道自己怎么下楼的，他没走电梯，也没惊动楼梯间的声控灯，悄无声息从18楼摸下去，到楼下。他完全被黑暗吞没了，他双手乱抓，只抓到湍急的波涛，他一下子就失去重量，浮萍般随波逐流，直到黑色波涛把他卷到床上；枕头，毛巾被，他抓起放下好几次，怎么上楼怎么进屋一点儿印象都没有。这难道就是坟墓里的感觉？浩如烟海，无边无际。

徐济云教授把这一切告诉周猴，周猴咧嘴一笑："知识分子就会玩虚的，实话告诉你，从头到尾把你扎绑紧紧的比绑犯人厉害几十倍，你慢慢想去吧。"徐教授眼睛一亮想到了棺材，坟墓里有棺材呀。棺材可是狭窄的空间，令人窒息，死人进棺材，还要加垫许多褥子灰包，严严实实密不透风。坟坑里还有墓道，水泥砖头砌一遍，人来自大地归于大地，墓道连同棺材如同一叶扁舟，飘摇在滚滚波涛间，再坚固的棺材都会烂掉，在棺材腐朽前死者早已成为枯骨，最终归于尘土，融入大地的滚滚波涛。问题是周猴在坟墓里只待了一会儿，完全是假死状态，大家挥锹扬土，埋几分钟棺材里传出哭声，地动山摇般的怒吼。大家赶快抢救，棺材都被劈开了。周猴是从棺材里被掏出来的，那个勇敢的人是60

多岁的爷爷而不是30多岁健壮如牛的父亲。那是周猴12岁时发生的事情，一场疾病，生命的迹象消失殆尽，从公社医院到县医院都无力回天。夭折的孩子随便用几块薄板钉个小棺材草草安葬即可，甚至用草席一卷埋掉也行。爷爷太疼爱周猴了，全村人都喜欢这个聪明懂事好学上进的孩子，爷爷就动用了自己的棺材。爷爷跟小儿子过，好多年前几个儿子就凑钱给爷爷做了松木棺材，每年刷一次漆，还描了画，跟社火脸谱一样搁在客厅里。过年过节，亲朋好友，平常日子，街坊邻里，来家里都要摸一摸瞅一瞅爷爷的寿材；在乡村就是一件艺术品，大家赞美寿材就是赞美爷爷就是赞美爷爷的子孙，那一刻，爷爷满脸核桃皮一样的皱纹就绚烂如同社火脸谱。

爷爷曾经是耍社火的好手。爷爷做梦也没想到渭北高原的社火皮影木偶能纠缠孙子一辈子。社火一直叫社火，皮影在民间就叫影戏，木偶就叫肘猴。河南人耍猴，陕西关中人耍木偶，被能工巧匠玩于股掌之间，陕西关中的肘猴更入木三分，被人耍被人玩弄的道具比猴子更惨，说穿了就是木头人活死人。陕西关中人不忍耍有生命的活物，就用牛马驴皮刻制影人，甚至动用木料刻制木头人。木偶进入角色就跟活的一样，灵巧如猴子，但木偶都是缺胳膊少腿的，只有头和身子，不能成为完整的人。皮影可以上庙会可以进村子，村里有人生孩子，木偶肘猴不能进，满月前都不能进，否则孩子会夭折。有关周猴的身世就有了许多种说法，其中包括出生那天直到满月期间有木偶戏班子贸然进村，又匆匆离开。有人从周猴这个奇怪的名字联想到肘猴，关中西府周原一代周肘同音，吼猴同音。这些敏感的话题徐教授就不好盘问了。

8

　　皮影艺术研究院成立于 1961 年 5 月 31 日，为关中皮影走向
世界立下汗马功劳，50 年后的 2011 年 5 月 31 日，相关的纪念活
动就很热闹，省市几大班子领导都来了，还跟大家照了相。领导
走后，新闻媒体没有走，媒体要记录下大师们专家们的一举一动
一言一行。座谈会开了整整一天。中午有丰盛的酒宴。下午还是
那么热闹，但毕竟是下午了，进行一个半小时后开始有人离场了。
最后发言的那个人啰里啰唆说了半个小时，中心话题是恳求专家
学者关注自己。徐济云教授就把那个人记住了，散会后徐济云教
授跟那个人打了招呼，要了那个人的联系方式，送上自己的名片，
那个人感动得浑身发抖，话都说不出来了。徐济云刚走开，就听

见有人对周猴说："你的机会到了，那可是渭北大学的名教授。"周猴就叫："我都60岁了，年底就退休啦，我还有啥机会，我这是垂死挣扎。"

第二天，周猴的电话就打过来了，徐济云微微一笑，然后淡淡一句："下周我们再联系，周三以后。"

今天，徐教授给研究生的作业就是收集相关资料。影戏发源于关中，分东路皮影和西路皮影。东路皮影以西安附近的华阴华县为主，西路皮影以渭北市附近的岐山凤翔宝鸡为主。渭北市的文化人抢先成立皮影艺术研究院，省城西安以外就有了另一个高规格学术中心。渭北大学理所当然成为关中皮影研究的重镇，几十年的积累，资料丰富搞研究很方便。可有些资料少得可怜，压根就进不了专家学者的视野，唯一的信息就是导师徐济云教授留下的资料。上周末徐教授从皮影艺术研究院庆典座谈会上带回一大堆资料，其中有一份与会人员的联系方式与个人简介。有关周猴的介绍很简单，出生年月性别籍贯学历职业，这些信息告诉大家周猴是本地土著，渭北市70公里外古老周原一个叫肘户村的地方，中学毕业，喜欢皮影，14岁就从师学艺，30岁以后在渭北大学与渭北市联合举办的民间艺术培训班学习两年，算是大专学历。前后五届数百名学员大都回老家重操旧业，只有少数几个人留在县市文化单位吃上了公家饭。这些人当中还有几个是女艺人，搞不好这个周猴是唯一一个吃上公家饭的男性。后来与周猴近距离接触，证明大家的判断绝对准确。四个博士当中有两个在职的，有家有室都工作十多年了，社会经验丰富，连猜带蒙总是八九不离十。年龄小社会阅历浅的有他们的优势，外语强，文字功底好，学术基础扎实，玩电脑更不在话下，网上一搜，皮影艺人周猴进入文字的都在新闻报道的末尾，紧接着等，这个等稍微移动一点儿周猴连影就都没了。

那两个在职博士用短信提醒点拨这帮年轻不懂事愣头愣脑的师弟师妹们，年纪相差也就七八岁可对世事的了解如同父子，狗日的跟教育自己的孩子一样，那语气那心理优势，这就是人文学科的悲哀。放理科试试，30岁以上的博士基本属于废铜烂铁混日子。两个老江湖师兄不得不暗示师弟师妹们：咱们导师如此看重这个端不上台面的小人物是否有其他用意？两个老江湖实在不忍心看着情同手足的师弟师妹们瞎折腾，上网跑图书馆跑资料室，都跑到市图书馆去了，两个老江湖稳如泰山，快一个礼拜了，他们连周猴这个名字都记不住，另外两个年轻有为的博士压根就不介入，认为导师是心血来潮。两个老江湖都是单位的中层领导，领导读博士在2011年的中国太普遍了，两个年轻博士靠真才实学，干部博士水分很大，但优势也太明显了，大家彼此照应双赢嘛，干部博士老江湖就有责任给师弟师妹们提出忠告，姜是老的辣，咱们的导师才是老大，老大就是老大，老大绝不会犯方向性错误。

师兄的提醒是有道理的。20世纪50年代，渭北大学曾经有过先例，一位在全国学术界颇有影响的老教授招研究生时总是录取最后几名分数偏低的学生，理由很简单，分数高的学生受时潮影响很大，招进来得先洗脑去蔽，剔除乱七八糟的知识污点，大学者自成一家，分数低的学生反而容易上道。这也只能是大学者所为，有伊尹周公之德可矣，无伊尹周公之心之德往往沦为王莽曹操司马昭袁世凯。他们的导师徐济云教授在新世纪要效法伊尹周公。海德格尔曾引用过柏拉图的一句话："一切伟业都在冒险中。"学生只能这样理解他们的导师了。

学生还是很聪明的，博士加上硕士十来个人不约而同地从这段校园往事中得到启示，他们逐一排查关中皮影大师们的业绩和资料果然大有收获。西路皮影大师们的资料末尾都会出现周猴的影子，隐隐约约，忽隐忽现，游移不定，包括合影，一定会在末座或最后一排的某个角落，甚至会出现在两个人中间的空隙里，脑袋都要被挤歪压扁了。有道是天有三宝日月星，沟壑草丛还有萤火虫，小人物周猴连萤火虫都算不上，萤火虫虽然微弱但自身发光，周猴都是借别人的光。敏感的女生用月光安慰不在场的周猴，男生马上予以纠正："月亮可不是借太阳的光。月亮跟太阳分享天空，半壁江山哪。"说这句话的男生正在跟一位女生热恋，这种高质量的恭维不但让恋人心花怒放，也赢得了所有女生的赞赏，从此她们不会再小看月亮，从古到今多少女才子处月亮的位置而心不甘啊，一个分享就把问题解决了。大家也就顺理成章地想到导师的良苦用心：要让麻雀变凤凰，让小人物分享大师的红利。大家马上分头行动，沙里淘金，集腋成裘，连老鼠皮都剥下来缝上去，正所谓天衣无缝。

导师约定与周猴会面的前两天，一册图文并茂的皮影艺人周猴资料汇编摆在导师徐济云面前，58 幅图片加上照片，文字不到2000 字，基本上就是一本画报。导师徐济云一边翻阅一边点头称赞："不错不错，跟岐山臊子面一样，薄劲光，煎稀旺，关键是汤不是面，叫花子麦客只瞅着面，会吃的人品的是汤，面稀汤就宽，气势就出来啦，臊子面就吃个气势吃个气派。"徐济云前前后后翻了三四遍。徐济云教授不满意都不行，学生们还真摸对了导师的心思，对原始图片和照片进行了两次加工，凡是有周猴出现的大小会议合影，一律把周猴调整到中心位置，与会人员无论官员还是艺人全都靠边，座谈会舞台表演也如法炮制。有意思的是所有演出周猴都是配角，给大师当配角只有两次。学生们都是出于对母校历史上的学术泰斗破格录用最低分数考生这一壮举的无限敬仰，照猫画虎依葫芦画瓢移情次要角色周猴。学生们的工作细致认真扎实，导师对学生非常满意。

周三下午 4 点 50 分，徐济云教授在渭北大学学术中心的茶座约见了周猴，两名女硕士陪坐，一位记录一位服务打杂。后来两位女硕士给大家描述周猴拿到资料汇编的情形，目光死死地盯着封面，"那样子就像囚犯看自己的判决书"。另一个女生说得更具体，"而且是死刑判决书，脸发白手发抖，身体僵硬，太吓人了"。徐济云教授见过大世面，面带微笑，呷一口热茶，示意两位女生不要大惊小怪，两位女生缓过神静下心。周猴开始翻动资料汇编，那绝对是慢镜头，轻缓而慌乱，瘦长弯曲的后背痉挛抽搐，好像在告诉大家："这是我吗？这是我吗？"徐济云教授含笑的目光飘向窗外。渭北大学是一所百年老校，林木参天绿荫匝地，所有建筑全都爬满绿藤。徐教授目光所及正是校园景色最优美的银杏密林，西北高原的太阳在这片密林中化成一团跳动的火苗，快熄灭了，徐教授就这么意味深长地看着密林中挣扎的太阳，两位女硕士中的一位用手机抓拍下导师神秘的微笑。半年后的圣诞节女硕士用这幅照片制作成精美的明信片，并题一行小字：趣味盎然而意味深长的微笑，分送大家包括徐教授本人。我们就知道徐教授与弟子的关系有多么融洽，徐教授在弟子心中多么有趣。此时此刻，皮影艺人周猴已经放松了，手中的资料翻阅四五遍了，他可以抬头跟徐教授对视了。他的目光依然充满疑惑，他难以确认文字与图片上的自己。徐教授还是那经典的微笑，不管怎么说徐教授说

97

话了，不能一直演哑剧嘛。徐教授说话的语气极为轻松："工作都是学生们做的，我只给他们打个招呼，关注一下你，他们很快就做出这么一本资料汇编。"周猴频频点头，寺庙里经常出现这种圣徒式的膜拜。徐教授继续说："关键是你本人有研究价值，相当有价值。"周猴一下子就吞下去了这颗巨大的定心丸，咽得相当艰难，蟒蛇吞大象的成语也不过如此。打开始周猴就是当年李登辉见蒋经国时的经典坐姿，两瓣屁股永远使用一瓣，椅子的两个角永远只登陆其中一个角，基本上是鸟儿栖居于树巅的架势，不过周猴绝无欺诈之心，凌云之志有那么一点点。这正是徐教授所期待的。徐教授谈了自己的大致设想，不断地插入这样行不行，你觉得呢，是不是这些经典的知识分子平等协商语气，收到的效果肯定是周猴那颗扑通扑通跳动的心，从乱跳到有节奏地跳，那颗无限感激之心跟牛一样长出两个结实浑圆的膝盖，在心灵深处有节奏地下跪，传递出来的是心跳如鼓。他们约定两天后去周猴家里坐坐。不是坐，是学术考察。徐教授等于给学生布置田野考察的作业。

两天后，十几个研究生跟着导师徐济云教授光临周猴位于西郊的家。本市文化系统职工住宅区。文化单位都是清水衙门，从工作区到生活区都是几十年前的老房子。改革开放几十年，人口暴增，到处大兴土木，本市文化单位明显属于被遗忘的角落，不要说跟经济部门攀比，与渭北大学这样的教育单位相比也是天壤之别。学生们小声嘀咕："我们到了非洲。"导师咳嗽一声，学生吐舌头赶快住声。我们可以想象周猴家有多么寒酸。

学生们应该有一定的心理承受能力，他们经常跟导师外出搞田野考察。同样的旧宅子搁在小县城大家觉得很正常，搁在镇上，或者乡村，甚至会认为这是小康之家。渭北市可是陕西第二大城市，某些方面甚至超过省城西安。这种反差很快就让周猴打破了。穿过六栋旧楼视野一下子开阔了，高大的法国梧桐树圈起了一个小型篮球场，球场两侧还有乒乓球案和单双杠，篮球场对面两栋新楼，青灰色，典雅庄严，好像另一个单位，但又没有围墙隔开，大家的目光全让这两栋高档住宅给吸引过去了，周猴走到大家跟前一口一个徐老师，大家才回过神。周猴跟大家一一握手，然后领大家折回老房子。在第六栋旧楼的左侧，有几十间旧房子，青砖大瓦，一看就是民国或清末的老宅子。周猴告诉大家这是新中国成立前本地一个做药材生意的富商的私人宅子，新中国成立后分给了文化局，文化局又分给皮影艺术研究院。旧屋后边是当年下人们住的小平房，最边的小平房又分出一个半间，就是当年周猴刚进皮影研究院时的临时住处，周猴特别强调：我一个人住了八年，我们一家住了四年。周猴现在没住这个半边屋，但周猴还在使用这个半边屋。里边有书架，有床有桌凳，有小台灯，还有个小电扇，最多能容纳六七个人。博士跟导师徐济云教授进去，硕士们在外边，隔着窗户旁听。

周猴痛说革命家史。周猴那身打扮都是地摊上买的劣质长裤
T恤衫和圆口布鞋，顶多也就五六十块钱，干净破旧，至少穿了
七八年十年不止。这套行头跟破旧的半边屋很般配。里边的书也
很破旧。有人看见书架上边一行字"半屋斋"。有个年龄较大的博
士出来告诉师弟师妹们："他这是学电视剧，十几年前陕西电视台
拍过一部很有名的电视剧《半边楼》，内容都是西安高校知识分子
的生存困境，没想到皮影艺人也这么艰难。"另一个硕士就说："这
好像是他的工作间，里边没厨具嘛，连热水壶都没有。"大家马上
明白过来了。谈话也结束了。周猴真正的家肯定不在这儿。巨大
的反差又开始了，周猴用手一指，所有的人都吸口冷气，周猴住
在篮球场对面的高档大楼里。那两栋气势非凡的高档住宅楼至少
也有十几年历史了，10年前周猴就住进去了。上楼进屋，四室两厅，
跟大教授徐济云的住宅差不多，摆设差一点。周猴告诉大家："12
年前，我们全家搬进这栋新楼一星期后，半间屋就塌了，我老婆
早晨起来做饭从厨房阳台往下边看，发现半间屋不见了，我到客
厅大阳台去看，也没看见，我就下楼去看，就看见半间屋趴在高
大的法国梧桐树底下，我们全家晚一周上楼就全都报销了，我们
家是最后一天拿到新房钥匙的，当天晚上就搬进新房。"大家马上
猜到这间新房当时争议很大，领导们意见分歧，肯定有某个权威

人物力挺周猴拿上钥匙，快速进驻，弄成既成事实。一周后，旧屋倒塌，算是雪中送炭。周猴找来亲戚帮忙，重建旧屋，跟文物遗址一样保留下来。过一段时间，添了新家具，就把旧家具搬进旧屋。乡下亲戚进城，总要带孩子参观旧屋，教育孩子，要好好努力，以周猴为榜样，周猴显然成为农民进城扎根的典型，不是因为军功更不是高考跳龙门，初中毕业，跟戏班子混几年混出这么大的家业，那些农家孩子跟听神话故事一样，当他们从旧屋穿过篮球场，进入高大庄严的高档住宅楼时就有一种从地狱上天堂的感觉。

现在的周猴什么都不缺，缺的就是名气，这栋楼里住的可都是响当当的人物。该徐教授和他的弟子们吃惊了，周猴的老婆给大家沏茶，端水果，周猴变戏法一样从另一间房子里出来换了行头，咖啡色T恤，白长裤，真皮凉鞋。大家马上明白周猴从来没有当过主角，压根就没有整套的道具，至于皮影艺人视为命根子的皮影戏箱是看不到的，大家猜想周猴这辈子大概没当过前声或签手，墙角有鼓墙上有板胡，伴奏肯定是配角嘛。周猴竟然有一个专用书房，而不是大家常见的工作室，三个书架子大概有上千册书，一半属于大路货，还真有两三百本上档次的经典。周猴告诉大家当年在渭北大学进修两年，给他上过课的老师有几十个，每个老师推荐的必读书目他都买下来了。理所当然有徐济云老师推荐的书目，研究生们一眼就认出来了，这些书目几乎是导师的口头禅，学生们不一定全看，大家心知肚明，能看十分之一就很优秀了。大家不约而同地从书架上抽出这些导师视为珍宝的经典，根本不用看正文，就看专家写的前言或后记，差不多算是书评或论述，综合作者的生平各类专家的观点逐一评述，书的核心内容，简单明了，快捷方便，行话叫学术方便面，真正的短平快。皮影艺人周猴深谙此道，当年曾在渭北大学进修两年，不但掌握了获取知识的终南捷径，更重要的是大学老师在讲台上纵横捭阖挥斥方遒，古今中外的经典名著被玩于股掌之间。最让人扬眉吐气的是刘文典戏弄沈从文的那段名人往事，抗战期间西南联大师生躲日本飞机轰炸，庄子研究专家刘文典质问作家沈从文："我跑是为了庄子，你跑什么？"我们可以想象只念过初中，在任何一家皮影班子都没有当过主角的小人物周猴，回到单位把刘文典与沈从文的这段民国往事夸张扭曲到何等地步。周猴告诉大家："我的理论水平高于操作水平，皮影太简单啦，皮影艺人就是那么几手绝活，没文化，不看书嘛，公家出钱办进修班，那么多专家教授扒心扒肺地教都听不进去，都为混个文凭混口饭吃，说句老实话，全班几十号人加起来还没我一个看的书多，没文化嘛，一辈子就是个艺人成不了真神。"周猴边说边摸书架上的书，那些书，书壳都摸出老茧了，有点儿老古董的气象了，书瓤崭新崭新还是一片处女地，这些只有弹头没有火药的炮弹已经上百次上千次被主人发射了，射击目标就是这座大院里的同事。有必要介绍一下，单位中层以上领导和大师级艺人都住在新宅子里，每次分房子，他们都住高档房子，住旧了的房子跟火箭升空一样一节一节退下来，留给后边的人，这些不幸的人还要经受老愤青的"理论轰炸"。周猴知道分寸，绝不会向中层以上发射一颗炮弹，炮门也不会对准那边。

这都不是徐济云教授考虑的问题，徐教授关心这些书与书的主人，从季羡林金克木聊到钟敬文乌丙安顾颉刚和费孝通，甚至聊到费孝通的老师马林诺夫斯基。最后大家合影，大特写更多，标志性的书和书架，皮影道具，当然包括周猴翻阅经典和操作道具的镜头。

到院子里就有必要拍那间破旧的半间屋。屋前两棵法国梧桐枝叶茂盛，罩住了大半个院子和楼房，太阳被远远地隔开了，凉飕飕的，树大招风，树干一片白一片绿，法国梧桐的树皮都是白癜风样子，负责照相的男生不停地摆弄周猴，都有人嘲笑这个男生了，你不是专业摄影师你不要把折腾人当作摄影艺术，男生就让大家看镜头，从镜头看过去，周猴的面孔与法国梧桐拼贴在一起等于扩大强化法国梧桐上的白癜风。周猴本来就干瘦苍白，站树荫里那张脸白煞煞跟白石灰一样活活一张死人脸，大家不约而同想起挪威大画家蒙克的《呐喊》。徐济云教授吩咐学生给周猴照一张阳光下的特写。阳光下的周猴更苍白单薄，整个人跟空口袋一样软塌塌的。大家都发愁他们导师徐济云教授怎么能让周猴起死回生！

徐教授安排大家分组跟周猴进行交流，硕士三个组博士两个组。徐教授平时要求就很严，不像一些老师，给学生书目单就不再过问，徐教授要考察的，读原典，如果是外国书，一定要读几本原著。本科生可以采用周猴的办法，看一下内容提要或序言就可以应付自如，本科生人多量大萝卜多了不洗泥完全靠自觉性。研究生躲不过去，徐教授的研究生更痛苦，研一几乎是魔鬼训练，大家又回到高考前，瘦好几圈。只有一个幸运的家伙，就是端着照相机四处乱跑乱窜的王勇博士。

王勇博士来自贫困的渭北山区，能吃苦爱学习，本科时就坚持读原典，读硕士博士就很轻松。王勇博士更让人敬佩的是本科硕博一路连读。本科硕士上的是西安一所名牌大学。徐教授受邀去西安讲学，不但征服了数千名本科生，也征服了已经考上硕士研究生的王勇。大都市以外的二线城市也有高人，就这么简单。成绩优异的王勇放弃母校优势专业，调配到渭北大学追随徐济云教授去了，母校顶多不高兴呗，天要下雨娘要嫁人弟子要改换门庭谁也拦不住。王勇理所当然成了徐教授的得意弟子，就帮徐教授批改作业，查阅资料，家境极其贫寒，边读书边勤工俭学，不但养活自己，还帮父母渡过一个又一个难关这是后话。我们先说此时此刻的王勇博士。上了博士的王勇更是让人钦佩，专业课不说，外语出奇的好，一点儿也不像贫困山区的考生，王勇博士讨论欧美原典都是跟外教跟留学生直接用英法德三门外语交流，老外就亲切地称王勇为勇王，大家如法炮制干脆叫他博士王。徐教授的任何一个重大科研项目，打头阵的肯定是王勇博士。这次要把才疏学浅的周猴抬上席面，主要难点不是那些劳什子皮影表演，是周猴家里那些破书。大家当时就嘀咕：表演艺术又不是抽象理论，坑蒙拐骗嘛。大家难以理解导师徐教授的战略意图。博士王不管那么多，导师指哪打哪，端起相机对着书架一阵狂拍，回来就一一翻看镜头。数码相机，不用冲洗相片，从镜头就可以一目十行记个大概，读书多是他的强项，周猴那两瓶醋还不是小儿科吗，书全是他在本科时读过的，连那些外国书的英文版他都读过了。我们可以想象博士王跟大家一起去找周猴交谈时，周猴有多少狼狈。第二次见面周猴就已经发毛了。

知子莫如父知弟子莫如师，导师徐教授就特意告诫大家要善待周猴。博士王就收敛了，气氛一下子热烈起来，周猴就意味深长地说："我以为你们是替人报仇来的。"大家也开周猴玩笑："你跟林黛玉一样弱不禁风，我们保护你都来不及呢。"周猴就大叫："我是男人，咋能拿林黛玉比我？"幸亏没把小男人这个词说出来，但还是有人强调："你属于北人南相，白清又不长胡子，显年轻。"

这种交流几乎等于考前辅导，几轮下来，周猴书架上的那些经典书籍的基本内容剥洋葱一样剥到了核心，周猴迷迷瞪瞪，上手术台前打麻药一样，博士王充当了高级麻醉师的角色。每次离开周猴的家，大家都要把博士王表扬一番："口才这么好，留校当老师算了。"大家都叫他王老师，博士王一一笑纳，他早都习惯这种善意的恭维和玩笑。

该徐济云教授出面了。徐教授并没有带他的得意弟子博士王而是带了一个正上研一的女硕士，小女子完全扮演服务生的角色，录音笔往桌子上一放，主要工作就是端茶倒水整理烟灰缸，时而挪动一下录音笔。他们是在一家茶社交谈，茶社的服务员有不少就是前来打工的女大学生，甚至有女研究生，但都比不上徐教授的女弟子，秀外慧中呀。更重要的是这位仙女般的女弟子对导师和土老帽周猴一视同仁，一口一个周老师，周猴就彻底放松了。周猴这个土老帽进城20多年了，见过一些世面，打心里佩服徐教授，学问不用说了，招的这些弟子有刺猬型的，也有眼前这个雪绒花般的少女。采访提纲一周前就交到周猴手上，都是那个刺猬一样的王勇博士反复操练过的，正式提交上来就简化了许多，等于给周猴吃了定心丸。这个雪绒花一样的女硕士等于前来体贴安慰周猴，周猴舒服得直哼哼。细节之一就是对人家茶社值班经理嗯嗯嗯,鼻子代替嘴从来都是一个人牛起来的标志。周猴开始嗯嗯嗯了,上档次了。

这种美好的感觉延续了两个月,周猴这一辈子都没说过这么多话,而且是在徐教授循循善诱下的超常发挥。谈话快结束时,周猴突然想起坐长途汽车去山区演出时翻山越岭一面陡坡让汽车凌空而起,划过一道弧线再重重落地,所有的人都在那凌空的几秒钟里脏腑被掏空身上插了双翼进入飞翔状态,此时此刻周猴把这种飞翔的感觉描述出来了。徐教授微微一笑,摘下眼镜,看看镜片,看看周猴干瘦的面孔,又看看雪绒花一样的女弟子,女弟子就告诉周猴:"你说的那种状态在物理学里叫失重,你要骑摩托车坐飞机就失重得更厉害啦。"周猴叫起来:"怪不得年轻人骑摩托车那么疯还飙车。"徐教授拍拍周猴的手:"很好很好,这种状态非常好。"

这些录音资料整理起来很麻烦,三四个硕士轮流操作。与此同时,研究生们按照导师徐教授的安排跟踪观摩周猴的皮影表演。

从西安到宝鸡,关中皮影最具代表性的有十大皮影班子,徐教授只告诉有关部门渭北大学准备申报教育部人文社会科学重点课题,这些部门就倾力配合,十大皮影班主使出吃奶的劲拿出绝活,谁不想在专家学者的重大科研项目上留下精彩的一笔!十大班主并不知道徐教授重点研究的角色是皮影界最不起眼的老周猴。

周猴当了一辈子配角，这回还是配角，心甘情愿，比主角还卖力，反而不引人注意。不能打草惊蛇嘛。十大皮影班主前后演30场，周猴场场都在。主角累，谁也撑不下30场，配角可以轻轻松松坚持下来。

学生边整理录音谈话，边观摩拍摄下来的影像资料，图文并茂，互相衬托，渲染发挥，访谈内容显得丰富翔实。

最后一个环节，徐教授安排周猴进大学。从渭北大学开始到各大学巡回演出，理所当然由周猴组成一个皮影班子，周猴60岁时终于熬上了班主的位置。我们当地人就叫班长，周班长。周班长的皮影班不以营利为目的，完全是供专家学者研究用的，相当于北京人艺小剧场。高校有充足的科研经费，稍拨拉一点点都比在社会上演出收益大。十大班主一直是专家学者们研究的对象，徐济云教授搞古典文学，专著十几本论文几百篇，重点项目几十个，徐教授以此确立了他显赫的学术地位，民间艺术对徐教授来说小儿科嘛，引进小人物周猴进高校，别开生面，让人耳目一新，也让人觉得徐教授的不可思议与神秘。

以前专家们对皮影的研究都围绕在十大班主身上，有点儿一哄而上的架势，徐教授降下身段瞄准末流角色，等于打开新局面，等于独享，等于"唯一"。想想我们辉煌的唐诗吧，李白杜甫白居易一路下来针插不进密不透风，日本美国的嬉皮士青年另辟蹊径发现了寒山，一个隐居山林的没名没姓的和尚，相当于那个拿一把斧头在瓦尔登湖畔隐居的梭罗，梭罗留下了生活手记《瓦尔登湖》，数年后又返回人间，这个叫寒山的唐朝和尚隐居终生留下了三百首精美的诗篇。我们就知道最早提及寒山的是徐教授的得意弟子王勇博士。当大家对徐教授的举动大感不解时，就应该有这样的弟子给导师解围。王勇博士一口一个寒山，导师徐教授频频点头，师徒两人一唱一和，众弟子羡慕忌妒恨啊，干脆把活都推给他干，还忘不了讽刺挖苦。

王勇博士给导师当枪手不是一回两回了，高质量的论文甚至几十万字的专著都啃下来了，周猴这种半生不熟的夹生饭半吊子艺人在王勇博士眼里不就是资料汇编吗？他整理的一大堆录音资料就让大家大开眼界，那个雪绒花一样的女硕士把录音笔交到王勇博士手上，不出三四天，几万字的文字稿就整理出来了，女硕士都不敢相信自己的眼睛，她亲眼看见徐教授和周猴没说这么多话呀，王勇博士就告诉师妹："周猴的阅读范围只限于每本书的前言，都是别人对原著的转述，咱们导师循循善诱也只能把他诱到原著的边边上。"王勇博士回放那段录音，雪绒花女硕士马上听出周猴的不自信与含糊其词，王勇博士微微一笑："知道什么叫大炮打蚊子大而不当了吧？语言一定要具体准确简洁，表示你概念清楚逻辑严密思路清晰有条理，这种访谈不上档次，我只不过充当二道贩子的角色转述原著的内容罢了，不费脑子的。"女硕士边叫边用小拳头砸王勇博士："这么漂亮的文字还不费脑子，你太聪明了。"王勇博士被这种美丽的拳头砸可不是一两次了，这些女硕士女博士砸归砸，她们的男朋友或先生全都是学理工科的，涉及文科也肯定在应用性强的金融法律工商管理财会统计审计专业。王勇博士都麻木了，没感觉了。

雪绒花女硕士来过 12 次了，每次都能通力合作数万字的文字稿，基本就是完整的一章。12 章文稿，导师徐教授通读一遍，相当满意，一本专著就出来了。按惯例，抽出核心内容，分成四块，以论文的形式发表在京津沪权威期刊上，最后一篇在本校学报发表，算是画上圆满的句号。

论文算是前期成果，有权威期刊做依托，很轻松拿到了教育部的重点课题，60 万，学校配套 40 万，徐教授就成了徐百万。文科尤其是没有经济效益的文史哲专业上百万元的课题经费很让人眼红。徐教授让大家眼红的次数太多了，大家恭维称赞时他就微微一笑，颇具大师风范。

资金雄厚专著很快就出来了，权威出版社，还出了精装本，还举办了发布会，还在省市图书馆举行收藏仪式，还颁布了收藏证书。接受证书时周猴的手不再颤抖，发言也顺溜了，吐字清晰，很像回事。

徐教授和他的弟子们都忘不了访谈出版后周猴接到书时那种梦幻般的神情，从那一刻周猴就像个醉汉，跟太空人在月球上行走一样，腾云驾雾，亦幻亦真。徐教授就安排一系列活动反复强化周猴的太空状态。习惯成自然，习惯了就好了。图书馆颁发证书仅仅是这种良好习惯的开始，习惯也会反复，必须使之固定。就有必要再次引周猴进校园搞讲座，内容都是以前反复操练过的，驾轻就熟，周猴再也不怯场不紧张了，开始讲笑话了。台下的反应很微弱，零零星星的笑声和掌声显然是不够的。在大学讲学术毕竟不是艺人的强项，跟研究生和徐教授交流都那么艰难，突击训练指点引导甚至代劳，勉强凑成一部书稿，上讲台别人无法代替。姜还是老的辣，徐教授马上看出问题的关键，徐教授现场指导周猴。徐教授本来是讲座主持人，只需评点不能引导太多，现场有数百学生还有不少老师，徐教授知道过分引导的后果，周猴浑然不觉，徐教授很巧妙地把周猴引向皮影表演艺术，周猴一下就开窍了，整个人都精神了。关中皮影界周猴绝对是个不起眼的小角色，可把皮影表演取出的那么几个片断掺和到学术讲座中，既调节气氛，又特别显眼，等于大特写，周猴就来劲了，时不时地来两段表演艺术，都唱起来了。明白人都明白这狗日的在艺人中间玩文化玩经典名著，在大学讲台上玩民间艺术，两边都能出彩。明白人肯定都是老师，学生涉世不深阅历有限只图个热闹。周猴的说说唱唱效果越来越好。徐教授可以松一口气了。

　　周猴巡讲到省城西安时，徐教授就开始布置媒体宣传，各大报刊广播电视，还有网站，周猴开始进入公众视野，皮影界都爆炸了，各路媒体铺天盖地地又一番热闹，等于火上浇油推波助澜。始作俑者渭北大学徐济云教授与他的学术团队，等于给渭北大学做免费广告嘛，渭北大学在网上的点击率一路飙升，校领导出去开会各级领导都要过来询问，校领导开心哪，领导的眼球什么时候滚向偏远的渭北市以及渭北大学，关注就是最大的政绩就是最大的资源。校领导大小会议上反复点赞徐教授和他的学术团队，领导强调最多的两个词就是创意和眼光。瞧瞧人家徐教授的创意再瞧瞧人家徐教授的眼光。我们就知道这段时间徐济云教授那经典的微笑有多么生动。

9

电视台不但采访周猴还给周猴做专题片，破旧的小房子，书架和书架上的经典名著，周猴如数家珍。记者很快发现更有新闻价值的几身破旧衣服，春夏秋冬周猴有不同的行头，夏天短袖衫，春秋夹克，冬季破棉袄，还有一双裂开口子的破皮鞋，全都是地摊上买来的劣质服装，三套行头加起来 100 多块钱，比农民工还寒酸。周猴自嘲："我就是一个农民工，比农民工进城还早七八年。"那双冬天穿的破皮鞋成了记者的特写镜头，记者报道时加上了凡·高那幅有名的油画《鞋》和海德格尔对这双破《鞋》的哲学分析和思考，大地、劳动、风霜雨雪、诗意地栖居等等。已经是秋天了，周猴身着劣质灰夹克衫，抽着劣质香烟，茶水不用说也是廉价处理品，跟破旧的半间屋很协调。记者就要这种气氛和背景。在周猴的陈述中，记者知道进城 20 多年来，周猴公开场合都是这身"劳动人民"打扮。记者去过周猴真正的高档住宅楼，也见过高档宅子里他们家的家具摆设，高质量电视机和音响，包括衣架上的高质量服装。记者问周猴："为什么还要穿这些破衣服和破鞋子？"周猴脱口而出："保持我农民的本色呀，啥时候都不能忘了自己是个农民。"记者笑："你是个艺术家，20 年前，就农转非过上了城市现代化生活。"周猴就说："现代化生活确实很方便，很舒服，但不自在，我还是怀念田园，忘不了大地，忘不了牛叫，甚至想在城市的大街上看到热气腾腾的牛粪，我就想捧在手上，我就想把这团新鲜的牛粪拍在城市广场的广告牌上，绝对是一件艺术品。"录音笔把这些话全都录下来了。

记者很快就在半间屋看到徐济云教授与周猴的对话。让记者惊喜的是徐济云教授脱下风衣后黑衬衫上的那件灰白色粗羊毛衫，一看就知道是牧区最普通的牧民穿的粗糙的手工产品，却有一种高贵庄重的色泽与气息，相比之下，周猴的劣质服装显得粗陋猥琐。记者甚至怀疑周猴东施效颦，画虎不成反类犬。徐济云教授对他有再造之恩，一个末流小角色连衣着打扮都要学大教授就会闹出笑话。根本不用查问街坊邻居、单位同事，门房老大爷证实，20 年前周猴就这德行，平时西装革履，抛头露面就一身破衣烂衫，苦大仇深，我就是苦难，苦难就是我。狗日的能哭爱哭善哭，刘皇叔都比不上。门房大爷这么一说，记者们还真对周猴刮目相看。徐济云教授与周猴完全是一种默契，气味相投嘛。徐济云教授那件粗羊毛衫四季皆宜，只需调换外套和衣衫，陕西可没这么好的绵羊和羊毛，陕北高原的绵羊和新疆羊没法比，品质相差太大。据说是徐教授当年初恋情人亲手做的。记者问徐教授："艺术家放浪形骸不修边幅，穿破衣烂衫可以理解，您是著名学者大教授您也穿这么粗糙的本色羊毛衫有什么特殊含义吗？"徐教授就以古波斯诗人萨迪的诗回答："过去他们衣冠散乱，内心清净；他们如今衣冠整齐，魂不守舍。"

记者们赞不绝口："太精彩了！"技术人员精心制作，播出的画面让人颇感意外：徐教授吟诵萨迪的诗句时脸带愧疚，而皮影艺人周猴穿着破衣烂衫却魂不守舍。

有一天，徐济云教授独自来到皮影艺术研究院住宅大院。徐教授没有去高档楼房周猴家，徐教授直接去那个掩映在高大的法国梧桐树下的破旧半间屋，越近他的脚步越轻，有点儿小心翼翼，到门口，徐教授轻轻敲三下，周猴在里边问："谁？""你。"门就开了，俩人大吃一惊，这种问答有如神助完全超出他们的意料。进屋后，俩人对视半天，从彼此的神态看一时半会儿还摆脱不了刚才的奇迹。绝对是奇迹。俩人扯了几句不咸不淡的话，徐教授就告辞了。

　　徐教授最先从这种懵懂中清醒过来。徐教授没有回家，徐教授直接去了渭河大堤。渭北市处于关中平原最西端，秦岭与黄土高原在此合拢，也是渭河出山的地方。渭河和陇海铁路宝成铁路穿城而过，2005 年在金陵河与渭河交汇处建一条大坝，形成一个人工大湖，称之为金渭湖，河堤绿树成荫就成了河堤公园。徐教授就在幽静的林荫道上回忆当年他跟吴丽梅热恋的一段经历。大四最后一个学期，徐济云教授去看望在他老家实习的吴丽梅。热恋四年，彼此感情很深非常熟悉了，心心相印，心有灵犀，心灵感应，彼此默契到头发丝了，每个毛孔每个细胞都处于共振状态。那是个周末，大家都外出玩了，恋人们却在彼此等待。徐济云教授悄悄走进吴丽梅住的中间那排平房最东边那间小屋，他都能听见屋子里吴丽梅的呼吸和心跳，他松口气，轻轻敲两下门，里边问：“谁？”“我。”门没开。停了一会儿，再敲还不开。他以为吴丽梅跟他闹着玩，他就耐着性子，再敲两下，还是那个声音：“谁？”还是那么一声回答：“我。”彼此都能听清楚对方的声音。门就是不开。他都急出汗了，他也不敲门了，他声音大一点儿，告诉屋子里的恋人：“我是徐济云。”里边没反应。他继续喊：“吴丽梅开门，吴丽梅开门。”门开了，吴丽梅不道歉反而埋怨他：“你那么大声干什么？”吴丽梅给他倒水，削苹果，安慰好半天，他的怒气全消了。他平心静气地问吴丽梅："到底是怎么回事？"吴丽梅就告诉他：西域以及中亚地区高贵的灵魂互相吸引就会出现这种状态，千里迢迢寻求知音，连面都没见过，但神交已久，不再拘泥于外在的羁绊，直奔知音的家门口，轻轻敲门，里边有声音问："谁？"远道而来的人就回答："你。"门就开了，陌生人顿成知己。这是一种罕见的精神交流也是一种生命奇观，只有道行很高的大诗人大学者和百年不遇的歌手们才有这种机遇，也是恋人们日夜向往的美好境界。吴丽梅叹口气："我们俩人的灵魂和精神世界还没有到这种境界，难为你了，对不起。"

吴丽梅说对不起的时候，徐济云教授后背发凉。吴丽梅甩一下长发："我们是世俗之人，过我们的世俗生活吧。"吴丽梅亲他一下，然后是热烈的拥抱和长久的缠绵。这个没心没肺的新疆丫头。徐济云热烈回应，可是心里落下了一丝阴影。好多年以后徐济云才知道这个故事来自13世纪波斯苏非诗人莫拉维·贾拉鲁丁·鲁米。鲁米一生有过三个知己。40岁时正给学生讲课，一个游方苏非舍姆斯破门而入："我来了，那么你呢？"鲁米如万箭穿身，抱柱起舞。俩人从此形影不离，众弟子嫉恨不已，舍姆斯只好不辞而别，鲁米给舍姆斯写了2500首诗，就是不朽的《舍姆斯集》。后来鲁米与目不识丁默默无闻的金匠扎库布成为知己，达到了"目击而道存"，直面交流的妙境，10年后扎库布去世。晚年鲁米与苏非霍拉姆丁成为知己。鲁米终于明白：他和舍姆斯、扎库布、霍拉姆丁都是一个人，"不都是我吗？"从此他对世界再无留恋与牵挂。在阿拉伯语中舍姆斯是太阳的意思，扎库布是月亮，霍拉姆丁是星星。鲁米与舍姆斯相识在生命力旺盛的壮年，写下 2500 首美好的诗篇，如同中亚腹地瀑布般的太阳光芒，如同太阳深处喷射的火焰。吴丽梅竟然连鲁米的名字都不愿吐露，只是轻描淡写地以中亚古代流浪诗人的习惯来搪塞应付。不是应付而是一种暗示。那时候吴丽梅就意识到他离太阳那么遥远，甚至不如夜晚的月亮和星星。好多年以后，徐济云都把这一幕看成他们分手的真正原因。2011 年秋天的渭河大堤上，徐济云反复问自己：周猴是你的知音吗？事实确实如此：他和周猴神交已久。皮影是人对自己的想象，电影是人对世界的想象，爱是人对宇宙天地的想象。就这么简单。

下次见面，就很轻松自然。周猴很喜欢这种方式，简直就是一种暗号嘛，周猴误以为是徐济云大教授的伟大创造，徐济云淡淡一笑，告诉周猴：这是古代中亚学者的一种修炼方式。周猴只认徐教授，徐教授道行高哇！他们就很自然地说到彼此身上粗糙的旧衣裳，徐教授的羊毛衫只是粗糙却不旧更不破，周猴那套行头却是真正的破衣烂衫，徐教授就劝周猴："你到城市都 20 多年啦，住大房子也十几年了，这身行头也应该改进一下。"周猴就告诉徐教授："这是我爷爷的临终遗言，永远不要忘了穷人的破衣烂衫。""你爷爷一定吃过苦受过难，当过贫协主席。"徐教授马上想起小时农村常见的忆苦思甜大会，每个村子都有一位苦大仇深的老贫农痛说革命家史，每个学校定期都要请这些老人给师生们讲演。周猴摇摇头："我爷爷不是你想的那种苦大仇深的人，我爷爷热爱共产党热爱新社会，我爷爷当过兵见过世面。"

在周猴的叙述里，他爷爷是个了不起的人物，曾经在西北军当过兵，参加过北伐和中原大战，中原大战西北军失败，爷爷就回乡务农。爷爷引以为豪的就是在西北军的那段经历，最牛的是跟中央军打过仗，打过蒋介石，历次政治运动都有人过问但都轻松过关，新中国成立初期爷爷还当过几年村领导。在家族内部，谈得最多的是西北军的首领冯玉祥。冯玉祥爱兵如子，军纪极严。普通大兵父母探亲，冯大帅热情招待，父母大受感动，告诫自己的孩子一定要听大帅的话。冯大帅对老百姓更是呵护有加，修桥补路植树帮老百姓干农活，西北军每天唱的歌里有：我们是人民的子弟，我们是民众的武装。西北军后来大多投奔共产党与这支军队的爱国爱民传统有关。冯大帅跟蒋介石结拜为兄弟，排行老大，蒋介石叛变革命搞独裁搞法西斯，冯大帅大白天拜见蒋介石提个大马灯，蒋介石问："大哥，大白天你提灯干什么？"冯大帅就说："你这地方太黑暗，不提灯走不了路。"北伐大军会师徐州，冯大帅宴请各路诸侯，照西北军老习惯，白菜萝卜大馒头，冯大帅和西北军将领吃得稀里哗啦山呼海啸，蒋介石和各路诸侯难以下咽目瞪口呆。话又说来了，冯大帅治军都是家长式的老一套，爱兵如子，对待亲手提拔的高级将领如同自家子弟，随意呵斥责骂，稍有过失就严加惩罚，石友三、韩复榘、宋哲元、孙良诚、吉鸿昌都给冯大帅站岗端尿盆端洗脚水。这些当了师长军长的高级将领衣着打扮跟普通士兵差别不大，都是粗布衣服，还要打绑腿，每天早晨长跑甩单双杠。北伐成功，各路大军会师中原，来自西北高原的淳朴的西北军将士跟广东广西兵湖南兵相比就显得很土，甚至比不上晋军，跟中央军一比简直天壤之别，尤其是军官，中央军那个行头，日他娘的，马靴皮带白手套，中级以上军官全是将校呢，骑高头大马，个个气宇轩昂英气勃勃，举止言谈文明礼貌。土包子西北军进入中原就很尴尬。冯大帅依然坚持艰苦朴素的革命传统，天天把工农挂在嘴上，而且身体力行，部下只能从命。自从投奔孙中山，改为国民革命军，西北军上下艰苦朴素，驻防大西北，成为西北军后，更是苦上加苦。到了中原，军官们已经开了窍，偷偷享乐，为了对付冯大帅，军官们在民间四处搜寻破衣烂衫，一时间破棉袄比皮袄还值钱。冯大帅召开的军事会议就很可笑，全是破衣烂衫，据说在郑州开过100多场会议，破棉袄就亮相100多次。只有冯大帅自己始终如一穿破棉袄，当时军官们一出会议室全换新衣裳。破棉袄包起来由卫兵拎着，完全成了戏装成了道具。

周猴的爷爷就在冯大帅手枪队，每次开会就在司令部大门外站岗。每次见到穿破棉袄的西北军长官就心生敬意，立正敬礼的动作虔诚无比，而中央军的长官进了司令部，周猴的爷爷敬礼就很勉强，西北军下层官兵都看不起中央军，吃得好穿得好装备好就是胆小怕死，连孙传芳都打不过，一群绣花枕头。很快，那些在石友三、韩复榘部当兵的陕西乡党就告诉周猴的爷爷，长官们日弄冯大帅呢，长官们拿破棉袄当道具当摆设。半年后，石友三、韩复榘、庞炳勋等叛变，投奔蒋介石。蒋介石有江浙财阀做靠山，采用"银弹"战略，能征惯战的西北军立刻土崩瓦解。周猴的爷爷再也不给军阀卖命当炮灰了，逃回陕西老家种地务农。

周猴的爷爷给乡党们讲述西北军长官们穿破棉袄的辉煌岁月。周猴的爷爷讲到中原大战西北军惨败时总是忘不了长官们拿破棉袄糊弄冯大帅的那一幕，用爷爷的话说："穿着破棉袄，他们就浑身是胆，胜仗不断。"徐教授马上想起古代中亚诗人的诗句："过去他们衣冠散乱，内心清净；他们如今衣冠整齐，魂不守舍。"

徐教授就对周猴说："你爷爷是个乡村哲学家，很了不起。""我进城那年他老人家就去世了，他没有看到我成功的这一天。"周猴站起来，一件一件试穿那几套破旧的衣裳，边穿边鼓励自己，"20年前，我身无分文，妻子儿女在家种地，我在《巨人传》杂志当临时工，挣的第一笔钱就到地摊上给自己置了这么几件处理品，质量太差，年底回家时已经破烂不堪，村里人都不相信我在《巨人传》当文化人，都以为我糊弄人，像个捡破烂的捡垃圾的，只有我爷爷相信我干的是正经营生。过完年，爷爷就去世了，我就穿着这身城里买来的破旧衣裳给爷爷送终，爷爷咽气前拉着我的手，叮嘱：'破衣烂衫能给人带来福气，千万不要丢弃，什么时候你丢弃了你就完了。'"周猴自言自语："你说我能丢弃这些破衣烂衫吗？"徐教授拍拍周猴的肩膀，表示理解。徐教授说："你爷爷很有智慧，劳动人民朴素的生活智慧。"周猴声音大起来："你真是我的精神导师，我的知音，你终于说到了智慧。"周猴抓住徐教授的手摇了十几下："我告诉你，我爷爷岂止是有智慧，他老人家简直就是一棵智慧树。"徐教授一直笑眯眯地看着周猴连蹦带跳，周猴终于冷静下来了，小声说："我一直渴望有一天能吃到智慧树上的果子，哪怕小小的一颗果子，豆粒那么大，枸杞子那么大我就满足啦。"徐济云声音很轻："你相信你爷爷？"周猴点点头，像个孩子。徐济云声音还是那么轻："你相信你爷爷的智慧？"周猴使劲地点头，更像个孩子。徐济云声音还是那么轻："你是你爷爷最疼爱的孙子，你爷爷疼爱你，也就等于智慧疼爱你。"周猴的眼泪哗的就下来了，泪流满面，不停地哽咽不停地拉徐教授的手，徐教授跟大牧师一样摸一下周猴发热发胀亮晶晶的额头，徐教授的声音如同天籁之音，从遥远的苍穹之顶飘然而下，直贯周猴的双耳："你早就吃到了智慧树上的果子。"周猴没有声音，周猴青蛙一样大张嘴巴，眼睛睁得更大，跟鱼眼睛一样都突出来了，无限乞求地望着徐教授，徐教授那双慈爱的手摸一下周猴的鱼眼睛，徐教授的声音依然如同天籁之音，从苍穹之顶悠然飘落，那声音告诉周猴："你吃到了智慧树上的果子，就枸杞子那么大，你吃了不止一颗。""啊！"周猴啊了好多次才平静下来，平静下来后的第一反应就是嘴巴里有一股枸杞子的味道，甜中带涩。智慧就这种味道，货真价实，不由你不信。

接着就是两人无限美好的对视。持续了大约15分钟。然后他们就谈智慧树。还真有智慧树，当然不是《圣经》里亚当夏娃违背上帝的意志偷吃果子的智慧树，那树上长的都是禁果，人祖亚当吃了禁果长了智慧却失去了天堂，被上帝赶出伊甸园。中国人不信这个，中国人有中国人的智慧树。徐教授和周猴跟顽童一样互相在对方脑袋上弹一下，哈哈大笑。彼此的脑袋都发出清脆的响声。我们当地的俗语："脑袋弹出响声，就等于脑瓜灵光聪明。"一颗聪明的大脑，决不能说破，借用一个通俗的说法：瓜熟蒂落，熟透啦，手指轻轻一弹就嘣嘣响，脑瓜开窍啦。他们就这样互相赞美互相吹捧互相抚摩，肉麻得要命。身体发肤受之父母，聪明才智包括脑袋瓜都来自父母，他们赞美自己聪明的脑瓜后马上联想到父母，他们就站起来庄严肃穆地赞美歌颂父母以及爷爷奶奶外公外婆一直追溯到遥远的祖先，顺着家谱拼命攀缘最终都能追到历史上的帝王将相。其实不用追那么远，五百年前是一家，五百年必有王者兴，他们也就追到明朝中叶。伟大的周秦汉唐就在陕西就在关中平原。一方水土养一方人，有道是人杰地灵。他们就理所当然地赞美故乡，赞美脚下的土地。这块神圣的土地有历史有文化。徐济云和周猴就是从这里出生从这里长大成才的。周猴就想起当年在渭北大学培训班的那段经历。

20世纪80年代末，东南沿海率先富起来，中西部还比较封闭落后，许多有为之士纷纷奔向南方，当时称之为孔雀东南飞。徐济云当时已经留校好几年刚评上讲师，风华正茂，东南沿海许多大学重金挖没挖动，一门心思坐冷板凳，甚至不参与学校的各种培训班捞外快，最多搞个讲座。周猴在渭北大学培训三年也无法与徐济云相识。周猴现在要告诉徐济云的是当时不为外界所知的一个秘密，东南沿海那些发了财的老板没文化，很想让后代有文化，就到经济落后传统文化丰厚的中西部地区来拿钱买文化，换句话说就是买智慧树上的果子。徐济云耳畔响起吴丽梅带有嘲讽色彩的声音："智慧的脑袋都是光秃秃的，植被很差的地方就生长智慧，就人杰地灵。"吴丽梅就把手指弯成弹弓状弹他的脑袋弹得嘣嘣响。吴丽梅踏上黄土地的第二天起就把黄土高原比喻为一群心如死灰的光头和尚，就不断地拿男朋友的脑壳开玩笑。那时他们真心相爱，无论吴丽梅怎么冷嘲热讽他都喜欢，包括她力道很足的响指，她一时兴起会操筷子勺子敲他脑壳，他的脑袋瓜在她眼里简直就是维吾尔族人反复拍打的羊皮手鼓。吴丽梅也有严肃的时候，就像古代中亚大地上的行吟诗人，很悲壮地告诉这个世界：树能上山就是上不了原，连草都上不去呀，光秃秃的黄土高原，你真是和尚敲打的木鱼吗？你真是荒凉无比的光头吗？吴丽梅真是杞人忧天，植被茂盛的东南沿海这么多土财主来光秃秃的黄土高原采摘智慧树上的果子。

这些土财主消息灵通，不跟大学师生打交道，直奔各种作家班艺术培训班，花重金找枪手，让这些有才华但名气不大的准成人写小说诗歌写剧本，然后署自己孩子的名字，孩子们都是一帮小学生初中生，于是乎，许多名牌大学免试招收神童诗人神童作家神童剧作家。陕西高校数量名列全国前三位，各种培训班享誉海内外，又是周秦汉唐帝王州，理所当然成为东南沿海富豪们购买知识购买才华购买智慧的首选。这些穷文人正好缺银子，写得再差，冠以中小学生名义一下子就成为杰作，连他们自己都不敢想象这是不是真正的自己。他们在书店里看到印刷精美的神童系列作品，连一个字连标点符号都没有改动，印数都是五六万册七八万册甚至十万二十万册。他们大多数还没有出过单行本，狸猫换太子，以神童的名义隆重上市，媒体不惜版面时段连续报道，

记者访谈，签名售书，这些热闹场面连想都不敢想，就这么轻而
易举地在孩子身上实现了。有些作品还真不错，货真价实。一手
交钱一手交货，老板们给大家的都是高价，老婆孩子立马过上了
好日子，你还要怎么样？黄金时段的电视剧也一样，真正的作者
在大学培训班喝闷酒呢，影视作品太直观，太受刺激，看着自己
的孩子管别人叫爸，心里难受哇！

更难受的是周猴。南方老板很精明，都带着专业人士，随便
翻几页手稿就能看出作品档次，档次不同售价就不同，档次高的
稿子10万元以上，那个年代可是天文数字。周猴的手稿，对不起，
人家看几页就退回去了，连修改都不提。周猴备受打击。村里人
都以为他在城里干大事呢，还在大学里倒腾，亲朋好友就想沾光。
爷爷见过世面，爷爷拦住大家，先进城探探情况。爷爷来的时候
周猴正蒙头大睡，一心想睡死不活。宿舍的同学招呼爷爷喝水，
还有同学给爷爷敬烟，另一个同学要叫醒周猴，爷爷不让，念书
费脑子让他睡吧。三四个小时后周猴才醒来。三四个小时的时间，
爷爷听大家瞎嚷嚷就明白这帮浑小子在干什么。爷爷到另一个宿
舍瞅了几眼尖嘴猴腮的南方土财主。当天晚上，爷爷睡周猴的床，
周猴到另一个宿舍跟同学挤一张床。第二天下午爷爷回去了。爷爷
爷离开校园时跟大家聊了一会儿，宿舍里挤满了人，包括两个南
方老板。爷爷给大家讲民间封神榜，爷爷来自古老的周原，爷爷

最有资格讲《封神榜》，爷爷就讲伟大的周文王。

话说西伯侯姬昌，就是后来的周文王，周文王当年还是西伯侯的时候，已经洞察了天地宇宙万物神灵的秘密，已经洞察了天道世道更不要说微妙至极的人心，易经八卦都烂熟于心了嘛。这个时候呀，殷纣王听说西伯侯姬昌有一个罕见的宝贝玉版，就派大臣胶鬲去西岐索要玉版，西伯侯知道胶鬲贤能就拒绝不给。纣王又派费仲去索要，西伯侯马上把玉版奉上。费仲是无道恶人，西伯侯一定要给费仲一个面子。西伯侯举国勤俭节约，省吃俭用，收集奇珍异宝，逐年上缴殷纣王身边的无道恶人，要不了几年，纣王身边全是无道恶人，贤能的臣子要么自生自灭要么另投明主，这就叫文王手段也叫文王心计。大家对这个老农民农村老汉刮目相看，班主任辅导员当时就叫起来："这不是《韩非子》里的寓言吗，老爷爷你真了不起，你讲得比诸子百家还要生动传神。"南方老板就更五体投地。南方老板以生意人的精明听出更深远的含义，就问周猴的爷爷："老人家，你讲的民间封神榜故事是不是凤鸣岐山的地方呀？"爷爷连说对呀对呀。南方老板就让爷爷讲凤鸣岐山的故事，南方老板就听到了岐山脚下古老的周原大地千年梧桐引凤凰的传说，凤凰可是百鸟之王啊，天下所有的鸟类都要翻山越岭寻找百鸟之王凤凰，凤凰就栖息在梧桐树上嘛。南方老板一口咬定："梧桐树就是智慧树。"南方老板立马告辞，奔赴周原，在周公庙里亲手栽上梧桐树，树杈上挂个板子写上孩子的名字，再给周公庙管理处捐一笔钱，条件是保护这些新栽的梧桐树。文王手段文王心计，太牛了，太了不起了，三千年前古希腊还处于人神不分的神话时代，古印度佛陀连影都没有，耶稣基督还得千年后降临人世，中国大西北黄土高原的渭河谷地就有了这么成熟的智慧。送爷爷到车站上班车时，周猴还稀里糊涂，还抱怨爷爷不帮自己的孙子说话，自己还急着卖稿子挣钱呢。爷爷笑呵呵用黄铜烟锅敲他的脑袋："卖掉的不一定是宝贝，买主不一定是无道恶人，宝贝还在你手里，你急啥吗。"那些赚了钱的同学都满足于安逸的小日子再也没有雄心壮志了。20年后，熬出头的只有周猴一个人，当然是临到退休进入老年时的落日辉煌。在坟墓里躺了20年的爷爷可以瞑目了。前人栽树后人乘凉，周人三千年前就迁居岐山脚下古老的周原开始栽种梧桐树了，多么茂密的梧桐树！那都是真正的智慧树。

黄土高原干旱缺水，植物都长在沟里、坡上，上不了原，崖畔梁峁都上不了。这个罗布荒原的牧羊女为什么如此耿耿于怀呢？徐济云还记得吴丽梅爬秦岭的情形，秦岭可是大地上少有的植物王国，南北分界线，这个疯丫头总是别具一格，她对滔滔林海视而不见，就盯着悬崖峭壁上的松树，用120海鸥相机不停地抓拍，双臂伸那么高，整个身体都悬在空中，大家都惊呆了，她整个人跟镜头瞄准的悬崖上的树全都呈现出鹰的姿态。在大家的惊叹中，作为男朋友的徐济云咬着牙硬着头皮也只爬到半崖,就腿发软手发抖全身冷汗飕飕乱窜。用吴丽梅的话说,大漠草原每棵树都是鹰的姿态。戈壁沙漠有树吗?瀚海里有树吗?徐济云用逻辑推理来质疑吴丽梅,吴丽梅就嘲笑徐济云没见识,有见才有识,"你知道清朝末年塔里木盆地来了多少欧美国家的探险家吗?连小日本都跑过来了。抢夺文物之外就是长见识。"吴丽梅不知引用哪个哲人的名言深深刺痛了徐济云,以吴丽梅的偏好,她绝对引自古希腊,原话是这么说的:"向书本求知识,向自然求智慧。"吴丽梅用笔敲他的头:"书呆子,好好做你的学问吧!"吴丽梅还告诉他:"秦岭深处几十万棵参天大树中,攀到山崖展现雄鹰风采的也就那么一两棵。"看着徐济云满脸迷茫的样子,吴丽梅继续开导:"树攀到山顶才能迎击狂风,大风中的树是有翅膀的;当人与群山相遇,伟大的功业就会实现,做到这一点,靠的不是街上的横冲直撞。"好多年后徐济云一直在想象大风中的树,他给周猴讲的是智慧树吗?

10

　　徐教授给学生布置新作业，给周猴写传。好多年前给关中皮影十大班主写过传记，每人一个章节，前边一个综述，系统翔实，效果很好。十大班主可是名震海内外呀，也都是小传，每人一章呀，不起眼的小角色周猴单独列传，徐教授的弟子们你看我我看你，大家都掉转目光看导师徐济云，徐教授微微一笑："此一时也彼一时也，想当年给十大班主写列传的时候他们的声望只在国内，如今他们已经红遍全世界，走马灯似的到世界各地巡演，已经不在乎一两本传记啦，与时俱进，现在要深入研究周猴，没有几本书是不行的。"

王勇博士作为导师的得力助手全面负责材料的搜集与整理工作。先从单位开始，再扩展到整个皮影界，最后到周猴的老家，周原最北边靠近北山的肘户村。

该王勇博士吃惊了。到了北山脚下的肘户村，村里人告诉王勇博士肘户就是肘猴，户猴谐音，关中人把木偶叫肘猴，王勇博士马上明白肘户村即肘猴村。村里人又纠正王勇博上，肘户村不是一个村，村里人指着北山根脚一溜烟大沟，13条大沟就像北山伸向关中平原的13条粗壮的大腿，北山脚下13沟，沟沟都是肘猴人。王勇博士伸长脖子瞪大眼睛一口一口吸冷气，从远到近的深沟大壑让博士大开眼界。肘户村的农民就顺杆往上爬，昂昂气壮赞美13条大沟和北山里的狼虫虎豹。王博士马上想到资料里介绍皮影艺人的看家本领：一口道尽千古事，双手操纵百万兵。肘户村民果然个个好口才，谈古论今滔滔不绝，博士以为这个牙稀唇薄的老农民会指着北山主峰箭括岭大谈特谈古公亶父率周人如何翻山越岭在岐山脚下周原寻找美好的家园，肘户村老农民脚踏实地只谈自己的村庄，博士就听到了比小说更精彩的有关肘户村的故事。

相传，周人受戎狄侵犯骚扰，被迫从邠迁豳，又由豳迁岐山脚下周原，几次迁徙奔逃途中，既要抗击戎狄，又要防备狼群的袭击，青壮年都去打仗了，老人妇女孩子面对狼群惊恐万状。这些北方荒原的恶狼，对老人不感兴趣，它们专吃小孩，俗称狼吃娃。周部落的老人只能舍命救孩子，爷爷救孙子。老人们想出一个绝招，就是用娃娃面具去诱惑恶狼，与恶狼周旋。那些娃娃面具就是最早的皮影与木偶，又叫肘猴。跟草原牧民架鹰打猎一样，老人们一手举火把，一手拿着皮影面具，黑夜中，狼看不见火光，只能看见被火光照得透亮的年幼的生命，狼就拼命追赶。营地越来越远，狼群被引到荒山野岭，老人们再也跑不动，老人们用最后的力气把皮影和面具紧紧贴在身上，人影一体，至死不松手。相传，老人们在生命的最后一刻，通体透亮，心脏熊熊燃烧喷射出火焰，宇宙天地也被照亮了，火把都暗淡下去了，面具消失了，苍老的面孔，返老还童，散发出罕见的青春活力。生命的回光返照如此猛烈。狼也疯狂了，把老人当小孩吃掉了。相当长时间，狼都没有意识到这种可怕的回光返照。狼更看不透神奇的皮影。更神奇的是老人们在大白天在阳光下诱惑狼群。返老还童回光返照如此辉煌灿烂，狼看见的是天上的烈日黯然失色，旷野上的活生生的生命火焰光芒万丈，熊熊燃烧，青天白日下，狼群纷纷中计。那真是皮影艺术的原创时代，照亮皮影的不是火把，不是太阳，是老人们返老还童回光返照后的生命的火焰，后人称之为太阳深处的火焰。皮影模式化以后只能晚上表演，只能用灯取光，从油灯到汽灯再到电石灯到电灯，再也无法回归生命深处喷射出的火焰。

第一批老人成功地护送整个部族翻越梁山过岐山，在肥沃的周原找到美好的家园，建村扎寨。灾难并没有结束。在周人迁居岐山周原的最初几年，北方戎狄与狼群还在不断骚扰，青壮年既要开垦荒地还要去打仗，对付狼群还得依靠老人们的智慧，又是几代老人用生命把狼群堵在群山绝境不让狼群进入周原。

王博士全都明白了，肘户村村民不是艺人而是艺人描述的对象。老农民就夸奖博士，到底是咱家乡土生土长的博士，一点就通，以前来的那些海归博士连吃带住待几十天都搞不明白肘户村里为啥没有肘猴艺人，反复追问把人都问糊涂了，全村男男女女老老少少全被海归博士田野考察给烤焦了烤煳了，县长都弄糊涂了，悄悄地溜了，留下个秘书笑眯眯美滋滋光笑不说话，问啥都不吭声满脸堆笑。土鳖王博士突然心里一惊：周猴到底算艺人还是肘猴戏中人？王博士把周猴的名字都喊出来了，村里人就告诉博士，周猴上小学五年级12岁，得一场大病，拉到公社医院都没抢救过来，没有任何生命的迹象，在家里停放两天。夭折的孩子都是匆匆安葬不可能像大人一样第七天才入葬再一七二七到终七。爷爷太伤心了，太爱这个孙子了，把自己的棺材让出去，安葬心爱的孙子。大家抬棺材出村子不久，爷爷魔鬼般地跟踪过去，刚掩埋，土还没有把棺材盖住，棺材里就传出孩子的哭声，哭得是地动山摇，还以为是地震。爷爷大叫一声跳下去用手扒；大家都没有发现爷爷什么时候跟过来的，没工夫多想，先下去救人。

跟听鬼故事一样王博士头皮发麻，脑子里不停闪现周猴白煞煞的脸，以前老把这张脸当石灰脸，就是没往死人脸上想。西北高原很少见到这种脸，南方人也不是这样的脸嘛，南方人的白是白皙清爽。村里人肯定知道王博士在想什么，人家就告诉王博士周猴小时候虎头虎脑很可爱，按麻衣相法应该是天圆地方，前庭饱满两眼炯炯有神，通俗一点儿就是骨高肉满。一场大病，加上棺材里待两天，进坟墓五分钟，等于上了黄泉路，地狱里游了一回就把一切改变了；最大的变化还不是白煞煞的死人脸，整个人体结构给变了，脑袋被挤压成了料礓石，西北高原一种介于石头与黄土之间的黄色石料，比土硬比石头软，干旱地区季节河的河床下边有这种石料，铺成的路也是坑坑洼洼，状似生姜，就叫料礓石，跟太湖石有点儿像，就是没有太湖石精致高雅。

那时，农民们就已经洞察到王勇博士此行的目的，农村出身的博士已经被书本损害了草根人群所独有的敏锐的直觉，书呆子气弥漫双眼，但他还是看到了村民们怪异的神情。半年后当《周猴传》发表出版时，他终于明白肘户村老农民们怪异的神情后边所包含的微言大义。出于好奇，他重访肘户村，村民们告诉他民间版的《史记》，在古老的岐雍之地，民间一直对大秦帝国的毁灭有一种说法：嬴政扫平天下六国一统天下登基称帝成为千古一帝，谥号为始皇帝，谥号都是死后追封的，秦始皇赶在时间前边提前给自己加封谥号，有违天道，他本人和他的帝国提前进入死亡状态。后来汉武帝又重蹈覆辙，太史公司马迁撰写《史记》时又提前把汉武帝列入《本纪》。活人是不能让人写传的，盖棺论定，给活人写传等于把活人提前打入棺材埋入坟墓。自古秦皇汉武并列，命运也很相近。提前列入《本纪》的汉武帝从此焦躁不安，对太史公司马迁的惩罚完全是凭感觉，李陵事件只是一个借口。汉武帝以后帝王将相都是死后立传。鲁迅给阿Q写传也是阿Q被杀后动的笔。王勇博士给周猴写传等于让周猴提前进入死亡状态。看着博士目瞪口呆的样子村民们就告诉他：周猴死过一回，钻过棺材进过坟墓，多死几回没关系。王勇博士马上想到恺撒大帝的豪言壮语："英雄只死一回。"反复死亡的人是什么人？其中一次，还出自他这个博士之手，他能不紧张吗？第一次见周猴时，周猴瘦弱苍白面冷的形象就永远刻在他脑子里了，那完全是一副死人相，当地人的说法死娃脸，周猴是典型的死娃脸。博士还是愿意把死娃脸当成朴素的料礓石。

山区长大的王博士终于把周猴跟料礓石联系在一起，边走边捋脸上的肉棱，纵一条横一条，面目相当狰狞，路人纷纷躲避，上了班车大家给他让座，他毫不客气坐上去，望着窗外。到了渭北市还是老样子，把警察都招来了，又是盘问又是查证件。呵呵，博士就是这副模样？黑社会嘛！博士真的火了，直往警察跟前冲：
"我是黑社会？我是黑社会吗？"真把警察给问住了，这副苦大仇
深的样子极端弱势嘛，警察反应很快，马上给这个愤怒的人另一
顶帽子："丐帮的吧？丐帮帮主？"博士气晕了。

11

　　王博士给导师徐济云教授汇报时紧张极了，甚至有点儿故弄玄
虚。来到导师家之前先打电话，电话里反复强调汇报内容的机密性，
最好是跟导师直接面谈，不能有外人在场。导师徐济云一一答应，
得意门生嘛，跟亲儿子似的，约定下午两节课后在徐教授书房见。
师徒一见面徐教授吓一跳，他的爱徒苍白消瘦，满脸幽怨，古典
诗词里全是这种怨妇形象。导师就让弟子喝咖啡，师母王莉亲手
煮的蓝山咖啡，口感极好，指甲盖大的小勺子轻轻搅动，慢慢品尝，
王博士很快就缓过神来。师母退出掩上门，书房内就他们师徒两人。

　　王博士从周猴的身世说起，重点介绍周猴 12 岁那年的遭遇，
在墓地里走一趟。徐济云教授坐不住了，来回走几圈。师徒两人

同时想到了上过绞刑架的俄罗斯作家陀思妥耶夫斯基，徐济云教授就点拨王博士："在媒体人眼里这叫新闻热点，在影视圈叫戏眼，我们搞学术就叫重大发现。"王博士电脑打字比法院书记员的速记水平高，任何人的发言他都能一字不落录入手提电脑，这也是导师倚重他的地方。徐济云教授以学者的眼光分析了陀思妥耶夫斯基与周猴的区别，当然喽大师与小人物的区别很大，但必须指出来，学术良知嘛哈哈哈哈。徐教授这么一哈哈，气氛就轻松多了。不管怎么讲，徐济云教授脑子里很清楚，徐教授等于告诉他的得意门生：研究对象与研究对象的价值没关系，也等于告诉得意门生，所谓80年代有思想没学术，当今有学术没思想，学术就是学术，跟法律一样，合情合理不一定合法。师徒两人都明镜似的清楚陀思妥耶夫斯基与周猴的区别：苦难让陀思妥耶夫斯基笔下充满怜悯慈悲仁爱，却让周猴变得如此猥琐。导师也等于告诉弟子给周猴写传记时千万不要提陀思妥耶夫斯基，甚至不要提俄罗斯艺术，竭尽全力往法国靠。法国人创造了电影艺术，法国文学大师莫泊桑更是了不得，普法战争期间，法军大败，服役的莫泊桑随溃军逃到乡间，一位美丽善良的法国村姑救了莫泊桑，莫泊桑趁机强暴了这个美丽善良的姑娘，战争结束，莫泊桑在巴黎妓院与已经堕落的这个姑娘相遇，百感交集就写下了不朽的杰作《羊脂球》，这就是艺术家化腐朽为神奇的本领。西班牙文人加塞特已经意识到"艺术的非人性化",我们做学问就不能苛求周猴这样的小人物。民间文化已经进入主流,巴赫金、托多罗夫把艺术研究的方向引向了民间引向了日常生活,我们就要好好地阐述周猴这样的小人物。用古人的话讲就是借别人的酒浇自己的块垒。周猴只是原材料。徐济云教授就这样给得意弟子开小灶。什么是得意弟子?就是能充分理解导师学术理念与想法的人,就是不需要导师多费口舌稍加指点就能茅塞顿开举一反三甚至举一反十的人。这样的学生也是十年不遇,可遇不可求!我们也就知道有关周猴传记的写作,导师徐济云教授全盘交付给王勇博士了。

为了扩大影响,边写边发表,在报纸上连载,作者也是署师徒两人的名字,而且弟子在前导师在后,等于告诉世人,作品都是弟子王勇写的,导师徐济云挂名算是帮衬弟子。我们也就知道徐济云教授师德有多么好!大多导师的文章都出自弟子之手,发表时只署导师的大名,导师如果宽厚付给弟子辛苦费就可以了,反正有科研经费可以报销。我们也就知道王勇博士的前途有多么灿烂。半年后就可以出书,而且是专著,徐济云教授已经说了,出专著时他就不凑热闹了,只署弟子王勇的大名。按常规报纸连载时都会有删节,吸引大家目光为出专著做铺垫嘛。另一大好处,不影响王勇博士的学业,每周一期两三千字,一个晚自习就能拿下,轻轻松松。更多的时间用于采访,去周猴家里或单位,找周猴本人、朋友、同事等等，都在市里边。稿子写好，发给导师徐济云，徐济云教授很少改动，差不多算第一读者。

周猴在徐济云教授眼里显得怪诞而神秘，尤其是坟墓里的经历，于是就出现了开头那一幕，周猴绘声绘色地描述当年的情景，徐教授洗耳恭听，听着听着就陷进去了，跟小孩听鬼故事一样，既恐慌又好奇，深夜常常醒来出去溜一圈。终于惊动了妻子，以为他患上了夜游症。徐教授这点儿理智还是有的，他不会把真相告诉妻子，哪个女人也不会让丈夫去跟一个坟墓里出来的人打交道，更不会让这个人进自己家门。周猴正是在徐教授书房描述他当年如何假死，如何被乡亲们下葬又如何被爷爷破棺捞出。学者对人最大的尊重就是在书房交流，跟博士研究生上课都在书房，硕士生本科生就没有这种待遇，真传弟子一般都指博士研究生，手工作坊一样手把手教啊，同行，业内人士都很难到人家书房去的。书房等于一个学者的核武库，行家瞅一眼就知道对方的底细，相当于国与国之间的军事基地。那是战略储备嘛。我们也就知道周猴进徐济云教授书房时有多么激动，回答徐教授的提问有多么诚恳。

徐教授也被感动了，接二连三地约见周猴。妻子王莉觉察后就从家里移至茶社，小包间，更隐秘，还是老话题，简直成了怀旧剧场，看不完的老电影，百看不厌，经典老歌，一遍又一遍地播放，没完没了。晚上就要受罪了，总是后半夜醒来，理智告诉徐教授不要下床，多大的诱惑也不要下床。知识分子这点好，自律性强，说不下床就不下床，绝不放任放纵自己。可妻子太敏感了，太在乎丈夫了。也不能怪妻子，不在乎丈夫的妻子还是好妻子吗，除非她有了外遇，徐教授夫妇是恩爱夫妻，标志之一就是跟女学生没绯闻，接近唐僧了。妻子绝对信任丈夫，心疼丈夫。丈夫跟鱼一样在夜幕下都睁着眼睛，尽管一动不动，妻子还是觉察到了，同床共枕距离那么近，再加上夫妻间的心灵感应心心相印，徐教授的睡眠状态理所当然逃不出妻子的法眼，妻子轻轻一声叹息："别装，你想装到天亮？"徐教授只好结束假寐状态，听从妻子的安排明天去医院。

王莉肯定得陪着。人到中年，丈夫在妻子眼里已经成了养不大的孩子，她已经把女儿养大大学毕业去美国留学了，丈夫却退化成老小孩，女人就这么辛苦，没办法。幸亏有感情，否则真是生不如死。妻子差点儿说出坟墓这个可怕的词。真要说出来会把徐教授吓个半死，也说不定会治好他的夜游症或失眠症。还得相信科学相信医生，医生对大教授相当客气，一般老百姓都是先做检查，挨个接受各种仪器设备的炮制加工程序，俗称捞钱刮油，对知识分子大教授就不能粗暴没礼貌，医生跟老警察审案一样和颜悦色询问病情，徐教授积极配合，医生马上听明白了徐教授爱

141

做梦，梦境奇异诡秘，险象环生，而且浓烟滚滚。医生就问："房屋燃烧，还是森林着火？""没有火焰只有浓烟。"医生好厉害，马上断定没有火焰的浓烟其实是云，云围在太阳周围，医生哈哈一笑："你梦见的浓烟是白云对不对？"徐教授跟孩子一样点点头。医生就更自信了，还来了一句："蓝蓝的天上白云飘。"徐教授脑子里想到的是那个永远也无法摆脱的塔里木罗布荒原的牧羊女，就是她把自己比作白云比作羊群，白云一样的羊群比马厉害，能上高山，能上到天上。这就是宇宙。好多年他都在琢磨这句话，天上的云也好梦中的滚滚浓烟也好，其实都是洁白的羊群，吴丽梅留给他的那件羊毛衫就是一片云就是一只羊。当他第一次坐飞机穿越云层时他马上感觉到飞机也成了云朵，最大的云朵，跟头羊一样带领波涛汹涌的云朵奔向太阳。刚刚看吴丽梅有关罗布荒原太阳墓地的学术论文，吴丽梅竟然打破学术常规在论文中引用了西北一位诗人的诗句："太阳说，来，朝前走！"1982年夏天毕业典礼上吴丽梅朗诵的是艾青的《太阳》《煤的对话》，吴丽梅就被塔里木的太阳吸走了，那里的太阳巨大无比。那是试验原子弹的地方，据说原子弹比一千颗太阳还要辉煌。徐教授浮想联翩如在惊涛骇浪中。妻子王莉一口咬定是梦游症。医生摇摇头开出一大把化验检查的单子。吴丽梅所描述的大漠草原，羊群与白云是一体的。吴丽梅甚至把白云比喻为树的呼吸！树和羊又是什么关系？吴丽梅就拿小铜勺敲他脑袋："笨蛋，树和羊是大地吐出来的，万物都是大地的呼吸。"他又要挨揍了，他自作聪明地冒出一句："照你的说法日月星辰也是天空吐出来的，也是天空的呼吸。"他的脑袋马上落满暴雨般的敲击。他永远也忘不了吴丽梅敲他脑袋的小铜勺，喀什噶尔维吾尔族手工艺人的杰作，他以为毕业时吴丽梅会把这把小铜勺送给他，吴丽梅只给他羊毛衫而不是敲响脑袋的小铜勺。各种检查结果，徐教授没有什么大病，更不能确诊为夜游症。医生根本不相信王莉的描述，医生还反问王莉你丈夫不是躺着不动吗。王莉无言以对，医生乘胜追击，也不能确诊为失眠症，教授一觉睡到后半夜，中途醒来，肾虚的人会起夜好几次，教授肾功能很好嘛。半夜醒来明显是压力太大，过度紧张，不是单位的问题就是你的问题。医生把矛头指向王莉。徐教授事业有成不存在压力，又是单位的顶梁柱，过度的精神紧张只能来自家庭。医生盯着王莉。都是知识分子文化人，点到为止，话说破了不好。做人要厚道。王莉慌了，不停地问医生怎么办，我该怎么办。医生的手指麻雀一样在桌子上跳动，告诉她："很简单嘛，给他自由，让他放松，只要不出事，该干吗就干吗。"看到徐教授满脸幸福的样子，王莉就知道医生的话丈夫有多么受用。

出了医院门王莉就抱怨：我给你压力了吗？我给你制造紧张气氛了吗？我把你当大熊猫一样捧着还落了这么个结果。徐教授就安慰妻子："你待我很好，我心里有数。""医生说得也有道理啊！""我也不知道最近怎么回事，睡到半夜自然醒，数数数到1000越数脑子越清楚。""怕惊醒我就假睡。"王莉的抱怨声里有了柔情蜜意。"睡不着就别装着，看电视去上网去。"王莉一下子就释然了，徐济云就告诉王莉电视看到后半夜的都是退休人员，我老成这样子了吗。王莉就笑："你上网呀，小孩守着电脑到天亮，你就当小孩吧。"

王莉说到做到，重新布置了书房。所谓上网也只是妻子调侃丈夫，丈夫每次上网不超过一小时，主要是收看邮件，发送邮件，写文章另当别论，丈夫没有上网阅读的习惯，丈夫对书情有独钟，书房里到处都是书，理所当然在书桌摇椅外还有一张单人床，可以休息也可以躺着看书。这张单人床就比较简单。王莉就换掉了这张床板，添置一张介于双人与单人之间的中号床，有席梦思床垫，好像两口子闹分居一样，这么舒服的床躺上去谁还起来啊。女人就这么实在。边整理边嘀咕："真是个孩子，越老越淘气，养了大的养小的，又把老的养小啦。"当女人冒出"我的命好苦哇"这句经典名段时，女人基本上在唱蒙古长调，眉里眼里全都美滋滋的。

当天晚上后半夜，徐教授准时醒来，悄悄下床进书房，上网半小时，兴奋得像一匹马，漆黑乌亮的黑马，这么精神抖擞应该重新上床去跟妻子做一下夫妻之间的事情，徐教授没有进卧室，而是走向书架随手抽出一本经典。教授的书架上个个都是经典，就像皇帝的后宫个个都是美女一样，教授拿在手上的朱熹批注的《诗经》，开篇就是关关雎鸠，下来就是《葛覃》《卷耳》，都是与女人有关的诗篇，都没有把教授引导到妻子身边。半夜三更确实不是读《诗经》的好时光，教授就抽出第二本经典，刘永济先生批注的《楚辞》，教授没读到屈原的代表作《离骚》，而是《山鬼》，就再也放不下了。山鬼欲来梦满楼，教授的眼皮就沉下来，他只有挣扎上床的力气，幸好穿的是睡衣，倒下时只需拉开被子，睡意如同潮水席卷而来，把他彻底地击倒在床上。一觉睡到大天亮，听见妻子在厨房里操作，很快就是扑鼻的饭香。

书房成了睡觉的天堂，不像是开玩笑。《山鬼》之后是契诃夫的《瞌睡》，瞅一眼书名睡眠就伏兵四起，差一点儿靠着书架入眠。第三个夜晚，又抽到《诗经》，还是《关雎》，对不起古老而伟大的爱情诗篇，我困了，我要睡了，教授打了一个长长的哈欠，就把《诗经》塞回去，醉汉一样踉踉跄跄扑倒床上。有意思的是第四个晚上，教授读到了曹禺的《日出》，有段台词就是："天亮了，我们要睡了。"教授读到这句台词时还有意识看了一眼窗外漆黑的夜。黑暗如果是另一种光明，此时此刻上床肯定是一场高质量的睡眠。教授果然睡得很死，如果不是妻子王莉叫醒他，他会一直睡过整个白天。

大学教授不坐班，没课就不去学校，不像王莉在附中当老师，天天坐班。王莉上班，家里就剩教授一人，教授就尝试着带书进卧室睡觉。以前也在卧室看书呀！枕边书有的是呀！教授还是相信从书房带来的书，进卧室翻开书不到五分钟就呼呼大睡。不能惊动妻子。后半夜他破天荒没进书房，打开床头灯，再打开那本来自书房的《陶庵梦忆》，看到第三页就打起瞌睡，快断气似的，关上灯就什么都不知道了。

可以告诉王莉这个伟大发现了。书竟然成了安眠药，书房等于药房，像王莉这样的中学老师就不灵验了，丈夫可是大教授，著名学科带头人。王莉还是觉察到什么地方不对劲："学者教授大知识分子靠这些经典名著立身呀，坐拥书城昏昏欲睡，不是欲睡是呼呼大睡，传出去有损丈夫的声誉。"妻子提出严重警告，这个秘密比咱们的夫妻隐私更重要，天知地知你知我知，千万不能声张出去。女人的小心眼有时候蛮深刻的。

徐教授越琢磨越觉得王莉的话有道理。徐教授再次走进书房时就有了异样的感觉，每本书都阴森森的有一股鬼气，经典都是死者的遗言都是亡灵书，坐拥书城大半生应该明白这个万年铁律。他身边又响起吴丽梅的声音，好多年前在毕业典礼上吴丽梅最早提出那个很伤人的词："墓茔"，那时吴丽梅就看出他的病根，吴丽梅在暗示他。女人可怕的直觉。他一直不敢面对吴丽梅朗诵过的艾青的《太阳》，那简直是魔咒。2011年秋天，已经54岁了，他再也不捂自己的耳朵了，他彻底放松了，吴丽梅的声音一下子就清晰起来："从这远古的墓茔，从黑暗的年代，从人类死亡之流的那边，震惊沉睡的山脉，若火轮飞旋于沙丘之上，太阳向我滚来……"第一次坐飞机的情景再次出现，他就坐在窗户边，机翼和云层就近在眼前，飞机穿越云层进入万米高空时，飞机就挟带着波涛滚滚的云朵奔向太阳，一路狂奔，永无尽头的寥廓太空，成为头领的飞机和波浪般的羊群凝固在无垠的太空，"太阳向我滚来……"那一刻，没有诗人，没有吴丽梅的朗诵，天空只有太阳和绵羊般的云朵，飞机都那么温顺绵软。他泪流满面，他终于明白吴丽梅为何离他而去。好多年后，他从艾青的诗中读到《煤的对话》："我还活着——请给我以火，给我以火！"他轻声读着，他反反复复读着，发出的却是吴丽梅的声音，他在跟遥远的吴丽梅对话，吴丽梅读出的艾青的诗散发出浓烈的太阳的芳香和太阳的活力。艾青去新疆是有道理的，抗战时写了那么多有关太阳的诗歌，太阳就把他吸走了，就跟吸走吴丽梅一样。进入西部高地，太阳就阳气十足威力无比。与古老的灵魂对话交流的美好时光难道要结束了不成？博导65岁才退休，他54岁，还有11年时间，还能做很多事情，即使不再进步，拿下终身教授应该问题不大，一般博导操心的问题对他来说都不是问题。在周猴眼里他已经羽化成仙，属于得道之人，做任何事情都是兴之所至，闲云野鹤一般。徐教授离开书架，坐书桌前，喝几口热茶，他只喝陕青茶，秦岭腹地的上等好茶，绿绿的跟昆虫一样生机勃勃，慢慢品着，脑子跟水洗过一样清晰异常。他不再怀疑对小人物周猴铺天盖地的热捧。

各方面反馈的信息中最刺耳的莫过于皮影界十大班主的愤怒。十大班主誉满海内外，世界各大国巡演几十次，参加过不少国际艺术节，联合国教科文组织授予他们民间艺术大师称号，他们是真正的大师。给周猴拍专题片时没给大师们说实话，大师们以为给他们拍，全都积极配合，大师早已习惯了前呼后拥，周猴频频出现当配角他们没在意，他们哪能想到最后制作时可以在剪裁上下功夫，本末倒置，主次颠倒，配角周猴成了焦点，十大班主十位大师众星捧月一般在给小人物周猴哄场子，齐心协力在推出后进新秀，尽管这个新秀年届60岁，抱孙子当爷爷了，可对广大观众来讲完全是新面孔。更要命的是剪裁得天衣无缝，王勇博士的解说词珠联璧合，幕后推手徐教授老辣圆滑无懈可击，给有关部门告状都没法告，只好在网上吐槽，在报纸电视上曲里拐弯指桑骂槐。这正是徐济云教授所需要的，这就叫妙手回春，起死回生，点石成金，化腐朽为神奇！

我们就知道最先向徐济云教授表达祝贺的是那些官员博士。

同事同行包括书呆子弟子书卷气极浓的弟子都还处于懵懂状态。那些官员博士可谓导师的知音哪，最先发来短信邮件，高度赞美导师的洞察力与眼光。这些位居县处级厅局级的官员都是从基层小公务员一路摸爬滚打拼杀上来的，他们深谙用人之道，更懂得识人的重要，但他们都不点破，都不约而同地引用了唐太宗李世民的名言："用一个好人，好人就全都来了；用一个坏人，坏人全都来了。"当然，这些好人都是有用之人，这个道理只可意会不可言传。10年前，2001年学校刚刚设第一个博士点时，全校首批只有三个博导，都是挑大梁的业务尖子，徐济云教授就是三位博导之一，第一批博士生就看出徐济云教授的不同凡响，招收的三个博士中有一名官员博士。现在官员博士多如牛毛，10年前可是开风气之先。徐济云教授后来位居全校博导之首成为最早的学科带头人也就很容易理解了。客观地讲，徐济云教授招收的所有官员博士都精明能干没有一个庸官。徐济云教授的门槛挺高的，不是谁都能抬腿迈进来的。

面对十大班主十位大师的愤怒，徐济云教授岿然不动的另一大原因是渭北市文化系统的主要领导就是民间艺术大师，相当于大学里双肩挑学术型领导，既懂业务又懂管理，他们不表态，谁喊都没有用，徐济云把握得很准，这也是官员弟子纷纷声援导师的原因之一。

　　渭北市一大景观就是民间艺人成为大师就有机会当官。这都要归功于电影艺术，欧美那些电影大师与专家学者一致认为电影源于中国的皮影，中国的皮影源于陕西关中皮影，关中皮影又分东路皮影和西路皮影，东路以西安为中心，有汉唐长安有华清池兵马俑，关中西部除周秦故地青铜器，唯一可与东路抗衡的就是皮影。当地文化人抢先建议有关部门成立皮影艺术研究院，有编制有经费，有办公大楼。其他地方就被动了，也没有这么大魄力啊，据说当时拍板的市级领导中有一位是军队下来的，以军人的果断给民间艺人以排山倒海般的支持。后任领导只能锦上添花，浇水施肥，添砖加瓦。渭北市以及县区的文化机构的位子也都非民间艺术大师们莫属。前来考察的联合国官员和海内外学者都赞不绝口，称之为当地政府的一大德政。想想吧，北欧瑞典有举世瞩目的诺贝尔奖，当年斯特林堡名满天下，瑞典国王才给这位大作家特批一个斯德哥尔摩图书馆管理员的名额。你就知道渭北市对文化尤其是民间文化重视的程度。你就明白徐济云教授捧小人物周猴时那么自信那么胸有成竹。整个渭北市争论不休的时候，徐济云教授到文化系统各部门转了一圈，从这些担任官职的大师们的神情中可以看出来徐济云教授所做的一切他们都默认了。徐济云教授绝没有松一口气的意识，更没有全身释然的感觉，徐济云教授完全是兴之所至，乘兴而来，尽兴而归，已经有点儿魏晋高人雅士的风范了。

其实，更大的兴致早已来临，而且方式比较独特。徐教授一位官员弟子，已经毕业好多年了，从县区行政岗位调到文化系统当一把手。不久前的皮影艺术研究院50年大庆，官员弟子时不时插两句，师生两人一唱一和配合默契，高潮迭起掌声不断。台下的小人物周猴马上意识到机会难得，年底就要办退休手续了，救命稻草在眼前晃动，拼命一搏呀！就出现了故事开头的一幕。我们就知道徐济云教授捧周猴时皮影艺术研究院的一把手给予多么大的支持。

周猴火爆了，一把手高兴呀！可一把手没想到红起来的周猴再也不是小人物了，要跟大师们平起平坐，更大的心愿是要在本单位有个一官半职。领导反复强调你这个年龄不在提拔范围之内，县处级都是你儿子辈的年龄，60岁可是当国家领导的年龄呀老同志！领导看在导师徐济云教授的面子上答应让周猴晚两年退休。等于给你老人家减去两岁。博士领导三年博士没白读，竟然看过一位女作家的中篇小说《减去十岁》，就活学活用到周猴身上。好多人为了升官费老大劲打通许多关节才能改年龄，也就改那么一两岁，你什么代价都不用付，轻轻松松年轻一两岁，当然喽，得给其他领导打招呼，集体领导我一个人不能独断，要协商。领导这么苦口婆心，周猴不干。晚退休两年有什么意思？周猴一定要谋个位子。领导就好言相劝："知足吧老同志！朦胧派大诗人梁小斌知道吧？那么有名的诗人，在一家工厂坐办公室，为了写作旷工两个月，被单位开除丢了铁饭碗。还有个大诗人顾城，知道顾城为什么死吗？杀妻又自杀，为什么？还是没有工作，没有铁饭碗。在咱们陕西你什么都有，出了陕西你试试？陕西给你的可是金饭碗，不要不知足啊！"周猴拿鼻子哼哼不接话。领导就躁了，读了三年博士的领导再怎么生气，也不会动粗口，必要的涵养还是有的，不能伤老同志的面子，可这本来就是伤面子的事情，领导很委婉很艺术很含蓄地提醒周猴："你真把自己当一盘菜啊？你不过是我导师从事学术研究的一堆原料，你不过是我导师浇自己块垒的酒杯，人贵有自知之明呀！不要得寸进尺蹬鼻子上脸啊！"领导也太小看我们周猴了，周猴绝地反击：我是原料吗？

　　周猴从包里掏出徐济云教授的专著，接着就是徐济云教授与得意弟子王勇博士合著的《周猴传》，报纸已经连载15期，15张报纸跟歌星演唱会上粉丝们手中的荧光棒一样哗啦哗啦响，周猴动用了皮影戏颠细的女腔："这可是名人传记哦！看清楚哟！"皮影戏又叫掐脖子戏，一个人要唱出几种角色的声音，就掐住脖子换声调，跟鬼捏住一样，从坟墓里出来的周猴不用掐脖子就能换腔，现在他用苍凉庄重的《周仁回府》《包公赔情》的腔调告诉领导："我也吃过智慧树上的果子。"领导嘴里的茶水都喷出来了，手里的保温杯差点儿掉地上："你也知道智慧树？""不要以为只有《圣经》里有智慧树，咱们中国也有智慧树，就在大西北，就在陕西，就在渭北市，就是渭北大学的徐济云教授。"领导轻轻呷两口热茶，笑眯眯地说："那是我导师，跟你有啥关系？""领导跟徐济云教授三年博士，智慧树上的果子能吃一满筐，可徐教授也指导过我呀，耳提面命大半年算是短期培训，一两颗果子我还是吃到了。吃过智慧树上果子的人大大小小都有个位子，你慢慢思量吧！"还真把领导给问住了，周猴说完就扬长而去。

12

皮影艺术研究院的一把手就找徐济云教授排忧解难来了。师
生见面就把周猴当笑话讲，就讲到了智慧树，等于变相恭维老师嘛。
老师听着很受用。师母频频倒茶，递水果，师生两人谈得热火朝天。
理所当然要吃师母亲手做的臊子面，家常便饭，吃着舒服哇，吃
宴席等于受罪，官员博士说得很诚恳，谁都知道这是大实话。官
员博士每次来看导师都要带两瓶好酒，吃一顿便饭。导师送官员
博士到门口淡淡说了这么一句："周猴有点儿头大，位子就不要考
虑了，可以考虑给他报个民间艺术大师什么的，尺度把握好，看
看什么情况，不要早早亮出底牌。"官员博士早就想到这一手了，
拜访导师只是出于礼貌，导师所言正是官员博士所想，所谓英雄

所见略同。官员博士心生敬意，导师不但学问好，对世道人心的把握更是了得，毕业多年了，拜访一次导师等于提升一次自己。官员博士上车时朝楼上阳台的导师挥挥手。

路上官员博士还在想：周猴你不是口口声声吃了智慧树上的果子吗？这段时间就看你的智慧了。

官员博士一把手马上见识了周猴的"智慧"。这小子每天只做一门功课，携带徐济云教授研究他的专著和连载他传记的报纸，带一个小板凳，坐在市委市政府的门口，逢人就送。我们也就知道周猴携带的书报有一大堆，用小车拉着，就是中老年妇女大清早去菜市场批发便宜蔬菜用的那种折叠式轻便拉杆小车，可以拉几十公斤东西。当初徐济云教授的学术专著出版时徐济云教授问周猴要多少书？周猴开口就是 1000 本，把徐济云教授吓一跳。学术专著总印数一般就是 2000 册左右。徐济云教授马上明白了，给出版社打招呼，加印 1000 册，研究对象书的主人公包销。其实不用包销，白送周猴 1000 册，徐济云教授有庞大的科研经费做后盾，落个顺水人情，岂不美哉！我们可以想象周猴的老家肘户 13 村和陵原村乡党们人手一册。周猴的亲朋好友更不用说了。当然，不会出现赵本山与宋丹丹小品里的那一幕，那个叫白云的东北娘儿们大字不识几个，仿照大明星倪萍的《日子》她写《月子》，村民们拿到《月子》不好好看，不是撕下来糊墙就是放厕所擦屁股。

渭北农村把厕所叫后院，徐济云教授与众弟子们呕心沥血之作不会出现在后院也不会出现在墙壁上，周秦汉唐故地的人们热爱文化，纸上有字就很敬重，不随意猥亵。我们可以想象周猴给渭北市政府党政机关以及各县区文化系统的同志们送上这本专著时大家肃然起敬的样子。当然还包括正在连载他传记的《渭北晨报》，关中西部地区发行量最大的娱乐性报纸。人们印象中树碑立传是合二为一的，盖棺论定，死去的伟人圣贤帝王将相才有资格列传，读到《周猴传》的人们心里一惊，耳畔先响起哀乐，好多伟人圣贤帝王将相都活不到60岁，大家读《周猴传》时想到神秘的死亡也很正常。熟人读到《周猴传》肯定想到周猴12岁那年的劫难，都入殓埋葬了，都进地狱了，奇迹般复活，等于死了一回，树碑立传也正常。生人熟人都认可了报纸上连载的《周猴传》。王勇博士就写得有滋有味。

王勇博士的同门师兄，皮影艺术研究院的一把手正苦恼着呢。事情没他想的那么简单，从政多年，老江湖了，但还是出乎他的意料，来皮影艺术研究院之前亲朋好友提醒过他：文化人知识分子复杂敏感多疑，基本上是一群娘儿们，都有女人气质。负责人事工作的下属就告诉他周猴职称的事情有多难办，艺术家可以特殊对待，不管学历，可领导你想想文化系统那些拿高级职称的哪一个不是梅花奖文华奖的得主，双肩挑有位置的那几位大师都拿过国际大奖，趁领导发愣，人事处长就打开周猴的档案，让领导自己瞧瞧，领导匆匆翻几页直冒冷汗：招临时工也不是这么个招法呀！到底是领导，合上档案也冷静下来了，人事处长就试着问领导："哪天有时间我请领导吃饭。"领导心领神会，"就今天晚上吧"。"去哪家吃？""随便，哪家方便就吃哪家。"

下班后他们直接去了渭北市一家海鲜馆，没外人，就他们俩。人事处长在海南待过，熟悉鱼类，给领导介绍大海深水鱼的种类，水深不同，鱼类就不同，到了一定深度，水温水质是不变的，鱼也就不变，渔民都懂这个。渔民对大海的了解就像农民对土地，官员对权力。下属与一把手谈得很投机。他们都点了深水鱼。吃鱼的时候，人事处长又给领导讲了一个故事，20世纪"文革"期间流行革命故事。领导生于1960年，人事处长生于1965年，他们都熟悉这个老故事，生于1960年的领导当年下乡插队当文化馆的故事员，拿手好戏就是讲《半夜鸡叫》和《一块银元》，人事处长给领导讲的就是《一块银元》，很悲惨的故事，万恶的旧社会，恶霸地主安葬老母亲时专门花钱买穷人家的孩子，一块银元一个，买一对童男童女，灌水银成殉葬品，听过故事的人终生难忘，讲故事的人印象就更深了。领导马上回过味来了。两个行政官员对视数秒钟，都说官场险恶，文化人艺术家水更深。人事处长就告诉领导，单位跟周猴相类似的人有十几个，占了业务人员一大半，他们的自身条件都比周猴好，领导还是不明白这些人为什么没有更大的成就，一点进步都没有。人事处长就告诉这位来单位不到半年的新领导，这些人当初被选中的时候人家就把他们看透了，人事处长用了一句当地方言："看得透透的，X光一样B超CT一样，我们这些搞行政的人比这些专家艺术家文化人差远了，装孙子，装疯卖傻，韬光养晦都是给我们这些人准备的，都好把握，都有规律可循，都能推算出来，专家艺术家文化人不行，他们太情绪化，情绪化太难把握了，不确定性太大了，没有任何逻辑没有任何理性。"领导马上明白了，而且一针见血：直觉，他们有很敏锐的直觉，对社会对生活缺乏把握缺乏透视能力和归纳分析的逻辑能力，可另一方面的能力超常发达，这就是对混沌状态的感知，对超验事物的想象还原，对宇宙生命整体结构上的把握达到了登峰造极的境地。人事处长目瞪口呆，人事处长一直把这些皮影艺人文化人当白痴当傻瓜当长不大的孩童，人事处长就问领导怎么办。领导胸有成竹："办！慢慢办！造上那么儿点声势。"

接下来的戏就很热闹，周猴隔三岔五跑单位人事处填写各种表格，填不完的表格呀，而且还变花样交各种证书专著等，人事处干这种曲里拐弯的把戏绝对是高手。周猴乐此不疲，高高兴兴接受这种没完没了的折腾，生命在于运动更在于折腾。自从成为专家学者研究的对象，周猴出门总是带一个黑皮包，装一个保温杯，几本书几张报纸。书肯定是用徐济云教授的专著，报纸肯定是连载他传记的《渭北晨报》，该送的人都送了书，千万不能漏掉一个。周猴就拎着这么一个沉甸甸的黑皮包行色匆匆，忙乱之中会取出不锈钢保温杯喝两口热茶，开始有点儿艺术家气象了。

这么折腾了半个月，单位就有了动静，那些半途而废甚至功亏一篑离艺术大师只有一步之遥最终放弃的同行同事开始说话了，谈论的焦点就是周猴。周猴跟他们是一伙的，他们跟周猴唯一的区别就是他们见好就收适可而止，周猴却得陇望蜀得寸进尺。艺人在渭北市有崇高的地位，不论级别都有一间办公室，也叫工作室。周猴的工作室兼办公室开始热闹起来啦，周猴不用再低三下四推销自己了，周猴可以在工作室兼办公室里守株待兔。这些兔都是同行同事，从本单位到外单位，络绎不绝，用车水马龙形容也不为过，人气旺呀！

这间位于皮影艺术研究院大楼五楼西北角的一隅，自1994年周猴有了正式编制搬进来以后就成为一个孤岛，成了单位遥远偏僻的西伯利亚。媒体记者或外地同行同事来访去的都是二楼三楼那些大师们的办公室，全单位上上下下也都是围着二楼三楼转，周猴本人也跟候鸟一样在二楼三楼蹿来蹿去，自己的工作间都懒得收拾。二楼三楼有人专门打扫卫生，四楼五楼自力更生，自己不出力，就荒成垃圾堆，蜘蛛网布满墙角，加上本人衣冠不整不修边幅，还美其名曰：魏晋风度。单位卫生大检查也懒得光顾这些地方。一个月当中总有那么几天，没有媒体记者和贵宾光顾，整栋大楼安安静静，四楼五楼这些备受冷落的办公室里的大多数人都能自甘寂寞。最难熬的人肯定是周猴。后来他对徐济云教授反复说这间屋子简直就是太平间，对王勇博士也这样说，王勇博士提醒他有关太平间的说法到此为止，王勇博士告诉他："这个地方把你从一个农民变成国家干部变成公务员，这个事实谁也抹杀不了，你也抹杀不了。"王勇博士就这么客观冷静，王勇博士给他写传记，他不能不在乎王勇博士的意见，王勇博士就告诉他另一个大喜讯：传记连载完以后，报纸还要采访他。王勇博士开始充当经纪人角色，记者的任何提问都不要当场回答，带回来考虑考虑，其实是给自己留余地，再让王勇博士把把关。"你现在身份不一样啦。刚开始混个脸熟吸引大家眼球怎么尽兴怎么说，成了公众人物就要注意形象，形象树起来难，毁掉却很容易。""身份""形象"这两个词说到周猴心里去了。

徐济云教授不怎么反感太平间这种尖锐的说法，还频频点头，周猴就无所顾忌，自然而然说到了童年往事，最刻骨铭心的莫过于12岁那年暴病入棺那一幕。徐济云教授话里话外透着这么一层意思：这才是你真正的童年，可以挖掘的东西很多。多少年来难以启齿的尴尬往事在大教授眼里成为光辉灿烂的一页，爷爷在天之灵不知作何感想。爷爷从来就没离开过这个世界，每到关键时刻爷爷那双三角眼就跟信号弹一样在天空升起。三角眼都是厉害角色，爷爷的三角眼跟刀子一样，目光所及总是让人不寒而栗，可爷爷对孙子周猴就不一样了，只要孙子周猴出现，爷爷的三角眼就变圆，憨崭崭亮闪闪一双眼，火辣辣地烫人，有道是爷爷看孙子满心欢喜。爷爷去世这么多年，还在时时刻刻关注着孙子。周猴跟徐济云教授结识的那一天，爷爷的眼神那么忧伤让周猴惊诧不已。机会难得，周猴已经顾不了那么多了。凯歌声中，周猴问那个阴曹地府中的老人：你孙子出息大了，大到天上了，爷爷你担心啥呢？追问的结果更让周猴吃惊：天空不再有爷爷的眼睛，不管是三角眼还是圆圆的杏眼，爷爷不再出现在天上。爷爷不会不理他，从大地深处从阴曹地府传出爷爷长长的叹息。孙子出息到天上爷爷就得从天上掉下来，掉到地底下？有道是亡人入土为安。周猴就这么安慰自己。

周猴可以坦然地面对徐济云教授了，徐济云教授就意味深长地告诉他："你的工作间很快就会热闹起来的。"

周猴还记得徐济云教授第一次正式来皮影艺术研究院拜访他的情景。院办接到电话立马行动，高规格接待。显然不合适去五楼西北角那个垃圾堆一样的工作间，就在二楼领导办公室里接待徐济云教授。至于周猴嘛，传唤他过来就行。开始很顺利，水果烟茶咖啡之外还加了几盆花。麻烦也来了，周猴不下来。反复请就是不下来。徐济云教授哈哈一笑，艺术家应该有点儿脾气有点儿个性，他这么坚持艺术个性应该得到尊重。院领导就配合导师吩咐工作人员："那就尊重尊重周大师，问问他有什么要求？"工作人员带回来的消息很有震撼力，周猴要在院长办公室拜见敬爱的徐济云教授。周猴可不想得罪徐济云教授，周猴要用敬爱这么一个伟大的词。周猴告诉工作人员，一定要原汁原味原生态地转告，不许断章取义删改，一个字都不能改，差之毫厘谬以千里，真理与谬误之间就这么玄乎。就有必要说明一下院长这个显赫的位置。皮影艺术研究院大师云集星汉灿烂，一正十副，常务副院长真正管事，人事权财务权都归常务副院长，真正的一把手，院长与其他9位副院长就是赫赫有名的关中皮影十大班主，领军人物理所当然坐院长高位，主持日常工作的常务副院长以外的9位副院长按班主们的艺术地位和影响力依次排列，绝不敢马虎。我们可以想象，媒体报道以及各种会议对诸位大师的名单次序有多么重要，稍有不慎就会引起轩然大波，拂袖而去掀桌子摔杯子跳脚大骂甚至动手打人的事件常常发生，肯定是那些刚出校门踏上社会的大学生捅的娄子。我们也就知道周猴提出的要求有多么牛。周猴本来就是男人女相而且是老女人相，俗称老婆脸，用我们当地人的话说那可真是老太太打扫堂腿——扭了皮啦。周猴提这个要求也是抓住了机会。头牌大师院长大人正在国外巡演，半个月后才回来，借用一下大师的办公室不是不可以，关键是没有先例，更要命的是有篡逆之嫌，何况还有后边那么多副院长，置他们于何地？大家目瞪口呆。气氛一时尴尬凝固。徐济云教授含笑不语，他的得意门生常务副院长行政经验丰富马上明白了周猴的狼子野心。周猴哪有这个胆，狗日的声东击西，明修栈道暗度陈仓，瞅的是三楼第十副院长的办公室。第十副院长一个月前刚刚去世，位子空缺，办公室闲置，狗日的你不嫌晦气就让你狗日的去蹚一下浑水。常务副院长显然不知道周猴童年那段暴病入棺走地狱的经历。工作人员一阵忙乱，水果咖啡茶叶花盆移至三楼第十副院长办公室。与此同时周猴也屁颠屁颠奔下楼来，直奔徐济云教授脚下，奴颜婢膝啊，对领导更是如此，变脸之快，让众人反应不过来。

　　常务副院长好手段，会谈结束，去渭北市最好的酒店吃饭，常务副院长就悄悄做了安排。下午上班的时候，周猴肯定进不了三楼第十副院长的办公室，又吼又叫没人搭理，但吼声相当壮观。周猴从艺几十年，靠的就是一副好嗓子，其功力直逼前手也就是班主，可惜手不灵巧，挑线的功夫太差，当签手都很勉强，大多时候打后台，最高蹦到二股弦，用行内话说："若要闹，二股弦，要自在，灯影台上打后台。"人们印象中周猴就是这么个角色。现在他这么一吼，还真吼出了水平，还真让人刮目相看，如果大家知道这个鬼哭狼嚎的家伙曾经在坟墓里待过,把地皮都吼裂了,都地动山摇了,此时此刻这几声长啸还不算周猴的最佳状态。但大家还是进行了极有意义的联想,有人嘀咕出声了:狗日的真能吼,你就叫周吼吧,把猴字掐掉,狗日的不配。

周猴还真不吼了,上楼回自己办公室,打开门吓一跳,以为走错了房间,没错就是原来的工作间,西北角最边上的这间房子,不可能再往里延伸了,已经到头了。让周猴大吃一惊的是有人打扫了这间"猪窝",可以用窗明几净来形容。更让周猴吃惊的是鲜花与水果。中午在院长办公室招待徐济云教授的花盆与水果全都搬来了,鲜花自不待说,香蕉苹果梨子火龙果简直就是熊熊燃烧的火炉,整个房子暖融融芳香四溢,空间都大了,简直成了豪宅。后来他把这种感觉告诉徐济云教授,徐济云教授以学者的口气告诉他:"那是你以前的生活空间太小啦,你连卫生都不打扫,脏乱差,猪窝似的,再大的房间也都会让人感到沉闷窒息。"此时此刻,周猴就跟呆鸟一样僵立在鲜花与水果之间。身后有人说话了,是单位专门打扫卫生的老头,老头毫不客气地告诉周猴:"今天开始我负责打扫你的工作间,你干啥都行,只要不随地大小便。"老头说完就走,走时还晃了晃手里的钥匙,一大串钥匙,后勤处专门给清洁工每人配有钥匙,也只有二楼三楼的办公室有专人打扫,一楼四楼五楼只打扫楼道和厕所。三个清洁工,一个老头,一个中年妇女，一个小媳妇，漂亮的小媳妇肯定负责二楼，中年妇女负责一楼三楼，老头负责全楼楼道和厕所，现在加了一间办公室，就是周猴这间。周猴大吼大叫了嘛，有意见你也大吼大叫，吼不出周猴的水平等于白吼。也有一种说法，老头打过仗，伤残军人，侦察兵出身，刚来单位不久就抓获过入室盗窃的小偷。当时的情形是这样的，三个壮汉的脑袋分别夹在老头的两个胳肢窝和裤裆里，警察赶到时三个壮汉已经瘫软，警察拎起来都困难。你就明白这个凶巴巴的老军人对付周猴用意何在。还有更邪门的说法，周猴来自坟墓，阴气太重，女清洁工不宜入内，最合适的人选就是这个阳刚凶悍的老兵。阳气十足的老头往周猴跟前一站，周猴就安静下来，就是古老汉语中常见的那种静谧状态，甚至还有几分妩媚，脸庞光光的包括下巴，清洁工老头就多看周猴几眼，干活就很尽心。

周猴自己也爱待办公室了。温暖明亮舒服，周猴就收敛了许多，至少不随地吐痰，不胡乱扔东西，痰盂废纸篓就有了用场，清洁工的劳动得到了充分的尊重。周猴上厕所也知道拉抽水马桶，擦屁股纸不往马桶里扔。周猴系裤子时突然想到自己都工作这么多年了。周猴在楼道给徐济云教授发了一条莫名其妙的短信："谢谢你！"徐济云教授马上回应："有好事吗？祝贺你！"收这条短信时周猴已经进了工作间，已经坐下来了。左右两盆鲜花，正面茶

几上好几盘水果，苹果梨子火龙果芳香饱满鲜美无比，香蕉刚吃完，

香蕉皮还在茶几上，招来不少蚊子。微粒状的小蚊子咬人很厉害，

但不能把蚊子的事告诉徐教授，可以挥手驱赶，可以点燃蚊香，

蚊子不再纠缠，他告诉徐教授："只有感谢没有其他。"徐教授马

上回应："不客气。"周猴的手就痒起来，蚊子们飞走了，蚊子留

下的痕迹还在，在慢慢发作。擦上风油精应该没问题了吧？他边

擦边问自己。有人敲门。不可能是清洁工，周猴反应不过来，几

乎没人来过这里，我们完全可以理解周猴的慌乱，周猴在自己的

办公室里跟小偷似的。总算回过神了，亲自开门。门没关嘛，半

开着，人家出于礼貌，敲两下，没动静，再敲两下，周猴奔过去

就看见来人是同事。

　　同事显然有备而来。周猴的软肋是挑线捉签子，操纵皮影的

功夫欠佳，人家就问他："挑线的功夫练得咋样？"周猴就哈哈一笑：

"徐济云教授拿的国家重点项目专门研究我这种角色。"同事步步

紧逼："徐教授报的课题就是关中皮影戏嘛，碎娃都知道皮影戏里

前手老大连弹带唱指挥全局，签手老二灯下挑线操纵皮影影偶帮

腔，你连三号角色上档二股弦都算不上，二股弦司板胡铰子长号，

你顶多就是个四号后槽打后台，敲锣敲碗碗，武打时呐喊助威，

大多时候你一直择签帮档跑龙套嘛。"周猴就不客气地告诉同事：

"人家徐济云教授好这一口我有啥办法？"周猴说这句话的时候脖

子伸得长长的跟鹅一样跟长颈鹿一样，那口气就像林彪当年鼓吹天才论时说的那句有名的话："天马行空，独来独往，我这么聪明，我有什么办法？"同事在周猴的直视下，垂下眼皮笑了两下："徐教授白米细面高蛋白吃多啦，野菜麸皮换味哩。"

第二个同事没敲门，楼道相遇，边走边聊，聊的都是琐碎杂事，进了周猴办公室就进入正题。周猴有充分的思想准备。同事就从周猴书架上抽出徐济云教授的大作，翻到图片部分，哈哈一笑："厉害厉害徐教授就是厉害，把你连提三档，从下档帮档板胡儿，越过后槽打后台越过上档叫你捉签子当签手，肯定不是李十三的10大本，连整本戏都不是，都是折子戏，都是为上镜头扎的势，好像给人家前手没说清楚，摄像机还在一本正经地先拍前手，前手老大都蒙在鼓里，徐教授书上全是签手，老大前手成了配角，徐教授剁荠荠菜剥大白菜哩，不要白菜心心专挑白菜帮子，徐教授搞学术八卦嘛。"周猴绝地反击："八卦就不是学术？告诉你《易经》是群经之首，美国总统里根说了，'美国科学家21世纪的主攻目标就是破译中国古老的《易经》。'徐教授与时俱进，抓住了人类文明的脉搏。"同事研究过《易经》，同事笑得肩膀乱抖："你是乾卦还是坤卦？还是000？绝不是101也不会是010。"同事边走边笑，出了门还在楼道里怪笑，办公室里的周猴心里发毛。

第三个同事与周猴相遇于厕所，一起尿尿，哗啦啦不宜说话，系裤子时同事只说一句话："功夫到不到不要紧，重要的是给自己定位，咱就不做前手的梦，差距太大，咱瞄都不瞄，咱就把自己定位成签手，欠火候不要紧，反正在签手的位置上蹭过一两回，屁股没坐热但屁股在上边戳过，等于盖个章子留个印，雁过留声人过留名嘛。"这话不刺耳，能灌进周猴耳朵里，周猴耳朵就大了好几圈，跟梧桐叶一样，跟芭蕉叶一样，跟《三国演义》里刘皇叔刘备的大象耳朵一样。周猴连裤子都不系了，提着裤子洗耳恭听。应该承认，这是徐济云教授与他的学术团队以外最让周猴感动的话。周猴还想多听几句，同事已经系好裤子提前离开，离开前还是留下一句含义模糊的话，是在厕所门口说的："前手是个好位置啊，灯底下的，拦门的。"

可不是吗，不管是皮影还是木偶，挑手都是关键人物重要角色，技术高超的挑手甚至由班主充当，前手和挑手都有可能当班主。多少年来周猴一直干的是填空说白凑热闹的角色，挑线就出丑乐器勉勉强强，最拿手的就是一副好嗓子，曾有人建议他攻读声乐，说不定能成为歌唱家，他偷偷去试过几回，不管是话剧歌舞剧秦腔京剧，一到这些专业演艺单位声音就变调，跟猪叫一样，唱卡拉 OK 都跑调，回到皮影班又起死回生，他能撑到现在凭的就是这副只能在皮影戏里闪出亮点的好嗓子。他做梦都想练出一双巧手，手和嘴巴让他苦恼了好几年。徐济云教授干脆省掉讨厌的手，也就是挑手，以大特写的形式突出他的唱腔，甚至不惜打破千百年来皮影艺术的格局，以声代手，弱化挑手的功能，填空说白打后台的末流角色也能坐在显赫的挑手位置上。挑手这位置实在太重要了，不一定是班主总指挥，坐戏台前排正中央亮子下边，只帮腔不操纵皮影影偶或者只挑动那么几分钟，不超过15分钟。周猴从艺几十年，操纵皮影影偶的时间从来没有超过15分钟这个极限，一折子戏也挑不下来就得有人替换。

回到办公室，周猴反复琢磨同事在厕所门口撇下的那句话："灯底下的，拦门的。"好狗不挡道，我还不如一条狗。周猴嘴上插一根烟，很普通的猴王烟，打火机的火苗凑过来，他在打火机底下看到一团黑影，小老鼠一样忽悠一下不见了，周猴心里一惊，被罩在灯底下的挑手，心灵手巧技术再高也熬不到班主的位置，更不可能熬成大师，但他们离大师很近，近在咫尺等于进入死角，灯下黑嘛。

这几天《渭北晨报》上有关周猴的传记正好连载到周猴他们村口的大槐树，王勇博士以花絮与小说手法加进去的几个小插曲，用行话讲叫戏中戏，主人公周猴成为作者，写一位乡村少年的仇恨。其实不是树，是一个乡村恶霸，霸占乡村少年舅舅的妻子长达八年，舅舅忠厚老实软弱，妻子生养的三个孩子中两个是野种，舅舅敢怒不敢言，只能打老婆出气。少年报仇心切，又无法战胜这个恶魔，就把仇恨从恶霸身上转移到村口那棵山岳般的大槐树上。恶霸每天在树下练功夫，恶霸家高大的门楼正对着大槐树，大槐树跟一柄巨伞一样给恶霸家挡风遮雨加上热天巨大的荫凉。冬天，再大的树都是光秃秃的，又干又瘦，大槐树就像具干骷髅，少年趁天黑搬柴火，都是西北高原常见的玉米秆棉花秆，还加了不少木柴，当地人叫硬柴，硬柴都是好柴火，平时舍不得烧，过年过节红白喜事才动用硬柴。少年显然动用了自己家的硬柴，那都是少年大半年在渭北高原的深沟大壑里辛辛苦苦砍挖来的。后半夜，熊熊大火把整个高原都烧红了，其实等于给寒冷的村庄取暖，大火不可能烧到任何一座房子，离火近的好几家人一下子进入温暖的春天。就是在春天，在油菜花盛开的田野上，放学回家的少年碰见一个壮汉跟一个女人在轰轰烈烈演电影，那个在男人身子底下发出可怕叫声的女人正是舅舅的妻子，少年的妗子。少年在崖畔上摘榆钱，沟里的油菜花跟黄金海洋一样，两个激情男女只脱一半衣服，只露出白晃晃的腿就成了汪洋里的鱼。少年差点儿从榆树上掉下来，少年都不知道怎么跑掉的。那一天，渭北高原成了火的海洋，愤怒而羞愧的少年满脸通红，眼睛都充满血了。好多年以后，少年喜欢上皮影，从皮影上升到电影，就理所当然地看到了好莱坞大片《愤怒的公牛》，一位拳击手，因为妻子赞美了另一个拳击手："他好帅！"醋意大发的拳击手就把那个被妻子赞美过的拳击手打得落花流水满地找牙，甚至不顾裁判的阻拦对已经倒地的对手拳打脚踢，边打边朝妻子看。那是少年最爱看的一部电影，百看不厌，每次都能获得生活的勇气和前进的动力。最大的启迪就是萌发了烧毁村口大槐树的念头。半拉村子就这样从寒冬进入春天。惊醒的人们跑出院子看一眼又回去睡觉了，只要不烧到自己房子，火烧财门开就让它烧吧，农民都懂这个古老的小常识，树是烧不死的，何况是一棵百年老树，根深着呢。火烧了一夜，只烧掉一圈树杈，烧黑了树干，树根完好无损。也许是大火焚烧的缘故，春天一到，老槐树一下子喷射出茂盛无比的树杈，跟千手观音一样。这年夏天，恶霸的大女儿考上了复旦大学。少年不会就此罢休，总结教训，另谋新策。还是在冬天，冬天大地上的万物极其脆弱，最容易被击垮。少年就手持利斧，猿猴一样上下攀缘，显然带了绳索，已经接近欧美国家那些攀岩爱好者了。利斧挥起，树杈纷纷落地，坚实的树皮也被剥个精光，还留下一道道深槽，手脚被砍掉了，只剩下伤痕累累的身子，寒风吹彻大地，大槐树瑟瑟发抖。那是一个残酷的春天，伤痕累累的大槐树在太阳的呼唤下依然伸出茂盛光鲜的树杈，树叶在风中闪闪发亮，潮水般的鸟群呼啸而来，这么强悍的生命在西北高原再正常不过了。少年满脸迷惑，去舅舅家，见到偷情的妗子，他反而不自然。妗子红扑扑阳光灿烂，灿烂得就像春天。已经是"文革"

前夜了，那年夏天，恶霸的儿子考上西安一所名牌大学。正在上初中的少年快绝望了，妗子还一个劲地问他想上什么大学。少年就恶狠狠地告诉这个骚婆娘："公安大学。""公安大学毕业肯定当公安局长，就没人敢欺负你舅舅了。""欺负我舅的人都不得好死。"妗子笑眯眯的："这才是你舅舅的好外甥，舅舅外甥，连着一条根。"初中生从化学课上学到一种很厉害的水叫王水，用硫酸硝酸盐酸勾兑而成，化学老师讲这一段时少年听得很认真，记得很详细，做实验时一次就成功了，得到了老师的表扬。老师还讲了让人毛骨悚然的中美合作所，关押共产党员和革命党人的渣滓洞，特务杀害杨虎城将军后，就用王水毁了将军的脸。少年就马上想到让舅舅蒙受耻辱的恶霸，也只有三酸合成的王水能洗刷舅舅的耻辱。少年亲眼见到几个同学私下配制王水，用玻璃棒搅动时碰撞了一下，就升起一团烟雾，大家四散逃命，烟雾中落下的细微的王水把大家的衣服蚀成渔网，其中一位同学手上沾了一滴，皮肉就掉了，露出白花花的骨头。那一刻，少年没有惊慌，少年脑子里浮现出那个恶霸被王水毁掉的脸，一堆白骨才解心头之恨。少年就这么偏激。少年费尽心思慢慢积攒，冬天时已经拥有好几公斤王水。两个大玻璃瓶，分两次搬到大槐树下，少年完全成了一名化学武器特种兵，手法娴熟，绕着大槐树实施毁灭计划。冬天，又是后半夜，狗都不出门，包扎严严实实的少年每洒下一团王水，树根就升起一团烟雾。少年已经相当有经验了，只盯着树根，毁掉树根才能真正毁掉整棵大树。树根冒起一团一团烟雾，跟着火一样，是那种要命的闷火，烟雾滚滚，整个村庄都被笼罩了，整个高原都被笼罩。春天就这样到了，大槐树黑乎乎的一动不动，再也喷射不出千手观音一样茂盛的树杈了，整棵树漆黑一团成了没有生气的生铁。少年洒王水的土槽在他撤离时掩埋掉了，一点儿痕迹都不留。以前烧的砍的痕迹早都痊愈，地底下王水毁掉的根系谁也看不见，大风吹来，整棵树就摇摇晃晃跟一栋破房子一样，摇晃了一个礼拜就轰然倒塌，等于给村里人一大堆干柴火。留下一个树坑，埋上土，夯实。少年的兴奋和喜悦没超出半个月，仅仅半个月，老槐树留在大地深处的树桩又喷射出一团团火焰般的嫩叶，一圈一圈简直就是一片小树林，少年眼睛发黑，还是身边的树扶住了他，竟然还是他妈的土槐树。北方，西北，到处都是这种朴实憨厚的土槐树。小树容易毁掉，根系发达的老树要毁掉可不那么容易。老树的根系会蔓延到整个高原，再往北，一座山都握在树的手中。他太年轻了，要明白这一个道理还得几十年。可以肯定的是少年年纪轻轻脸就阴沉下来。常常把牙齿咬得嘎嘎响。手指也发出这种响声。

60岁那年，就是2011年秋天，徐济云教授把他作为重点研究对象的时候，他还疯狂地毁过一次高原上的大槐树，当年用王水浇过的地方成了真正的树林，整个村庄笼罩在树荫里，村里人喜欢，还吸引城里人来观光。渭北高原，成片的土槐树还不多见。也是这一年，那个霸占妗子好多年的老王八蛋90多岁了，从西安儿子家回到周原老家，典型的关中农民，在城市生活再久，最终还要回到村里，埋进黄土，农民把火葬看得比下地狱还可怕。老家伙回村不到半年就死掉了，就埋在村子西北角的壕沟里。让人不可思议的是满头白发的妗子给老家伙上了坟烧了纸，还大哭一场，所谓霸占的说法不怎么靠谱，心甘情愿跟一个男人私通几十年，还生了他的孩子，叫恶霸不合适。

王勇博士给周猴讲好半天周猴就是转不过这个弯，少年时代留下的烙印要擦掉很难。王勇博士还告诉周猴，你参加工作从事艺术以后还一次次地回老家毁树，已经跟舅舅头上的绿帽子没多大关系啦，美国学者布鲁姆有一本书《影响的焦虑》，讲的就是大树底下不长苗，大师对后生的遮蔽，你已经不自觉地意识到这种苦恼，又没能力与大师并列，更不可能超越大师，甚至接近大师都很困难，故乡的树就成为你的发泄对象。周猴就把脑袋伸过去，贴王博士耳朵小声告诉王博士："就两层楼的距离，他们在二楼三楼，我们在四楼五楼。"

周猴显然把艺术史上留下辉煌篇章的经典大师跟本单位这些有"民间艺术大师"荣誉称号的十大班主混为一谈，王勇博士就明白了周猴的心事。眼前的大师也照样会遮蔽一大批人。王勇博士还是对周猴的传记进行了艺术化处理，舅舅与外甥的故事变成皮影戏的内容，完全属于艺人周猴的创作，而不是周猴本人的亲身经历，周猴在读者心目中的形象就高大起来了。

其实并不能改变周猴什么，周猴现在的苦恼很具体，不止他一个人，许多人都在大树底下难以出头。他们隔三岔五到周猴办公室来坐一坐，当然是一个人来的。包括前边来过的那三位同事。他们的业务能力都远在周猴之上，不但挑线的功夫，操作乐器的功夫，都不是周猴所能比的，周猴唯一能跟大家相比的就是唱腔。他们当初都有过相当骄人的成绩，得过不少地区和国家奖项，就从基层甚至从无业状态借调来，他们都比周猴能干，借调两三年顶多三四年就有了位置，然后就停滞不前原地踏步，活在期待中，特别是自己对自己的期待最折磨人。周猴借调的时间长达10年，而且年龄最大，1984年周猴已经30多岁了，娶妻生子，而且不止一子，跟跟跄跄挤进来，熬到1994年才成为单位正式在编人员，但不可能有位置了，40多岁了，不属于提拔范围。谁也没想到周猴60岁马上退休之际能咸鱼翻身，同是天涯沦落人，周猴至少跟他们坐一个板凳上了。相当长时间周猴都搞不清自己能与这些人同列。周猴头很大，已经把自己摆到十大班主之列了，即使最末位置，那也是班主哇，那也是十大副院长之列哇。这些中层同行再次光临,周猴就哼哼哈哈心不在焉。人家就有必要提醒周猴,下个月你就退休了,就得腾出办公室,我们见你都很困难。

该周猴吃惊了。这还是小事。重要的是这帮人反复提醒周猴,咱们是同一类型,60 岁的人想入非非相当可笑。大家就把周猴拉进对自己无限的期待中。周猴脑子里闪现过这种期待的念头,甚至想到徐济云教授,但他还是愿意把自己回放到好多年前被皮影艺术研究院某个班主看中后的那种充满青春活力的期待,那时,他已经 30 岁出头了,青春的尾巴还在呀,还能在手里攥那么片刻,然后就泥鳅一样窜得无影无踪,从那时起他就没有期待了。现在看来那不过是气话。如果对自己没有片刻期待,他就不会在半年前皮影艺术研究院成立五十周年庆祝大会上大声嚷嚷,其情绪之激烈,嗓门之高亢,完全可以跟当年活埋于坟墓中相提并论。正是那绝望中的呐喊打动了徐济云教授,开始了学者与艺人的密切合作,徐济云教授与学术团队让他起死回生。

可以告诉你徐济云教授研究周猴的学术专著的封面设计了,那是西安美术学院的大画家专门为这本书设计的封面,就是西北黄土高原常见的料礓石。料礓石状如生姜,千疮百孔扭曲拐弯,近于太湖石,但没有太湖石那么精致高贵,近于土豆,又没有土豆那么朴实厚道。画家就借用了漫画的夸张变形手法,融太湖石土豆生姜于一体,重点突出挤压中生命的卑微与猥琐。用徐济云教授的话讲，猥琐也是一种美，暗合现代主义艺术的真谛。料礓石四周围一圈破衣烂衫，状如黄土，那是画面仅有的朴实与澄厚。

王勇博士比导师徐济云教授更时尚更极端，王勇博士打算给他正在写作中的《周猴传》设计更大胆别致的封面，用挪威大画家蒙克的代表作《呐喊》。黄昏时分，血红色天空映衬下一个极度痛苦的人，焦虑而浑身颤抖，仿佛听到一声震耳欲聋的呐喊穿透宇宙而来。据说蒙克这幅画所绘地点的附近有一个屠宰场，还有一家疯人院，直接引发了蒙克的创作灵感。王勇博士自然而然就把蒙克的这声穿透宇宙而来的呐喊跟关中皮影戏拉扯在一起，我们当地人也把皮影戏叫掐脖子戏，整本戏的生丑净旦由一人来完成，就得不停地换腔调，办法就是掐住脖子左右两侧，一会儿男声一会儿女声，一会儿老人一会儿青壮年，必要时还要牛吼马嘶鸡鸣狗叫，包括对白。皮影属于秦腔一种，秦腔都是大吼大叫锣鼓喧天，每一声呐喊都响彻云霄，都远在北欧的森林湖泊之上，蒙克要是来到中国大西北来到关中平原见识一下皮影戏，会画出什么画？周猴的过人之处就在于坟墓那段经历，不用掐脖子就能变换声调，用同行的话说狗日的已经让鬼掐住了。周猴那张失控崩溃的面孔，包裹在土黄色的破衣烂衫中。

13

　　我们就是这样的人！周猴终于跟大家坐在一条板凳上。绝望
而可怜的人。应该让第一个来访者露出他的尊姓大名，跟买手机
买火车票一样咱们也来一下实名制。第一个走进周猴办公室的同
事叫王镜，高中毕业没考上大学，逛庙会时看一场皮影戏，当时
连家都没回，就跟戏班子走了。过凤翔千阳陇县，到甘肃平凉逛
一圈，折回陕西才回一趟家。后来王镜告诉朋友这段经历就像日
本作家川端康成《伊豆的舞女》里那个傻乎乎的高中生，那个日
本高中生暗恋女戏子一路追寻。陕西关中的皮影班子清一色男人，
真正吸引王镜的是皮影戏，拜师学艺，王镜很快成为戏班里的顶
梁柱。打后台不到半年就坐灯底下当挑手，弹拉吹唱，样样精通，

业内流行的李十三十大本，全都烂熟于心，眉户戏《梁秋燕》，样板戏，更不在话下。皮影艺人最拿手的挑线操纵皮影影偶的技巧娴熟高超，同时挑动九人四马，表演马上马下十八般武艺，镫里藏身，马上射箭，杀回马枪等。在渭北市陕西省西北五省区皮影木偶会演中连中三冠，名震一时，作为特殊人才借调到渭北市皮影艺术研究院工作，一年后转正，几年间从业务尖子到科室副主任到独当一面的正处级中层领导，还不包括各种荣誉称号，名声地位都有了，既富且贵。至于进修学习全国巡演，出国访问海外演出更是数不清。

　　王镜还是看重皮影艺术，总能忙中偷闲钻研业务，见过大世面，国际视野都不缺，到底缺什么呢？这种疑问在心中盘旋十几年久久不散，不但不散，还愈演愈烈，从蚊虫到蝴蝶到燕雀到翱翔苍穹的鹞鹰，不断地在夸张他的痛苦。人到中年就会明白最朴素的道理，好戏子百年不遇，冥冥中命运之神早已设定他只能成为一个普通艺人，而不是众望所归的大师。他缺一种东西，他属于半路出家，当初就应该有高人指点，他自以为遇过许多高人，否则他也走不到今天的位置。意识到自己的不足，他专门拜访一位高人，高人告诉他欲成大事者须养浩然之气，具体办法一二三，一游名山大川，二结交名人高人，三读奇书怪书偏书禁书。王镜又忙乎了五六年，一二三全都照办不误，夜半三更扪心自问，都摸到肚皮了，也没感到身上有什么浩然之气。他很健康身体很棒，不像痨病鬼周猴，活脱脱一只猴子，日本电影《追捕》里的横路敬二，大家都把周猴叫横路敬二，周猴立马翻脸，大家就改口叫周猴儿，周猴无法反击，尤其是那个儿，强烈地让人往猴身上想嘛，大家就是想不到猴屁股，猴屁股红艳艳像一团血，周猴血色全无白煞煞就像个鬼。有人私下议论，周猴白长那么一副猴相，周猴脸上有一点点猴屁股的光彩，这辈子就大发了。王镜就陷入沉思。王镜知道每个人都有难以改变的缺陷，有些缺陷无伤大雅，有些缺陷就很要命，就很倒霉就很晦气。已经不是他妈的狗屁浩然之气啦，是他妈的晦气。

健康强壮的王镜从痨病鬼周猴身上看到了笼罩在所有人头顶的那团挥之不去的晦气。那年王镜36岁，刚过而立之年，王镜就知天命了。有道是天命难违。有道是天地不仁以万物为刍狗。唯一值得安慰的是王镜比一般人早十几年领悟到天命。36岁到知天命的50岁之间，上天给他留出十几年的空白，等于给他机会嘛。这才叫咸鱼翻身。王镜摩拳擦掌跃跃欲试，跟毛头小子一样。好多年都没出现这种状态了。在上海进修时，一位美术史专家告诉大家：人间所有伟大的业绩都基于两种迷狂，一种是病态的迷狂，一种是神灵附体的迷狂。这是柏拉图的高见，后来被美术史专家专门用来阐述挪威画家蒙克的精神状态。蒙克属于典型的病态迷狂，挥动画笔进入创作时又如同神灵附体，蒙克把绝望看成爱的终极产物。王镜就在绝望中找到生命的突破口，那就是自暴自弃，不断制造麻烦，劣迹超过业绩，差不多要妻离子散家破人亡，还没有任何起死回生的迹象，他越是胡闹折腾越能得到大家的关照，该升职升职该涨工资涨工资该分房子分房子该买车子买车子。妻子的心越来越大，女人步入中年基本上处于稳定状态。我们就知道王镜那些年搞过不少婚外情，艺人本身就花，刻意去花就花得天花乱坠惊世骇俗，社会各界都能理解，其他行业的男性只能望洋兴叹羡慕忌妒。五六年时间就这么过去了。有一天，堂兄来看他，告诉他，你在单位算扎下根啦。这本来是亲人间的宽心话，却让他无限悲凉。等于把他看成混饭吃的芸芸众生而不是一个艺术家。另外一层意思就是一个人劣迹斑斑却屁事没有，标志着这个人在单位根扎得很深，活得有滋有味，活得如鱼得水。不管他喜欢不喜欢这种活法，他必须这么活！他咬牙切齿连杀人的心都有。

　　他常常夜游，但不是夜游症，他很清楚。

　　那一天终于到了，十大班主中的某一位，轻描淡写地跟他交流了几句业务，内行都能听出来句句都在点子上，可以让任何一个艺人功力大增好几倍。王镜就是王镜，王镜天生一颗冷静的脑袋。老班主诚心诚意告诉他武林秘籍的时候，他马上想到他已经丧失掉任何长进的机会了，稍有点儿悟性的艺人都懂这个道理，知道做什么和知道怎么做是两码事，艺术靠的不是知识是体验，体验是用生命来说话的，命中没有，再怎么努力也白搭。换句话说努力之外还有天赋的因素。以王镜的冷静他马上明白，从他进单位那一天起，这十位老班主老江湖就知道他能走多远，他的极限在什么地方。老班主拍拍他的肩膀："你已经做得很好啦，你对得起自己。"王镜愣了好半天。命运就这么残酷。

他再也不胡折腾了，他收心了，回到妻子身边，关键是他的心回来了，妻子喜极而泣，他就知道这些年他有多么荒唐。浪子回头金不换，幸福生活开始了。王镜胡闹这些年，家里全靠妻子一个人支撑。妻子原先也是马大哈，丈夫靠不住，妻子就越来越好了，很快成为贤妻良母。孩子更是如此，父亲胡闹，母亲苦熬，孩子就早早懂事，穷人家的孩子早当家，恶棍父亲的孩子成大器，孩子品学兼优，学习成绩突飞猛进。父亲收心的那年，孩子高考，就日他妈考进清华大学，简直是老天爷送的一份大礼嘛。王镜和妻子一起送孩子去北京报到，然后携妻子旅游，补偿补偿妻子。妻子彻底放松，在杭州游西湖游到白娘子和许仙的断桥。妻子就后悔当初他势头正猛的时候不该露那么多绝活，一会儿马上马下一会儿镫里藏身，尤其是九人四马的绝活，几个老班主都坐不住了，他们可都是高高在上的皮影艺术研究院的副院长，他们的神情那么怪异复杂，眼睛那么深不可测，观众掌声不断欢呼不断，老院长们对他的赞扬那么言不由衷。在妻子的提醒下，当年的景象历历在目，想起来都后怕，幸亏已经转正，否则会被挤到县区文化馆，甚至回到乡下草台班当一辈子农民，农闲时出来搭班子挣几个血汗钱以补家用。

王镜已经心平气和了，王镜就拿另一个同事朱自强来宽妻子的心。朱自强属于另一种人，正如王镜所言，当初就是采用露一手留两手的办法借调进来并立马转正，当上中层领导都没有全盘托出。显然有高人指点。

朱自强当年那些壮举艺术研究院的人都难以忘怀。朱自强首先在渭北市会演时崭露头角，评委和观众都看好他挑线技法娴熟老练，不玩花架子，甚至有点儿保守。传统文化极其丰厚的关中平原地区保守绝对是一种美德。稍微出彩的地方就是《祭灵》中刘皇叔一声："满营中三军齐挂孝。"朱自强唱得悲哀浑厚，又哀婉感伤，全场欢声雷动。关中以及大西北秦腔名角有着至高无上的地位，也正是这句唱腔让行家看出了朱自强巨大的潜力，朱自强顺利借调进艺术研究院，跟社会舆论有极大关系，即使不识字的农民也对秦腔能说出个一二三，戏迷就更不用说了。一句台词都这么慷慨激昂粗犷豪放，那些经典剧《下河东》《包公赔情》《周仁回府》《金沙滩》《李陵碑》会让朱自强唱出什么效果？观众这样想，业内行家也这样想，皮影艺术研究院的人也这样想，尤其是研究院十大班主的真实想法，对朱自强可是太重要了。

据后来朱自强给朋友透露：艺术研究院十大班主联名推荐他的真实目的是担心他另谋高就，与其让潜力极大的未来对手在别处生长坐大，反而不如网开一面，收入网中，孙悟空身后还有如来佛嘛。另谋高就就得放下皮影艺术成为纯粹的秦腔演员，朱自强太喜欢皮影戏了，他想打破这个铁律，不信破不了八卦阵天门阵。朱自强很自信，借调进来不到半年就转正。转正后他还那么内敛，全省和西北五省文艺会演他也没亮出绝活。这种越王勾践似的潜伏手段还真管用，几年后他顺利参加全国皮影木偶会演，自编自导自演的《李太白捞月》轰动全国，中央电视台都做了转播。具体办法就是把蜡烛放在罐里遮成弯月形，李白从月内跨鲤鱼而出，伸手捞月，已经有点儿电影特技的意思了。观众起立鼓掌，记者报道时情不自禁地发出赞叹："我们总算明白电影的诞生地法国为什么把电影源头追溯到中国的陕西关中。"早在 1953 年新中国成立不久，法国文化艺术代表团访问中国，一定要去陕西关中看皮影表演，从那时起中国的皮影艺人就频频出国巡演，让世界人民分享这种古老艺术的无穷魅力。朱自强当着记者的面又使出几招绝活，亮子后边耍出烟火，翎子飞舞，身首分离等一系列特技，好莱坞特技也就这个样子嘛，我们可以想象观众的兴奋与喜悦。

朱自强回到渭北有点儿王者归来的意思。鲜花荣誉纷涌而来。

鲜花什么时候都那么芳香，荣誉就不一定了。刚开始朱自强没意识到。再冷静的脑袋那个时候都会发晕。王镜不是很理智很冷静吗，王镜最高就是参加西北五省区文艺会演拿个一等奖，就开始有灭火队出现了，折腾好几年，元气大伤，给一根胡萝卜以示安慰，给一次去参加全国会演的机会，拿个三等奖回来，遮遮丑罢了，哪能跟此时此刻的朱自强相比。我们完全理解朱自强的不冷静，蜂拥而至的鲜花荣誉不假思索照单全收。收完之后一盘点，发现水分很大，恍然大悟，这些鲜花荣誉都是十大班主细心盘算和精心设计好的，该给什么不该给什么，排列组合比数学公式还严密，神秘莫测远超诸葛亮的八卦阵和韩信的十面埋伏。更要命的是这些荣誉都是十大班主们主动报上去的，这些鲜花都是这些老江湖们主动捧到朱自强手里的，上级部门也好社会各界也好都留下了他们扶助年轻人的美好印象。关键性的问题一个也没有，朱自强以为这都是自然而然的事情，会接踵而来，却偏偏不来，半年后一点儿动静都没有了。

朱自强撑不住了，拐弯抹角去问，办公室的人面无表情一一记录，还让他填表，盖上公章，立马上报，然后就泥牛入海。一年过去了，朱自强都张不开口了，办公室的人实在看不下去了，就直接告诉他：当初就应该拒绝那些虚的，主动提出一些实的，干脆一个不要，拖着耗着，千万不要让人拿你的馍馍咬马哄你玩。

一句话，把他当碎娃耍啦。陕西农村都知道馍馍咬马的故事。过去粮食紧缺，吃饱肚子都很难，好不容易烙一次饼子，蒸一次白馍，先让老人和碎娃吃。碎娃拿上香喷喷的麦面烙饼跑到外边炫耀，不要脸的大人就哄碎娃：来来来，叔给你咬马。碎娃就把饼子交给叔，不要脸的叔叔三口两口咬出一个好看的马或狗。有时候叔叔正咬着，碎娃的妈妈出来找娃，娃他妈就夺下饼子臭骂不要脸的叔叔。老奸巨猾的朱自强还是没斗过那些年长的老江湖，姜还是老的辣，老辣老辣，辣得朱自强蹲在没人的地方抹眼泪。面对一帮老流氓老无耻，你就是有日天的本领该跌倒还得跌倒，该栽跟头还得栽跟头。

绝望中的朱自强不会像王镜那样胡折腾，走马灯一样搞女人，明目张胆把野女人带回家，老婆再贤惠再大度也无法忍受，更不会折腾家人。朱自强就折磨皮影，倒腾皮影。关中皮影大多都是用牛皮制作，也有人用驴皮羊皮制作。相传还有一种精致细腻的灰皮影，早已失传。绝望中的朱自强突发奇想，就用猪尿脬制作细腻精致柔美的灰皮影，演出时的亮子也不再用棉布作幕布改用化纤薄纱，照亮幕布的灯光已经从油灯汽灯上升到 200 瓦电灯，朱自强加了两个灯，白灯以外一个红灯一个绿灯，三个开关，不断变换灯光，一会儿白一会儿红一会儿绿。白灯算是阳世，红灯绿灯就进入阴间，阴阳交错，神秘莫测，闪亮登场的生末净旦丑各种角色全是罕见的猪尿脬镂刻而成的灰皮影人。观众惊讶，继而哄笑："哈哈，卵子皮嘛，老汉的卵子皮嘛。"关中人把城府深心眼多心机重的人形容为老汉的卵子皮，褶子多。老人智慧谋略韬略心智就弥补了生命力的衰退和元气精力的不足，但阴气太重，俗称大阴之人。几年后周猴调入皮影艺术研究院，大家都很吃惊朱自强的先见之明，朱自强先知先觉很早就意识到迟早会来这么一位坟墓里的人。大家把周猴往日本电影《追捕》里的那个横路敬二身上联系时，朱自强就告诉大家："我的灰皮影就没有存在的必要了。"朱自强就毁了灰皮影，这个独门手艺到此为止彻底失传了。

真实的情况是，朱自强的灰皮影提醒了十大老班主，很快就引进一位活生生的卵子皮。周猴出现在大院时大家都在揉眼睛，一切比喻都是拙劣的，再老朽不堪的老人面孔都还有生命的光彩，但老人的阴囊，俗称卵子皮，绝对是丑陋不堪的，绝对不能公开，不能示众。比个人私生活更隐秘的隐私其实就在人的裤裆里，尊重生命就是尊重这个地方。那一刻，皮影艺术研究院的上上下下所有的人都以无限慈悲无限怜悯无限同情的目光看着周猴和周猴那张卵子皮脸，大家不约而同瞥了朱自强一眼，那意思很明显，这张活人卵子皮脸足以让所有的灰皮影黯然失色，幸亏昨天亲手毁了你的杰作灰皮影，看看，这可是有生命的灰皮影，不用雕刻，不再加工，天然而成，任何艺术都不能与自然生成的作品相媲美。连朱自强都频频点头。丑陋不堪可以示众，猥琐龌龊也可以示众，它们是生命的一部分，我们每个人多多少少都有那么一点点。十大班主显然不在"我们"之列。他们已经功成名就，他们都是得道之人。他们刻意引进周猴这个"专门人才"就是要警示朱自强们王镜们不要再有非分之想，认命吧！我们可以想象皮影艺术研究院的气氛有多么沉闷。大家都成木头了，面无表情，绝望沮丧。这种状态不会持续太久。

半年后，卵子皮周猴意识到他在大家心目中的形象，卵子皮周猴就愤怒了。愤怒的那天正好是领导把唯一一个去渭北大学学习深造的指标给了周猴，进修两年还有大专文凭，多少人梦寐以求的机会，竟然给了一个"新人"。还没等大家愤怒，周猴提前爆炸了。渭北大学近在咫尺，周猴先去渭北大学报到，办好相关手续，再杀回单位，向领导提出一个让领导目瞪口呆的要求，已经不是得寸进尺了，完全是顺杆往云端上爬的猴。领导都蒙了。周猴吼啊吼啊。领导终于听清楚了，这个研究院干临时工的小通讯员接到皮影艺术研究院的报到通知就进入辽阔无边的艺术想象世界，想象的翅膀从头到脚腾云驾雾。踏进皮影艺术院的那一刻，周猴与大家对他的印象形成巨大的反差，他压根就没有意识到大家对他那种自以为是的慈悲怜悯和同情，更不会意识到他的卵子皮形象对王镜们朱自强们的警示作用。这种无知者无畏的麻木状态正是幕后推手所希望的。麻木无知的另一个极端就是异常敏感脆弱偏执。已经把研究院提前想象成天堂，就应该具备相应的条件和特权，缺一不可。我们就可以想象周猴对办公室主任大吼大叫时有多么牛逼，理直气壮义正词严，办公室主任都崩溃了，反复警告他你只是个临时工，你连编制都没有，一技之长都没有，你能去进修深造是某某某老师打招呼对你特殊照顾，你懂不懂。周猴就死抓住特殊照顾不放，每重复一次"特殊照顾"眼睛里的光就亮一圈，那双老鼠眼已经星火燎原了，办公室主任看到的是一只疯狂的老鼠快速壮大成吞食日月的狂犬。

好多年以后周猴给他的传记作者王勇博士讲述这一幕时，王勇马上就联想到周猴12岁那年夭折入棺的往事，那确实是一种特殊的生命体验，爷爷把孙子这种特殊的生命体验提升到一种仪式，苦难和灾难就显示出神圣和庄严。爷爷这一手相当厉害，村子里没人嘲笑或蔑视孙子那张卵子皮脸，周围村庄的人们口口相传的是爷爷如何破棺救孙子，爷爷如何从阎王手里夺出一条命。我们可以想到，从棺材从墓地里抢救出来的孙子相当长时间不出村，爷爷却跟江湖艺人一样向大家讲述这段传奇故事。半年后，爷爷带孙子四处游荡。人们已经先入为主地相信这个起死回生的孩子有极其特殊的秉性和命运，是个奇人异人，秉异之人。那张丑陋不堪的卵子皮脸和猥琐至极的神态就被神奇的故事所掩盖。孙子走出村子前，爷爷以老人的智慧给孙子的头顶罩上一道强大的光环。我们可以想象到半年后孙子去上学时，校园里的老师和同学会给孙子多大的照顾。12 岁那年的那场灾难，周猴就进入生命的"特殊照顾"时代，直到现在。灾难和苦难都是神圣的，那张丑陋不堪的卵子皮脸和猥琐至极的精神气质也是神圣庄严的。皮影艺术研究院上上下下所有的人必须接受必须认可由爷爷亲自打造的这种神圣和庄严。我们就能理解周猴面对办公室主任的理直气壮义正词严慷慨激昂了。我们就能想象到在皮影艺术研究院办公室主任面前大获全胜的周猴如何快马加鞭杀回渭北大学民间艺术进修班班主任跟前故技重演，再次大获全胜的场景。

让王勇博士费解的是周猴自从进皮影艺术研究院 20 多年可谓一帆风顺好事不断，可每一桩好事之后周猴都要一反常态叫苦连天，知恩图报人之常情，周猴总是以怨报德，谁帮他谁倒霉，给人家一句好话都没有。有道是爱哭的孩子有奶吃。周猴坚持不懈哭号连天 20 多年，单位这头大奶牛都让他快吸干了，他压根就没有满足的时候。王勇博士反复追问也问不出个所以然。王勇博士只知道一个铁定的事实，不管周猴口碑多么不好，关键时候总有人帮他。帮这个吃力不讨好的白眼狼至少可以得到某种无法说破的好处。最大的好处就是有周猴在，王镜们朱自强们无法前进一步，各区县出类拔萃的人才只能徘徊于大门之外。那一刻，王勇博士心头一惊：这个蔫不唧唧的家伙其实早就洞察到自己占据要津的意义所在，这个家伙早就明白无论他怎么屌，他都有奶吃都有果子落到手里，屌得越凶收获越大。王勇博士却把这一切还原到周猴被钉入棺材埋进坟墓的那场灾难，有道是大难不死必有后福，天道如此，谁也拦不住，谁也没办法。那一刻，王勇博士目光犀利无比，跟刀片一样看得周猴浑身不自在："你干吗这么看我，我又不是贼。"王勇的回答连王勇自己都不敢相信，他竟然说出去了，他告诉周猴："你每次得到好处时的反常举动从心理学角度来讲是喜极而泣。"周猴当场就反常了，大跳大叫："你胡说，你胡说，你胡说八道！"王勇反而平静了，在王勇面前大吼大跳的这个家伙那么兴奋，那张不堪入目的卵子皮脸顷刻间神采飞扬光彩照人。猥琐也是有光芒的，死亡过的生命也是有火焰的。那一刻，王勇相信地狱并不黑暗，墓茔并不寒冷。王勇就搂住周猴的肩膀，快到嘴边的话又咽下去了，只有他自己能听见那句从咽喉往肠胃里下滑的声音："你才是真正的灰皮影，任何高手的杰作都不如你的存在。"

好多民间工艺都后继无人，随着新技术的出现，它们跟恐龙一样灭绝消失了。也有一些古老的手艺遇到巨大的挑战，工艺为表演对象所取代，合二为一，复活再生。那个发现扶助周猴的高人，才是真正的挑手，签手。有道是一口道尽千古事，双手操纵百万兵。活周猴的出现等于拍死了朱自强呕心沥血制作的灰皮影，灰皮影等于把老汉的卵子皮挑在棍棍上满世界招摇暴露在光天化日之下。城府就是城府，城府就应该在深处，就不能让其浮上地面变成轻飘飘的灰尘随风飞扬。心眼就是心眼，藏在心底就不能睁开，睁开的心眼还是心眼吗？那是上天给人心开的一道天窗，开一道缝那还得了哇。心机如同天机，天机不可泄露，露天机那可是犯大忌讳的。朱自强犯的是多重天机，竟然亵渎神圣而古老的智慧。活周猴的出现就像智慧树上掉下来的果子彻底堵上了这个巨大的缺口。

绝望的前方绝不是深渊，朱自强却义无反顾往前走。朱自强直截了当告诉周猴："直接叫肘猴多好，还文绉绉的周猴。"周猴就实话实说："我爷爷取的名字，遮掩一下，皮影还有一道亮子白布嘛。""亮子白布没褶皱，遮遮掩掩起褶皱。"周猴就躁了："褶皱咋啦？没几道褶皱人还是人吗？光光堂堂平平展展那是大冷尻二百五。"朱自强不温不火："横路敬二的褶皱全在额头上，你的褶皱都延伸到鼻梁上下巴上都到脖子上啦。"周猴就冷笑："那几道褶皱让检察官杜丘跌个大跟头，你还想跌几个大跟头？"朱自强毫不退让："横路敬二的褶皱是幕后黑手捏下的，你的褶皱得是老先人捏下的？"周猴脸上有了暖意有了兴奋："我老先人就这么智慧，我不起褶皱都不行。"朱自强就不咸不淡地来了一句："巴结人也不能这么巴结嘛，动不动就扯上你老先人。"

　　周猴要巴结的那个人就是本单位对他有再造之恩的引路人。好多年后周猴明白那个当初发现他扶持他的老班主一眼就把他看透了，用关中农村的说法，一眼就看出你能尿多高能走多远，能有多大出息。

　　朱自强比周猴小10岁又比周猴出道早，朱自强明白这个道理的时间绝不会比周猴晚。朱自强毁掉灰皮影不久就认命了，不折腾了。朱自强心甘情愿当签手当挑线的，他更乐意人家叫他"灯底下的"。后来他都以签手挑线称呼自己了，干脆就叫"灯底下的"。签手挑线在他前面一一消失。处于他这种状态的同行也最好随他，在他鼓动下，这些绝望的人，这些不再对当下抱有期待的人都认可了朱自强强化了的"灯底下的"这个角色。甘拜下风认栽认命确实是一种退一步海阔天空的人生境界。唯一的安慰就是无限中的期待，也不知道期待什么？当下无所期待，就把期待无限期推后，变有期为无期，反正不是死期。其实谁都明白，罩在巨大阴影里的期待是无望的期待，无期死期合二为一挂两个牌子罢了。就剩下这么一点儿心理安慰了。

　　好多年后，也就是周猴自认为自己咸鱼翻身的时候，大家就提醒这个连签手挑线功夫都很勉强的家伙，咸鱼再怎么翻还在泥坑里，还在灯底下，谁都能看得出来徐教授研究的就是"灯底下的"这个角色。

周猴飘飘然找不到北了，大家说的这些好像跟他无关。周猴甚至产生这种感觉：这些人在找后悔药。他们后悔什么？他们不会后悔皮影这个行当，他们后悔人生的某个关键时刻生命最宝贵的东西一下子丧失了。男人身上最宝贵的东西是什么？男人又没有贞操，有道是男人总是后悔没有跟女人上床，女人总是后悔跟男人上了床。他们后悔什么呢？周猴越想越紧张。越紧张脑子反而越清楚。这个年龄了，早已成家立业老江湖了，不用别人提醒，甚至不用暗示，人家说自己的时候，周猴就明白男人跟女人没有什么不同。女人节操在肚皮底下，男人的贞操在脑袋里，就是让大家一眼看透的那么一股力量。蒋介石当年死缠硬磨追宋美龄时，宋美龄问大姐宋蔼龄蒋介石是好人还是坏人，已经嫁给孔祥熙的大姐就告诉妹妹：男人没有好坏之分，只有力量大小的区别。在人生关键的时刻，他们自己能尿多高能走多远能有多大出息的那股力量就让大家一眼看透了，看得透透的，透体通亮跟脱光衣服剥了皮一样，从此以后，任何成长的机会都没有了。

周猴第一次见徐济云教授时很不自信，60岁这个年龄能撒几泡尿？徐济云教授就告诉周猴：关键是童心，要有一颗童心，许多大科学家大艺术家晚年还保持旺盛的创造力还能创造出骄人的业绩，就是因为他们晚年还保持着童心，一旦他们身上的这种童心消失了，麻木了，被周围的成人社会同化了，他们的创造力也就丧失了。童心的特点就是求新求奇，好奇心引发奇思妙想，引发创造性思维，人类正是在求奇求新中发展的。徐济云教授特意提到了皮影艺术研究院成立 50 周年庆祝会上周猴的举动："大喊大叫跟个碎娃一样，童心未泯嘛。"六旬老人绝望中的呐喊就让徐济云教授概括为童心未泯，蒙克变成安徒生不由你不信。周猴深信不疑。周猴就把自己看成种种灾难的幸存者，面对王镜朱自强这帮人时就很超脱。大家在谈论"灯底下的""灯下黑"时周猴俨然戴了防毒面具，跟他妈看戏的一样。

是看戏的吗？这个疑问已经不是王镜朱自强心里的嘀嘀咕咕，而是来自苍穹之顶来自大地深处尖厉的呐喊。朱自强闹得正欢，不是大吵大闹，是在艺术上花样翻新，锐不可当。

民间有高人哪，有人及时从偏远山区发现一个活木偶，说白了是个残废人，上中学时不慎让车碾断一条腿，打着双拐。车祸造成伤残也造成其他功能异常发达。小伙子本来精壮强悍身手敏捷，失去一条腿，身体的其他器官就迅速膨胀。自尊心也随之高涨，与之挑衅的人只要让他一把抓住就只有跪地求饶的份儿，手劲大得不得了，就是人们说的铁钳，当然不是小偷那样的铁钳，是那些被他那双铁手抓过的人留下的永生难忘的刻骨铭心的记忆，想到他的手就哆嗦。我们可以想象小伙子打着双拐，那双双拐也是一种武器，狂怒中他单脚起跳，挥舞双拐虎虎生风，如同古代武士的丈八蛇矛和方天画戟。

有一天，小伙子在庙会上看到了木偶戏，没有腿脚的木偶让他震惊，双拐差点儿落地，完全是艺术家们常说的那种神灵附体状态，连他都觉察到自己换了一个人似的，最显著的变化是他脸上的横肉顺下来了，柔和了，温暖了。自从受伤那一刻起他的面孔就有了棱角，目光冷飕飕，神情凌厉，让人不寒而栗，没腿没脚的木偶把他改变了。用他自己的话说："没有腿脚的人也能成为一个重要角色。"关中皮影木偶所表演的内容，才子佳人少帝王将相多，大多都是忠臣良将，节妇义夫，孝子贤孙，大义凛然慷慨激昂。小伙子当时就紧随秦腔木偶艺人的锣鼓唢呐和跌宕起伏的唱腔道白以手击拐，嘴里叽叽呜呜陶醉其中忘乎所以。回家时本村的手扶拖拉机都不坐，拐杖叩地的声音如同锣鼓，而重要的是他已经把整本戏牢记在心，需要反复吟唱，就不想混在人群里。巨大的精神享受必须独处，黄土高原的深沟大壑提供了良好的地理条件，一个人置于长天大野就可以扯嗓子鬼哭狼嚎。我们就可以想象小伙子在旷野上踉踉跄跄时而挥舞双拐时而仰天长啸的样子，活脱脱一个行走在大地上的木偶，天地间一股神秘的力量牵动操纵这个巨型木偶上演一场人生大戏。庙会三天四夜七本戏一场不落，小伙子全烂熟于心。方圆几十里每一次庙会也一次不落，至于红事戏白事戏只要得到消息雷打不动风雨无阻。红事戏白事戏随意性大。庙会神戏却是固定的，一年四季庙会戏，山神戏，还愿戏，平安戏，祈雨戏，驱邪戏一波接一波，小伙子都一一勾画在日历上。关中西府的庙会有正月初九玉皇爷会，正月十六关老爷会，二月初二药王爷会，二月初八土地爷会，二月十五老君爷会，二月十九菩萨爷会，三月三佛爷会，三月十九火爷会，四月初八城隍爷会，六月十五娘娘会，六月六七月七娘娘会，七月十二、九月十三老爷会，九月十五老君爷会，十月初十张三丰爷会，100多本戏小伙子全牢记在心倒背如流。

一年后小伙子跃跃欲试，人家以为他想过过瘾，没当回事，锣鼓家什到手立马神情大变，扯嗓子一唱音调圆润，拖腔优美，戏班子的人都愣了，遇上硬茬啦，班主就问他有啥打算，他也不客气要拜班主为师，戏文可以默记锣鼓铙钹唢呐可以私下演练，挑线操纵皮影木偶的功夫非师傅传授不可。几年后小伙子挑线的功夫超过师傅，那些亮子后耍烟火，四匹马八个人，镫里藏人，回马枪的绝活他全都掌握，包括西府皮影武打戏的独门绝活，这也是西府皮影与东府皮影的区别。东府皮影武打厮杀人身连头一卧地就算杀了，西府皮影真砍真杀，杀人头落地还要用刀枪挑起来，西府武戏中影偶枪刀都比东府的长。小伙子不是班主，单独弄不起一个戏班子，却能搭班包戏。

小伙子名声越来越大，在省市皮影木偶戏会演大显身手，媒体报道，又是残疾人，各方面都很支持。

自20世纪60年代初渭北市成立皮影艺术研究院以后，民间艺人最大的梦想就是有朝一日能成为艺术研究院的一员，也等于给关中农民一个跳龙门的机会。皮影在城市没有市场，城里人也不屑于学这种民间艺术。皮影艺术研究院的传统做法是对新冒出来的人才先借调进来培养一年半载，根据表现再转正。小伙子借调入院两个月就转正，打破了建院以来的纪录。

小伙子该露出他的真实姓名了，很威风的一个名字：高功达，既立功又发达，而且往高处发达。当初学艺时师傅问他名字，他举一下双拐，旁人都捂嘴笑，残疾人都忌讳人家过分关心他们的伤痛，他竟然拿自己的残疾当旗帜。师傅没笑，师傅肃然起敬。后来师傅告诉大家，这是过去艺人的老规矩，只有艺名没有真实姓名。艺人从艺那天起，真实身份就消失了，原来那个我就不存在了。

"我们就活在自己的影子里。"

你就明白秦腔演员唱戏时那种声泪俱下呕心沥血直到吐血的拼命精神，他们不是在唱戏，他们是在唱自己的命，其他剧种是不能相比的。

好多年以后，王勇博士考察秦腔皮影木偶艺术时不由得想到俄罗斯艺术，俄罗斯艺术家们有句名言："我们俄罗斯艺术不同于欧洲艺术，我们不会玩艺术，我们没有游戏精神。"

高功达的师傅毫无保留地把手艺传授给高功达，把能联系到的秦腔皮影木偶班主介绍给高功达，高功达长进很快。

高功达顺利转正还有一个原因，关中西府周原县剧团出了一个高人，明眼人一看就知道此人身手不凡，前途不可限量。据说三年前就应该进艺术研究院，有关方面都启动程序了。十大班主态度暧昧。十大班主不但担任艺术研究院正副院长，还是艺术鉴定高级专家。粉碎"四人帮"国家进入改革开放，尊重知识尊重人才，专家的意见举足轻重。这位奇人高人就莫名其妙被录用到县剧团。从20世纪60年代初开始，关中西府民间艺人首选是进艺术研究院，县剧团文化馆群艺馆也是不错的选择，毕竟吃公家饭吃皇粮了嘛。在基层单位干几年，好多高手满足现状也就泯然于众人也，提防他们的人就长长松口气。这个高人毫不松懈，得寸进尺，突飞猛进，再次叩击艺术研究院的大门。肯定引起不小的慌乱，谁都知道二返长安起死回生意味着什么。大有让暴风雨来得更猛烈些的架势。关键时刻有心人就发现了挂着双拐的残疾艺人高功达，有道是生活并不缺少美而是缺少发现美的目光，目光很重要，相当的重要，重就重在独特，见识要多要广视野要开阔，最终才能形成独特的目光，雷达似的这么嗖嗖一扫，残疾艺人高功达就进入大家的视野。当然喽，这个大家指的是有关部门管事的人，相比之下发现扶持残疾艺人更有成就感嘛。高功达就很顺利，高功达本人并不知道身后推他的许许多多强壮有力的大手。高功达调入艺术研究院堪称一项大手笔。

相当长一段时间高功达乐在其中，对背后隐秘的力量及故事茫然不知。高功达就心无旁骛钻研业务，几年间技艺猛进，频频获奖，各种荣誉蜂拥而至。高功达已经没有最初见到鲜花与荣誉时的那种激动了，高功达已经有平常心了，开始看淡看轻各种身外之物，视艺术为生命，有道是戏比天大嘛。淡泊名利的后果相当可怕。也不知道是谁说的，真理从来都是精屁眼精沟子，真理从来都是赤裸裸的，就像不穿衣服的皇帝，非让孩子童言无忌地说出真相。

就在高功达平淡宁静后不久，高功达以艺术研究院中层领导的身份下基层搞调研，就是到各县区的剧团文化馆群艺馆，重点在民间艺术，民间艺术中又专门调研秦腔皮影与木偶。渭北市各区群艺馆的条件比下边各县要好得多，有专门的资料室，不但有图书，还有音像。一般搞调研都在资料室转一圈，跟大家座谈交流听取各方面意见才是重中之重。高功达却对音像资料发生兴趣。20世纪80年代初，录像刚刚兴起，市区才有，县城很少见。高功达兴趣不在录像，而是群艺馆专业摄影师拍摄下来的文艺会演的现场录像，都是未剪辑的原始录像。应当承认，高功达听到了些风言风语，世上没有不透风的墙嘛。据说有三位高人屡次落选后远走他乡，或改行或潦倒，其中一位酗酒吸毒早早离开人世。高功达带这些人的录像回宾馆单独欣赏，就看到了这三位高人当年的精彩表演。高功达所掌握的绝活他们都会，而且更娴熟更自然。行家都知道高超的技艺与绝活不经意间闪烁几下意味着什么，那是大家气象，大师潜在的素质。高功达当时跟他们处于相同的竞争状态，高功达不是评委，不是鉴定专家，专家们的所作所为高功达不负任何责任。高功达还是觉得后背冷飕飕的。高功达不知道自己怎么熬到天亮。高功达都不知道自己如何把这些录像交还给人家资料室工作人员的。高功达失魂落魄的样子好像提醒他是罪魁祸首。

高功达拒绝专车接送，拄着双拐笃笃笃地叩击大地，每一下声响都在提醒他身上的疼痛。渭北市跟所有的城市都不一样，陇海铁路与宝成铁路在市中心交会穿越而过，整座城市就绑架在火车上，随火车而轰鸣随火车而喧嚣。高功达走到铁路边时终于意识到心脏发出的剧烈的疼痛。当然不是心脏病喽！高功达身残却没有任何疾病。这种剧烈的疼痛来自何方？从苍穹之顶从大地深处发出一声凄厉而绝望的哀号，再也不是心灵的呐喊了，再也不是孤独与绝望了。据说绝望是另一种类型的对大地的爱。高功达显然不在此列。高功达就听见有人小声叫他瘸子。高功达没有愤怒而是满面惊讶向四周看，他所看到的任何一个人任何一张面孔都沉默寡言，没有人提醒他伤残的双腿，那是明摆的事实，不用提醒甚至不用暗示。那个声音来自何方？火车就过来了，人们默默地站在栏杆后边，等候火车呼啸而过。那是一列绿皮客车，连云港开往乌鲁木齐，从渭北市开始进入真正的高原，过兰州过乌鞘岭过河西走廊就是戈壁瀚海就是有名的天山了。火车轰隆隆火车真长。高功达都不知道自己怎么穿过红白色栏杆的，大家都注意到这个挂着双拐的残疾人身手如此敏捷，猴子一样就从栏杆下钻过去了，那么高大的身躯就轻松地过去了，还没等大家反应过来，火车就把高功达卷进去了。高功达给惊讶的人们留下的最后印象是人不见了，双拐还伫立着，然后这双无人拐杖笃笃笃向前几步跟主人一起登上了西去的列车。

公安人员勘查现场时，目击证人异口同声，都说扑向火车的是个木偶，高高大大的木偶，比舞台上的木偶大好几倍。

公安人员在单位调查时，情况就复杂了。十大班主业务人员同僚都感到意外，都感到惋惜。事业如日中天，天外横祸呀！反而是行政管理人员反映，高功达最近有一些反常。研究院是业务单位，从院到中层科室，大多领导都是业务行政双肩挑，以业务为主，经费使用肯定占很大份额，排戏很费钱的，包括考察交流。高功达每次报账都要打听那些借调人员不在编制内人员有多少经费，有没有交流机会。现在都是给自己争经费争机会。人家不搭理他，他就说风凉话，什么干活的马没草吃，不干活的马都要撑死啦。这不是得罪人的话吗，传出去会惹麻烦的。这年头哪个人不把自己当棵葱呀。公安人员在高功达的日记里找到这样一句话："灯底下的不要紧，拦门的就相当无耻了。"

再怎么查，结论还是自杀。

负面影响还是有的。有些人显然把高功达看走眼啦。教训啊，很沉痛的教训啊！就给周猴带来了机会、那些独门绝活高超技艺都不重要了，竟然找了易经八卦大师测字相面，包括生辰八字。坟墓里躺过几分钟的周猴脱颖而出，活脱脱一个阴阳人嘛。古老的周原人才辈出，棺材里蹦出来的都是个人物。

周猴借调进来时，皮影艺术研究院刊《皮影手册》竞争上班，新主编上台大换班，另一班人马另起炉灶，创办《皮影手册》子刊《巨人传》。眼睛亮的读者马上会想到法国巴黎那本全世界有名的杂志《电影手册》，那可是电影大师们云集的地方。1953 年法国文化代表团访问中国，专程来陕西考察关中皮影，关中皮影艺人们就知道了这本有名的杂志，省会西安还没愣过神，关中西府重镇渭北市就抢先一步仿照《电影手册》创办《皮影手册》，省出版局都批了，都上报纸了，西安以及东府华县华阴县皮影艺人云集的地方大惊失色。当年，渭北文化界与渭北大学联手一搏真是精彩的大手笔。主编把名字都改啦，法国巴黎《电影手册》主编叫巴赞，中国陕西渭北市《皮影手册》主编姓梁，就叫梁赞，梁主编有幸出访苏联，踏上苏联的土地递上名片，俄罗斯人就把梁主编举起来大叫乌拉。俄罗斯就有一个叫梁赞的地方，那是俄罗斯的心脏地带，诞生过托尔斯泰、屠格涅夫、涅克拉索夫这些伟大艺术家。梁主编的大名在电影的发源地法国一点儿影响都没有，在苏联在俄罗斯大受欢迎。可以理解为有心种花花不开，无心插柳柳成荫。《皮影手册》创刊就这么离奇，历任主编的职位竞争有多么激烈可想而知。

1984 年有位《皮影手册》竞争主编失利的中年汉子擦干眼泪哪里跌倒哪里爬起，动用所有人脉关系，以图东山再起。中年汉子 1960 年毕业于渭北大学，在周原县当过十几年中学教师，在报纸上发表过几十篇豆腐块小文章。他写文章的灵感就很有意思。单位每人发一台历，他那个台历每一页都有一位文学艺术大师的生平简介及格言，还有一幅素描肖像，名留青史大概就是这个样子。他就开始每周一篇小文章，介绍一位古今中外文学艺术大师。台历上每页仅 200 字，他扩展成五六百字，大学中文系那点儿墨水足够了。若不够，县图书馆名著很多。"文革"前有一段相当和平稳定的岁月，他在《渭北日报》上发表了几十篇小豆腐块。"文革"后期，社会又趋于稳定，人才奇缺，人才又都没解放，这位写豆腐块小文章的中学语文老师就有机会调入县文化馆，给广大农村培养故事员。当时最流行的故事就是《一块银元》。中学语文老师口才极好，记忆力更好，能把整篇故事背诵下来，工农兵故事员没多少文化，中学语文老师就名声远扬，吸引来了北山脚村民周猴。那年周猴 21 岁，普普通通一农民，苍白瘦弱，肯定不是个好农民，往文化馆故事员队伍里混就是想吃个轻松饭，动嘴不动手就能挣工分，每月还有几块钱补助，对农村青年太有吸引力了。周猴就来了，记忆力一般，口才也一般，唯一出众的是尖厉的嗓子，让人误以为是女声，而且能变调，男声女声老汉声都行。文化馆的人就有人建议往县剧团推荐，时任创作组专职创作员的语文老师就告诉大家："他更合适演皮影。"语文老师没告诉大家这个家伙阴阳合体，总让人想到《一块银元》里那个灌了水银的童男童女。语文老师后来知道周猴小时候装进棺材下葬几分钟的那段经历就感慨万千，有意把他留在文化馆，留在自己身边，成为一名故事员，很快就把别的故事员比下去了。那年年底语文老师借调渭北市《皮影手册》编辑部，迟迟无法转正，又回到周原县文化馆。几年后四人帮被粉碎，改革开放进入新时期。语文老师寻找机会，逛年会时一场皮影戏让他眼前一亮，再也不是当年的小台历了，磨炼得差不多啦。他就采访考察健在的几位皮影老艺人，整理成文配上图片寄给《皮影手册》，很快发表，二返长安，再次借调皮影艺术研究院《皮影手册》编辑部。这次不同以往，有专业文章做支撑，小豆腐块紧随其后，更大的原因在于他从教十几年教的那帮学生都有了相当的位置，桃李满天下嘛，也该是收获的季节了，就很容易转正。到了1984年，再叫他语文老师就不合适了，我们就知道他叫张火明。1984年张火明老师的学生已经不是桃呀李呀，个个都成顶梁柱子了，相当多的学生都是处级副处级的领导，科级副科级多如牛毛。张火明要另起炉灶，对别人来讲难于登天，对张火明还不是碎碎一个事情。

新刊起名《巨人传》，含义很多，说不出的一层含义就是跟《皮影手册》叫板。《皮影手册》参照《电影手册》重在推介大师。大师之上还有高人，那不叫高人叫巨人，《巨人传》绝对压《皮影手册》一头，还叫你娃说不出。另一层含义就是摆在桌面的说法：这是伟大的时代，这是一个英雄的时代，这是一个需要巨人也能产生巨人的时代。至今人们还在怀念20世纪80年代拨乱反正改革开放新时期，有人称那个时代为文艺的春天，甚至有人称为中国的文艺复兴，一下子就跟欧洲历史上群星灿烂的文艺复兴扯在一起。我们就知道1984年秋天《巨人传》创刊的划时代意义，张火明主编挺胸扬肚有多么牛，用我们当地人的话讲那可真是老太太打旋风腿——扭了皮啦。《巨人传》的第三层含义大家都知道就是不挑明，直到 2011 年底王勇博士给周猴写传时才不经意间提到了欧洲文艺复兴时期法国作家拉伯雷的《巨人传》。周猴跟他的引路人张火明都一个德行，只要跟大师跟巨人沾边的事情都是好事情，如蚊扑血，如蝇扑粪呀。王勇博士打断激动不已的周猴："你先别激动，你先别嚷嚷，你看过《巨人传》吗？"周猴嘴很硬："看过，看过呀。""里边写什么？"周猴就背一段《巨人传》的主题思想艺术手法，都是文学史讲义应付考试那一套。王勇博士就笑："你书架上有拉伯雷的《巨人传》，当花瓶一样摆着嘛，跟装饰品一样嘛，你呼啦啦翻过，你就跟书中的主人公庞大固埃一样粗糙不堪，你稍微看仔细点儿，看一下内容提要，实在来不及看看前言和序也可以，你就会大概知道主人公庞大固埃是个什么角色。"周猴就伸长脖子呆鹅一般，王勇博士就告诉他："庞大固埃放纵感官，宣泄本能，猖狂无度地吃喝玩乐，释放人的原始欲望，纯属小丑傻瓜白痴疯子弱智，类似的角色还有李尔王和堂吉诃德，这都是文艺复兴的产物，用来反对宗教神权的，文艺复兴后，启蒙运动开始理性之光普照，欧洲开始害怕这些疯子傻瓜白痴，统统把他们装进愚人船。你们那本杂志《巨人传》应该叫《愚人船》。"周猴就小声问王勇博士："愚人船最后漂哪去了？""顺流而下漂到海外去了。""原来他们去了海外。"

再回到 1984 年《巨人传》创刊，主编张火明的办刊方针很明确，与企业联手。那时候还没有市场经济一说，那时候工人还没大批失业下岗，大大小小的企业还红火着呢，工人老大哥的工资加奖金比政府职员人民教师还高。张火明充分利用中学从教十几年桃李满天下的人脉资源，纵横捭阖，强强联手，企业家的辉煌形象跟影视明星一样出现在杂志封面上，周猴就给企业家写传记，杂志连载，企业包销，销量大涨。《巨人传》杂志社就两个人，一个主编一个编辑兼记者，然后向政府官员蔓延。官员们很策略，不叫传记，叫人物专访，与企业家交替出台，交相辉映。张火明捞到了第一桶金。若干年后《巨人传》停刊，张火明退休，在海南投资房地产，亲自带两个儿子加入中国最早的房地产黄埔一期培训基地，然后挥兵北上，成为中国改革开放第一批富豪。《巨人传》红火那 10 年，张火明不但大把捞钱，而且他炒红了一大批官员，这种人脉资源给他带来的利益完全不是财富可以衡量的。更大的秘密在于，他炒红的官员中有几位都是他的周原老乡，这其中一位还是周猴姅子情人的儿子，土槐树的主人，姅子情人家反而出了两个大学生，改革开放，知识分子火爆，这个农村出来的"文革"前老大学生趁改革开放的东风，进入政界，又趁张火明《巨人传》成为舆论的中心，步步高升，其中一位成为省级领导，老父亲临终前托付给这位高级领导的大事之一就是要他帮衬自己的老情人，周猴姅子一家，周猴姅子的几个孩子都在渭北市周原县有头有脸，也惠及周猴这个远房亲戚。好多年以后王勇博士才考察出这一段不为人知的隐情，从张火明把周猴从农村戏班子引进乡广播站当通讯员开始，周猴就暗中受到妗子情人后代的大力帮助，张火明把这个秘密只告诉王勇博士，给周猴写传嘛，就要揭开乡村秘史。回到《巨人传》那个时代，张火明官商通吃，然后，就举办文艺会演，张火明成为主角，掌控全局，周猴具体操办。周猴不用再跑腿了，雇了几个编辑。事业越大反而越轻松。《巨人传》红红火火风光到90年代市场经济启动，民营私营企业兴起，张火明理所当然把这些众神请上《巨人传》。我们当地人戏称《封神榜》。

《巨人传》创刊时，张火明的父亲，周原乡下这位老农民最崇拜姜子牙最爱讲封神故事。周原就是周的龙兴之地，封神榜在我们那里不是神话，是真实的存在，是祖先的光辉历史，是光荣与梦想。张火明受过高等教育，知道文艺复兴的伟大意义，说装神弄鬼封建迷信的《封神榜》没法相比，张火明置父亲的旨意于不顾，他只告诉父亲一句话："当前耳目下，我们在赶英超美。"这是毛主席说过的话呀，老汉就闭上了嘴。张火明一双火眼金睛盯着《皮影手册》，火候到了，《巨人传》停刊，张火明顺利进入《皮影手册》。《巨人传》再火，也只是内刊，到底不能跟金字招牌的名刊大刊老字号《皮影手册》相比。《巨人传》只是一个跳板一个平台，戏演足了，声势浩大了，屁股一拧就能坐到《皮影手册》主编的龙椅上。

就这么简单。这也是《巨人传》每年搞一次皮影木偶擂台赛的原因，皮影这根线不能断，而且越来越粗。周猴心知肚明，大半时间花在皮影木偶戏上。双月刊杂志，手下一帮小喽啰，忙的都是这些人。《巨人传》停刊的另一个原因很简单，七八年间涉及的富豪权贵坐牢的坐牢，潜逃的潜逃，跑海外的跑海外。好多年以后美国南加州就怪怪地出现一条"情妇街"，其中不少人就上过《巨人传》。王勇博士大谈欧洲愚人船的时候，周猴就怪怪地问博士愚人船的去向。王博士明白过来后连吸几口冷气，小看人家周猴、张火明了嘛。

张火明是把周猴当一张王牌打出来的。时机选得很好，双拐艺人高功达自杀事件造成的负面影响太大了，皮影艺术研究院很被动很尴尬，都快要停刊了，一时谣言四起，人心惶惶，据可靠消息可能要对研究院大改组，结构性地改组，十大班主一大半可能分散到其他文化部门任职，多少年来的潜规则将云消雾散。风雨飘摇山雨欲来风满楼啊！门房管收发的老汉文绉绉地反复重复这么一句话。中层大多观望。只有一个人从容不迫显得很稳，那就是张火明。就在各路神仙焦头烂额不能再焦再烂的时候，张火明一一拜访了他们，三言两语，包括讨价还价，最大的获益者肯定是张火明，周猴进研究院之前就被大恩人张火明低价处理了。当是时也，周猴还在周原县某乡广播站写广播稿件，就是最底层的通讯员，写那些比张火明出道时的豆腐块还小好几倍的小文章，每篇绝对不超过100字，接近请假条借条收据了。周猴没有任何讨价还价的资本。1984年已经娶妻生子的周猴刘姥姥进大观园一样几经周转踏进神圣的皮影艺术研究院，用他老婆的话说："能在里边干临时工咱都乐意。"脸上有光呀。乡下女人吃再大苦也盼着丈夫有出息。

周猴的优势很快就显示出来了。像王镜、朱自强之流相当长时间摆不好自己的位置，该有的都有了，处级副处级中层领导有头有脸呀，不该有的也都有了，占用的那些资源原本是给那些真正的高人能人，这些人借调进来，很快就被挤走，挤不走的就拖，拖他个三年五载，拖垮拖死，还有一招，堵，堵住不让他进来。你就明白灯底下的签手挑线艺人另一种叫法：拦门的，拦门就是挡道的嘛。好狗不挡道，何况人乎？还有一个更隐秘的绝招，那些惨遭堵挤拖压的潜在对手还要对其进行"超限战"，就是使小人手段，全方位围剿，到那些人的原单位亲朋好友中去，到敌人后方去煽风点火挑拨离间搬弄是非，不能不承认这些小人手段花费少见效大，近于核武器。王镜、朱自强之流干这些勾当总是那么勉强，拉不下脸。朱自强还跃跃欲试想大闹天宫跳出如来佛的手掌。要没有朱自强尥蹄子，也不会招双拐残疾高功达进来。高功达更是心气高傲，一旦识破真相就撞火车，不等于撞地球吗？现在好啦，周猴把一切问题都解决了。根本不用挑明连暗示都不用，马不扬鞭自奋蹄呀，周猴天生就会，灯底下也好拦门挡道也好，种种角色，无师自通。大家都抱怨张火明这王八蛋，早干吗去啦，这么一个宝贝捂自己手里这么久。

1984 年到 1994 年 10 年间，周猴做的任何一样小小的成绩，有心人都要拿到台面去打压潜在对手。潜在对手都是相当有影响的艺人，至少也是各县区文艺团体的台柱子，拿周猴这样的农民身份临时工来对阵那可真是高招。赵匡胤当年就用一个工匠对付南唐满腹经纶的学者型使者。10 年不给周猴转正也是这个原因。原本就是临时工。可谁都知道弄假成真的道理。10 年间临时工周猴不止一次担任各科室临时负责人，领导指挥那些成绩卓著的艺术家，至于挪用的经费就更多了。捅到上级部门，农民身份临时工角色，万丈悬崖下边一条沟，再高的崖也就轰然倒塌。10 年间的第五年，各县区的艺人也就不再对艺术研究院有任何奢望了，甚至文艺会演时都要打听一下周猴来不来，周猴到，大家就作鸟兽散，闻周色变。别说崖别说墙就是小土堆，脚底下横一道沟也就塌下去了。10 年间皮影木偶艺术在突飞猛进，声光电这些现代化技术成功引进，皮影木偶艺术从乡村进入城市进入现代生活，这些高人被周猴成功地阻挡在皮影艺术研究院的门外。你就明白周猴被单位多次派往各大学进修培训的伟大意义。周猴书架上的黑泽明、小津安二郎、塔可夫斯基、法斯宾德、伯格曼、雷诺阿、文德斯、斯皮尔伯格这些电影大师的资料等于消防车灭火器。10年间的后四五年，各种挑战不再出现，那可真是寂静的春天，美国生态学者卡逊专门写过这么一本书，控诉美国农药化学药剂制造商对生态环境的破坏。10年间的后五年就这么寂静。最后一位被提防的人也不再被提防。1994年春天，周猴顺利转正从农民工变成国家干部，年底评上中级职称，升任《皮影手册》编辑部主任，老婆孩子全都转成城市居民，住进皮影艺术研究院生活区五号楼四层四室两厅的大房子。老婆孩子跟做梦一样。

2011年秋天，周猴再次火爆。可惜《巨人传》停刊，周猴当初给富豪大款们写传记给大大小小官员写专访的时候都没想到会有人给自己树碑立传，而且是博士写传，比自己当年水平高多了。徐济云教授给周猴写了专著，周猴头就大了，就萌发了树碑立传的念头，张火明带他办过《巨人传》杂志嘛，他就告诉徐教授他有这么一个心结或者说是情结，徐教授连声说："好好好，树碑立传不是帝王将相的专利，王侯将相宁有种乎？"徐教授当即给弟子王博士拨电话，如此这般吩咐，然后告诉周猴："小王很有水平，你就积极配合吧。"周猴顺利进入历史。就这么简单。

14

皮影艺术研究院主持工作的常务副院长跟王勇博士都是徐济云的弟子，王勇博士采访完周猴就到常务副院长办公室串门聊天。师兄弟见面叫官衔不合适，师兄角色转换很快，下属进来他就摆出领导架势神情口气威严冷峻，掉头面对师弟就瞬间成为谦谦君子儒雅斯文，完全进入校园导师办公室师生共同切磋学术探讨人类文明的种种话题。常务副院长一口一个王勇老弟，王勇博士一口一个张林兄。我们就知道常务副院长的真实姓名叫张林。

他们俩可不是一般的师兄弟。张林比王勇高两级而且是在职不脱产研究生。官员读硕士读博士导师会有意识插进几个学霸进来支撑局面，出身贫寒的学霸与有权有势的官员结为师兄弟正可谓如鱼得水干柴遇烈火。王勇属于学霸中的学霸，多少人争着跟王勇当搭档，决定权在导师手里。导师徐济云教授安排省城西安一位背景很深的官员做王勇的师兄，这位仁兄很讲义气，给王勇解决了不少实际问题，具体细节我们就不公开讲了，反正王勇在家乡名声大振，整个家族都受人拥戴，老父亲简直成了活神仙。学霸背着导师私下结交官员师兄弟那就看学霸自己了。用行话讲跨界搭班靠缘分。张林跟王勇在一个专题研讨会上几次交锋，互留手机号，开始私下交流。他们的关系也是少有的纯粹。当时张林在渭北市下边某县当副县长，不是一把手，权力有限，可利用资源并不多，王勇肯跟他结交可见王勇眼光不俗。张林在核心期刊发的两篇论文基本上得力于王勇，但张林的博士论文初稿却是自己独立完成，只让王勇把把关润色一下。不用说博士论文的基本框架来自核心期刊发表的两篇前期论文，在职官员能把论文做到这种程度已经相当罕见了。王勇当时就提醒师兄张林，以后有可能调你到文化部门当一把手。两年后张林果然从副县长直接升任渭北市皮影艺术研究院主持工作的常务副院长，副处到副厅很罕见。那篇高质量的博士论文功不可没，毕业答辩后不久就纳入教育部优秀博士论文出版计划，半年后拿到书往各单位一散，大家对张林刮目相看。我们就知道王勇来艺术研究院受欢迎的程度。更重要的是师兄弟谈话的坦诚相见。

师兄张林就告诉师弟张勇："周猴、王镜、朱自强，包括撞火车的高功达，被选中的时候就意味着他们不可能有多大出息。"王勇不以为然："师父领进门修行在个人嘛，怪只怪他们自己。"张林就说："十大班主都来自底层，那种历练与眼光不是校园书斋里的教授们能比的，官场商界这些搞权搞钱的俗人也比不上，常常有弟子超过老师自成一派，常常有下层韬光养晦大智若愚蒙蔽上司逮住机会揭竿而起成就大业，皇帝都会栽在自己儿子手里，艺术界很少有这种先例，成大业者都不是师徒关系，李白杜甫私交那么好一个浪漫主义一个现实主义，没有师徒关系。"该学霸师弟王勇吃惊了。师兄张林继续发挥："生命早早曝光很可怕，比少女失去贞操更可怕。"王勇不停地喝茶，张林给他倒上水，王勇声音很小："他们只能垂死挣扎。"张林就告诉他："那种垂死挣扎可真让人感到恐怖，他们不但占用各种资源，还会主动出击给那些被提防的有真才实学的人制造麻烦。"常务副院长的博士还真没白读，常务副院长用文学语言来形容王镜、朱自强、周猴们的所作所为："抗日战争时有名的长沙会战，薛岳将军采用天炉战术对付日军的疯狂进攻，不管是冈村宁次还是阿南惟几、横山勇，兵锋所指，中国军队都是边打边退，一直把日军诱到长沙城炉底，两边出击，日军一进一退，中间地带阻击陷阱不断，主力也就消耗大半。希特勒在斯大林格勒与库尔斯克大败后，德国元帅冯·曼施坦因采用波浪战法对付朱可夫，撤退与进攻交替进行，苏军流血不断，朱可夫最怕冯·曼施坦因，关键时刻自负刚愎的希特勒撤了冯·曼施坦因，朱可夫放心大胆地打出国境攻入柏林。我们这些来自民间底层的功成名就的老艺人其韬略城府之深不在薛岳与冯·曼施坦因之下。"趁着师弟发呆，常务副院长意味深长地发出这么一声感叹："这可真是个历练人的好地方，我对'礼失求诸野'，有了新的理解。"王勇清醒后的第一句话就是："我这不是给废物写传吗？"常务副院长说："他们可没把自己当废物，他们都以为自己是智慧树上最大的果子，你千万不要捅破这层纸，做人要厚道。"

15

　　王勇和女朋友是在西安一所名牌大学上的本科和硕士研究生，研二那年，徐济云教授应邀到西安那所名牌大学做学术讲座，准备硕士毕业考博士的王勇原打算考北大武大复旦的博士，听渭北大学徐济云教授的讲座不到半小时就改变主意决定报考徐济云教授的博士。

　　王勇考上渭北大学徐教授的博士那一年，女硕士考公务员，进入渭北市财政局当科员，守在博士男朋友的身边，时不时地去校园听徐教授的课，理所当然听了佟林教授的学术讲座。百闻不如一见，佟林教授讲，徐教授评点，院长主持，两个大教授一唱一和，得意弟子王勇端茶倒水，财政局女科员美滋滋地坐在人群中，那种享受！那种喜悦！散会后，女科员和男朋友王勇一起跟佟林教授徐教授合影。这张合影不用说摆在女科员宿舍里最显赫的位置，同事们都肃然起敬，狗屁影视明星歌星舞星球星算什么！可以想象女科员看到徐教授身着内地罕见的粗羊毛衫时有多么惊喜。女科员最先在报纸上看到徐教授身着粗羊毛衫的新形象，接着是电视，一个重大的文化活动，各色人等一一亮相，身着粗羊毛衫的徐教授显得智慧而不卖弄，精明而不油滑，周围身着高档名牌的人忍不住拿眼睛的余光雷达一样扫描徐教授那件没有任何标签的粗羊毛衫，现场直播，这些细节全让观众看到了。女科员马上给男朋友王勇发短信："师母太伟大了，杰出而成功的男人身后都有一位伟大的女性，我就要做这样的女人。"

此时此刻在渭北大学凉爽的林荫道上，王勇看到身着白色粗羊毛衫的徐教授朴素高贵气度不凡，王勇眼睛已经成了摄像机，整个大脑不停地在裁剪众声喧哗的各种镜头，王勇显然进入电影导演的角色。无论他怎么裁剪都无法改变周猴苍白的形象，王勇无法理解导师徐教授打造出这么一个文化符号用意何在。王勇脑子里蹦出文化符号这么一个新词，周猴那副猥琐苍白的样子确实不好用形象来界定，就叫他猥琐男吧。进入文化范畴就不会对导师徐教授产生异议，徐教授身上的纯白色粗羊毛衫就不失其朴素高贵的本色，徐教授对周猴的发现和推崇就不是针对某个人，而是针对一种文化现象。

下午的讨论会上，王勇的观点得到众人的强烈响应。导师徐教授频频点头，王勇就问导师徐教授可不可以整理成文章公开发表，导师徐教授拍一下王勇的肩膀："要快！"

王勇把这个喜讯告诉女朋友时，女朋友反应很平淡，倒是王勇有点大惊小怪。王勇写的《周猴传》在《渭北晨报》连载好几个月了，女朋友每期必看，还在单位大肆张扬，周猴的照片隔三岔五出现在报纸杂志上，电视都上了好几次，女朋友也惊叫过嘲笑过，但女朋友从来没觉得徐教授发现推崇这么一个货色有什么不妥，反而认为这是徐教授的高明之处。看着男朋友大博士满脸惊诧连吸冷气的样子，女科员就嘲笑他："你也太不成熟了，博士也有犯傻的时候吧，还什么猥琐文化现象，那叫弱男。"王勇回过神来："这种蔫蔫的萎靡不振不长胡子猥琐得形同太监式的男人也能入女人的法眼？""男人弱成太监不叫他弱男叫什么？""好好好，就叫弱男，女人不讨厌弱男？""只有我们这些傻不拉叽的小女人喜欢你这种雄心勃勃阳气十足的猛男，大都市经济高度发达地区，弱男才是女人的首选。"女朋友笑眯眯敲王勇的头，"别紧张，你才是真正的大男人，本姑娘纯良健康，不喜欢太监式的弱男，只是不讨厌罢了。"女朋友城市长大，从小跟父母到处旅游见过世面。王勇刚松一口气，女朋友又来了一句："不要小看太监，太监没笨蛋，个个都聪明绝顶，性功能被切除了，大脑就畸形发达，每朝每代文武百官包括皇帝，天下所有精英都对付不了太监们极端化的大脑。"王勇直冒冷汗，已经听不到女朋友在说什么了，唯一庆幸的是女朋友学财会，又是城市姑娘，对民间艺术一窍不通，只看到周猴外形猥琐，一点儿也不知道周猴什么都不行，业务更糟。又回到了原点，周猴确实是个废物，有损于导师徐教授的声誉啊！王勇头就大了，女朋友捏他鼻子气都出不来了，女朋友吓坏了："我又没说你你怎么这么脆弱。"

　　王勇博士再次见到徐济云教授时就心生疑惑，更大的疑惑是他实在看不出导师徐济云有什么不妥，尤其是导师的形象，一丝不苟，严谨庄重，不失学者风范。徐教授侃侃而谈，言谈举止更是无可挑剔。一股来自秦岭腹地的风吹动了校园的树，巨大的树影摇曳飘动，其中一块阴影投射到徐教授办公室，准确无误地落在徐教授身上，徐教授暗淡了那么几秒钟。一群研究生中只有王勇注意到了那短暂的暗淡，让王勇惊讶的是徐教授身上粗羊毛衫不暗反而铮亮，是那种纯天然的光亮，没有照射，更没有反射，完全是自身的光泽在树的投影落下来的一瞬间，羊毛衫兀自发亮。投影的另一半，也就是羊毛衫以外全都暗下去了。短暂的一瞬，连徐教授本人都没有察觉到。王勇博士甚至把他捕捉到的暗淡之一瞬当成了幻觉。但愿是幻觉。宁可信其无也不可信其有。

我们所以想象得到，徐教授把话题扯到王勇撰写的《周猴传》时，王勇一点儿也没有给导师透漏与周猴同病相怜的王镜、朱自强、高功达们的悲惨遭遇。王勇只谈周猴，导师徐教授就告诉弟子王勇："周猴就是恩格斯借用黑格尔的'这一个典型环境中的典型人物'。"弟子王勇就故作惊讶地噢了一声，噢得很像很逼真，完全是从王勇身体里蹦出来的另一个比真正的王勇还要真实的王勇。王勇心里一惊，连他自己都没想到他的生命会产生如此巨大的裂变，这种电闪雷鸣般的巨大的惊讶，显现在神态上就是光芒四射的惊喜，就是俗话说的茅塞顿开醍醐灌顶。弟子王勇更大的醒悟在于，导师如此高明地使用恩格斯借用了黑格尔的"这一个"。好一个典型环境中的典型人物！导师未必不知道王镜、朱自强、高功达们，导师也没必要了解那么多，导师需要周猴这个典型。王勇的无数次惊讶连带着巨大的惊喜使得王勇自己完全失控，一个理智而冷静的王勇看着另一个激情澎湃的王勇。一股神秘的力量在牵引着那个情绪化的王勇，冷眼旁观的这个王勇毫不怀疑地相信自己紧握着自己所说的话都是发自内心，都是自己深思熟虑的结果。导师徐教授眼神里充满欣慰与赞叹，王勇搞不明白导师赞叹情绪化的王勇还是冷静理智的王勇，导师徐教授只用温和的目光看着王勇，王勇大段大段的内心独白结束好几分钟了，导师徐教授的目光还是那么温和，就在王勇稍显不安时，导师轻轻拍了拍王勇的手背，王勇一下子就安静了，无论怎么温和的目光都比不上导师徐教授厚实的大手轻轻地一拍。导师把话题转到古老的《易经》上。谁都知道《易经》是群经之首，但也是占卜之书，以阴阳两爻两种力量的进与退，聚与合的八卦系统呈现宇宙间的所有变化。占卜师算命先生在中国社会地位低下，但声望却很高，受众人敬仰，占卜出的预言大多都能应验。王勇脱口而出："被高人预测出的命运还有什么活下去的意义？"导师就告诉他："圣人伟人和智者关心愚昧者的命运胜过关心正常人的生活，圣人求道不求术，这是圣人伟人和智者高明的地方，占卜师和算命先生把《易经》不当经当成技术性的术，能力最强者常常死于非命不得善终。"冷静理性的王勇频频点头，而另一个失控的情绪化的王勇心中大惊，他惊叹十大班主个个都是高人，求术求经又求道，太了不起了。有道是天机不可泄露，不要说中国，古希腊神话里就有，希腊联军与特洛伊人打得不可开交，拉奥孔就预知了木马计的阴谋，正要说，当下就被蛇缠死。能准确预知未来的人都会为此付出沉重的代价。王勇脑子里就蹦出《道德经》三个字。高明的人求术的同时必须求道求德求经。王勇恍然大悟的样子，导师全看在眼里。导师又重复了刚才的动作，轻轻拍了拍他的手。这一回王勇阴阳合一了，冷静理性的王勇身外不再有情绪失控的王勇。导师把王勇送到门口，看着王勇进电梯，导师进办公室，一直走到窗口，看着王勇出大楼，消失在林荫道。

导师徐济云看了一篇学生的论文，看了两遍也不得要领，因为评语前后矛盾，完全是两套语言方式，连他自己都搞糊涂了。也就是说他前边肯定赞美了这篇论文，下结论时又否定了。不要说拿到小组讨论会上讨论，给学生也没法交代。只能让学生自己再提交一份论文，理由嘛当然推给学生了，不规范，文献参考不全面，最好再打印一份。学生马上回信：万分感谢导师提醒，一定好好修改。处理好这档琐碎杂事，徐教授喝了两口热茶，又走到窗口。林荫道上全是少男少女，校园里什么时候都是这群充满青春活力的孩子们，校园没有冬天也没有秋天，永远是明媚的春天和火热的夏天，老人们也都童颜鹤发，青春不老。

徐济云教授看看表，该是回家吃饭的时候了。徐济云教授穿越校园，明明是往家属区走，却接二连三地走到教学楼，就是那栋古香古色的老中文楼，民国时的老建筑。这种老建筑有10栋，德国建筑师设计的，以欧美大学体系创建了文学院法学院商学院工学院艺术学院五栋楼，加上图书馆实验室体育馆艺术馆标本收藏馆共10栋楼，都是五层高，绿藤缠绕，树木环绕，树林外是大片的草坪，林中石桌石凳，进入老校区就跟踏进欧洲古老的贵族庄园一样。20世纪50年代，苏联又援建了一批俄式建筑，然后就是改革开放后大兴土木建起的新崭崭的高楼大厦。学校不断扩大规模，从民国时的三千学生到"文革"前的五千学生到现在的二万五千学生。大家还是喜欢老校区的欧洲建筑。三个不同的建筑群，美其名曰三级火箭。刚入学的大一新生都在欧洲建筑群里度过美好的入学阶段，大二转到俄式建筑群，大三大四就进新建筑群。新设专业和研究生院也在新建筑群里。我们就知道徐教授是从新建筑中的研究生院大楼里出来的。徐教授总是按时回家，若有变故一定会提前告诉妻子王莉。今天出了意外，徐教授出了研究生院大楼，一门心思往家走，却神不知鬼不觉地穿过新建筑群和俄式建筑群进入欧洲贵族庄园式老建筑群。更惊奇的是他还不忘告诉妻子王莉一声，当然不是打电话，是发短信：我到庄园去一下。庄园是渭北大学对欧洲古建筑群的简称。除过老专业的大一学生在此上课外，重大的学术活动也在这里举办。妻子王莉就放心了，去庄园参加活动是一种荣耀。对妻子来说更重要的是吃饭，"庄园"的学术活动结束就会去西餐厅吃标准的西餐红酒配牛排，绝不会上白酒，让人放心。俄式建筑群和新建筑群的任何活动都让妻子们不放心，都会喝酒过量，让学生搀扶回家，妻子们脾气再好也会抱怨老半天。可笑的是徐教授收到了妻子王莉的回信，依然相信他在往家里赶。他离开了"庄园"朝家属区走，始终走不进家属区，走到喷水池就折回去"庄园"，如是者三，他终于弄明白了他目前所处的位置，他就坐在"庄园"老文学院大楼左侧的树林里，不是石凳,是结实的木头长椅。半小时前他目睹了弟子王勇的窘态,正确的说法应该是叫失态或失控。

"生命中真的有一种暗中的力量,一种神秘的力量在左右我们吗?"

徐济云很少抽烟,可他总是带着烟,遇到烦心事就抽几口,很少抽完一支烟。现在他抽完了一支烟,吐出的烟团飘上天空,好像灵魂出窍。我们已由我们最初的样子改变了千万次,把欲望转化为渴望,把愤怒和仇恨转化为喜悦和爱,这种转化是要让不可见的灵性由你而闪闪发光。可你并没有完成这种转化,当我们活出动物的力量,我们才会明白,这些满足并不是我们真正想要的。

16

　　大四最后一个学期，也就是毕业前两个月，全省高校检查组到渭北大学考察，其中一个重要项目就是跟学生代表座谈，由学生推荐他们心目中最好的老师。全校20多个系，每个系仅一名学生代表。选拔非常严格，徐济云能过五关斩六将脱颖而出，实属不易。

　　这是一所百年老校，远离省城西安比较偏僻。新中国成立后生源发生很大的变化，尤其是改革开放前30年间，生源主要有三大块，一块是乡村民办教师，一块是旧政权子女，还有一块是历次政治运动受冲击的公教人员子女，本应该到京津沪上学、怕受冲击都主动选择了偏僻而不为人所注意的渭北大学。至于那些根苗正红的乡村民办教师，能进城上大学能转公办就是造化，进城之后土头土脑自卑自谦油然而生。渭北大学的教工新中国成立后也以农村出身的居多，师生都有自卑感，加上自谦，更可怕的是每逢政治运动，上边还没有动静，渭北大学上上下下就自己折腾自己，自己折磨自己，自责自残自虐。好几次都是工作队严厉制止、做工作、安慰安抚，否则会出大乱子。"文革"后期，都把派往渭北大学的工作组叫安慰团。你可以想象到那种自我批判的场景，几乎不存在互相揭发，不用别人动手，甚至不用别人动心思。改革开放几十年了，这种自我折磨和自虐倾向只是换个方式罢了。培养的学生自律性极强、懂礼貌、守规矩，女生个个有菩萨相，男生个个有佛相。

徐济云的过人之处就在于他比其他高才生更懂人情世故。任何时代任何地方学生们都喜欢最优秀的老师，大学更是如此。徐济云跟大家一样，踏入校门首要任务就是了解名师，听名师的课，跟名师提问交流，拜访名师。也只有学习尖子能进入名师的法眼。简单一点儿，能给名师留下印象的凤毛麟角。大一结束时，徐济云成功地进入众名师的视野。每个专业绝不超过五个，徐济云就是其中之一。全校也就那么几十个。明显的标志就是课间这些尖子生高才生常常围在名师的左右，下课还要尾随其后甚至穿过校园，师生谈得兴起，灵感的火花光芒四射，老师会把学生带到家里，边吃边谈，或带到办公室，跟青年教师一起交流，你就会明白与君一席话胜读十年书的真正含义。徐济云跟大家不同之处是在大二的时候，他关注名师的同时也开始关注普通老师。这些老师没有什么学术贡献，更谈不上什么名气和声望。最大的优势就是把书本上的知识传授给学生。有些老师能把枯燥深奥的概念讲清楚都很困难。这些老师课堂上学生很少，向他们提问的学生更少，向他们提问肯定是要恶作剧，拿老师开涮，在校园跟这些老师谈学问几乎是奇迹。可以肯定的是徐济云关注这些弱势老师绝不是出于同情。徐济云对这些老师的关注很真诚，完全出自内心的需要。老师本人都能感觉到这种真诚。也就是说，时不时地会有一些学生出于同情对这些老师进行赞助性的关注，提一些言不由衷的问题。老师会很客气地认真仔细地回答这些言不由衷的问题，那一刻，师生双方都很尴尬。徐济云不耍花样，诚心诚意。老师也如实相告。师生双方都显得轻松自然，甚至面带微笑。我们可以想象出这些太过于普通太过于平常的老师在学生面前都保持着一副矜持严肃的面孔，回到家里，在亲人面前才会轻松自然那么一会儿。这个叫徐济云的学生让老师有了至亲好友般的感觉。老师们在教学区罕见地露出灿烂开心的笑容。

在同学眼里徐济云就成为一个有争议的人物。有人认为徐济云世故圆滑，拿学问当幌子，为仕途做准备。吴丽梅追问他，他淡淡一句："我的梦想只有一个，做学问，做大学者。庸俗一点儿就是当教授。"吴丽梅相信徐济云，就替徐济云辩解，效果不大。大家还是觉得徐济云狡猾。吴丽梅就跟人家急："做人要厚道，做人很重要，懂不懂？"女生就反击她："捍卫男朋友也不能毫无原则地捍卫他的缺点呀！"女性的直觉太厉害了。无论吴丽梅再怎么反击再怎么辩论，几年后这个魔咒般的预言最终给了她致命一击。假期回到新疆回到塔里木回到罗布荒原的小小牧场，跟闺密谈起这个恼人的话题，闺密在新疆师大读书，没去过内地，就是新疆人说的口里，闺密就叫起来，还是要命的女人的直觉，全人类女性都凭直觉看世界。新疆师大的小女生听吴丽梅讲一半就叫起来："尖子生高才生就这眼光？朝下看不朝上看？他不看蓝天吗？""口里蓝天很少，一年四季大多时间都灰蒙蒙的。""他不看太阳吗？""口里的太阳是蔫的。""蔫太阳？蔫太阳是什么样子？""就是吃不饱饭的样子。""噢，我明白了，就是挤瘪了的牛奶头羊奶头。"那正是罗布荒原秋天的黄昏，两个女大学生回到家乡就是典型的牧羊女，她们刚刚挤完牛奶，黑白相间的大花牛就在十几米远的地方，悠闲地吃草，奶头跟瓦红色的南瓜一样，垂在腹下，挤完奶水后圆滚滚的南瓜变成了扁南瓜而且起了皱褶，瘪下去了。两个女大学生相拥大笑。"男朋友是蔫的，是个蔫人。""蔫人怎么啦？本姑娘喜欢上蔫人啦，爱上蔫人啦。""蔫人——阉人，听清楚了，阉人阉人。"两个牧羊女翻滚打闹，从草滩滚到沙丘，绵软的沙子阻击了她们，她们并排躺在热沙上，落日燃烧了整个沙漠，她们就像躺在火焰上，铺展开的辽阔平坦的大海一样的瀚海火焰。两个从小玩大的罗布姑娘反而冷静下来了，有道是沙漠瀚海白天火热晚上冰凉甚至寒气弥漫。冰火就在转瞬之间。闺密就告诉吴丽梅："忧郁阴柔的男人从来都是女人的杀手，蔫人有蔫人的魅力，蔫人不可怕，可怕的是蔫坏。姐姐，仔细观察，这个陕西蔫娃有没有蔫坏的可能，蔫坏那可是要命的坏。"空气开始变凉，沙子还是热的，她们还在躺着，天空一下子就贴下来了，跟大地贴在一起，她们还是躺着不动，她们一动不动地看着天空，她们亮晶晶的眼睛升到了天上，跟着星星混在一起，一闪一闪，放射光明。"姐姐，口里的夜空有星星吗？""有啊，就是没有我们这里的亮，没有我们这里的大。""连星星都是蔫的，蔫一点儿没关系，只要有光就成，有光我就放心了。"吴丽梅真的放心了，吴丽梅从来不怀疑徐济云，吴丽梅誓死捍卫徐济云。

　　徐济云崇拜名师又崇拜平凡普通教师这种独特方式，大家慢慢都习惯了，也理解了，大三时已经成为一种常态。大四最后一学期毕业前两个月，徐济云荣幸地成为全系唯一一个学生代表，出席全省高教系统改革开放以来，首次由学生评点推选优秀教师座谈会，吴丽梅还在实习，一周后才能返校。吴丽梅在实习点接到徐济云的长途电话，叽叽呱呱好半天，全是吴丽梅的声音，关键词就三个：赞美、恭维、期待。情人的期待如同一千颗太阳光芒万丈。话题很快扯到座谈会的主题。两人的选项高度一致，全系最优秀的老师、理所当然是五位在海内外学术界响当当的人物。吴丽梅还在不停地指挥考验徐济云，每隔两三句话都要问徐济云：想想还有谁？可别落下哪位学术大师？徐济云在女朋友的轮番轰炸后，始终坚守阵地，其实就是中文系五位泰斗级国宝级的学术大师。徐济云最后告诉吴丽梅："这都是学术界公认的，我能为这些恩师鼓吹是我的荣幸，我是个吹鼓手报幕员。""那你就吹响一点儿，字正腔圆一点儿。"

两天后，座谈会在古香古色庄重典雅的"庄园"中文楼203会议室举行。徐济云被安排在最后发言，不是最后一个是倒数第三个，他发言后再有两个学生发言，整个座谈会就结束，领导最后总结。刚开始徐济云发言跟大家一样，对系上学术研究教学水平师道等方面俱佳的老师一一道出，都在大家的意料之中。徐济云显然比其他学生代表表述得更有条理性，更简洁明了清楚，重点突出，每个老师都有两三个细节与事例，点面结合恰到好处。既有文科生擅长的生动形象，又有理科生的严谨清晰，考察组的专家领导包括渭北大学的领导十分满意，频频点头，有人甚至抱怨省城西安那么多高校都没见到这优秀的学生，赞许的目光反复投射到渭北大学领导的脸上，渭北大学的各级领导都牛气哄哄的，当然这种冲天牛气都是以低调与谦虚的方式表现出来的。这个时候，徐济云的发言发生逆转，本来他的发言快结束了，推选的五个优秀教师都是公认的名师，他的发言言简意赅没有一句废话，就节省出三分之一的时间。每人规定发言15分钟，他利用挤出来的5分钟时间，介绍了另外两个平凡而普通的老师，连高级职称都没有，都是年过五旬的老讲师。一个老讲师，每节课不到一半时间，学生就剩十几个人，快结束时就剩一个学生。徐济云告诉大家：我就是最后那个学生，我觉得一个老师面对一个学生还坚持不懈地把课讲完，这种精神感动了我。另一个老讲师，讲到枯燥深奥的概念，不耍花招也不举例子，就原汁原味地讲，讲得满头大汗，反反复复地讲，把自己绕进去了都在所不惜，还是讲不清楚，谁都能看出来老师心里清楚就是表达不清楚，可老师毫不气馁，坚持到底，下课铃响了他还在概念的泥潭里摸爬滚打。我终于明白，学海无涯，总有我们搞不清楚的问题，搞不清楚就不能回避，就要正面突破不绕弯子，哪怕头破血流。主持会议的领导死死盯着徐济云盯了好几分钟，然后问徐济云："说说你的真实想法。"徐济云不假思索脱口而出："我也没想到我会提到这两位老师，完全出乎我自己的意料，在我准备的发言内容中没有这两位老师，说着说着就不由自主把这两位老师说出来了。"徐济云停顿一下，继续说："我的父母都是偏远小镇的普通职工普通劳动者，爷爷奶奶大伯叔叔阿姨舅舅们都是西部山区的农民，我是典型的工农子弟，父母渴望知识渴望文化，对我最大的期待就是能考上一个技工学校，有一个可以谋生的文凭和职业，他们就满足了。我能考上大学远远超出他们的想象，而且是渭北大学这样的百年老校，我还记得父母来渭北大学看我的情景，父亲说得更直接：儿子，老子不是来看你，老子是来看大学，看大教授。我永远忘不了父亲见到教授时远远地脱帽鞠躬的样子，就像见到了皇帝。我无限敬仰感激母校的学术大师学术泰斗对我的教诲，高山仰止，我终生敬仰他们。而那些普通平凡的老师，我更亲近他们，他们让我想到我老实巴交普普通通的父亲。"会场一下子就寂静了。后边两位学生代表继续发言，他们等于跟徐济云前边的学生代表接轨了。领导最后做总结，专门提到了徐济云提到的那两位老讲师，给渭北大学的评价就一句话：水平和精神，具体地说就是，高水平的学术研究和教学，坚韧不拔锲而不舍的奋斗精神。领导特别强调了精神，领导甚至提到了曾国藩不问收获只问耕耘，扎硬寨打硬仗的精神，曾国藩才智中等，小时候考秀才屡考不中，熬夜苦读，小偷在屋梁上听三遍都背诵下来了，曾国藩还吭吭巴巴背不完整，曾国藩却凭着这种笨功夫干出一番大事业。他练湘军专招收山野淳朴乡民，绝不收城镇油滑伶俐之徒。徐济云成为大会总结中提到的唯一一个学生代表，理所当然成为代表中的代表，散会时好多领导过来跟徐济云打招呼。

会议的内容很快传遍全校，徐济云的题外话成为议论的焦点。徐济云也成为争议人物。很快就成为主流声音。徐济云题外话中提到的两位平凡普通的老讲师受到校领导高度重视，一位破格进入校学术委员会跟那些享誉海内外的学术大师平起平坐，另一位进入中层领导担任副主任。该徐济云吃惊了。当初选择学生代表时，在徐济云与另一位学生之间发生很大的分歧，最终拍板的是一位强势的系领导。当徐济云在座谈会上超常发挥提到了两位平凡普通的讲师时，徐济云首先看到了系领导频频点头的那种兴奋和喜悦，那种喷薄而出的光芒那么耀眼，那种兴奋喜悦和光芒远远超过发言人徐济云自己。徐济云心里一惊，继续滔滔不绝地超常发挥，那一刻徐济云已经被系领导传递过来的不可抑制的兴奋喜悦和耀眼的光芒所感染所牵制，立刻形成一股神秘的力量完全左右支配了他，连他自己都感到吃惊，他是那么兴奋那么喜悦，整个人神光四射，远远超过向他频频点头的系领导，他的发言越来越精彩，有道是用平实言辞表达神奇的人物和事情，用华美言辞表达平凡普通的人和事。省教委领导总结时再次提到两位平凡普通的老讲师时，系领导朝徐济云含笑点头，那种兴奋那种喜悦那种罕见的喷薄而出的光芒如同太阳深处的火焰，整个天地都被照亮了，可这种光亮一下子刺痛了徐济云。原因不清楚，就是不舒服。他提到的两位老讲师很快被重用被提拔，他总觉得哪里不对劲。他反复思索，他很清楚，他提这两位老讲师完全出于自愿，没人指导他，也没人暗示他引导他。他反复追问自己："你是自愿的，你也是自觉的，自愿与自觉有什么不同吗？"他记得有个叫冯契的哲学家给自觉和自愿下过这样的定义："自觉是理性的品格，自愿是意志的品格。""我是自愿又自觉啊！我为什么这样？"他知道系领导在他与另一个高才生之间进行了多么激烈的选择。每个系的高才生至少有几十个，反复淘汰到最后两位时，拼的就不是成绩和才华了，人为因素起决定作用，那个强势的系领导拍板定下了他，就意味着系领导洞察了他的一切，他的品格他的意志。人家比他还了解他。好多年以后，那个进入学术委员会的老讲师步步高升成为教授，成为学科带头人。担任副主任的老讲师也顺利评上副教授、教授，转正成为系主任，成为一把手十年之久。许多学术成就显著，学术能力强的教授被边缘化，调走的调走，原地踏步的原地踏步，病的病，死的死。那个成功利用了徐济云的系领导，当上了校领导，然后走向社会成为地方政府一把手，远非大学校长所能比了。相当长时间，那些对前途失望的青年老师们万分期待升入领导层的两位老讲师犯错误，可这两位就是不犯错，吃喝嫖赌一样不沾，贪污腐败更轮不上他们。有人刻意想调走他们，他们就是不离开老单位，美其名曰热爱坚守。大家就发感慨，坏人不可怕，最可怕的是庸人。徐济云就反复问自己："坏人和庸人是一回事吗？显然不是一回事。干坏事得有能力，庸人干不了好事也干不了坏事，他们纯粹就干不了事。"想到这里，徐济云惊出一头冷汗，"世界真有什么事都干不成的人？"最后的回答肯定是世界上真有这种类型的人，什么都干不成，但活得很好很滋润。好多年以后当他明白平庸也是一种巨大而罕见的能力和才华时，他身上已经冒不出冷汗了。他唯一的举动就是摇头叹息，可他的眼睛还是倏地亮了一下，他想到了好多年前他作为学生代表在座谈会上超常发挥时，那个凝聚了宇宙天地间神秘力量的系领导朝他点头微笑的样子，那是对他多大的赞许和肯定啊！跟他妈写对联一样，人家以点头微笑为上联，他就必须做出摇头叹息这样的下联。"横批是什么？"他反复追问，在 2011 年秋天 54 岁的时候他的追问一点儿意义都没有了。其实，答案很简单，当时就有人告诉他了。座谈会让他大放光彩大出风头也备受争议。他刚进宿舍，同学们都拥抱他赞美他，他最好的朋友狠狠咽下去半根烟，歪着脑袋一脸坏笑，打他一拳："狗日的，蔫坏。"他终于明白了，横批就是这两字："蔫坏。"想想吧！上联点头微笑，下联摇头叹息，横批蔫坏。"这就是我的一生？这就是渭北大学的历史？"吴丽梅以玩笑的方式警告过他："你可以做个蔫人，可你不能蔫坏，你要蔫坏一次，我就废了你，男人被废可就不是蔫人了。"吴丽梅下周就回来了。他反复追问自己是不是蔫坏。

17

　　一周内发生的事情可以构成精彩的电影画面和场景。王莉注定要进入他的生活。这是没办法的事情。王莉暗恋徐济云四年了，快毕业了，该有个了结了。可王莉是那么绝望。她对徐济云的暗恋只有自家姐妹知道，学校没人知道，就是知道也都装作不知道，所有的人都知道徐济云和吴丽梅的关系，他们的关系是公开的，公开得那么早，大一入学半学期就成双成对公开了他们的关系。学校明令禁止学生谈恋爱，他们两个分别担任校学生会和系学生会干部，又都是学习尖子，他们在正常的工作中名正言顺地进行情感交流，他们的工作又是那么出色，这个幌子几乎等于保护伞，大家只能睁只眼闭只眼，至于节假日在校外干什么只能凭空去想象了。更多的人以他们为榜样以他们为荣。其实最关心他们的就是王莉。王莉把自己比作地下河，甚至坎儿井，坎儿井最终要流出来的，快毕业了，四年了，她流得出来吗？

更可怕的是毕业实习，吴丽梅竟然选择了西部山区，就是陇海铁路陕甘交界处的那个小火车站，也是个繁华小镇，一条大街跨两省，吴丽梅就在镇政府实习。那是徐济云的老家，徐济云出生成长的地方。徐济云的父母就在小镇工作，徐济云的亲人就在附近农村，吴丽梅利用50天的实习期有计划地融入了徐济云的家庭，这个罗布荒原的牧羊女太有心机了。王莉快喘不过气了。舍友就告诉王莉："都是徐济云的良策妙计，省上的一家研究所早就盯上了吴丽梅，要吴丽梅到研究所实习，吴丽梅有可能毕业分配到研究所，天各一方，离得远了关系就淡了，徐济云就急了，就动员吴丽梅去他老家实习。"王莉就忍不住插了一句："渭北市离西安就几百里地，这么点儿距离就能把感情变淡，那能叫爱情吗？"舍友就笑："说这话就证明你没谈过恋爱，还是个单纯的小姑娘。"另一个舍友就说："吴丽梅放弃去省城研究所实习的机会，自愿去西部山区偏僻小镇的小车站，只有傻瓜才干这种事，也只有爱情才能把人变傻，吴丽梅傻到家了。"吴丽梅大三时在吉林社科院主办的《当代社会科学战线》上发表了一万八千字的长篇论文《张载与玉素甫·哈斯·哈吉甫之比较》，轰动一时。大一第二学期就在中国社会科学院《未定稿》杂志上发表了 8000 千多字的论文《老子学说的负面作用和影响》，引发广泛争议，省社科联就注意上吴丽梅了，直接点名要吴丽梅去研究所实习，名为实习，实则提前挖人才。放弃这么好的机会实在可惜。舍友就告诉王莉："你知道徐济云怎么让吴丽梅改变主意的吗？"徐济云最崇拜的人根本不是那些大教授学术泰斗学术大师，徐济云最崇拜的人是他父亲，他父亲没文化，可在他们老家声望极高，去过他们家的人都说他爸像及时雨宋江，江湖地位极高。吴丽梅好奇呀，就改变主意放弃省城研究所实习的机会，自动申请到西部山区搞社会调查，这也是她的毕业论文。没人怀疑她的研究能力，从书斋走向田野走向社会说不定又是一个大的收获，学校大力支持，给她的实习期增加了一周，她比别人晚一周返校。谁都知道吴丽梅公私兼顾，成功地打入徐济云的家庭，他们的爱情反复升级，根深叶茂，无法撼动！舍友们暗示王莉：不要再对徐济云抱任何希望了，舍友们目睹了王莉长达四年的暗恋苦恋，拒绝了所有男生的求爱信号，也无心学业，所有功课都在中下，还好没有落课，勉强毕业。幸亏是本市户口，再差也能当个中学教师。有舍友透露：学校绝不会眼睁睁看着人才外流，吴丽梅被古典文学教研室看中了，哲学系也想挖走吴丽梅，吴丽梅的哲学水平让人吃惊。吴丽梅留校已经内定了。徐济云更让人刮目相看，也在留校名单之列，一对情侣双双留校任教，比翼双飞，暗恋他们的人该有多么痛苦。舍友们很委婉很策略地安慰王莉。

王莉常常陷入幻觉，幻觉中的王莉常常把徐济云当她男朋友，他们成双成对，看电影听音乐会，春游，逛街逛公园，赌气吵架，使性子，跟真的一样，大段大段的场景，不是电影，是真实的生活。当她在校园再次见到徐济云时，她成功地把昨天梦中她跟徐济云吵架的过程跟眼前的现实对接在一起，幻境中她那么任性那么蛮横，徐济云都快要成小狗了，被她支得团团转，她还是没完没了，姐妹们都看不下去了，纷纷上前指责她，而且警告她，快去给徐济云道歉，否则你会后悔的。可笑的一幕就发生了，校园里的现实场景，徐济云低头走过去，王莉半道拉住徐济云，"对不起，昨天是我不好，把你气成这样子，你还在生我气吗？"徐济云连说三声不不不，王莉一下子就从沮丧中恢复过来，满脸的兴奋和喜悦，眼睛里全是灿烂的笑，也正是笑让他恍然大悟："昨天，我们。哈哈，我明白了，我们同是天涯沦落人，我们男人可怜哪，吴丽梅欺负了我，你欺负了你男朋友，你们这些女人哪，总是那么任性那么强势，总是把我们男人当小狗，我正期待着吴丽梅给我道歉呢。你男朋友已经解脱了，不管你在哪里道歉，只要你发出美好的声音，他就有救了。吴丽梅啊，学学人家王莉吧，别说道歉，咳嗽一声也行啊！"徐济云整个人都燃烧起来了，就像一只带火的兔子，朝王莉拱拱手，就朝图书馆方向奔过去了，吴丽梅站在图书馆的台阶上向他招手呢。

王莉也清醒过来了，清醒过来的王莉手掩住嘴大笑两声："我欺负男朋友了，我有男朋友了吗？你说我有我就有啦！"没恋爱经历的王莉终于悟出了什么。她的姐妹们谈恋爱的经过历历在目，恋爱也是一种苦熬，一种折磨，冷战状态中的姐妹们不约而同地会拉进另一个小伙子，跟人家去跳舞，去看电影，去逛街逛公园，这种场面一定有男朋友在场，刺激男朋友，让男朋友发疯，变成疯狂的老鼠，再次投奔过来，死灰复燃后的爱情火焰更凶猛更耀眼。常常有人给人家恋爱的火焰当柴火。王莉曾经多么鄙视姐妹们这种欺负老实人的勾当，其实那不是勾当，那是爱情之旅的必然过程。一道极其重要的工序。醒悟过来的王莉不再冷落那些追求者。已经是大三第二学期了，王莉接受一位数学系男生的邀请去看电影。可以肯定，那场电影也有徐济云与吴丽梅在场，只隔了两排座位，吴丽梅向王莉招手，王莉目睹了徐济云的惊讶，王莉反而很镇定，王莉的眼神里透露出的信息就是：这不正是你所希望的吗？王莉跟这个数学男大都出现在校园里，去校外很少。即使在校园，也肯定是在徐济云面前晃来晃去。徐济云不可能有反应嘛。徐济云仅仅惊讶了那么一次。徐济云的惊讶依然保持在他所幻想的王莉对男朋友的使性子发脾气耍横的场景中，当他在电影院里看到王莉跟数学男在一起时，他就惊讶王莉的道歉取得巨大胜利，因为两个臭男人同时以看电影的方式回报女朋友的道歉。

王莉跟数学男交往不到一个月，堂姐来学校就发现了。堂姐结婚两年了，经验丰富，一眼就认定他们是天仙配。"你们有夫妻相。"王莉警告堂姐："我们正在交往，还不是那种关系，你不要胡说八道。"堂姐不理她的茬，堂姐继续发挥："再交往两个月，你就乖乖投降啦。"该王莉吃惊了："哟嗬！是我跟他交往还是你跟他交往？你就这么自信？"堂姐就告诉王莉："你真没看出来你交往的这个小伙子是什么背景？姐姐我就告诉你，小伙子一看就是书香门第，还不是一般知识分子家庭，渭北市没有这么大知识分子，至少也是西安的，父母绝对是国内顶尖级大学者。"王莉就查问数学男。还真让堂姐说对了，数学男家在西安，父母都是西工大的名教授，研究航天航空，"文革"前从哈工大迁到西安，数学男生在哈尔滨，长在西安，学在渭北。"你爸妈那么厉害，你也太不争气了。"数学男马上给王莉上了一课："渭北大学的数学专业全国第三，西部十三省区第一，拓扑学全国第一。"王莉只知道文科理科，连工科都不懂，数学男就告诉她：西工大都是工科，我爸我妈都是搞工科的，我不喜欢工科，我喜欢理科，最喜欢数学，数学跟文科很近，凭一张纸一支笔就可以翱翔天空。那个年代最牛的科学家是陈景润，徐迟的报告文学《哥德巴赫猜想》轰动一时，至少让文科生知道了"数学"这个词。数学男就告诉王莉："徐迟作品中的细节很真实．陈景润推演的纸张就有好几麻袋，不是在实验室，就一张桌子一条凳子加上笔和纸，我就喜欢笔和纸。""你不喜欢实验室？你爸你妈可都是在实验室里搞研究呀。"数学男就开始忆苦思甜，其实没有什么甜都是苦，苦涩的童年。数学男的弟弟妹妹还好一点儿，他和哥哥从出生那天起就被父母关在屋子里，父母都是工作狂，进了实验室就好几天不出来，孩子先是被绑在摇篮里，稍大一点儿，就绑在桌椅腿上，任凭孩子反复哭号，哭哑了嗓子，哭累了睡着了，醒来再哭。好几次差点儿把孩子饿死。进门第一件事先给孩子松绑，再擦屎擦尿。饭都是职工食堂的大锅饭，吃最多的是饼干，各种饼干。孩子们长大后看见饼干就想吐。孩子们的记忆中父母没给他们做过几顿饭，你就想想年夜饭有多么难吃。哥哥长大了，老二数学男也长大了，弟弟妹妹就少受些罪。哥哥们开始做饭，从难以下咽开始，到勉强凑合，大多时候是勉强凑合。数学男告诉王莉："我们吃过好多白糖拌米饭，哥哥炒的菜太难吃了，妹妹就把白糖撒在热米饭上，跟甄糕一样。我们就不吃哥哥炒的菜了。"数学男告诉王莉："哥哥后来专门找了一个工人家庭的女生成家，我们的嫂子厨艺太好了，她第一次来我们家，不到半小时我们家就成了天堂，我永远也忘不了放学回家进门那个瞬间，那么亮，太阳贴在窗户上一样，我还以为走错了门，直往外退。哥哥给我介绍他的女朋友，我未来的嫂子。我爸我妈下班之前，未来的嫂子就做了一桌子菜，弟弟妹妹和我都等不及了，哥哥能忍住是因为他已经在女朋友那里解了馋过了瘾。我爸刚开始还能拿得住自己，酒过三巡就什么都不顾了，我妈就嘲笑我爸：'你八辈子没吃过饭呀！你饿死鬼呀！'从此我们家就过上了好日子。"数学男长叹一声："也就两三年，我哥出国了，把我嫂子也带走了，妹妹跟嫂子学了三年，也就会做个家常便饭，连菜名都忘了。"王莉就说："你们家老老少少都是读书种子都不怎么食人间烟火。""我妹我弟比我哥和我都厉害，一直是西工大附中的前几名。"王莉马上就从数学男眼神里看出数学男对她的无限期待，期待王莉成为他嫂子那样的厨艺高手，服服帖帖地伺候这群脑袋发达的高级知识分子。那一刻，王莉心里一惊，王莉的厨艺在众姐妹中最出色，不但厨艺好，女红也不错，真正的心灵手巧，用长辈们的话说：谁要娶了王莉就是谁家的福气。从上大学那天起，给王莉介绍对象的人不计其数，王莉心里装着徐济云，围攻的人慢慢消散。王莉看数学男的眼神很复杂，那眼神在告诉数学男本姑娘跟你交往的底线就是亲自下厨做饭，你想等到猴年马月你就等吧！

王莉跟数学男常常一起看电影，一起吃饭。数学男最喜欢带她上饭馆。每次都是数学男买单，王莉点菜。厨艺高手点菜都很挑剔，嘴很刁，常常换菜，常常让服务员心惊肉跳，让厨师们小心翼翼，不敢造次，拿出绝活才能保住脸面哦！用数学男的话说：
"带你上馆子，长见识开眼界，简直就是一种享受。"王莉就调侃：
"我这是给你挖坑，把嘴练刁，哪个姑娘敢嫁给你？"数学男的方
脑袋半天转不过弯来。

有一天，跟徐济云打过照面的堂姐告诉王莉妹妹："你心中的
那个白马王子，没有你想象的那么白，小伙子确实有才但跟数学
男不是一个档次，数学男比较靠谱。"堂姐是个小科长搞行政的，
看人很准。王莉就警觉起来，警告堂姐："不许把我跟数学男的事
情告诉我父母，除非你不想做我姐。""嘿，这臭丫头。说啥呢？""我
跟他只是普通朋友关系，不是那种关系。""不就是备胎吗？伴郎
超过新郎，伴娘超过新娘的事情太多了。我还告诉你，妹妹，备
胎很危险。""备胎被使用就不是备胎，不使用的备胎永远处于预
备状态。"放着高质量的备胎不用，非要一瘸一拐赶路谁也没办法。
堂姐遵守诺言没有给王莉的父母透露数学男。父母永远都不知道
女儿的这一段秘密。

在单位担任处长的父亲，只有初中学历，被迫让位给高学历
的下属，成为有职无权的影子官员。亲友们纷纷宴请父亲，给父
亲宽心，父亲每次酒过三巡都要拿女儿王莉来自我安慰："我们家
有大学生，我们家有文化人有知识分子，我很开心我不难受。"亲
友们就让王莉给父亲敬酒，亲友们就赞美王莉："这么优秀的女

儿，哪个当爹的不开心呀！""王莉，给你爹争一口气，找个高学历的女婿。""你这不废话吗？王莉大学生，女婿肯定大学生。""那就找个比大学生高的，有比大学生高的吗？"改革开放初期，大学生就已珍贵如大熊猫了，比大学生更高的一般人还真想不出来，堂姐怪怪地看王莉一眼，王莉没反应，堂姐就告诉大家："比大学生更高的就是研究生，渭北大学明年招第一届研究生，咱们的王莉今年就毕业喽。"厨房里，只有她们姐妹俩，堂姐意味深长地说："那个可怕的傻小子就没吃过几顿好饭，你给我讲他们家的生活状况，我都快流泪了，我没想到科学家大知识分子过这种日子，我要没结婚我就给你不客气，人家就期待你亲手做一顿饭嘛。一碗荷包蛋就能拿下的高才生地球上没几个，好好想想，傻妹妹。"堂姐轻轻拍了拍王莉的后背，飘然而去。

　　大四最后一学期王莉真的做了一桌子好菜，不是在家里，是在宿舍，用煤油炉做了三个菜，烧茄子，西红柿炒鸡蛋，外加一碗荷包蛋，饱满圆润就像一对小金鱼，在菜汤里一蹦一跳。那个年代，大学里都是女生少男生多，一栋女生宿舍楼对面五栋男生楼。舍友们都知道徐济云在哪栋楼，数学男在哪栋楼，舍友们都离开了，说好给王莉三个小时，三个小时招待男朋友足够啦，舍友们还说："三个小时后我们回来饭菜还在，我们就不客气啦！"舍友们还说："我们不会走远，我们就在楼下，随时听候大小姐调遣，你吩咐我们招呼哪一个我们就招呼哪一个，今天俺们都乐意给你当牛做马，你要呼数学男，一个小妹前去招呼就够了。你要是呼徐济云，我们六姐妹全上，抓徐济云两个人就够了，吴丽梅不好对付，别听她一口一个罗布荒原的牧羊女，她纯粹就是一匹野马，一头豹子，我们得四个人对付她。"嘻嘻哈哈完后，六个小姐妹下楼等候。

漫长的三个小时，谁都知道王莉不可能招呼徐济云。暗恋等于单相思嘛。大学四年，王莉跟徐济云单独相处的机会都没有，都是在公开场合聊那么一会儿。谁都能看出来徐济云表情严肃，而王莉无限深情，这种深情严严实实地捂在心里，始终处于火山爆发前的状态，这种状态给王莉带来一种罕见的光彩，大家发现蓄势待发的女生跟热恋中的女生都有这种罕见的光彩，都美不胜收。谁都明白这漫长的三小时，其实是针对数学男一个人。舍友们都见识了王莉亲手做的那几样好菜，尤其是那对活蹦乱跳的小金鱼一样的荷包蛋。六姐妹在楼下议论最多的就是数学男，有人就透露出数学男的嫂子第一次见公公婆婆时做的一桌子好菜，让公公婆婆全家大呼小叫好半天，还以为太阳照在他家窗户上了，美味佳肴都光芒万丈。大家就猜想等一会儿，王莉妹妹大发慈悲，向楼下姐妹传旨召数学男进殿，数学男屁颠屁颠一路狂奔直扑3楼309女生宿舍，破门而入见到王莉妹妹亲手做的美味佳肴会是什么情景？尤其是那对活鱼一样的荷包蛋，他会激动成什么样子？

有女生就脱口而出来了一段古印度圣诗《薄伽梵歌》中的一段：

漫天奇光异彩，

有如圣灵逞威，

只有一千个太阳，

才能与其争辉。

　　这是当年奥本海默看到他们亲手制造的第一颗原子弹成功爆炸时的场景，奥本海默马上想到圣诗的另一句："我是死者，我是世界的毁灭者。"大家全都沉默了。六个女生中有四个谈过恋爱，两个尚处于朦胧状态，恰恰是未谈过恋爱处于蒙昧状态中的一位脱口朗诵出这段古印度的圣诗，四个经受过爱情火焰烘烤的女生小脸一下子就发白了，她们在心里朗诵好几遍："我是死者，我是世界的毁灭者。"然后抬腕看表，三个小时了，该上去了。那个朗诵圣诗的傻丫头说："再等一会儿，给王莉再多点儿机会嘛。""再不去王莉就崩溃了。"四个经受战火洗礼的姐妹奔上去了，两个小傻瓜愣了一下，紧随其后。

　　屋里的王莉趴在床上，头发凌乱，枕头都哭湿了。被人强暴了一样。两个傻丫头就叫："谁欺负你啦？谁欺负你啦？赶快报警。"马上有人制止住两个傻丫头。"老实待着吧，没人欺负她，她自己欺负自己。""王莉，我们不客气啦！"几样好菜热一热，眨眼就没有了。荷包蛋没动，热好了递给王莉："别饿着，咱吃饱了再哭。"王莉吃了一个就吃不下了，王莉再也绷不住了，"我该怎么办哪？我该怎么办哪？""很好办。"大家一直协商，晚自习派一小妹去给数学男报信。

"别，别。"王莉抓住床沿，脖子长得像鹅，但脸上的喜悦谁都能看得出。具体安排如下：把责任推到数学男身上，我们王莉妹妹辛辛苦苦半下午，做了三样精致的好菜，外加一碗大师级的荷包蛋，俺们六姐妹分别行动，跑遍校园角角落落都翻一遍，就是找不到你这个方脑袋数学男，你跑哪去了？王莉满脸疑惑："这样行吗？"四个久经战火考验的大姐姐按住王莉的肩膀胳膊手和腿脚，很自信地告诉她："只要让他知道你给他做过饭就行了，他吃到吃不到并不重要。"王莉眼睛里的光忽明忽暗，大姐们就做如下安排："明天下午4点半，图书馆一楼大厅，数学男正式向你表白向你求爱。"有人插嘴："必须是法国式，先用英语，再用汉语，双语求爱。"另一人建议："王莉妹妹一身便装，素面朝天，显示我们中文系女生天然朴素之美。"另一小妹马上去数学系通报数学男，少不了添油加醋歪曲事实。用大姐姐们的话讲，只要修辞效果无所谓语法文法。王莉睡了一个安稳觉。

第二天下午4点半图书馆大楼一楼大厅，人群拥挤，大厅中央仅有五六米的空隙，数学男在此等候半小时了，王莉姗姗来迟。看样子是往阅览室而去，不经意间看见大厅中央数学男朝她招手，她莞尔一笑，挤过好几拨人流，到了大厅中央，一下子有空间了，她整个人一下子就舒展精神了，眼睛亮晶晶的，有点儿潮润，就平添了几分妩媚，含情脉脉地盯着数学男；数学男跟赛场上的马一样顿时精神昂扬，跨前几步，单膝跪下，左臂后撇，右腿前伸，典型的法国式求爱；女生王莉惊喜万分，眼睛里的光亮和整个面部的光芒交相辉映，光芒四射，整个人都燃烧起来，烈焰中又带几分羞涩。数学男开始大声表白，那么纯正流利典雅的英语。那个年代，七七级七八级英文如此流利的学生很少，能听懂的也不多。数学男开始改换频道用母语来表白了。刚用汉语说出第一句，王莉就神色大变，手指着数学男的鼻子反反复复就这么几句："×××教授的儿子就了不起啦！就可以在女生面前胡说八道啦！你也配向我说这种混账话！你以为你是谁？哪有这么侮辱人的，我告诉你，这是我一生中最屈辱的一天。滚开！快滚开！"数学男一下子蒙了，在场所有人都蒙了，都凝固了，都目瞪口呆看着王莉伸着美丽的胳膊和细嫩的小手，在怒斥呆若木鸡的数学男。最先反应过来的是同宿舍那个从未谈过恋爱的朗诵过印度古诗的小妹，小妹正要喊出："王莉，你疯啦，你这是干什么呀！"同宿舍另一位大姐赶紧捂住小妹的嘴，大姐小声告诉小妹：

"不要打断王莉，王莉压抑太久了，让她好好发泄，否则她会憋疯的。对一个人的恨就是对另一个人的爱，爱的火焰远胜太阳。王莉太可爱了。地火在地下运行，奔突，熔岩一旦喷出，将燃尽一切野草，以及乔木。被焚烧也是一种幸福。""她在伤害人家。""没听见他是×××教授的儿子吗？×××教授的儿子这点儿涵养还是有的。"所有的人都没想到国内顶尖级航天动力学专家的儿子就在他们中间，就在渭北大学数学系。只有分管学生工作的一位副校长知道数学男的家庭情况，另一个就是中文系的王莉同学。要不是王莉逼问，他不会说出自己父母的名字。从上小学他就不让人家说他是×××的儿子。为此他转过学，就很少有人知道父母是谁了。哥哥妹妹弟弟都如此。他给王莉说过："我不喜欢我的名字前边加上一个定语。一个人的生命不能被遮蔽，亲生父母都不行，子女不是父母的影子。"此时此刻，数学男完全镇定下来了，他很有耐心地听完王莉的怒吼，他一字一顿地告诉王莉："我对你唯一不满的就是你不该说我是×××教授的儿子，我记得我给你说过我从小就不喜欢别人把我跟我的父母拉扯在一起，现在我要告诉你的是，爱一个人没有错，全世界任何一个未婚男性都有权利向你求爱，你没必要生这么大气，我最后要告诉你的是你生气的样子很可爱，说明你富有激情，遗憾的是我让你的激情偏离了方向。"王莉还在激情中，激情中的王莉再次举起胳膊指着数学男的鼻子："请你不要胡说八道，滚！快滚！"王莉自己绷不住了，转身奔出大厅。

没人哄笑，静了一会儿。大家开始议论纷纷，数学男的父亲影响太大了，他的儿子在渭北大学受这么大侮辱，真不可思议。

4点35分，王莉正在怒斥数学男的时候，另一个现场，徐济云正在滔滔不绝地介绍中文系名不见经传的两位老讲师，徐济云超常发挥，力压群芳，所有学生代表包括他自己介绍的学术权威学术泰斗全都黯然失色，两位平凡而普通的老讲师大放异彩，成为整个座谈会的亮点。整个会议5点结束。5点半全校师生议论的话题就是徐济云和王莉的临阵突变，风马牛不相及的两个事件，因为相同的时间就被大家拼在一起。

女生楼309宿舍的女生们面面相觑，有人突然来了一句："我总觉得这个偶然事件后边有很大的必然性。"正说着，王莉就进来了，没事人一样。看来王莉不知道徐济云事件，大家给王莉讲徐济云在座谈会上的临阵突变，王莉笑而不语，然后推开窗户："快来看，星星，我好久没有看星星了。"

18

吴丽梅悄悄离开那个偏僻而繁华的小镇。她是后半夜上的火车，六小时后到渭北市。渭北市是西安与兰州间最大的火车站，从中原去西北去西南的所有列车都要经过渭北火车站。吴丽梅乘坐的是从乌鲁木齐到北京的快车。车上大多是新疆人，吴丽梅有一种回归故乡的感觉。吴丽梅突然产生了一个奇怪的念头，"我会不会坐这趟车回去？"吴丽梅被自己这念头吓傻了。

小镇不到千人，所有机构一应俱全，工商税务医院学校商店供销社派出所，最大机构就是镇政府和火车站汽车站，各有几十号人，其他机构都七八个十来个人。一条200米长的大街，几条二三十米的小巷，零散低矮的房屋，最宏伟的建筑就是车站和镇政府，清一色红砖大房，黑乎乎的铁路与火车，百米以外就是庄稼地和杂草丛生的丘陵山峦。一条小河从镇北绕向东南，从铁路下边穿过，也仅仅只有五六米宽的桥涵，三个孔洞足以排水，水势最大的时候也只能占据半边涵洞。山间河流如此微弱，就像营养不良的孩子，小块小块的庄稼地散布在狭窄的小河两岸，再往上就是坡地，大多是果园，种植杂粮的贫瘠地。沟壑间树木灌木丛生，牛羊个头都很小。徐济云就在这里长大，真不敢想象，吴丽梅心目中徐济云一下成了弟弟，需要她这个大姐姐照顾呵护。吴丽梅抿了抿嘴，热流涌动。4月初，山区寒气未散，喷薄而出的暖流就有极其强烈的冲力，吴丽梅一下子就站起来了，跟战士听到号声一样，太阳正好从山顶升起，吴丽梅突然就想起了艾青的《太阳》《向太阳》《火把》。现代文学课上老师讲得神采飞扬。吴丽梅当天就去书店买了一本牛汉选编、人民文学出版社出版的《艾青诗选》。皮箱里除衣物外就带了她喜欢的《唐诗选注》(上下册)《史记》《福乐智慧》《老子》《论语》《庄子》《张子正蒙注》和《艾青诗选》。艾青是唯一一本现代作品。鲁郭茅巴老曹她都没带。

跟吴丽梅住在一起的是一位下基层锻炼的女干部王澍，一个月前就来了，给镇长当助手。吴丽梅协助办公室主任，可以到各单位以及各个村庄去，如果她愿意可以去火车站，火车站的铁路系统，许多要与地方沟通。主任给她说个大概，由近而远慢慢来。挂职女干部王澍就告诉吴丽梅，兴奋期不到两礼拜，你好办，不到两个月就走人，我要熬到年底，慢慢熬吧。吴丽梅劲头很足。我可不想熬，我搞的是田野考察，50天时间够不够还是个问题。女干部不明白什么是田野考察，吴丽梅不好意思给中学毕业的女干部谈理论，就随口而出：《湖南农民运动考察报告》《农村调查序言》。"女干部王澍马上就明白了。

刚开始吴丽梅有点儿懵懵懂懂，她的适应能力让大家吃惊，完全出乎大家对洋学生的想象。那个干实际工作的女干部王澍符合大家对洋学生的想象，纸上功夫超过嘴上功夫，嘴上功夫远胜手上功夫。吴丽梅的动手能力让大家吃惊，有人问她是不是下乡知青，吴丽梅含笑不语。下乡就更让人吃惊了，那些牲畜在她跟前个个跟小绵羊一样。吴丽梅就实话实说："我是牧场长大的。"吴丽梅四下张望问这里有没有马，骑马比骑自行车威风多了。1982年县委县政府才有小汽车，基层机关，大家都骑自行车。吴丽梅和女干部王澍合用一辆自行车，王澍很少到镇外去，去也是散步观景，自行车就成了吴丽梅的专车。半新半旧的飞鸽自行车很实用，能骑光马背的牧羊女车技很好，大家怀疑她是不是当过杂技演员。小镇典型的脏乱差，水沟上横着一棵刚被大风吹倒的树，鸡和羊可以走过去，顽童走一小半就折回来了，吴丽梅骑车而过，引起一片惊呼，没人相信她是大学生，一头鬈发，眼睫毛又浓又长，脸型，身材，简直就是电影里的外国美女。镇机关的人证实，确实是大学生，是个新疆人，大家噢一声，就把她当成维吾尔族。可她只有两根又粗又长油亮的辫子，电影里维吾尔族姑娘都是几十根辫子啊。镇机关的人就说："新疆汉人就她这样子。"

徐济云的父亲该出场了，镇供销社大名鼎鼎的老徐听说这个洋气的女大学生来自渭北大学，就问吴丽梅："你是渭北大学的？"吴丽梅刚从欢呼的人群中牛气哄哄地推着自行车走出来，吴丽梅就朝老徐点点头，老徐就很专业地赞美了渭北大学，然后就问："你是哪个系的？""中文系啊。""那你一定知道徐济云。""那可不一定，中文系那么多学生，不是出类拔萃的尖子生不会有人知道。"该老徐急了，周围的人都用奇怪的眼神看老徐，老徐在镇上，在方圆几十里都是个响当当的人物，历届镇领导，车站领导都对老徐礼让三分，这个臭丫头让老徐的威望严重受挫，老徐老江湖了，反而镇定下来，不温不火不紧不慢地告诉这个臭丫头："徐济云是我们这个镇的骄傲，两百年来第一个状元。渭北大学的学习尖子，高才生，每年都拿奖章，你装不知道可不好啊。"这个臭丫头就笑眯眯地告诉老徐："大叔我也告诉你，全国各地的状元在他们家乡都很牛，进了大学就不牛了，状元成堆就成羊群了，拿奖章的机会每年都有几百次，拿一两个奖章在宿舍里都不算什么，在班上更不算什么，在系里默默无闻，在全校沧海一粟。大叔我怀疑你的这个什么云就不在渭北大学。好多老乡搞不清楚大学大专中专的区别，渭北市不但有渭北大学，渭北师范，渭北高专，医专，铁路学校，卫生学校，化工学校，还有好多技工学校，你说的这个什么云在技工学校吧？"大家都笑了。这个臭丫头又加一句："大叔，好多大学校名就差那么一两个字，很容易搞混，你说的这朵云肯定飘进了渭北市，从西部山区能飘进大城市值得骄傲。大叔，这朵骄傲的云是你什么人？"还没等到老徐开口，大家就喊叫："他儿子嘛，他儿子考上大学他带他儿子挨家挨户让大家认状元。"臭丫头故作惊讶，继续逗老徐："哎哟，大叔您太伟大了，您太了不起了，培养出这么优秀的儿子，从深山老林到大城市，不管有才没才，进城就是胜利，父老乡亲们对不对？"大家鼓掌："农村包围城市，吃上皇粮就是胜利。""老徐你太牛了，有这么个儿子你知足吧！管他啥学校哩，只要是学校，只要进去了，就是个人物。"臭丫头又来一句："只要是一朵云，肯定就在天上。"大家就赞赏老徐有眼光，给儿子起那么好的名字，带个云字，肯定找算卦先生算下的。老徐头往后一仰："我是公家干部，我不搞封建迷信，我从《新华词典》查出来的，达则兼济天下，穷则独善其身，我家济云这朵云确实在天上。"老徐咳嗽两声，又说："不是所有的云都在天上，沟沟壑壑里也有云哩。"老徐就昂然走出人群，理都没理臭丫头。

臭丫头捂着肚子蹲地上笑，大家都在笑。从来都是老徐笑话别人，老徐头一次让大家笑，大家笑得热火朝天。老徐头都不回，头顶都快冒烟了。

吴丽梅跟徐济云约定每周通一次电话，徐济云从市内电话亭打过来，吴丽梅在办公室接电话，有人就三言两语道平安，无人就谈五分钟私房话。今天谈了10分钟，吴丽梅说完上午大街上跟老徐的这场戏，徐济云就叫起来了："你胆子太大了！你这么待我爸？谁给你的胆子？""我自己的胆子我不需要借别人的胆子。我也只是用了我百分之一的胆子，我要学学阿凡提，你老爸当场就爆炸了。"徐济云只能叹气了："我爸没事吧？""你爸好着呢，我跟你爸这场戏比侯宝林马季的相声还要精彩，你要在现场你也会成为阿凡提。""你们新疆人怎么都有阿凡提气质？""明年就带你去新疆，在我们新疆你看不到苦瓜脸死人脸。"吴丽梅又问，"你爸没有你说的那么神奇嘛。""那是你眼拙，那是你太嫩，别小看这么个小镇，水深着呢。你什么时候看出我爸的伟大，你也就真正了解了这块土地。""我还真要看看你这朵云是怎么从这个蔫老汉身上飘起来的。"

19

　　离开学校之前，徐济云给了吴丽梅一张他们家的全家照，爷
爷奶奶祖孙三代二十几口人的合影，包括在乡下的大伯二叔姑姑。
吴丽梅到小镇第一天就见到了徐济云的父母，大老远看见，就有
一种莫名其妙的亲近感。但老师的忠告马上回响耳畔：田野考察
要客观，要把情感压到最低，不要有亲人在场。吴丽梅不但不退
缩，反而迎上去试验一下自己的自控能力，推着自行车上前问徐
济云的妈妈：去王家堡子怎么走？徐济云的妈妈就挥手朝东南方
向指了指，还叮嘱她出了镇子不要骑车子，路太窄。徐济云的父
亲跟一群男人高谈阔论，从大家谦恭的样子看，老徐俨然一方诸侯。
从徐济云妈妈的神态看，徐济云遵守他跟吴丽梅的承诺，没有向

家人透露吴丽梅的任何信息。吴丽梅就放心了。

她没想今天会以喜剧方式跟徐济云父亲相撞，她一点儿准备都没有，完全出自本能反应，就把她这个新疆阿凡提性格尽显无遗。晚上入睡前她脑子里突然蹦出鲁迅那句有名的有关喜剧的定义："喜剧就是把人生无价值的东西揭露给人看。"悲剧呢？她没想悲剧，她首先提醒自己，尽量推迟去镇供销社考察的时间。王澍倒是提醒她，走过场就大摇大摆去开座谈会，想了解真相就私下行动，聊天打乒乓球，娱乐中闲谈中搜集的情报都是真金白银。吴丽梅不由得对王澍刮目相看，王澍懒散全是幌子，狗日的精着呢。

王澍很快就成了她的指导老师。吴丽梅认真勤快口才好文字功夫好，人缘更好，又是学生党员，机关有些不太重要的会议可以列席参加，实际是书记员的角色，比速记员还能干。镇长在大会常常要表扬一些同志，批评一些同志，有一次镇长还踹了某个同志两脚。吴丽梅很吃惊。散会后，王澍竟然不怎么搭理被镇长表扬的那个人，反而对挨批挨揍的人亲热有加，下班后还主动去跟挨批挨揍的那两个人打乒乓球，还请两人吃羊肉泡馍。陕西地界请人吃羊肉泡馍是很高规格的接待。吴丽梅只是跟随女干部打乒乓球，没去吃羊肉泡馍，她真不喜欢羊肉泡馍，在新疆吃惯羊肉串，烤羊腿，手撕羊肉的这张嘴，来到陕西吃这种煮得跟豆腐一样入口即化的羊肉泡馍，也仅仅几片羊肉，全是面疙瘩，真叫人难以下咽。吴丽梅反而喜欢臊子面，又酸又辣，让人百吃不厌。吴丽梅在单位食堂吃臊子肉干面。真正的原因是，她不想给自己惹麻烦，与被领导批过揍过的人一起打乒乓球已经够意思啦，再一起吃羊肉泡馍明天还怎么见领导。

当天晚上王澍就给这个半生不熟的新疆野丫头开窍，王澍给她讲个故事："你挨过父母的揍吗？"吴丽梅如实相告："我妈打过我，我爸训过我。我上五年级以后我妈就没再打过我。""你恨你妈吗？""说啥呢？哪个孩子没挨过父母的打？能恨自己的爹妈吗？""老师打过你呢？同学打过呢？你恨不恨？"吴丽梅跳起来，差点儿把凳子弄倒，那副恍然大悟的样子反而把王澍吓一跳赶忙摁住她。吴丽梅就抓住王澍的手，摇了好几下："你太厉害了，你咋看出来的？"王澍微微一笑："你就想想这两个挨批挨揍的家伙跟镇长的关系有多么铁，亲如兄弟情同父子，你看那两个被镇长表扬了整整半小时的同志，辛辛苦苦出了成绩，一番表扬，年底评个先进，一个奖章一个奖品就完了。提拔重用涨工资分房子进修学习这些关键问题肯定没有他们的份儿，你没看这两人满脸的感激微笑，不敢不笑啊。都知道咋回事。散会时他们的眼睛都湿了，虚的给你了，实的就对不起了。"吴丽梅这回没惊惊乍乍，她为自己当时被镇长的一番表扬赞美打动得差点儿流泪而羞愧，她当时就对身边的人小心嘀咕："陕西历史悠久，文化积累丰厚，领导就是有水平，长篇大论滔滔不绝，我们那里领导表扬人的词就干巴巴那么几句，中学校长都说不出这种水平。"镇长不但口若悬河，而且语气表情诚恳真挚，吴丽梅一字不落，而且字迹清晰漂亮，能做会议记录多么自豪啊。王澍告诉吴丽梅："我跟你不一样，你只要了解实情写好论文给老师有个交代就行，我必须得到镇长的签字，加盖公章，一份上报组织，一份装入我个人档案，跟你考大学的考卷一样，决定我的前途命运。"吴丽梅就问人家："你为什么对我这么好？""咱们不是一个单位，不是一个系统，没有利益冲突，我没必要提防你。""你一定觉得我傻？""刚出校门都这样，工作几年就适应了。"

不久，王澍就把她下村子搞调研的机会让给吴丽梅，还提醒吴丽梅，只听不说，更不能表态。吴丽梅就跟办公室主任到几十里外的村子去考察大队干部。大队领导都70多岁了，几次动员让年轻同志上，老领导就是不让位，整个班子成员召集一起就很搞笑，全都是九个小队几千口人当中各方面最差的人，话都说不清楚，甚至听不清楚人家在说什么，只会点头微笑。主任见怪不怪，吴丽梅吃惊不小，也只是内心震撼。回来的路上，主任摇头苦笑，"狗日的老王，用20多年时间，将军里拔矮子，拔了一大堆板凳狗，不用他都不行，狗日的比猴都精。猴精猴精。"吴丽梅笑笑不应声，那是她一生中最难看的笑，比哭都难受。主任站在山梁上，长长出一口气："四川去年就把公社改乡，大队改村，人民公社的时代快要结束了，包产到户了，陕西慢了半拍，可也得改，改来改去，把老王这个老混蛋改得下去吗？"主任摇摇头，骑上车子顺坡而下。

吴丽梅车技比主任好几倍，但吴丽梅没有超过主任，而是紧随主任，沿着大坡呼啸而下。她脑子里还是那一群大队干部。当她把这些情况告诉王湑时，王湑也很吃惊："总会有几个完整的人吧？"吴丽梅就告诉她，"完整的人只有大队一把手，高高大大，动作敏捷，脑子清晰，精明能干，其他人不是脑残就是身残。""连一个志残的都没有？"吴丽梅摇摇头。王湑的表情跟主任一样，一脸无奈。吴丽梅就问了一句很没水平的话："志残是什么意思？"女干部望她好半天，鼻子笑了一下，仰起下巴，不咸不淡地说："身体棒脑瓜灵就是没野心没勇气，这种人可以培养给他打气，跟轮胎一样，可以鼓起来。连这样的人都没有，狗日的布局很严密很长远呀。"

好长时间吴丽梅脑子里都是下乡时目睹的脑残之人和体残之人，她还没修炼到辨认志残之人的水平。王湑就用下巴指给她看，志残之人都有点儿蔫。晚上王湑就告诉她，蔫人不都是志残之人，蔫驴踢死人，蔫坏比原子弹还厉害。干大事有野心的人表面蔫不唧唧的，一旦露出真面孔就是一颗原子弹，地动山摇，天地变色。"这么厉害！""好好修炼吧！人是一本书！比你们大学图书馆大学教授的那一套精彩得多。"看着吴丽梅满脸迷茫的样子，王湑就说："你不搞行政呆一点儿傻一点儿没关系，世道人心看得太透就觉着活人没意思。入世太早不好。我高中毕业就工作了，才十六岁，我能上大学多好，工作五六年了，'四人帮'粉碎了，'文革'结束了，可以考大学了，学的知识也全丢了，也没勇气考大学了。我真羡慕你们这些大学生，青春年少就应该在校园里度过，社会是个江湖，涉世太早不好。"王澍扳住吴丽梅的肩膀："那些志残的蔫人你不要再认了，我后悔给你说这些蔫人，认出他们会对你伤害很深。妹子，好好看书吧。书不伤人，书养人。"

　　以吴丽梅的脾气，这种带威胁性的事情反而会激起她强烈的好奇心，非扒根刨底不可，她心里就这么想的，她却不由自主地朝王澍频频点头，就像不懂事的孩子听大人讲狼外婆鬼故事吓得不敢出门一样。她自己也感到莫名其妙，她马上意识到她这种反常举动不是什么神秘的力量支配她，而是一种罕见的恐惧把她吓坏了。她想起小时候第一次听见罗布荒原带着婴儿哭腔的狼嚎，想发抖都抖不起来，整个人都瘫软如泥，奶奶把她搂在怀里，一个晚上她都没有力气动一下。天亮了，太阳出来了，她才有力气问奶奶：狼为什么这么厉害？奶奶说："不是狼有多么厉害，我们人天生就怕狼，听到狼的嚎叫闻到狼的气味就浑身酥软，动弹不得。""奶奶你怎么有力气哇，你还能抱我。""奶奶不怕狼了。""怎么才能不怕狼？""多听几次狼嚎就不怕了。"牧场砖房子里听到狼嚎遥远而模糊。她很勇敢地跟大人去放牧，去住毡房，狼就在耳畔嗥叫，五六次以后她就平静下来了，她常常半夜醒来，旷野寂静孤独，大人沉默寡言，牧人离开牧场都是几十天，几个月见不到人，突然就出现一个人，吐一个字都很困难，陌生人相遇，首先喝酒，酒能让生命燃烧，化开彼此的冷漠，再助以歌舞，才能进入正常的交谈，但也是三言两语，牧人很少夸夸其谈，更不可能滔滔不绝，虚言待人，旷野上任何声音都意味着生命的存在。吴丽梅终于从令人毛骨悚然浑身酥软的狼嚎中听出一种粗犷的音乐的美，跟她在校园里听到音乐教师唱的美妙的歌曲一样，跟千百年来流传在罗布荒原的民歌民谣一样，狼的嗥叫理所当然成为凌厉刚烈的旷野之歌。中学时代的吴丽梅可以独自骑马带几百只羊去远方了。当狼群袭击羊群时，她毫不畏惧，纵马挥鞭冲上去，朝头狼狠狠一击，鞭子准确无误地打在狼腰上，有道是狼头如铁豆腐腰，牛筋编织的鞭子夹了好几根钢丝，柔中带刚，一点儿也不亚于钢刃，被击中的头狼倒地惨叫，就不再是壮美无比的旷野之歌了，而是令所有猛兽胆寒的惨叫，狼群轰然散去。"当年的一身豪气到哪里去了？内地的志残蔫人比狼还厉害？"她同时又听到另一个声音："狼很凶残，但狼有血性有豪气，志残的蔫人没有血性更没有豪气。怕他什么呢？他有什么好怕的呢？可历史上无数的事实证明志残蔫人很可怕。相当可怕。"

吴丽梅就这么把自己折腾了一晚上，早晨起来一点儿精神都没有，浑身松软，王澍一本正经地告诉她："这就对啦，害怕恐怖并不是坏事，会让人冷静理智。"她差点儿说出来你怎么跟我奶奶的口气一样？转眼一想：奶奶让她战胜恐惧而不是被恐惧所征服。一连好几天她都没精打采，王澍就连连叫好。

　　令人诡异的是第四天吴丽梅竟然在镇政府大院里辨认出一位志残的蒿人，虽然模糊不清，但大致轮廓不会错。这回吴丽梅没有对王澍如实相告。她为自己的新发现感到高兴，很快又陷入迷茫，真正的恐惧死神般降临，她紧紧抓住自己的胸口，扣子都掉了。这几天是她有生以来最脆弱的时候，浑身松软疲惫不堪，脆弱敏感，用当地人的话说蒿啦。精神饱满的时候不会出现这种情况，蒿下去的时候她就一下子看见了另一个志残的蒿人，准确的说法是发现，就像居里夫人发现镭，爱因斯坦发现相对论，更早一点儿牛顿发现万有引力和光的色散，哥伦布发现新大陆。她，吴丽梅1982年4月28日下午3点15分在渭北西部山区陕甘交界处陇海铁路边的偏僻小镇发现了一个志残蒿人，仅有的人类学知识，让吴丽梅从世界历史大发现转移到中国远古历史上的北京猿人、蓝田人、丁村人、河姆渡人。时间空间可以使那些发现模糊起来，她的伟大发现显然是不清楚的，她只是看出个大概就欣喜若狂不能自已，等她回过神来，那个人已经走远了。

　　那个志残蔫人再次出现时她就很沉静，因为一切都是那么清晰可辨，她没有惊喜也没有眼睛一亮，她内心深处发出一声叹息：这个人给她的印象一直很好，精明能干谦和，是单位少有的业务骨干，"文革"前农业学校毕业，每次汇报工作打开笔记本，但从不看笔记，方案措施，成绩，存在问题，未来发展方案，数字，尤其是数字，精确无误，一一道来；条理清楚，逻辑严密，干净利落，打开笔记本仅仅是为了证明他做了准备，随时可以拿去检查、核实。可那种谦虚平易的语气让吴丽梅感到不舒服，吴丽梅当时就嘀咕：这么能干业务这么好，成绩这么显著，应该理直气壮，对，就是理直气壮，可他给人的印象就是理不直气不壮，当大家频频点头充满钦佩之情时，他的理屈到脚而气也弱到无，都快要断气了。吴丽梅曾经请教他不少问题，每次交谈的内容整理成文字就是一篇好论文。吴丽梅就叫他老师，他浑身不自在，反复叮咛就叫我老王。"把你吓成这样。"吴丽梅叫他老王他才恢复正常。王澍就告诉吴丽梅："叫他老师是害他，就叫他老王。""为什么？他确实有水平，一点儿也不比我们学校的老师差。""你只在这里待50天，他可要在这待一辈子，你慢慢想去吧。"直到现在吴丽梅也没想明白。叫个老师会把一个业务骨干吓成这个样子。

20

1982年5月1日，在陕甘交界的偏僻山区，太阳在温暖每一个人。只有吴丽梅一个人在太阳底下走了大半天身上还是冷飕飕的。五一节前按约定时间跟徐济云通电话。徐济云每年五一都要回家看父母，今年不行，今年女朋友在老家实习，按常理，一举两得，吴丽梅一口回绝：我忙着收集材料呢，节假日更忙。徐济云在电话那头愣了一会儿才放电话。吴丽梅被自己的举动吓坏了。她给王澍说过她有男朋友，但她始终没有给王澍透露男朋友就是本地人，更不敢说出男朋友徐济云的父母就生活在这个小镇。吴丽梅送王澍去火车站时，才告诉王澍男朋友要来看她，王澍打她一拳："就说嘛，这么漂亮的才女没人追？骗鬼去吧！小心大姐我半夜偷袭,把你们捉奸在床。"1982 年这种话相当出格,极具反叛性,吴丽梅故作恐慌,哀求好姐姐手下留情,胡闹一气,才实话实说:"他等我电话呢。""噢,赶我走哇! 怪不得这么积极这么热情送我上火车。好好好,大姐我不当电灯泡,太阳出来了,一千只灯一万只灯都没用。"上火车前,王澍严肃认真地告诉吴丽梅:"你男朋友不错,这个时候来看你太及时了,你自己没发现你身上有了寒气,考察完写完论文赶快离开这里,你不适合这块土地,乖乖待校园待书斋吧!"不久她才明白这句话更深的含义:"回新疆去吧! 回塔里木盆地去吧! 那是太阳燃烧的地方。"火车一声怪叫向东而去,大团白烟让她想到天上的云和罗布荒原的羊群。王澍在火车开动之前来了一段《追捕》的经典台词:"看啊! 多么蓝的天哪,走过去,你会融化在蓝天里。"火车鸣——一声怪叫白烟四起,没有上天,就成了群山里的羊群。

吴丽梅真感到一股寒气,吴丽梅拉了拉衣领,走到电话亭,原来计划好徐济云当天下午乘火车,傍晚赶过来,带吴丽梅去见他的父母,父母会大吃一惊。这个长得跟洋人似的女大学生,在小镇上晃荡几十天了,竟然是他们家未来的儿媳妇。吴丽梅拿起话筒都乐开花了,笑容沿着眼角嘴角向整个面部额头向满头浓密的头发和飞扬的眉毛扩散,大幅度地呈几何形扩散,扩张至极,到了高速辐射的程度。1982 年的电话还不是程控不是按键,还必须拨，拨一下转一个圈，转回来再拨一下，跟左轮手枪似的。电话号码好像是六位数，已经是天文数字了，吴丽梅就很夸张很时髦地把话筒夹在耳朵与肩膀之间，一边拨号码一边偏着脑袋望着天空。她就很容易看到了西部山区蔫球耷拉的苍白无力的太阳。多少年后，吴丽梅一直在想，一定是她内心的喜悦太过于强烈，简直就是太阳深处喷射的火焰！谁都知道人心没那么多火焰，也喷不出火焰。火星都不是，完全是巨大而强烈洪流一样的喜悦，以笑容的形式从眼角嘴角向四面八方扩散，浓密的头发都飞扬起来了，万丈光芒弥漫天地，把太阳给比下去了。吴丽梅就看见了被她自己的内心喜悦彻底压垮的太阳，吴丽梅就不忍心让男朋友出现在疲惫不堪的太阳底下。吴丽梅显然忘记了徐济云就是当地土著。

更可笑的事情发生了，当电话那头传来徐济云的声音时，吴丽梅不经意地一瞥，她看见了徐济云的父亲，她竟然对人家父子进行了隔离，这个精明的半大老头更危险，简直就是狼虫虎豹。"你千万不要过来！不要过来！不要过来！"她心中的呐喊与她嘴里发出的声音反差极大，内心焦灼不安，说话的语气从容镇静，不温不火，她只淡淡地告诉徐济云："我忙得焦头烂额，收集不完的资料，整理不完的资料，你就不要给我添乱了，你不要过来了。"徐济云问她到底什么时候合适，这回她清楚了，是要带她去见他父母，丑媳妇见公婆，她就告诉徐济云："最后一天，你来接我。"
算是给徐济云吃了一颗定心丸。

放下电话，徐济云父亲再次出现在她的附近。小镇只有一条街，
夹带三条小巷，河道对岸就是庄稼地山坡沟壑梁峁。熟悉的影子
眨眼间反复出现，躲都没法躲。吴丽梅横下心，不想躲徐济云的
父亲了。她这么想的时候，连她自己都感到奇怪，从踏上这块土
地那天起，她就尽力回避徐济云的家人。一旦她正面迎击徐济云
的家人，她一下子就看到了令人震惊的一幕。

五一劳动节小镇最热闹的时光是下午 2 点至 3 点，东头戏台
上的几出秦腔大戏刚刚落幕，西头电影院里的南斯拉夫电影《桥》
和《瓦尔特保卫萨拉热窝》也刚刚演完。走亲访友的人们吃饱喝
足走上街头，大街小巷成了人们表演的大舞台，有道是人生如戏，
全凭演技，众声喧哗，鸡飞狗跳，驴嘶马叫，不用说镇政府门前
广场是最热闹的地方。镇长大人被一帮干部簇拥着从机关大院走
出来。人们纷纷让道，少不了低头哈腰逢迎谄媚的，把镇长与随
从们都给堵住了，哄也不是，留也不是，令人震撼的一幕就出现了。
其实也是故技重演，每逢这个关节，总有人挺身而出。吴丽梅初
来乍到，大惊小怪罢了。

吴丽梅尾随徐济云的父亲到镇政府门口广场，她就见到了令
人震撼的一幕，徐济云的父亲，袖子一挽，上前猛推镇长一把，

指着镇长破口大骂，围着镇长低头哈腰谄媚逢迎的人顷刻间作鸟兽散，边跑边朝徐济云的父亲吐唾沫抹鼻涕骂难听的话，一直骂到徐家祖宗十八代。开始有人扔土块瓦片砖头砸向徐济云父亲。徐济云父亲身手非凡，跟武林高手一样一一击落飞来的土块瓦片。其中有黄瓜萝卜西红柿。老徐用衣服兜住。嘴里塞一根黄瓜，大嚼大咽，飞来的鸡蛋都让他稳稳攥住放入衣服口袋。暴雨般的击打没伤老徐一根毛发，反而让老小子收获一大包蔬菜鸡蛋，也让旁观者见识了镇长的威望有多么高！敢对镇长大人出言不逊者，必成众矢之的，人人皆可诛之。徐济云的父亲成了活靶子，整个小镇的热闹场面就这样被推向高潮。中老年们喜欢的戏台子和小青年孩子们热衷的电影院仅仅是铺垫，镇长和老徐才是真正的主角。大家对老徐议论纷纷，众说纷纭，毁誉参半，争议的结果，不能不承认：狗日的是个人物！据说一年当中老徐总要上演这么几场好戏，逮住谁就是谁，领导们还真有点儿怕这狗日的。我们就可以想象节假日多少只眼睛盯着老徐。一年当中大大小小的节日好几十个，老徐上演的大戏不超过三次。

吴丽梅半天回不过味来。傍晚，王澍回来了。王澍刚下火车就听说了下午 2 点 45 分发生的大戏。王澍进门来不及喝水来不及擦脸，吴丽梅递给她的热毛巾滴答掉水她都不顾，一门心思要吴丽梅陈述白天发生的那个事情，王澍不认为是大戏，而是一个大事件。吴丽梅连讲三遍，每一遍都要被王澍加进许多疑问，全都是切中要害的问题，第二次重复提问时，吴丽梅已经悟出了些什么，吴丽梅第三次的陈述完成了一个崭新的版本，正确的说法应该是真正意义的本土版本。用王澍的话说第一次陈述是新疆罗布荒原版，本地人不明白；王澍若明若暗；第二次陈述就成了校园版，显然是在王澍的质疑下大面积退缩，完全是对现实的回避，退回校园的结果就是强烈的反弹。就出现第三个版本，本土版本。

吴丽梅已经不是原来的吴丽梅了，完全是另一种语调另一套语言方式，她自己都不知道她在说什么，竟然说出了让王澍十分满意的本土版本。王澍频频点头，频频拍打吴丽梅的手背：入乡随俗，大学四年，不如下乡一个月啊！王澍马上提出更尖锐的问题："嫁给我们陕西人吧，你男朋友是不是我们本地人？你不要那么吃惊，你肯定有男朋友，你只要告诉我他是不是本地人。"

"这很重要吗？"

"第三个版本是你入乡随俗的开始，要真正进入这块土地还有很长一段路，爱可以加速，爱的力量可以跟光速媲美，你的所爱是不是我们本地人？"

"第三个版本就像一场梦，你听得津津有味，我讲得稀里糊涂。"

"内地不比新疆，我们这里的黄土都是几百米厚，边疆戈壁沙漠里零零星星的绿洲土层才多厚？几公尺吧？"

"黄土高原的土都是大风从边疆吹过来的,边疆没有厚土,可边疆有瀑布般的阳光。"

"你想回新疆?"

"我想念塔里木上空的太阳,那里的阳光比海洋辽阔比火焰温暖。"吴丽梅不知不觉抱紧双肩缩成一团,"我冷!这么冷!"

"那——是——你——想——男朋友啦!"

吴丽梅一下子惊呆了,现在,吴丽梅最强烈的愿望就是见到徐济云,她在反复咀嚼徐济云的名字。

王澎就把办公室的电话钥匙交给吴丽梅。1982年中国没有私人电话,办公室电话打长途都用钥匙,就在电话机下边。王澎叮嘱吴丽梅每周打三次,每次不要超过10分钟,美好的感情需要培养滋润。

吴丽梅揣上钥匙溜进办公室,正好是下班时候,机关里空荡荡。也不用打10分钟,二人聊了一会儿吴丽梅就正式通知徐济云,可以来看我了。徐济云在那边大叫起来,惊喜若狂呀!比原来计划早了两个礼拜。

镇上所有的人包括与吴丽梅同吃同住的王澎全都见识了她每周六下午4点半在镇政府对面杂货店公用电话跟男朋友谈情谈爱,谈什么没人知道,但大家都听见了吴丽梅的欢笑,也看见了吴丽梅脸上飘动的火焰和眼睛里盈盈闪动的光芒。截至目前,所有的人包括王澎都误以为那个跟吴丽梅通话的男子远在新疆，更具体一点儿，肯定是在乌鲁木齐某个大学上学。1982 年从乌鲁木齐到内地的火车最快也要三天两夜，对内地人来说如同另一个星球。今天是周三，三天以后，周六下午 2 点半徐济云就会出现在小镇，整个小镇将炸开锅，每周六下午 4 点半跟漂亮的女大学生通电话的小伙子就是本地人，而且是大名鼎鼎的老徐的儿子。

回到宿舍，吴丽梅自然而然跟王澎扯到这个老徐。她们刚开始谈的就是老徐和镇长对决的事情。王澎就提醒吴丽梅："跟领导处好关系太重要了。常用手段就是逢迎拍马屁阿谀奉承，还有一种极为高明的手段，跟领导叫板对抗，领导不但不生气还会重用你。镇供销社的老徐就是这方面的高手。我到这里下乡锻炼就是因为这个老徐。""他有那么厉害吗？不就是个供销社小小的股长吗？他那么能干咋不去当县长？""你以为当个地头蛇容易吗？小小的股长可掌握着全供销社的实权。到底是个学生娃，渭北市是陕西第二大城市，好几百万人口，实话告诉你，最牛皮的不是市领导，而是下属机关八大牛皮科长，他们既不是专家也不是业务骨干，而是古代皇帝身边的权臣，执政乏术，但弄权有方。你眼睛别瞪那么大，不要把股长不当干部，不要以为官大一级压死人，有职没权甚至没有实权很难受。今年国家新规定，供销与商业合并，权力重组，老徐这步棋太高明了，镇长肯定有什么麻烦，需要这么一闹，老徐比别人棋高好几着，下半年调动改组他又能抓到关键岗位了。"你也取到真经喽！"那当然了，书本上的学校教的一点用都没有，话又说回来，这一手风险很大，分寸把握不好就惨到家了。""惨到什么程度？""身败名裂生不如死。""你拜老徐为师不就得了。""这么高深的功夫只可意会不可言传，要能教的话，他弟他妹他上大学的儿子还不都飞上天啦。"

吴丽梅来到小镇那天起，大家都知道这个女大学生可以自由出入任何单位任何部门，美其名曰田野考察。供销社显然是被吴丽梅同学"遗忘的角落"。

吴丽梅姗姗来迟，来到镇供销社，老徐那双慧眼还真没看出吴丽梅的不同寻常。吴丽梅神情中忽悠一闪的不自然，被老徐看成了单纯幼稚的学生气和书呆子气。老徐还很热情地带吴丽梅去见供销社的一把手二把手，供销社就二十几号人全都出来了。主任就给大家发话，除过党支部会议，吴丽梅同志可以列席供销社任何会议，可以跟每一位同志交谈。"所有的大门都是敞开的，仓库也可以进去看。"大家都被主任的幽默逗笑了。

除过吃饭睡觉，吴丽梅整天泡在供销社里。王澍有事没事也来逛逛。王澍目标很明确，盯着老徐不放。老徐就警觉起来。老徐何等人也！吴丽梅阳光灿烂毫无城府没出校门的书生嘛。王澍就不一样了，共青团干过，妇联干过，又踏进区政府办公室，下

乡锻炼就是走一道程序捞点儿政治资本。我老徐这两把刷子真要
叫她学到手，她还不成了大西北的能人？这还得了哇！老徐就缩
回去了。只要王澍出现，老徐就庄严肃穆一身正气。这种收敛的
另一极端，就是在吴丽梅面前彻底放松，原形毕露，而且显露得
出神入化。最抢眼的举动就是行侠仗义，为单位的贫困职工争利益，
不惜跟领导拍桌子，指着领导鼻子大吼大叫，甚至冲上去揪领导
衣领，弄得领导尴尬狼狈。老徐的口头禅就是："反正又不是为我
自己。"这句掷地有声的话常常让对手哑口无言立马闭嘴。吴丽梅
刚来这里就在大街上碰见老徐怒斥市场管理人员，不是屁就是尿
。吴丽梅在牧场也没有听过这么不堪入耳的粗话，工商管理人员
霸道确实该骂，卖菜卖水果的农民都站在老徐这边。吴丽梅误以
为老徐是个江湖好汉，不由得充满敬意。吴丽梅就开始犯傻，以
开玩笑的方式提醒老徐："你又不是工会主席，你管那么多干吗？"
老徐就哈哈一笑："我很想当工会主席，领导不让干嘛。"老徐继
续装傻，凑近吴丽梅小声嘀咕："真让我当工会主席，凭这张臭嘴，
凭这副爱管闲事的德行，还不把领导活活气死。"傻丫头还真信了，
拼命点头，一点儿也没注意大家怪异的神情和嘲讽的目光。

也就傻了大半天，吴丽梅的傻劲就过去了，吴丽梅很快发现
老徐的业务能力一般般，如老徐自己所言，他最适合干工会主席，
他对世间的人际关系有很深的洞察力，对社会事务的处理能力极

强。吴丽梅很自然地联想到同班那些老三届同学。七七级、七八级大学生，"文革"前的老高中生占大多数，同班同学年龄相差极大，有三十多岁的，也有十五六岁的。吴丽梅入学时18岁，16岁高中毕业，在牧场小学当代课教师两年，徐济云下乡插队两年，在车站当工人3年，21岁入学，自以为有经验有阅历，跟老三届一比，跟小孩子一样。只能在学业上文娱活动上占一点儿优势。社会事务，人际关系，人情练达方面，跟老三届相比几乎等于白痴。快毕业了还这么傻。同时又很敏感。相比之下，老徐比那些老三届更圆滑更练达更老辣。

从傻瓜状态中苏醒过来的吴丽梅很快就觉察到老徐占据实权岗位的厉害，他可以把单位众多业务骨干堵在门外，让他们永远处于边缘状态，行话讲："外行领导内行"，但老徐又不是最高领导，仅仅是个部门负责人。老徐也乐于指挥这些业务能力强的同事，用老徐的话讲："再能的人，在我跟前少皮干。"吴丽梅听不懂啥叫皮干，人家就告诉这个新疆女生："我们本地方言，皮就是嘴，皮干就是话多。"吴丽梅长长噢了一声，吴丽梅来陕西好多年了，能听懂一些常用方言，离开市区到了乡下，纯粹的乡村方言听起来就很吃力，城市里的陕西方言已经被现代文明加工改造过了，接近普通话了。刚到小镇吴丽梅就在街头听一个中年汉子训斥自己的老婆："皮嘴闭上！"吴丽梅就知道皮和嘴有关。徐济云的父亲老徐脱口而出："少皮干！"吴丽梅当下就愣住了，别人提醒开导，她才恍然大悟，人家马上告诉她：意思很多，连上嘴也是九牛一毛，你还是个瓜女子，等你结了婚成了媳妇子，你就会明白更深的意思。好多年以后已婚妇女吴丽梅在遥远的新疆回想起这个陕西方言，倒吸一口冷气，陕西方言太有穿透力了。"少皮干！"不仅仅让你闭上嘴，还要你的生命处于停止状态，皮就是生命。1982年春天吴丽梅还是个正在开窍的傻丫头。业务能力一般般的老徐就能把业务骨干业务尖子整得服服帖帖团团转，一句"少皮干！"就像武林高手的一指禅，对方立马动弹不得。

老徐另一个诨号叫张士贵，就是把大唐名将薛仁贵压在火头军里半天起不来的总兵张士贵，番兵番将不怕大唐元帅总兵先锋官，就怕大唐做饭的伙夫美其名曰：火头军。西域曲子戏里的薛仁贵是跟玛纳斯、江格尔齐名的盖世英雄，被改造过的中原戏到了西域张士贵这样的人物就不见了，薛仁贵独领风骚。现在吴丽梅看到了原始版的薛仁贵，战场上大显神威，回到军中只是一介伙夫，埋锅造饭被张士贵、何宗宪压在屁股底下揉来揉去。老徐还有一个角色，张飞李逵，只认刘皇叔和宋大哥。老徐成功地改造了封建时代的张飞李逵，现代化的李逵张飞糅合了宋江刘备的行事风格，关怀弱势群体，变除暴安良为欺强扶弱，对豪强又分三六九等，及时雨宋江只是个幌子。王澎千方百计就是要学这手绝招。吴丽梅已经相当聪明了，吴丽梅就说："老徐这一招我们女流之辈学到手也不好用呀！""新疆娃，牛羊肉把你吃傻了吗？不知道变通吗？啊？凤辣子王熙凤不就是女豪强女宋江女刘备吗？"新疆娃不但吃牛羊肉，还喝奶茶还吃骆驼蹄子，吴丽梅还有一句窝在心里窝得心肌梗塞手脚发抖后背发凉的话："大姐，还有一个问题我不能不说，我不说出来我就会死掉。"

其实这只是吴丽梅的内心独白，她确实手脚发抖后背发凉心脏几乎停止跳动。当她要说出最后的疑问时，她突然想起老徐是她男朋友徐济云的父亲，她就把这个巨大的疑问活活地咽下去，任凭手脚发抖后背发凉心脏停止跳动。

这个令人窒息的问题其实很简单，就是这些业务骨干业务尖子卑微如尘埃如草芥。

20世纪80年代初的基层供销社主要销售生产工具生产用品，收购农副产品，种子化肥农药尤为重要。西部山区地形复杂，秦岭与黄土高原交会地带，小盆地和河川沟壑纵横的丘陵高原，陡峭狭窄的峡谷坡地，只有常年奔走零散村落才能了解不同地区的自然条件，有道是：十里不同音百里不同俗，隔一座山一道岭一条沟就迥然不同。罗布荒原的牧羊女吴丽梅马上就明白，牧人都知道牧草因地势与天气不同，早晨中午下午会把羊群牛群马群带到不同的草地，吴丽梅跟这些常年奔走在村落的业务骨干业务尖子交谈起来很方便，她不停地插一句我放过羊放过牛牧过马，人家就用一句专业术语：草业。我们这里以农业为主，兼有林业、草业。这些经验丰富的老职工谈起业务神采飞扬眉飞色舞，哪个林子哪几户人家适合用什么种子什么化肥什么农药，他们了如指掌，包括什么季节具体到哪些日子。

吴丽梅跟他们下去过一次，完全不同于跟镇领导下乡，有大队干部接待，住在大队办公室，回来时还带一大堆土特产。业务人员仅仅是业务人员，不是官员，连吏都不是，村干部招呼一下就行了。他们直接跟农民打交道。来去都是手扶拖拉机。

锥心刺骨的一幕出现了，随着手扶拖拉机进入小镇大街，红鬃烈马一样的供销社业务骨干业务尖子一下子就收敛成敦厚庄重的耕牛，手扶拖拉机停在供销社门口，两位业务骨干业务尖子谦恭地溜下车厢，轻手轻脚走进单位大院，大家都看着他们俩，不是在大门口，而是从各个办公室的窗口门口以眼睛的余光边喝茶边看报纸边聊天漫不经心的表面不理不睬，隐藏在内心深处的如火炬的目光在打量他们两个，用当地人的话说后脑勺都长着眼睛。

两位辛苦了整整一天颠沛流离成绩显著的业务骨干业务尖子诚惶诚恐小心翼翼踏进单位大院，穿过30多米宽的院子，走到大院一半时，他们两个已经灰头灰脑就像颠簸在黄土路的小毛驴。上到第二个台阶时，他们背上的灰尘落下来了，他们头发中的一半白发在阳光下闪烁出粗糙的光泽。那个叫吴丽梅的罗布荒原的牧羊女就站在供销社大门口的洋槐底下泪流满面。

这个叫吴丽梅的女大学生来自塔里木盆地罗布荒原一个偏僻牧场，那里民族混杂，从懂事那天起就听各民族的民间艺人演唱神奇的《江格尔》《玛纳斯》，即使"文革"时期，这些流传千百年的英雄史诗在民间也广为流传，大漠草原的各族人民血液中都有无法泯灭的英雄意识。不管哪个民族，只要干出不凡业绩，哪怕是一项出色的工作，都会赢得众人的一片喝彩，立马被捧为英雄豪杰，西北汉人叫儿子娃娃，草原人叫巴特尔巴图鲁，成为儿子娃娃英雄好汉成为巴特尔巴图鲁，他们的父母妻儿都受人尊重，引以为豪，年轻小伙就成为姑娘们追捧的对象，昂首阔步，抖动着肩膀迈着方步趾高气扬，就像一头狮子就像一匹骏马，无比骄傲地屹立在大地上，人们羡慕赞赏这种骄傲，那些不如他们的人，才艺能力略逊他们的人，在他们面前那么谦恭，能力才艺远逊他们的人只能卑微地看着这些英雄好汉巴特尔巴图鲁……这个叫吴丽梅的姑娘，从懂事那天起就目睹大地上的这些壮举，一直到高中毕业，一直到牧场小学代语文课，一直到两年后以18岁青春年华离开故乡到内地上大学，就很少看到西域大地各民族杰出人物的壮举了。

1982年5月6日下午4点35分，这个叫吴丽梅的新疆姑娘，在陕甘交界处的山区小镇目睹了干出不凡业绩才艺过人的两位高人从红鬃烈马到笨拙老黄牛到谦恭卑微小毛驴的衰败过程。两个劳苦功高的小毛驴上到第三个台阶时，部门负责人老徐出来了，老徐叉开双腿，吐出一长串烟圈，浓雾一样罩住了老徐也罩住了弯腰上台阶的两位业务骨干，灰白的烟团迅速跟两位业务骨干灰白的头发融为一体，跟发胶一样加重了他们的苍老和疲惫，却让老徐的一头黑发显得更黑，如同茂密的森林，健壮如牛脸色红润头发漆黑的老徐轻轻握一下两位下属的手。

"辛苦啦，啊，好好休息吧，明天下午再来上班。"

"谢谢领导，谢谢领导。"

两位凯旋的业务骨干双手握住老徐一只手。烟雾全都散开了。吴丽梅从老徐的眼神里突然领悟到什么叫阴沉。在返回小镇的途中，两位业务骨干告诉吴丽梅，当初老徐跟我们一样，精通业务，能干肯吃苦，后来就跟我们不一样了，管我们了，不过呢他人还不错，敢跟领导叫板，有时还能帮我们说说话。吴丽梅已经相当成熟了，吴丽梅脱口而出："他给有能力的业务骨干说话的机会一年几次？至少得三四次吧。给那些有想法有雄心壮志想进步给领导造成威胁的业务骨干一次谈话的机会都没有吧。"两位老同志一下子对吴丽梅刮目相看，吴丽梅长叹一声说："他只对你们这些埋头苦干拼命硬干从不考虑自己前途没有任何想法的人偶尔说说公道话，一旦你们被有关部门看成选用对象，他就会痛下杀手，他的洞察力和敏锐常常超过领导，我不明白他自己为什么不往高处爬。"两位老同志就告诉吴丽梅："他属于那种人，善谋不善断，他有自知之明，知道自己的短处，他可是我们这里的常青树不倒翁啊。好几朝元老了，我们都习惯了，在我们这里都很正常，你这个新疆丫头还不太习惯，待久了就习惯了。"

他们的辉煌业绩很快通过电话传到电台报社，记者立马就到，现场采访。吴丽梅忽略了一个细节，记者离开前，供销社业务骨干也就是记者的采访对象，重点报道对象之一，悄悄地跟记者聊了几分钟，记者恍然大悟，又频频点头，完全是隐秘的江湖规则。好多年以后有一本书叫《潜规则》把这一切讲得很透。1982年春天的女大学生吴丽梅还意识不到这点。吴丽梅用西域大地古老的英雄史诗没有唤醒这两位创造出英雄壮举却没有一丁点儿英雄形象的奇人。吴丽梅目睹了两位奇人在阴沉老辣的老徐面前如此卑微，鼻腔酸辣内心悲怆，最后一线希望放在第二天的新闻报道上。

吴丽梅擦干眼泪，穿过大院走进办公室，出于礼貌只跟老徐点点头，便给凯旋的两位业务骨干一人泡一杯热茶。"你们两位劳苦功高，我要在调查报告里给你们好好写上一笔。"两人一下子就愣住了，滚烫的茶水溅到手上都没反应，嘴巴却很利索，反复强调成绩是大家的，是整个供销社的，不是我们两个人的，要写就一定要写上某某某某某某、一直某到老徐。老徐眼都不抬，面无表情，攥着红塑料绳编织的带蝴蝶图案的水杯套，不紧不慢地喝上一小口又一小口。两个老实人就又某上几个人，某到最后才出现自己的大名，还加了一个等。吴丽梅误以为两个老实人是给领导面子，再捎带上部门负责人加上一大帮同事，人人有份，排排坐吃果果，成绩事小，态度事大，关键是态度。吴丽梅还是咽不下这口气，吴丽梅再次强调："我在现场就看到你们两个，我没有看到供销社其他人，我看到什么就写什么，看不到的拿钱买也买不进来。我要专门写你们这些埋头苦干的人，拼命硬干的人，为民请命的人，舍身求法的人，你们俩就是鲁迅先生说的中国的脊梁。"两个中国脊梁脸都白了。老徐哈哈笑道："喝茶喝茶，不要紧张嘛，紧张啥哩嘛，大学生说了，你俩是咱中国的脊梁，手里端的又是大学生茶，还不赶紧喝。"茶水一大半洒到地上，两个老实人反而不紧张了，喝完剩下的茶水。吴丽梅拎起热水瓶给两个老实人续上水，也给满脸怪笑的老徐续上水，因为还有明天的《渭北日报》和今天晚上的广播电台报道，吴丽梅胸有成竹就调侃一下这个坏老徐："你也喝上一点儿大学生茶，提提神。"老徐故作惊喜："哎哟哟，我老汉可要慢慢地喝细细地品，嗯，确实不一般，意味深长呀！"老徐笑得很神秘很怪诞。吴丽梅走出大门才意识到老徐的笑既不神秘也不怪诞，明明白白告诉你看谁笑到最后。

两小时后，大家吃晚饭的时候，渭北市人民广播电台新闻专访节目专题报道了西山镇供销社为山区农民排忧解难的先进事迹，然后是一长串与先进事迹有关的人物，从社领导到部门负责人，到一长串人员，真正干活的两位专业骨干殿后，还真加了一个等。给人感觉他们俩就像单位的临时工。吴丽梅彻夜难眠。折腾到天快亮的时候突然坐起来：也许报纸会出现奇迹。来的是两个记者，电台一个，报社一个。报社记者素质应该高一点儿。太阳就出来了，一片光明中吴丽梅迷瞪了一会儿。

我们可以想象早晨上班第一个奔到办公室拿到《渭北日报》的吴丽梅有多么失望。吴丽梅走到供销社门口又折回去了。她不用见老徐都能感觉到老徐那神情那目光，绝不是一般人想象的得意，而是从阴沉蔓延开的阴暗阴柔阴险，再纵深下去就是古老而悠久的阴谋，当阴沉阴险阴谋连在一起时太阳就不见了，可天还亮着。多么蓝的天哪，你一直往前走，不要往两边看，你就会融化在蓝天里。吴丽梅头抬那么高，脖子伸那么长都成鹅了都成长颈鹿了，她的头伸进太阳洞里了，当然看不见太阳了。看不见太阳不要紧，感觉不到太阳的温暖就很麻烦。她紧抱双肩。五月中旬的西部高地很暖很热了。西部高地的春天很短，一下子就进入夏天。

中午10点半她来到供销社，所有的人都站在院子里大声喧哗，在议论昨晚的广播新闻和今天的《渭北日报》，供销社上重要新闻了嘛，围在人群中央的都是单位的厉害角色，全单位也就二十来个人，挤在一起就淹没了那两个真正干事的新闻主角。吴丽梅的目光扫来扫去找不到那两位业务骨干，吴丽梅鱼入大海一般在人群中穿梭，终于在边缘的角落里看见了那两个含笑不语不停喝茶的业务骨干。那位置就是所谓的灯下黑。吴丽梅的鼻腔再也没有悲怆酸楚，吴丽梅的眼睛也不再饱含泪水，吴丽梅穿越人群去跟那两位握手祝贺，不用话语就用手轻轻一握，吴丽梅立马就明白他们根本不在意这些外在的荣誉，只求问心无愧只求心安。

镇领导亲临供销社表扬慰问，并跟大家一一握手，理所当然握到了吴丽梅，吴丽梅这张乌鸦嘴就告诉镇领导我有幸也去了现场，镇领导说好哇好哇我们的女大学生辛苦啦。镇领导刚要离开，吴丽梅的乌鸦嘴已经停不住了，"真理标准讨论这么多年了，实践是检验真理的唯一标准早已深入人心，我的指导老师告诫我们要实事求是要从已有的经验事实出发，我来告诉各位领导事实的真相，到现场的只有两个人"。还没等吴丽梅说出那两个人的名字，老徐就大喊一声："欢迎领导来基层调查研究。"随声而起的是噼里啪啦一串鼓掌，老徐边鼓掌边吆喝边用目光扫射，目光所及掌声四处，很快成星火燎原之势，老徐高举双手在头顶上猛烈拍打，大家都举手猛拍，雷雨一般，领导频频挥手致礼，走出供销社大院，投向老徐的目光是无比的钦佩和赞叹。吴丽梅走到老徐跟前："你也是工作多年的老同志了，镇政府到镇供销社不到 30 米，这也叫领导下基层呀？有这么下的吗？那是母鸡下蛋的距离。"大家都笑眯眯看一场好戏，老徐也是笑眯眯地不温不火慢条斯理地告诉这个黄毛丫头："确实不远，一墙之隔，可你别忘了，真理与谬误之间，往往是失之毫厘谬以千里，毫厘呀，毫厘呀，同志们。"老徐从自己头上拔一根头发，让大家看这就是毫厘，"一墙之隔呀，同志们，墙比我头大吧，我都不知道我有多少头发，一根头发就是一毫厘就能把真理给日塌了，满头的头发得日塌多少真理？"老徐的乖嘴嘴引起一阵阵笑声，老徐把目光投向吴丽梅："大学生，别生气，刚才你叔我开玩笑呢，你别当真，咱说点儿正经的。镇政府跟我们供销社就不是一码子事。都在一条街上，人家是一级政府，我们就是个下属机构，我们主任做梦都想踏进镇政府机关的大门到里头去上班，我们这些小小的股长，连级别都没有连这个梦都做不成。女子，你说这距离远吗，不远？"吴丽梅嘴巴张了张就是发不出声音，她的喉咙被什么东西噎得死死的，她没有泪水可她知道她眼睛是湿的，她一声不吭离开供销社。

　　一股神秘的力量牵引着吴丽梅，她还没到镇长办公室，办公室主任就把她引进自己办公室泡上热茶。人家知道她要干什么，人家就拿出电台和报社新闻稿的原稿。记者写稿时用了复写纸，一式两份，盖有镇政府的公章。人家就告诉吴丽梅："新闻稿都要到原发地核实盖章，记者先到咱们这里再赶市里，我们要核实，县宣传部有专门的新闻干事。镇上就由我这个主任负责了,你看看还有什么问题吗?"吴丽梅扫了一遍,可谓严丝合缝,滴水不漏。主任就告诉她:"老徐打断你的话是在帮你,你也只是来搞学术考察,你所谓的事实真相与记者现场采访的事实不符,大家相信你还是相信记者,领导睁只眼闭只眼就没事了,你要是跟王澍一样挂职锻炼,今天这事就是我们不给出结论装进档案,也会有人制造流言蜚语传到你们单位给你带来好多麻烦。你马上要踏入社会了,不能再这么莽撞了。"

吴丽梅不知道自己怎么走出办公室的。机关食堂的饭实惠便宜,吴丽梅还是到街头小摊去吃面皮肉夹馍鸡蛋醪糟。本来她往机关食堂走,碰上王澍,王澍说:"戏还没完哩,吃完中午饭满街都是狗子客。""狗子客是谁?""不是某一个人,是这么一类人,陕西特产,吃完饭往街上一站,你就知道狗子客是些啥人?"吴丽梅就不想吃食堂了,她太想见大地上的稀有物种狗子客了。王澍喊一声:"你不吃饭啦?"吴丽梅已经走远了。

小摊上叽叽喳喳吃饭声喝汤声东家长西家短,众声喧哗,吴丽梅很快就听见有关供销社的话题,吴丽梅就把目光投过去。让吴丽梅吃惊的是中老年都很少说话,大声嚷嚷的都是年轻人,这些聪明的年轻人聊供销社时反复赞美老王老张老李老马,就是不提那两个跟吴丽梅一起下乡的业务骨干,也是全供销社最能干的人。几位前辈提到这两位真正的高人，马上被年轻人的声音淹没。

给吴丽梅盛鸡蛋醪糟的小媳妇小声告诉吴丽梅："早晨就传开了，广播和报纸没说实话，供销社只去了两个人，高师和林师，其他人技术都不如高师和林师，你是外地人你不了解我们这里，我们这里年轻人都是这德行，个个都是屎咬腿，谁也不服谁，尤其不服出类拔萃的高人，大事干不了小事不想干就死劲推那些稍有点儿才艺的半拉子能人，反正自己成不了大事，使出吃奶的劲也只能在高人狗子（屁股）后边转，我们这里人就叫他们狗子客碎善。""他们这么年轻，正是血气方刚匡扶正义的大好年华，咋这么阴暗这么世故？""这帮狗子客都灵醒得很，绝不会给人锦上添花，谁能就咬谁，他们只抬举在高人身边转圈圈的人，只能做些鸡毛蒜皮的好事就把自己当神仙，其实就是个碎善，给能人高人干实事的人制造一点儿麻烦，他们就能快乐好几天。""这么年轻正是大有作为的时候，他们心甘情愿成为别人的影子，碎善狗子客不就是影子吗。""干事的人永远干不过不干事的人，你认为他们是影子碎善狗子客，他们自己可不这么想。""怎么想？""简单得很，我没本事干实事，可我有本事把你扳倒，就能成为赢家，反正我赢了，谁是谁的影子还说不来呢。你好好看我们陕西皮影你就能看出门道，挑皮影的都在亮子下边，永远出不了头，出头的是影子，影子都是假的，真人不露相，皮影演活了，皮影也耍人哩，谁是谁的影子也就说不清了。不管谁是谁的影子，唱的都是哭腔，能把人活活憋死。"小媳妇就说不出话了，生活往事还真把她给憋住了。"我这会儿就想吼几声秦腔。"小媳妇给旁边卖面皮的中年妇女招呼一声，"你给我看一会儿摊子，我心慌得很。"小媳妇扬长而去。吴丽梅刚起身，中年妇女就喊住她："你可不能跟过去，戏子吼秦腔要的是热闹，正经人吼秦腔解脱自己哩，吼她自己哩，旁人跟过去就把魂惊走了，就成活死人了，爹娘父母都不敢过去。""这么神道？""几千年的老规矩，吼秦腔的戏子不管名声怎么显赫多么红火，多么有钱，生不能入祠堂，死了不能入祖坟，跟婊子一样只能埋在乱人坟里。""他们是艺术家呀！""别的艺术咱不懂，秦腔可都是自己吼自己，正经人在没人的地方吼一回等于死了一回，戏子稠人广众面前天天吼月月吼年年吼，死多少回了，还是人吗？鬼都不是。"吴丽梅站起来扫一眼世故阴沉的年轻人，说了一句："这帮狗子客碎善连婊子都不如。"这帮青春年少的狗子客碎善全都感到莫名其妙，他们互相询问："谁是狗子客碎善？谁是狗子客碎善？这里有狗子客碎善吗？"狗子客碎善绝对不会承认自己是狗子客碎善，这就是狗子客碎善神奇的地方，每个狗子客碎善都把自己想象成一个了不起的角色，都觉得自己是个人物，是盘大餐，他们就很容易进入皮影的境界而不知，他们甚至把自己想象成电影里的人物，有道是电影是对人世界的想象，他们无法进入世界，他们就反复地想象自己。吴丽梅从这帮狗子客碎善跟前走过。

正是正午 12 点，日入中天，万物不再有影子，有道是天地间唯有太阳和人心不能直视。吴丽梅还是仰头看太阳，她就听见来自上天的声音。

"在各各它，他们又一次唾弃耶稣，而情愿选择强盗巴拉巴。"

吴丽梅很快在大街上看到更多的狗子客碎善，全都是各单位的年轻人，车站的年轻人也凑热闹来了，附近村子里的年轻人也过来了，随声附和，完全处于一种默契。纯朴的农村青年也这么阴沉阴暗阴险。吴丽梅突然有了吼秦腔的欲望，吴丽梅没有走向野外，一股神秘的力量把她引到火车站。过来的正好是一列蒸汽机车，牵引着巨蟒般的闷罐车皮，山呼海啸腾云驾雾地动山摇，就如同成千上万人在关中大地上齐吼苍凉悲壮的秦腔。吴丽梅不由得兴奋起来，大喊大叫起来。火车的吼叫彻底干净地清除了她的声音，只有她自己听见自己在吼叫，在呐喊。随后过去了几列绿皮内燃机车。但吴丽梅脑海里依然是大吼大叫热气腾腾的蒸汽列车，以钢铁般的声音吼出古老血性的灵魂深处的呐喊，如果不是徐济云出现在她面前她肯定会被火车席卷而去，徐济云抓住她摇她喊她，她猛地一下扑进徐济云的怀抱，徐济云就成了腾云驾雾山呼海啸地动山摇的蒸汽机车。

21

　　徐济云没有直接回家，徐济云跟吴丽梅一起回镇政府机关宿舍，把王澍吓得够呛。王澍已经感觉到什么，王澍把吴丽梅叫到一边嘀咕几句就匆匆离开。吴丽梅告诉徐济云：她要消失一段时间。周末晚饭机关食堂吃饭的人很少，徐济云的出现太让人不可思议了。大家都用怪怪的眼光看这一对活宝。谁也猜不出来接下来会发生什么事情。一场精彩的大戏肯定避免不了。

　　一对情侣很快进入他们的二人世界。吃完饭，连正常的散步都省略了，进了房子就没出来。

　　此时此刻，整个西部山区，只有已婚女子王澍知道将要发生什么。王澍已经跟机关另一位女干部说好了，晚上在她家过夜，晚饭也是在她家吃的。王澍没看电视。1982年中国的电视节目非常精彩，中央台正在热播电视连续剧《蹉跎岁月》，王澍没心情看。王澍一个人出去了。

王澍被一股神秘的力量牵引到火车站，正好一列蒸汽火车山呼海啸狂呼大叫而来，王澍就有了吼秦腔的欲望。那天傍晚也真神了，来来往往的全是蒸汽火车，相比而言从西部大地开往东部的列车更有气势，居高临下，从大漠群山高原扑向低洼的平原，完全是那种一泻千里席卷大地的冲天之力。1982年，也正是枯木逢春，古老民族返老还童充满青春梦想的年代，古老而笨重的蒸汽火车从西部高地冲向东部平原一下子就成了脚踩风火轮手舞乾坤圈的哪吒和长翅膀的雷震子，沿途的群山大漠以及高原上的深沟大壑全都被神奇的哪吒和雷震子席卷而去，铺天盖地，向东，向东，一路狂奔，沿途挟裹覆盖已经不是陆地而是辽阔大陆以外的海洋，蓝色海洋都要拔地而起进入宇宙初创的大有为年代。已经不是秦腔了，是天籁之音，大地之歌，一切智慧与黎明同醒的生命之光。已婚妇女王澍显然把火车头上的灯光看成了黎明，看成了生命的光芒。

王澍也不知道她在铁路边待了多久，扳道岔的师傅来来回回问她好儿次，她就像个雕像，没有任何反应。车站女售票员带一件军大衣过来披在王澍身上。

"大姐，你不要想不开，男人都不是好东西，咱女人可要自个
儿爱惜自个儿。"

王澍有反应了，眼睛里有了光，整个人就从石头缝里脱身而
出不再是坚硬冰冷的雕像，整个人有了活力。清醒过来的王澍不
但把迎面而来的火车灯光看成了黎明之光，而且把自己的目光也
看成了破晓的黎明之光。当时是晚上 9 点 15 分，有了生命之光
的王澍感觉到自己完全清醒了，就对送她军大衣的女售票员连说
谢谢。"晚上还真冷啊！""这里是山区，三伏天晚上都要盖被子
呢。""是啊，是啊，好冷啊。"王澍紧紧地拽着军大衣越拽越紧，
王澍就这样把老徐跟老徐的儿子徐济云分开了。王澍以一个女干
部的口气在内心深处严肃认真地开导少女吴丽梅："父亲是父亲，
儿子是儿子，新社会了，不是封建社会株连九族搞连坐，搞封建
血统论。"

王澍还真把自己给说服了。王澍就回去了。王澍把军大衣裹
得那么紧，没有归还给女售票员的意思。女售票员也不在意。小
镇就巴掌大个地方就那么几个人，回家睡一觉天亮就明白带回家
的军大衣不是自己的是人家的，火车站售票员的。让女售票员没
想到的是走出 20 多米远的王澍还真清醒过来了，王澍转身朝女售
票员喊了一声："你的军大衣真暖和，我妹子等着急用，过两天还
你。"王澍比妹子吴丽梅还急，越走越快，都奔跑起来了；跑着跑

着就成了蒸汽火车，山呼海啸，腾云驾雾，火光四射，以摧枯拉朽之势朝我们奔来……那是个充满青春梦想和生命活力的年代，在王澍的想象中，吴丽梅不再寒冷，进入吴丽梅生命的小伙子徐济云如同《封神演义》里脚踩风火轮手持乾坤圈的少年哪吒和闪射霹雳闪电的雷震子。王澍就笑了，好像她自己进入了这场生命的狂欢。

吴丽梅见到徐济云第一个动作就是摸一下他的脸。

"小可怜，你瘦了。"

"没有啊，我很壮的。"

徐济云就把吴丽梅抱起来放下再举起来，就像举重运动员，而且是那种力大无比游刃有余的举重运动员、大吼一声以千钧之力轻而易举举起三四百公斤的重物，挺好几分钟，还很威武地绕场走两圈，然后轻轻放下。被举起来的吴丽梅先是哈哈大笑抓徐济云的头发和耳朵，然后就展开双臂，挺直身体，双臂如平展翅膀高悬苍空的鹰，双腿轻轻滑动如海洋深处的蓝鲸，徐济云手托吴丽梅的腰，这是他们相亲相爱好多年以来身体接触最少的时刻，也是最让他们欣喜若狂的时刻，徐济云从力大无比的举重运动员到如歌如泣的芭蕾舞巨星，就是中国人最熟悉的柴可夫斯基《天鹅湖》里那个英俊潇洒的王子，王子把美丽的天鹅举起来放下，

举起来放下，抡一圈又一圈。

渭北大学艺术系的舞蹈专业有一批 20 世纪 50 年代留学苏联的老教师，"文革"十年下放劳改，1978 年平反归来，鲜花重放，二度梅开，与西安音乐学院舞蹈系联合排练出精品《天鹅湖》，全国巡演轰动一时。渭北大学与西安音乐学院师生先睹为快，刚刚入学的七八级新生尤其是徐济云吴丽梅他们这些"文革"期间成长起来的一代人大开眼界，他们只在《列宁在十月》《列宁在1918》中见识过沙俄时代贵族们在圣彼得堡大剧院观看《天鹅湖》的片段，长腿美女短暂的几个动作给一代青少年留下极为深刻的印象，可以想象他们观看整部《天鹅湖》时的情景。

他们相恋四年，从触电般的手牵手到浑身战栗的亲吻到疯狂的拥抱，他们终于修炼成了王子和天鹅。

当王子举起天鹅转了几圈以后，他们再也控制不住了，王子就把天鹅轻轻地放到床上。放下去的速度相当缓慢，像飞机降落一样盘旋好几圈，盘旋第一圈时吴丽梅的那双鹰翅就回归到女人最有魅力的手臂，现在这双玉臂环绕住徐济云的脖子，徐济云的脖子脸额头落满了浪花般的吻，徐济云就疯狂了，徐济云一下子就雄壮起来，回应一连串火花四溅的吻，连他们自己都不知道衣服是如何脱落的，他们很快就成了一团赤裸的火焰。吴丽梅眼睛里全是对火焰的渴望，她本人已经熊熊燃烧起来啦，她还那么急切地在呼唤火！火！火！完全是火焰吸引火焰！五月中旬春天接近尾声，他们就让夏天提前来临。徐济云身上的火焰越来越猛，连骨头里都喷射出万丈火焰，呼啸而出，好像来自大地深处的滚滚岩浆，火山爆发一般势不可当进入吴丽梅的身体。地火在地下运行，奔突；熔岩一旦喷出，将烧尽一切野草……吴丽梅星眼蒙眬，那眼神在告诉徐济云：火！火！我要火！徐济云整个生命就成了红鬃烈马，在暴雨般的锣鼓声中高歌猛进……吴丽梅蒙眬迷乱的眼神在告诉他我冷！我冷！徐济云都咬牙切齿了，吴丽梅的眼神还是那么坚定，那么不容置疑地告诉他：这是春天吗？这种无声的质疑快让徐济云崩溃了，徐济云就听见了火车的吼叫。来的正好是一列蒸汽火车，山呼海啸，地动山摇，以雷霆万钧之势铺天盖地过来了。徐济云就把自己想象成火车。火车奔驰在新疆的大地上，新疆太辽阔了，火车在戈壁沙漠里就情不自禁地发出这样的声音——疯狂！——疯狂！——空旷！——空旷！——疯狂！——疯狂！——绝望！——绝望！火车进入甘肃进入狭窄漫长的河西走廊已经疲惫不堪到极点，就长吁短叹——穷！——穷！——穷！——穷！——过了天水进入陕西，一下子雄壮起来——锤子咣啷！——锤子咣啷！——呜——呜——化为火车的徐济云用火车头上巨大的灯光照射生命狂欢中的吴丽梅，吴丽梅无限期待地看着徐济云，化为火车的徐济云开始最后一搏，火车就势不可当地奔向东部，就在徐济云从吴丽梅眼神里看出她对阴柔阴沉阴暗阴险阴谋无比厌恶与愤怒时，进入东部平原的火车就不停地在叫——骗人骗人骗人……徐济云就崩溃了。他不用看吴丽梅他就感觉到他射出的生命之水是冰凉的，就是陕西本地人说的冷尿，远在蔫尿之下。

22

　　刚开始他没当回事，跟吴丽梅分手不久他就跟王莉结婚了。新婚之夜他有点儿紧张，王莉从他的紧张中误以为他跟吴丽梅之间仅仅是谈情说爱没有越界，王莉被感动得一塌糊涂，就以女性所有的温柔体贴来回应徐济云。徐济云就顺水推舟，还真像个童男子假戏真做，比真戏还真，竟然就成功了。新婚之夜如此美满太出乎意料了，新娘更是乐不可支，满足得不得了，证据就是俩人都大汗淋漓，新娘的生命之门更是滚烫火热热浪滚滚。徐济云清晰的感觉是一股电流从脚心大江大河一样汇聚到后臀，然后从后背大幅度旋转跟大功率涡轮机一样旋向头顶然后直泻而下，再从腹股间快速旋转形成一股热流进入王莉身体。王莉梦中惊醒一般吃惊地看着徐济云，跟中弹的小鹿一样身体猛然一抖，然后瘫软下去，双手紧紧抱着徐济云，呻吟声越来越大，满脸潮红，大汗淋漓，甚至喊出我要死了我要死了。徐济云大受鼓励，紧紧抱住新娘，最后一股生命之水喷薄而出。

等一切平静下来之后，徐济云跟一个真正的男人一样盘腿坐在床上，从床头摸出烟盒拔出一支烟点着，然后美美地咂一口，平时那么反感男人抽烟的新娘子王莉乖得跟猫一样悄无声息把烟灰缸放在新郎身边，眼睛眯细细的，欣赏这个狗日的男人一口一口地吸烟，然后吐出一串串美丽花瓣一样的蓝色烟圈。有道是饭后一根烟赛过活神仙，睡完心爱的女人再抽一支烟就有了雄霸天下的豪气与自信，尤其是曾经在女人面前严重受挫栽过跟头的男人，那种美妙感觉已经不能用语言来形容了。

整个蜜月期间，徐济云格外留心他生命之水的温度。首先是新娘的神态，新娘就像蒸熟的热馒头，满脸潮红热汗淋漓，然后一股热流进去，确实是热乎乎的，滚烫滚烫的，一次又一次，都这么热这么烫。他甚至怀疑吴丽梅产生了错觉。生命狂欢中火热可能被误以为极冷。人类的初恋失败率那么高，大概与第一次的温度有关系。徐济云就把王莉看成坐享其成的人，下山摘桃子的人。徐济云一点儿也没意识到一个女人暗恋一个男人有多么痛苦。

当他和吴丽梅从西部山区小镇回到渭北大学时，王莉一眼就看出来他们两人之间出了问题。两个月后，徐济云跟吴丽梅正式分手。王莉走进徐济云的生活。

徐济云在王莉家里第一次听莫扎特的c小调赋格（大弥撒）曲时，徐济云一下子就惊呆了，那反复吟唱的怜悯心，请你垂怜我，正是他在小镇跟吴丽梅狂欢时身陷绝望和沮丧中所急需的心灵慰藉，而不是高歌猛进的《欢乐颂》，伟大的贝多芬只能仰望无法靠近，莫扎特就亲切多了。当《安魂曲》响起时，他不由自主地抓起王莉的手贴在自己脸上，从那冰冷的小手就可以感觉到他的脸有多么滚烫，我是有温度的，我是生命的光，我是世界的光。王莉另一只手主动地伸过来摸他另一边脸，他们的目光一起投向音乐……整部乐曲的主题那么阴暗，完全被黑暗所笼罩，超度亡灵以求永恒的安息，这是对人最大的安慰。他们开始拥抱亲吻。莫扎特完全彻底地把他们融合在一起。《安魂曲》开始吟唱"以永恒的光"，两人对视，同时想到了吴丽梅，好像吴丽梅就是灿烂阳光的化身。两个阴柔的人在莫扎特的《安魂曲》中听到了贝多芬的灿烂阳光……

"欢乐女神圣洁美丽，灿烂光芒照大地。我们心中充满热情，来到你的圣殿里。你的力量能使人们清除一切分歧。在你的光芒照耀下，人们团结成兄弟。"

徐济云跟吴丽梅返校的当天，王莉就意识到她的机会到了，她就把莫扎特当成了贝多芬的对立面，尽管她对莫扎特一知半解，只是在同学家里听过几次。同学的母亲是音乐教师，家里有钢琴，有许多音乐大师的唱片与乐谱，她马上就能听出莫扎特与贝多芬的不同，前者是钢琴诗人，后者是钢琴哲学家。王莉对哲学不感兴趣，一下子就迷上了莫扎特，这种爱好在关键时刻有了大用场，她马上联系同学，一起去古董店出高价买了一台老式唱片机和一套老式莫扎特黑胶唱片。

在徐济云来她家之前的两个礼拜，天天放莫扎特，为了宝贝女儿，喜欢听秦腔的家人一忍再忍。两周后女儿带男朋友来见父母，徐济云就被那台带大喇叭的老式唱片机给镇住了，把王莉家当成了书香门第，接着是音质纯正的黑胶唱片，莫扎特优美甜蜜的小夜曲。这种柔美的风格很对徐济云的胃口，他们的关系迅速升温。毕业不久就结婚，婚后一年就有了女儿。

23

徐济云在学校混得很顺，两位迅速高升的老讲师投桃报李，大力扶持徐济云，青年教师中，他最早评上讲师，最早分到一室一厅单元房，最早把妻子王莉调到附中。评副教授时，他有意识地跟身居高位的那两位当年的老讲师拉开距离。老讲师们早已拿到高级职称，一位担任分管研究生的副系主任，一位担任校学术委员会副主任。他们把老百姓很熟悉的薛仁贵张士贵效应发挥到极致，薛仁贵们成绩再高，永远处于火头军位置，工作由薛仁贵们干，成绩永远是张士贵和何宗宪们的。90年代后他们与时俱进，放弃古老的薛仁贵张士贵模式，改用更有成效的四姨太模式。1990年苏童的中篇小说《妻妾成群》在《收获》杂志发表，1991年张艺谋把这部小说改编成电影《大红灯笼高高挂》公开上映，轰动海内外，四姨太现象浮出水面，小说和电影撕破这层纸罢了。所谓四姨太现象就是指老爷的几房姨太太争宠，四姨太谎称自己怀孕，把老爷的注意力全部拉到自己这里。丫鬟提醒四姨太：万一老爷发现你没有怀孕怎么办？四姨太就告诉丫鬟，能拖多久就拖多久，只要把老爷拉到咱们这边，争取跟老爷最多的同房机会，就等于争取到了最大的资源，怀孕的机会就多呀！打的就是这个时间差。渭北大学这座百年老校在四姨太模式影响下迅速衰落，优秀人才或逃离或枯萎，大家敢怒不敢言。徐济云自保之余，伺机突围。上天保佑，遇到了佟林教授，等于起死回生嘛，徐济云彻底放松了。

24

　　跟所有农村背景的父母一样，徐济云父母梦想要男孩。徐济云的二叔三叔在 20 里地外的农村老家，每家都是五六个女儿，爷爷奶奶跟三叔过，奶奶去世前没见到孙子，最后的遗言就是你们兄弟争口气不能断了香火。

　　徐济云的父母有两个儿子，大儿子徐济云是小镇有史以来第一个大学生，二儿子警校毕业在镇派出所当警察，比徐济云早结婚，生了个女儿。父母就把希望寄托在徐济云与王莉身上，结果还是女儿，大学生儿媳妇可是城里人，徐济云父母只能生闷气。又把希望转移到二儿子身上。徐济云弟弟的悲惨生活就开始了，弟媳是小学老师，公职人员，不敢生二胎，但弟媳妇娘家是乡下老农民，好欺负，父亲就硬拆散小两口，再娶再生。老天爷跟老徐家飙上了，还是女孩。弟弟都要崩溃了，跑城里求哥哥嫂子：不活了！自杀算了！

徐济云和王莉这些年没少劝过父母，父母对徐济云王莉的办法就是不搭理他们，该干什么干什么，父亲老徐锐利的三角眼一闪一闪在告诉老大徐济云：没让你再婚就不错了，你又生不出儿子你少皮干！王莉说话气就更不壮了。

弟弟第二次离婚再婚再生，还是女孩，徐济云的母亲认命了，父亲老徐不停地望天，天上没有上帝也没有老天爷，只有日月星辰和风，父亲望了整整一天，眼睛都麻了，胳膊都僵了。天慢慢黑下来，父亲就看不见天了。父亲老徐突然说了一句莫名其妙的话："那个新疆女娃一看就能生儿子娃。""爸你说啥呢？王莉还在这儿呢，王莉是我妻子，也是你儿媳妇，请你尊重你儿媳妇。""我尊重她，谁尊重我老徐家的根和香火。"父亲老徐最后这个话带了哭腔，有点儿秦腔悲壮苍凉的味道。徐济云就难受了。徐济云就说："我跟吴丽梅的事情我都忘了，你就不要再提了。陈年往事再提有啥意思。""跟我闹那么多别扭我从来没觉着人家娃有啥不好，女人身上有点儿男人气，一眼就能看透叫人放心，男人身上有女人气，女人身上全是女人气，就看不透了，看不透的东西很难叫人放心。""王莉很单纯很透明我闭着眼睛都知道她心里想啥呢，你就不要替我们操心了。""我操心老徐家的千秋万代哩，到你兄弟俩跟前绝后断代呀！"父亲说着说着又提起了吴丽梅，"想当年你回镇上先不回家看父母先去看女朋友吴丽梅，你爸我没意见，你爸我眼睛又没瞎，你回镇上之前，吴丽梅还是个姑娘，你回来第二天带吴丽梅上咱家，吴丽梅就不是姑娘了。你个卖狗子，把人家娃睡了，又移情别恋娶了王莉，你不要人家就别睡人家，睡了人家又把人家撇哈下不管，咱家就把罪造下啦。姑娘家的贞操珍贵得很，用老先人的话讲，那叫吃头茬面，吃了头茬面，就是你的女人，你挣死也要把羔给她打上，你给吴丽梅把羔打上没打上，你爸我不知道，你爸我可看得清清楚楚你把人家吴丽梅头茬面吃了，又把人家放跑了，你娃娃把罪造哈下啦，老天爷就报复咱惩罚咱老徐家。大教授，你知道老天爷最大的报复是啥吗？"父亲老徐又情不自禁地吼秦腔戏最悲壮最苍凉的老杨业金沙滩里的《舍子》：

事急了才知把佛念，口内含冰满腹寒。

吼完，依然用《舍子》的哭腔告诉儿子徐济云："吃了人家姑娘娃的头茬面给人家姑娘娃把羔打上啦，莫事人一样走了，人家姑娘怀上你的种离开你，你再娶上一千个一万个女人，老天爷再也不给你儿子娃了，你个锤子把天戳破把地戳破老天爷就是不给咯，老天爷给你的儿子娃在吴丽梅身上，吴丽梅带走了，你个挨尻的为啥要跟人家分手哩？"父亲老徐打了个趔趄一把扶住桃树的杈一边死死地看着儿子徐济云，徐济云哑口无言。父亲老徐摇一下桃树，"我就知道你娃嘴里把尻噙上啦，说不出个啥"。

25

　　父亲老徐从此进入幻觉，老是幻想着老徐家的香火在遥远的地方。

　　两年后父亲老徐被查出得了绝症。父亲猴精，什么事都瞒不过，依母亲想法，对父亲不如实相告。父亲老徐不等医生说完就全明白了，哈哈一笑，完全解脱了，边往病房走边唱《包公赔情》，赢得病友们一片欢呼，进了病房见了儿女们就一句话："拿钱来，给我看病。"老伴就说："要啥钱哩？看病的钱都是娃们出的。""我自己找人看，大医院看不了。"病友们说："老汉活不了几天啦，他想弄啥就叫他弄啥去，一个快死的人能弄出个啥？"老大徐济云就问父亲："你要多少钱？"父亲老徐毫不客气，手一伸："10万，不多不少就 10 万。"

一周后，徐济云凑够 10 万元，按父亲的要求在银行办了活期存折，加上密码，交给父亲。父亲第二天就离家出走。

父亲老徐当过好多年供销社采购员，早都习惯了云游四海。

家里一下子就安静了。弟弟从长久的压抑中抬起了头，第三任弟媳妇不再如履薄冰当受气包了。被拆散的前两任儿媳和她的娘家人再也不诅咒老徐家了，再也不恨父亲老徐了。离家出走的父亲在大家眼里就权当死了。强势的父亲最终落得这样的结果，太叫人不可思议了。

徐济云一个人走到家乡小镇的野地，四下尽是杂树、灌木和野草，还有野鸡、野兔乱窜，徐济云蹲在地上哭了好半天，悄悄走进车站，踏上火车回去了。

26

　　徐济云清清楚楚地记得父亲是 2003 年 8 月 23 日上午 10 点离家出走的。一个得了绝症的人是不会回头的。也不给家里来信，来电话，彻底从大地上消失了。父亲老徐与徐济云之间的谈话别人不知道，大家就这么理解父亲老徐的离家出走。徐济云知道父亲第一站就是新疆，寻找他幻想中的孙子，少不了要纠缠吴丽梅一番。以吴丽梅的性格，父亲老徐占不到便宜。徐济云操心的是父亲的安全。有道是一个人吃饱全家不饿，以父亲的精明，天地之大，到处都能容身。父亲就留在大家心里了。

　　2011 年 8 月 23 日，消失八年之久的父亲老徐回来了。父亲老徐没有回西山小镇，父亲直接到渭北大学徐济云的家。多年的流浪生活锤炼出超强的生存能力，狐狸和猎犬一样总是以最快速度找到目标。父亲老徐进儿子徐济云家之前，先去渭北市人民医院做了检查，就是当年他住院的地方。父亲老徐拿出当年的病历和各种检查化验结果，相当完整的病历档案，当年的个别医生还在，马上给父亲老徐特殊照顾，走快捷通道。检查结果出来了，各项指标都合格，所谓的绝症彻底消失。其实不用检查，从父亲的气色就能看出来这是一个多么健康的人哪。饱经风霜，四处流浪，全在野外，很少进城，几乎过的是野生动物的生活。儿子徐济云给他的 10 万块钱一分没花，全散发给全国各地的乞丐和贫困人家。医生很吃惊："你老人家给人打工？你太了不起了。""我本来就是劳动人民，劳动人民凭手吃饭天经地义。"

父亲老徐拿上化验结果去找儿子徐济云。我们可以想象徐济云和王莉有多么吃惊：完全是耶稣复活啊！我是生命的粮食！我是生命的光！我是世界的光！徐济云听到了从天而降的生命之歌，王莉叫了一声爸，王莉就抱住徐济云哭起来。父亲老徐在客厅转一圈，四下瞅瞅，坐下，"我要喝水，给咱来一碗热水"。王莉就不哭了，马上去泡热茶，端水果，去厨房做饭。父亲老徐踏上故乡的土地之前，洗了澡，理了发，刮了胡子，从野人状态走出去，很有尊严地去医院做检查，然后进教授儿子的家。客厅里就他们父子两个。父亲老徐把化验单递给儿子徐济云，徐济云没看那张白纸，"爸，你能回来就说明你彻底征服了病魔，你创造了奇迹，你太了不起了"。

"征服病魔倒是真的，奇迹谈不上，也没啥了不起，大江南北，祖国大地，像我这样的人很多很多。可像我这样为得到一个带把的孙子折腾出一身病离家出走的人全中国没几个。"

话说到这地方，父子俩都沉默了。也就沉默了几分钟，喝茶抽烟。父亲老徐压低嗓门小声告诉儿子徐济云："我去新疆大半年找到了吴丽梅，不在乌鲁木齐，也不在库尔勒，在沙漠深处一个叫阿拉尔的地方的塔里木大学教书哩。丈夫教数学，是个蒙古族，可以生两个娃，一儿一女，幸福啊。蒙古族人大方豁达，吴丽梅竟然当着丈夫的面说我是她前男友的父亲，我跟她见面时就告诉她我是你当年山区小镇实习时的师傅，怕她丈夫起疑心，这新疆的娃哈哈一笑不当回事。她丈夫下课回家，她就给丈夫这么介绍我，我尴尬的啊，当时就想离开，两口子拉住我一定得把饭吃了。娃放学回来，男娃女娃都叫我爷爷，你爸我百感交集哇。从两个娃的年龄长相上看，跟你一点儿关系都没有。两个娃乖的呀！心疼的呀！还给我表演了蒙古族舞，唱了蒙古族歌《鸿雁》，奇怪的是吴丽梅一字都没提你。送我到车站时，我实在忍不住了，就告诉她，我儿济云让我代他向你们问好，她哈哈一笑，就把你爸我那点儿小心思给戳破了，给我一点儿面子都不留，你猜她咋说的？她告诉我：'不用你说我就知道徐济云和王莉生活得很好，我们可是同班同学，他俩肯定知道我也过得很幸福，徐济云和王莉可是天生一对。'新疆人咋是这个样子，说这些让人伤心的往事还那么开心那么兴奋，跟喝喜鹊尿一样。20年没见啦，还那么年轻，气色还那么好，印堂亮得跟镶了玻璃一样。不管男人女人，印堂亮肯定大富大贵，你个卖狗子把宝丢啦。"

"王莉不是宝吗？吴丽梅都告诉你王莉跟我在一起很幸福，你刚刚告诉我的。"

"到库尔勒我买了磁带买了砖头大的录音机，我就爱听《鸿雁》，大雁都是一排一排，都是兄弟姐妹一大帮子，大雁没有独生子女。"

"爸，你不要说了。"

父子俩又沉默下来。彼此都能听到对方心里的想法。"你不就是嫌我阳气不足生不出儿子吗？生儿生女与人的精气神有关系吗？懂点儿科学好不好？您老人家还是国家干部呢？""大教授有啥了不起，生不出儿子你娃连个农民都不如，你娃就不是一个真正的男人，男人就是造娃的，男人就是造物主，别看老子是个没级别的退休干部，老子引以为豪的就是造了两个儿子娃，你娃就是阳气不足阳气不足阳气不足。"徐济云的头就垂下来。父亲老徐很得意："头低到裤裆里头就是低头认罪，教授再大不服你爸不行！这是天道，天道难违。"父亲老徐心就软了，"你爸我想开了，而今这世道，女人比男人歪（厉害），女娃比男娃乖，比男娃孝顺，女孩比男孩能成，你看我这孙女乖的蛮的能成的，都读硕士啦，都出国留学啦，我这她爷还有啥不满足不高兴的。"徐济云的头就抬起来啦，不管父亲老徐话说得多么言不由衷，说出这样的话就是给儿子很大的台阶，儿子徐济云马上递上王莉削好的苹果。

"吃水果，吃水果。"

父亲老徐苹果吃一半，王莉就动作麻利地摆上满满一桌菜，整个房间顿时热气腾腾、芳香四溢。父亲老徐不喝茅台五粮液，父亲老徐只认西凤十五年。王莉自嫁到徐家一直保持城市知识女性习惯喝红酒，回农村老家也要带上一瓶红酒。这回王莉要破戒，陪公公喝烈酒西凤，咂一小口就满脸冒火，她还是喝下去了。

边吃边聊，比小说电影还精彩。父亲老徐跑遍祖国大地没买过一张车票，不管是蒸汽火车还是内燃机车他都能蹭上去，都能躲开列车员查票，餐厅厕所来回穿梭，早年当采购员时学会的各地方言更是炉火纯青。人们根本分不清父亲老徐是河南人河北人山东人四川人还是东北人，粤语闽南语都说得很溜，上海话更不在话下。最艰苦的时候就扒货车闷罐车。最拿手的还不是火车，是那些奔驰在国道省道上的各种汽车。到偏僻山区乡村搭拖拉机摩托车三轮车反而很容易。流浪第四年父亲老徐就远离都市，连县城都很少去，基本都在荒郊野外流浪。父亲的身体就是在野地里好起来的。那些植被很好的群山深处常常能碰见隐士，父亲老徐跟他们都成了朋友。第六年父亲老徐有了回家的念头。每次走到陕西地界，就被一股神秘的力量拉向远方。反反复复好几次。随身所带的行李行头全分赠给大地上的乞丐和流浪汉。父亲老徐在讲完他的流浪生活时的最后一句话让儿子徐济云对父亲刮目相看，父亲老徐告诉儿子和儿媳妇："你们给我的10万块钱，我全都散给要饭的流浪的上不起学的看不起病的穷人啦，人家都叫我宋江刘备，你爸我真当一回宋江刘备，仗义疏财乐善好施的感觉太好了。"王莉都叫起来了："宋江刘备哪能跟你比，江湖上混的都是土匪流氓，你是行善积德活菩萨再世，我们老徐家世世代代能过安心日子啦。""这话你爸我爱听，这是你嫁到我们家说得最有水平的话，你爸我该吃的吃了该喝的喝了该说的说了，你爸我回家去见你妈去呀。"

徐济云拦住父亲老徐，给老家的兄弟打电话，告诉兄弟："咱爸回来了，已经到了河南，啥都好着呢，病全都好了，过几天就到我这里，我跟你嫂子跟咱爸一起回老家，全家团聚，好好庆祝一下。"徐济云掉过头来对父亲老徐说："让老家人有个心理准备，您老人家猛不打茬突然出现在老家，老家还不炸开锅，我妈我兄弟还不吓出神经病？你敲开我家门，我跟王莉差点儿晕倒，人都回来了，咱不急嘛，在我这待上几天，适应一下环境，这八年您老人家就没过过正经日子，让我们好好伺候伺候您老人家。"

父亲老徐好多年没来大儿子徐济云的家了，校园家属区的人都不认识了，好多年前见过老徐的人也都认不出来了，流浪生涯彻底改变了他。大家很容易把他看成农民工，即使进电梯进教授儿子的家门，大家也不会把这个粗糙黝黑如大猩猩的老汉看成教授的父亲。如今教授儿子不一样喽，教授儿子从刚结婚时的小单间一路狂奔到一室一厅，两室一厅，三室两厅，四室两厅，如今是 260 平方米上下两层配有楼梯的复式结构住宅，只有上下邻居，没有左邻右舍。父亲老徐出出进进很容易被认为是打扫卫生的清洁工，没人注意父亲老徐，更不会提防父亲老徐，父亲老徐就很容易听到许多闲言碎语小道消息。流浪生涯锤炼出父亲老徐惊人的捕捉信息的能力，大量的校园信息迅速排列组合形成一条完整的信息链，也就两三天的工夫，高级间谍和侦探也不过如此。该出现的事情也就自然而然地出现了。

随着 120 急救车的到来，从徐济云这个家的单元里抬出一名垂危老人，住这栋楼的都是大教授，垂危老教授不停地挣扎，又是伸胳膊又是踢腿，拼命地捶打自己，打自己的胸打自己的脸，加上长吁短叹，谁都能看出来老人无尽的悔恨和绝望哪！医护人员和家人把老人抬进救护车。

刚刚拉走的老教授一生引以为豪的就是成功地毁掉了本学科

最优秀的七个竞争对手，于是第八个竞争对手就出现了，后来被戏称为"第八个是铜像"，几十年前一部有名的阿尔巴尼亚电影的名字，不过这个高人没成为铜像，而是成功地绕开了一个一个陷阱。最精彩的一笔就是这个家伙使用了化名，也就是说他作为人才被引进渭北大学时用的不是原始档案，而是造了一套假档案，假身份证，原来的单位只是个跳板，只是个中转站，隔开这个单位，他真正的单位谁都不知道，连人事部门都不清楚。这个家伙进校后跟老教授在同一个学术团队，同一个学科。以老教授的精明和敏锐实在看不出这个家伙有多大能耐，能完成项目能发论文出专著就不错了，用行内话说，这辈子也就这样了。这种不上不下的人最大的好处是堵别人的路。潜伏数年后，所有的人都放松了警惕，这家伙神不知鬼不觉地从另一个不起眼的小大学申报了一项国家级课题，这个家伙只在寒暑假去那个学校捞外快，这年头大家都拼命捞钱，知识分子捞钱也就意味着不求上进放弃了神圣的学术嘛。防范他的人全都放心了，而且暗中窃喜。至于你在哪个地方捞钱没人感兴趣。老教授理所当然地当评委，而且以关注地方院校扶助老边穷差地区的高尚语调大力支持了这个埋有深水炸弹的项目，人心都是肉长的，心眼再小，再阴柔阴沉，再阴暗阴险，不会防范远方的对手，更何况是那种跟自己有很大距离的对手，有道是远交近攻，老先生从来清扫的都是窝边草，有道是生活在别处在远方，每一个人的内在，都有一个与神相会的地方，丧失这个地方，就一切皆无。那是需要交流的地方，给自己赢得美名的地方，老先生就战战兢兢地投了赞成票。客观讲，老先生口碑不错，一生之中得罪几个人真不算什么事儿，又不是贪官污吏卖国贼，老先生谈不上有什么恶名，即使有人非议也都是本单位，范围极小。有道是水流三里清，何况出了市出了省出了大西北，以老先生的学术影响和人脉声望，可谓一票定乾坤，其他评委纷纷附和，课题顺利过关。

老先生还是有些不安，老先生不明白他那颗岩石般理性冷静的脑袋做出的决定，投票时手为什么会颤抖。当天晚上老先生就有一种不祥之感，吃了药也不顶用。这把年纪了，身体不适很正常，老先生没多想，这辈子干任何事从来没失过手，亲朋好友都这么说他，妻子也这么说他。他还有什么不放心的呢？他终于睡着了。第二天，顺利过关的课题正式上报教育部，评委们纷纷返回。老先生上飞机时又一阵惊慌，胸闷，心悸。他只有高血压没有心脏病啊，他心脏一直很好啊。就在老先生惶惶不安的日子里，顺利过关的课题在各大媒体开始公示，一周后正式生效。老先生就是看到媒体上的报道才恍然大悟的。渭北大学五个过关课题竟然多了一个，变成了六个。学校大喜过望，有关部门肯定没做手脚。那个有心人，在过关课题公示的一周内，迅速完成角色转变，

给学校提交原始档案，他出国留学的那些年，档案都保留在人才
交流中心。他在国外顺利拿到博士学位，而且跟一位国际有名的
洋教授完成了一项重大课题，回国后他有意绕开许多名牌高校，
选择了一所普通的毫无名气的地方院校，条件很优厚，不要档案，
只认文凭，网上可以立马查询，好多环节就忽略了，重建档案，
然后三跳两跳，化身博士一样成功隐形，潜入百年老校名校渭北
大学。课题公示一周内，这个家伙成功转型，最大的成功是课题
单位换成了渭北大学，五个变六个。学校乐坏了，老教授崩溃了，
而且崩溃得很有意思。多年来校方对老教授唯一不满的就是老先
生几十年以来残酷无情地清扫本学校的潜在对手，不择手段，无
所不用其极。五个变六个，校领导乐翻天，连会都不用开，手机
沟通，从不同方向往老教授家里赶。大家共同的想法就是老先生
在学术贡献上又跃进一大步，人品哪，高风亮节，人格魅力，道
德楷模。不不不，都不对，准确的定位应该是德高望重德才兼备
德艺双馨。办公室已经正式通知老教授家人，领导们都往家里赶，
让老先生做好准备。学校电视台要来人，还要转播市台省台。我
们可以想象老先生的无奈和尴尬。真实情况是，老先生当时就瘫
倒在沙发上，躯体不能动，只有手脚在乱踢乱抓，然后捶胸打自
己的脸，堪比陆游的错！错！错！莫！莫！莫！120救护车就来了，
赶在各位领导之前成功地把老先生救护到市急救中心。

父亲老徐第一时间就出现在现场，从楼道到单元门口，到救护车，老先生抓栏杆捶胸抓头发抓空气，把担架折腾成了汪洋中的一条小船，颠荡于惊涛骇浪之中，延误了上救护车的时间。聚集过来的人越来越多，快镜头变成了宽银幕慢镜头，加上深景长景，家人的劝解，老先生的失态，众人的议论纷纷，医护人员客观冷静理性的提醒，旁白对白，音画交错形成非常精彩的电影画面，大约有七八分钟，救护车呼啸而去。大家七嘴八舌又议论了20多分钟，老先生和家人不在场，大家可以毫无顾忌地说出一些真相和原委，20分钟任何一个知识分子职业教师和普通职工都有机会各抒己见，精辟深刻有理有据。父亲老徐大开眼界，无论故乡那个西部山区小镇还是流浪大江南北的江湖，都那么鱼龙混杂，胡说八道，有理也会变得无理。瞧人家知识分子，全部都是摆事实讲道理，连普通职工都那么有文化，耳濡目染啊，氛围熏陶啊，环境他妈的太重要啦。更重要的是父亲老徐听到了大量的事实真相，那些沉淀在脑子里的陈年往事和江湖经验原子反应堆一样快速运转，回旋加速器一样综合分析，很快就还原了老教授老先生栽跟头掉陷阱的全过程。有道是给别人挖了一辈子坑的人真要掉下去迎接他的就不再是他曾经挖过的坑和陷阱了，通俗来讲就是天坑或无底洞。

　　父亲老徐目睹了一辆辆小车奔到楼下又掉头而去，这些校领导全到市急救中心看望老先生去了，有些领导就没进校园，直接去医院。父亲老徐猜都能猜出来后面将要发生的事情。

纷纷赶到病房的领导们不约而同地给老先生贴金，老先生已经抢救过来了，彻底清醒了，正在痛苦万分地接受领导们言不由衷的赞美，老先生听到了德高望重，扶助新人，发现人才，重用人才，老先生还听到非常刺耳的一句话，真是锥心刺骨啊，有一张乌鸦嘴竟然说：这是老先生这一生这一辈子做得最有意义和最有价值的一件事。病床咯吱响了一下，老先生头能动胳膊能动手能动，躯体和腿脚不能动，只能指手不能画脚，粗起来的脖子涨红的脸加上床的响动，大家一致认为乌鸦嘴的这句话深深地打动了老人家，老人家被感动了，激动了呀！领导们都说：不要激动，不要激动。媒体记者们记录下这感人的场景。通栏大标题：感动，激动，高风亮节。分管后勤的副校长最清楚怎么善后，给医院做了交代：以最好的条件让老人家安度晚年。家人全都哭了。老先生大脑清醒，躯体和腿脚彻底失灵，大小便失禁。所有人对老先生那副深邃迷茫遥远而复杂的眼神留下深刻的印象。

这种事情父亲老徐都干过，干得比他们好，比他们有水平。父亲老徐有一种登泰山而小天下的感觉，更重要的是一种宽慰，满足和自信。知识分子都这样子，我一个土老帽乡巴佬庄稼娃子算什么？

父亲老徐有了饭后散步的习惯。在校园的林荫道上走着，吸着烟，倒背着手，不也像教授吗？我也能思索！我也能沉思！我也能上下而求索！日他妈，人这一辈子不能赞美任何一个比自己强比自己高的人，这就是人生。人生就是这个样子，人生就是这么一回事。要毁一个人，就强迫他去给比他强比他能干比他优秀的人投一张赞成票，他就会当场崩溃。

校园里好多大事的参谋协商都是在饭后散步时完成的。这也是渭北大学一大特色，风雨无阻。这还要感谢园林式校园的优美环境，一年四季到处都绿油油的。物以类聚人以群分，不同派系，不同团伙都有固定场地和固定路线。父亲老徐显然对后勤人员不感兴趣，对行政人员也不感兴趣，这两类人他太了解了，他当年就是干这个的。吸引父亲老徐的是大大小小的知识分子们，有海龟（海归）、土鳖（本土），有文科、理科，有应用性文科，文史哲这些华而不实的学科，可以统统被称为"四眼"——眼镜一族。父亲老徐就穿梭在这类人中间。有意思的是不管海龟、土鳖大多话题都是项目课题，跟商人企业家一样。很快父亲老徐就发现了更为隐秘的部分。散步时间大约一个半小时，大多数人纷纷散去，校园里开始静下来，在更幽静的密林里，灯光幽暗朦胧，一些人还在散步，都是一些气度不凡的重要人物，他们根本觉察不到在两三米以外有个老头灭掉香烟，屏声静息，两只大耳朵跟兔子一样高高竖起。重要人物的声音很小很轻很文明很礼貌，可谈论的问题皆关民命。刚开始他们谈到一个刚引进的年轻副教授，很有才华，能力超强，一大批论文拔地而起，必须给人家一个适当的位置，在正式任命前，一批关键岗就要打楔子，"文革"中叫掺沙子，新时期，不能叫掺沙子，他们也是人才，只是稍差那么一点点，你不能说人家不是人才吧，职称一样，学历一样，研究能力整体差那么一点儿而已嘛。这样的人很多很多，必须筛选，安插在他周围。猛人周围总有一群宵小之徒。

噢！碎善狗子客！

父亲老徐差点叫出声。这都是他当年干过的事情，他太清楚这套把戏了，他太清楚碎善狗子客了。永远跟在猛人的屁股后面，通俗说法就是狗子。

父亲老徐就不再逛校园了，就待在房子里看电视，听秦腔戏。王莉特意给公公买了一个专门放秦腔的高频率收音机，耳机配上更方便。父亲老徐不看电视的时候就待孙女的房子里，孙女在美国留学，老徐就看孙女的照片，还有她的大头贴，还能跟爷爷通越洋电话。电视没意思，还不如孙女的照片好看。徐济云跟学生在书房交谈的话题就引起了父亲老徐的注意。徐济云和他最信任的王勇博士谈家务事，可见师生关系有多么密切。

27

　　王勇当年报考徐济云的博士时按惯例提前打电话联系徐济云教授。徐济云教授满口答应，同时告诫未来的弟子只需带着问题来不许带东西来，千万不要把我们的师生关系搞庸俗了。王勇考虑再三，决定还是照徐教授的要求办。

　　王勇还特意咨询了堂兄王进，堂兄王进开一家小企业，算是家族见过世面的人，王企业家大方向上同意堂弟的想法，但提醒他："空手上门不合适，知识分子尿难要（捋），带土特产最合适。"堂弟王勇就带一箱岐山挂面两壶岐山醋。几十块钱的东西，这年头谁还给人送这种东西？堂兄王进开上他的小货车，亲自送堂弟王勇去渭北大学拜访徐济云教授。徐济云教授闻到农民手工酿制的醋就两眼放光。关中人就这德行，天天吃面条，离不开辣子醋，不管达官贵人，专家学者贩夫走卒，都好这一口。已经不是什么狗屁礼品了，基本上等于给酒鬼送酒，给瘾君子送烟，给吸毒者送鸦片送可卡因。堂兄很得意地瞥了满腹经纶的堂弟一眼。拜访时间不长，但气氛热烈。

堂兄王进见过徐济云教授以后如梦方醒，回到周原县城，对小厂子进行全方位改造，也就是大换血，一线干活的工人全成了残疾人。虽是三五十个人的小厂子，可要找这么多残疾人也很费劲。当然是两头忙。王进亲自出面去民政局办理有关手续。工商税务等部门对残疾人企业有很多优惠政策。另一路人马，几个本家兄弟开上手扶拖拉机去乡下寻找招聘残疾人。残疾人从来就是家里的累赘，有人管吃管住还发工资，工资不多总比没有强。毕竟是亲人，一起到厂子里看看证实一下。条件尚可，就签合同，留下人。不到半个月，重新开工。边学边干。成本低了好几倍。三个月后就见效。半年后，利润大涨。各大媒体宣传报道，堂兄王进成了名人，比博士堂弟还风光。

堂兄王进的小厂子不到一年就扩大了一倍，员工100多人，相当规模的一家私营企业一个大厂子。本家兄弟加上亲戚扯亲戚再加上原来辞退的老员工，这些有胳膊有腿有经验有技术的健康人都成为管理人员，一线员工全是残疾人。后来扩展到侏儒再后来扩展到弱智智障。

残疾、侏儒、智障号称三种人。堂兄王进所倚重的三种人基本上都来自偏远农村偏远山区。城镇以及郊区平原地区的三种人，用堂兄王进的说法"难缠""不好管理"，换句话说就是城镇以及发达地区的残疾、侏儒、智障和他的家人文明程度高法律意识强，"格子清""不好蒙"。堂兄王进很快就把三种人锤炼成"钢铁战士"，生产效益翻倍增长。工厂就设在离县城几十公里离公路两三公里前不着村后不着店的地方，一条简易公路直达厂门口。手脚齐全的管理人员每个月都能拿全额工资，年终还有奖金。三种人员工吃住以外工资少得可怜，老板大发慈悲的壮举就是改善一下伙食，发些不值钱的劳保品。年终只给他们发一次工资，家人代领，全年工资一次发，加起来就给偏远农村和山区的老农民一个错觉，管吃管住还有这么多钱。过年，每人一桶金龙鱼菜籽油一袋米一袋面，都是实物。三种人和他们的家人都很高兴，回家过年，年后再来。举报信肯定少不了，有关部门肯定来检查，堂兄王进早已把乡镇以及县上有关部门打点好啦。一家私营企业，关系打通到县一级，就等于有了保护伞。堂兄王进是有底线的，不出人命，从古到今，人命必究，傻瓜才撞这条红线。

举报信很快就转到堂弟王勇手里。不用说是官员博士师兄转来的，要不是看在师兄弟的分上，够堂兄王进喝一壶的。堂弟王勇立马回故乡提醒堂兄王进，措辞严厉，像警察更像法官。哪是提醒，明明是警告。还是一家人吗？啊？说到动情处堂弟王勇搬出皮影艺术研究院好多年前双拐艺人撞火车事件，三种人身残心不残，不能把他们当奴隶当机器，他们是人有人的权利和尊严。堂兄王进满口答应，指天发誓。结果就是进行一场清理，侏儒全部辞退。博士堂弟一句人的权利尊严身残心不残提醒了企业家堂兄，侏儒心智健全，大脑袋灵光得很，不等于定时炸弹吗。智障员工大受欢迎。伤残员工有待考验。网撒出去继续搜寻智障弱智。要像陈平月下追韩信那样要像刘备三顾茅庐请诸葛亮那样发现人才。人才就是弱智白痴脑残脑子进水的人。堂兄王进就如此鼓励大家。堂兄王进要把这些口号形成文字提升到企业文化时，秘书及时制止了他。秘书是个私立大学毕业的女学生，受过高等教育脑子还没有发晕。幸好秘书及时提醒，堂兄王进就让大家把他的话牢记心里。一星期后就找来了一批智障员工。

堂弟王勇再次接到博士师兄转来的举报信时就没法跟堂兄王进交流了。堂兄王进没必要跟博士堂弟胡扯淡。堂兄王进把整个家族都扯进来了，长辈们包括堂弟博士王勇的父亲都有股份，每年都有红利，事实证明，收买亲朋好友跟收买公家人一样重要。博士堂弟越来越牛逼，牛逼得管不住了，就必须拿他一把，用我们当地人的话讲捏卵子蛋，只要是个男子，卵子稍稍一捏就冒冷汗，少使劲就哇哇大叫，再使点儿劲就会晕倒，持续使劲呢小命就没了。现如今博士堂弟的卵子蛋让企业家堂兄攥在手心攥得牢牢的。博士堂弟再次打上门来，堂兄连理他都不理，端着架子给他嗯嗯嗯，惹急了还破口大骂。

都是博士自己惹的祸。博士当初不该带这个土老帽去见导师大教授，堂兄以前所见顶多就是乡镇一级县一级官员，那已经是堂兄目光所及的极限了。这个乡村中学毕业的农民企业家跟着堂弟走进百年老校渭北大学听了几场专家讲座，还在徐济云教授家坐了一会儿。徐济云教授在学术大厅口若悬河滔滔不绝妙语连珠，他只在电影电视里见到过，那都是伟人巨人们所为，等他进了徐济云教授的家，见到徐教授朴实无华普普通通的妻子，这个悟性极好的农民企业家如醍醐灌顶一下子顿悟了宇宙天地大千世界的某种秘密，然后大刀阔斧进行企业改造。农民企业家堂兄已经脱胎换骨了，办公室墙上原来那幅书法"难得糊涂"旁边又加上了一幅英国人培根的名言"知识就是力量"。完全出于对徐济云教授的敬仰，出于对知识的尊重。农民企业家每天走进办公室都有一种庄严感。

博士堂弟王勇另一大失误就是跟官员师兄搭班后，一起回关中西府老家一趟。官员师兄可是手握重权的副厅级官员，随便到什么地方都是惊天动地的大事情。老家的乡亲们以前只知道王氏家族出了一个大学生，后来大学生变成了硕士，又变成了博士，光宗耀祖给父母不断长脸，远近几十里的乡党们教育子女都拿王勇做榜样，甚至有人带子女来朝圣一样朝拜王勇家以前破败的老房子。房前屋后香火缭绕，跟寺庙差不多。当前耳目下，一位副厅长与王勇博士并驾齐驱来到渭北高原深处偏僻的小村庄，我们当地人就以他们千百年来朴素的见识认为能跟大官坐一辆车坐一顶轿的人理所当然跟他一样牛逼。从那天起人们看王勇的眼神充满了谦恭。人们看王勇父母的眼神就更要敬畏更谦恭了，而且还多了一层敬仰和爱戴。

刚开始堂兄王进把堂弟王勇当神一样敬着，堂弟王勇越来越不像话越来越胡扯淡，见过世面的农民企业家堂兄王进就绕过堂弟王勇直接追捧王勇的老父亲，他的本家二叔，我们本地人叫二爸，一口一个二爸。给二爸另盖一院屋子，一栋二层小洋楼。老屋就让乡党们当作朝圣的寺庙吧，谁叫咱养这么个好儿子呢。王勇的哥哥嫂子，已经出嫁的姐姐包括舅舅都拉扯人进来，得到实惠，大家一起加入大合唱，齐声赞美王勇的父母亲，尤其是老父亲。

好多年来，王勇的父亲在村子里嗯嗯嚷嚷三脚踹不出个屁，说话都颠三倒四，母亲脑子清醒手脚利索支撑这个破破烂烂的家庭。堂兄王进就很有远见地追捧窝囊废二爸，对二婶我们当地人叫二娘则保持高度警惕，整个家族齐声赞美伟大的农民父亲，农民母亲也高兴啊，接受众人拥戴的同时也对丈夫充满了敬意，人敬人爱，再精明的农民母亲出了院子出了村子就把握不住这个复杂多变的世界了。博士堂弟再次回到渭北老家时，父亲已经成为太上皇了，都住上新房了，哥哥嫂子也是神气十足。博士王勇就听到亲朋好友对农民父亲的不着调的赞美，你老人家大智慧万寿无疆。相比之下，满腹经纶的博士儿子献给农民父亲的赞美词全是大白话：爸你身体咋样？睡觉咋样？农民父亲都咳嗽了，博士儿子没眼色还在不停地呱呱呱问寒问暖，纯属鸡毛蒜皮的日常生活琐事，他的农民父亲已经被供起来了，已经伟大起来了神圣起来了。博士儿子的书呆气实在让人看不下去了，那些大字不识几个的哥哥嫂子姐姐妹妹就有必要提醒这个傻瓜洋学生，提醒的方式就是给博士王勇做示范：三呼万岁，万寿无疆。上过中学的嫂子文绉绉地蹦出伟大、圣明、贤明、智慧这些大词。堂嫂几年前皈依天主教，就很容易扯上《圣经》里的智慧树，都喊出哈利路亚（赞美上帝）了。农民父亲坐的那把椅子据说是明式家具，过去地主老爷坐的太师椅。农民父亲自从坐上了太师椅，沉淀在身上的窝囊劲就慢慢消退，渐渐神气起来，太师椅快要变成龙椅了。

博士儿子都傻了，忙于学业快一年没回家都认不出父亲大人了。这是我的农民父亲吗？这是我那个窝窝囊囊五百脚也踩不出个屁来的农民老父亲吗？

此时此刻把太师椅坐成龙椅的农民父亲对中国式和西方式赞美一一笑纳，然后笑眯眯地扫一眼这个处于傻瓜状态的博士儿子，虔诚的天主教徒堂嫂拍博士堂弟一把："一千个导师一万个教授也比不上咱老王家这棵万年长青的智慧树，你读再多的书也只是咱老王家这棵智慧树上小小的果子。"博士王勇的脖子就梗起来了脸上全是怪笑。农民父亲就笑得更得意更开心了，农民父亲还摸了一下博士儿子的头，轻轻拍两下，太师椅高高在上，任何人站在太师椅前都会矮半截，农民父亲粗糙的大手往博士儿子头上这么一摸一拍，博士儿子再也绷不住了，当下矮了大半截。

梗脖子和脸上的怪笑还是给大家留下很不好的印象。

小学老师堂兄王勤对博士堂弟王勇提出严重警告。知识分子爱面子，小学老师就把堂弟博士拉到另一间没人的房子里，压低嗓门教训一番，"一不该对老父服侍不虔诚，二不该硬颈不听教，三不该起眼看老父，四不该问话不虔诚，五不该躁气不纯净，六不该讲话极大声，七不该有问不应声，八不该脸上没喜色，九不该左顾右盼不专心，十不该讲话不悠然。"堂弟王勇捂着嘴笑，半天说不出一句话，直喊牙疼，喊完后问堂兄王勤："酸成这样子啦，牙齿掉光了吧。"堂兄王勤比堂弟王勇大三岁，从小学到中学一直名列前茅，与王勇一起算是王氏家族仅有的两个读书种子。奇怪的是王勤一直考不上大学，比他差很多的同学都考上了，他就是考不上。堂弟王勇大学毕业都上硕士了，他还考不上，都急疯了。每年复读刚开始"全校第一"，半年后到中间，临近高考就直落后几十名，临场赶考出局，可谓颜面扫地，最后上了一个自费大专，找不到工作，只好回乡当小学代课老师，也就是变相的民办教师，在农村娶妻生子，日子很艰难，农不农工不工文不文武不武，人家都嘲讽挖苦他四不像，越是这样，小学老师越发显得知识分子，于是就成了古今中外文化人的大杂烩。农民妻子也跟他一样神神道道，走火入魔，信了天主教。关中西府与四川甘肃宁夏交界，也是周秦故地，清朝末年，外国传教士费尽心机也要在中国传统文化最浓厚的核心地带传播上帝的福音，信众不少，新中国成立后尤其是"文革"期间中断，改革开放后跟各地封建迷信一起死灰复燃。天主教堂跟各种寺庙混在一起成为乡村一大景观。小学老师奔走于三教九流之间，如鱼得水，跟布道者一样受各路神仙欢迎，训斥博士堂弟时就来了这么一段不伦不类的顺口溜。

半个月前农民企业家堂兄王进得到堂弟王勇博士的师兄、皮影艺术研究院常务副院长张林来周原县检查工作的消息，马上找县领导，拿出王勇与张林的合影，再拿出王勇与张氏家族众兄弟的合影。县领导就明白张林副院长与王氏家族的关系了，就问农民企业家王进有什么要求。王进的要求很简单，就是请领导吃顿饭。企业家买单就免去公款吃喝的嫌疑，多好的事情呀。县城最好的酒店包两个大包间。王进特意请了小学老师王勤，借给领导敬酒的机会道出眼前的困难，个人天大的困难在领导跟前都是碎碎一个事情，年底小学老师王勤就转正成为名副其实的老师，用博士堂弟王勇的名义，借农民企业家王进的光。农民企业家很策略地让小学老师王勤把这一切都归功于博士王勇的农民父亲身上。饮水思源，根本之所在呀！于是乎，王氏家族两个大秀才，一个在外读博士，一个在老家与农民企业家搭班子，农民父亲坐太师椅上接受各方朝拜，熟亲戚就不用讲了，断了多年的老亲戚纷纷来结缘。人气旺呀。王勇家门口已经有点儿车水马龙的气象了。王勇的亲哥哥一边在堂兄王进的厂子当车间主任一边鞍前马后伺候老父亲。在农民企业家堂兄王进的安排下，王勇的亲哥哥批了新庄基盖了小洋楼，故居成为大家朝拜的圣地。王勇本人回到故乡也不敢乱说乱动。周原可是文明礼仪的发祥地，这些繁文缛节，小学教师全盘负责，转了正有了身份，说话就有底气，认真负责近于刻板，博士堂弟受到斥责完全在情理之中。

王勇博士回到渭北大学，正好赶上历史系举办一次大型学术讲座，邀请南方某大学一名太平天国专家讲天王洪秀全。王勇博士就发现小学老师堂兄训斥他的那段顺口溜那么耳熟，再一琢磨，完全是改装过的《天父诗》，天王用来管教后宫嫔妃的，王勇博士没笑出来。

　　王勇博士兼任渭北市一家民营企业福兴公司的营销策划，该公司的两本员工销售手册有一本就出自王勇博士之手，另一本是渭北大学工商管理博士编的，前者重在营销，后者重在指导，一个对外一个对内。文学专业的王勇博士早在读本科时就涉猎极广，从带家教开始到跑销售当记者搞策划，甚至化名给娱乐杂志编故事，什么来钱干什么，本科四年不但没花家里一分钱，自己给自己挣学费生活费，还给家里添置家电，毕业那年，把住了几辈子的旧屋重修一遍。大学扩招自掏腰包以后，农民工子女上大学苦不堪言，王勇简直在创造神话。读硕士时他已经在城市如鱼得水，有一些积蓄了。本科时一位女生倾慕他的才华，读硕士时披露心迹，硕士三年忙中有乐，全倚仗这位女生，我们可以猜想读博士时候的王勇在任何一家企业都是中层以上的角色，收入学业两不误。王勇进公司的第一个策划就让大家刮目相看，策划书轻松通过。另一位本校专门学工商管理的博士做的策划方案改了两遍才勉强通过，发小在公司总裁办公室，透漏了王勇策划书的某些内容，毕竟都是博士，一点就通，这位老兄也是被逼急了，胡乱找资料，就找来了太平天国天王洪秀全管教后宫的《天父诗》，把十该打改为十不该，员工尤其是女员工个个乖巧妩媚近于娼妓。王勇博士的那套方案就含蓄多了，目标明确就是中老年群体，推销保健品，营销策略旨在赞美与交流，城市老年人缺乏儿女陪伴，孤独无助，员工就要以越剧黄梅戏那种甜蜜酸软的语气排解老人的寂寞孤独，老人怀旧就让时光倒流，员工们都有山东画报出版社出版的《老照片》系列，照猫画虎，一个虚拟世界出现在老人眼前，往事并不如烟，往事可堪回首啊。老人们唠唠叨叨毫无章法毫无逻辑陈芝麻烂谷子都抖出来了，就像灰尘弥漫的破屋子，员工必须有耐心，哪怕灰头土脸也要耐心听。这不是主要的。员工要根据老人们的身份和经历美化吹捧。王勇博士根据社会学原理进行分类：官员型、小职员、中小学教师、新闻媒体人、产业工人、个体户、无业人员，分门别类进行夸张性赞美，一定要把握两点，不以成败论英雄，所有经历都很辉煌，历史就等于辉煌，辉煌这个词就是给历史的专用词；不管多渺小的人物全跟伟大人物挂钩，老人面前一律平等，老人就是法律，法律面前人人平等。无论贫富贵贱精明能干蠢笨呆傻，到了岁月的尽头，最后全归结为智慧，智慧老人，老人就意味着人生的智慧。我们可以想象老人们在如此热烈的赞美声中掏出他们一生的积蓄时有多么慷慨，1000 元左右的保健品会以数万元的高价售出，比贩毒卖军火更赚钱。公司不会亏待王勇博士的，每月打到卡上的薪金相当可观，年终奖更多。王勇博士不但给父母长脸，也给非应用型文科博士们长脸。那个工商管理博士在王勇博士面前毕恭毕敬的样子就是活广告嘛。我们也就知道王勇博士在老家受到小学老师堂兄调教后的心情有多么恶劣，尤其是返校后听专家讲太平天国洪秀全时的恍然大悟，王勇博士在小学老师堂兄身上看出了自己的荒唐可笑，小学老师堂兄如何借用洪秀全的《天父诗》已经不重要了，重要的是自己赶快回公司进行补救。

到公司大楼，他反而想不出该跟上司怎么说。他已经没有退路了。他在顶头上司面前的陈述完全属于文学语言。上司学历没他高但人家也是受过高等教育的，他滔滔不绝的文学语言人家很快就明白了，人家就告诉他改进的措施，当着他的面吩咐下去：尽快办理有关食药检测和工商管理手续，没有生产商和生产地址的保健品退货或销毁。特别要注意热销的"银杏洋参胶囊"和无偿赠送的"富碘袜子""磁疗护膝"的质量问题。至于王勇博士提出某些营销用语让人脸红，上司就毫不客气地告诉王勇博士本公司的营销理念："说话的人不嫌肉麻，听话的人一定不会肉麻。"上司哈哈一笑，"比起官员们之间的阿谀奉承，我们对顾客说的这些肉麻的话算什么？"上司最后赞扬他杰出的才华和对公司的贡献。

王勇博士在楼道抽烟，听到另外一间大房子里刚上岗的员工在背诵他亲手撰写的员工手册："叔叔阿姨真聪明，不要错过，会前礼仪引路，问好，礼仪拥抱，及时反馈老人的心声，送老人走，拥抱一下，牵一下手，一个拥抱顶100个电话。"王勇博士都不敢相信这些文字出自他之手。都是小学老师堂兄惹的祸。

出了公司大门，王勇突然想起营销郭主任所说的那个贡献，把他的忠告当贡献。还真是贡献，公司误以为王勇博士得到了极机密的内部消息，王勇博士有好几位官员师兄，公司对他的背景很清楚，公司就充分利用这种无形的资源，连老家的农民企业家堂兄小学老师堂兄都在利用嘛。两天后全市大检查，许多公司被罚被曝光，晚报晨报电视都有报道，福兴公司躲过一劫。大吃一惊的肯定是王勇博士，年底他的卡上会多一大笔酬金。

王勇再次去公司时上上下下都把他当大恩人，民营公司饭碗比天大呀。营销主任吩咐过的事情下层全都一一办理毫不含糊。王勇博士只能装聋作哑，一点儿办法都没有。两年后博士毕业找一份体面的工作就离开这家公司。

王勇担心的是老家堂兄王进的家族企业，一想到几百号残疾智障员工王勇头大如斗，农民那种粗暴管理跟渭北市甜言蜜语哄老人钱财的福兴公司还有很大的距离。王勇收集了有关富士康集团几十名员工自杀身亡的资料，一声不吭放堂兄王进面前，堂兄王进认真翻看后问他啥意思。王勇博士说："损阴德的钱不能挣，造孽啊。"堂兄王进哈哈一笑，指着满墙的锦旗："兄弟，书都念到肚子里去啦。眼窝睁大往墙上看，你娃认不得老哥给你念，积德行善，厚德载物，你再往外看。"楼下左侧职工食堂取名为积善堂。"下岗工人那么多,农民工进城受罪哩不是享福,残废智障有饭吃天下少有的好事情在你娃眼里变味道啦,兄弟眼瞎心不能瞎,说话要掂量掂量要负责任哩。"说完堂兄王进就不理他了。

在门口,亲哥哥笑博士弟弟:"咸吃萝卜淡操心,蛤蟆兔跳门槛既蹲狗子屁股又伤脸。"到底是亲兄弟,农民哥哥提醒博士弟弟:"咱这厂子效益越来越好,火得很,周围的厂子都垮了,竞争不过啦,就告黑状疯狗一样乱咬,兄弟你今后说话要小心点儿,不要替别人背黑锅,人家牵牛你拔橛,外事咱不弄。"博士弟弟就随口问亲哥:"忙不忙?""忙,忙得鬼吹火,这些瘸子跛子呆子傻子一天就是吃饭干活睡觉跟铁人一样,我这些四肢健全的修理工质检员活不多,操心费神得看着这些缺胳膊少腿缺心缺肺缺脑子的家伙,能不忙吗?"

最大的悲哀是农民父亲,博士儿子在老人家眼里远远不及农民企业家侄子,老父亲一口一个王进比亲儿子还亲,刺激博士儿子嘛,母亲不依,警告老头子:"那是咱娃本事大,咱娃念博士朋友多,人家就来借光占便宜,你以为你是谁?"老汉胡子一捋:"我是谁?我是博士他爸,天下的博士都把我叫爸,你还问我是谁?""你还没老糊涂,这么贱,一包瓜子能把你卖了。"老汉哈哈一笑,又捋一下胡子,收身一跳蹲小板凳上:"一栋小洋楼可不是一包瓜子,臭婆娘懂个卵子,加上过年过节人来车往地朝拜,跟皇上一样燎

得太太燎扎咧，你个臭婆娘你说活人还要活成个啥？"博士儿子
真是小看了他的农民父亲，父亲一点儿也不傻，父亲傻了这么多
年那是父亲没办法。

28

　　徐济云教授与高徒王勇博士密切交谈时，一墙之隔的父亲老
徐正在听秦腔《清风亭》。父亲老徐就把音量调低，拔下耳机的一
个耳塞，一只耳朵听教授博士谈家务事，另一只耳朵听秦腔《清
风亭》。秦腔就成了配音，但教授博士拉家常太枯燥了，家长里短
鸡毛蒜皮永远是老百姓的强项和乐趣，到了知识分子嘴里就清汤
寡味让人着急。另一只耳朵里的秦腔曲子重新组合教授和博士的
陈词滥调，父亲老徐跟所有戏迷一样，那些经典传统剧目早已烂
熟于胸，百听不厌，什么乱七八糟的世间俗事全都熠熠生辉，有
道是化腐朽为神奇。王勇家那些破事就充满传奇色彩，生动传神，
感人肺腑。

《清风亭》的故事发生在明朝嘉靖年间，薛荣之妻周桂英不堪忍受大夫人虐待，将亲生子与血书金钗包裹抛在荒郊，被膝下无儿以磨豆腐为生的张元秀夫妇收养。老两口为弃婴取名继保，精心抚养，送去读书。继保12岁，受同窗学友讥讽，便回家向二老要亲生父母。张元秀夫妇训斥一顿继保，继保生气出走。张元秀夫妇追至清风亭，恰好遇到周桂英亭内避雨。经过一番询问，周桂英知道继保是自己当年抛弃的孩子，母子相认，周桂英带走了继保，保证要继保长大后报答张元秀夫妇养育之恩。张元秀夫妇只好忍痛割爱。张元秀夫妇贫病交加沿门乞讨为生。周桂英带继保上京与丈夫薛荣团聚，继保上京应考高中状元，衣锦还乡，至清风亭下马，与沦为乞丐的张元秀夫妇相遇，继保拒不认养父养母，给二老200文钱当乞丐打发。张元秀夫妇愤怒至极，把铜钱抛到了继保脸上，撞死亭前。上天大怒，要劈张继保。

《训子》一折几乎等于王勇博士的老农民父亲训斥博士儿子王勇，只是王勇博士没有张继保这么绝情，老天爷不会派雷公下来惩罚王勇博士。

《弃子》《盼子》让父亲老徐苦不堪言，父亲老徐很容易想起吴丽梅，父亲老徐已经见过人家吴丽梅的幸福生活，见过人家的丈夫和两个可爱的孩子，可父亲老徐总以为跟儿子徐济云有过性关系的吴丽梅带走了他们老徐家的骨肉，当这种可笑荒诞的念头冒出来时，父亲老徐就不再是有干部身份的退休职工了，父亲老徐完全成为一个乡土气息浓厚的老农民，固执地认为男人的种子撒在女人身上，总有一天会结出果子来，哪怕这个女人没有嫁给儿子徐济云，嫁给了别人生了别人的孩子，那根深蒂固的骨血与生命的种子是永远也消失不了的。都怪这个狗日的不孝之子大教授徐济云，教授咋啦？教授生不出儿子娃留不下香火就是不孝，大不孝，有道是不孝有三，无后为大，狗日的，到手的宝贝你给放弃了！弃子啊！弃种啊！弃骨血啊！我老汉凄惨得天天《盼子》，月月《盼子》，年年《盼子》，盼到啥时候才有个完？父亲老徐捶大腿，把腿都打麻了。徐济云和王勇下楼了，父亲老徐还在长吁短叹。

父亲老徐很少进儿子徐济云的书房。儿子徐济云跟一帮博士常常在书房高谈阔论，又是争论又是辩论，吵吵闹闹跟戏楼一样，王莉还有心思给他们端茶倒水，甚至上水果。谈的都是什么乱七八糟的事情？听不懂又好奇。父亲老徐忽然觉得儿子徐济云对他隐藏了好多秘密。那些听不懂的奇谈怪论刺激了父亲老徐。狗日的，在老子跟前可不这样说话，回老家也不这样说话，跟一帮狗屁学生待在一起就说谁也听不懂的鸟语，跟外国话一样。父亲老徐疑心越来越大，见过世面混过江湖的父亲老徐大脑深处再次划过几道闪电，彻底地把他照亮了。父亲老徐就毫不犹豫进了儿子徐济云的书房。噢！跟当年生产队的仓库一样，这么多乱七八糟的书哇！父亲老徐往后退了几步，目光慢镜头一样把书房的角角落落扫一遍，挺直腰杆，走过去。教授有啥了不起，还不是我儿子吗？还不是我造下的？父亲老徐不但腰杆直了，整个人牛起来了。有道是老太太打扫腿——扭了皮啦！父亲老徐大手一挥拉开书柜的门，随手抽出一本砖头厚的精装本，掂了掂，横着放下。每扇门都一一打开，专抽那些厚重豪华的精装本，全都让它们横着躺下。它们一看就是德高望重的老人，劳累了一辈子，劳累了一辈子哇！还让它们站着！你这个不仁不义不孝的东西！你个大教授你想当《清风亭》的张继保啊！你天天用天天翻，这些书都被你使唤劳累成这样子了，你还让它们直挺挺站着。你就不怕它们跟张元秀夫妇一样头撞书柜，老天爷发大怒派雷公劈你呀。书柜真多呀，贴着墙一长溜。父亲老徐兢兢业业精心打理把那些厚厚的砖头一样的精装本全都放倒躺下，手都软了，跟老牛犁地一样，大声喘气。年龄不饶人，七老八十了，还当你是小伙子呀！老徐靠着书柜抽完一支烟才缓过劲来。整个书房烟雾缭绕。父亲老徐推开窗户时手又收回来了。父亲老徐喜欢好猫烟的味道。好猫牌香烟不就是当年的金丝猴吗？金丝猴火爆的年月，父亲老徐真是无限向往，过年过节才能抽那么一两支，过年过节都是整条整条送领导，打点关系。自己抽猴王。"文革"时抽黄金叶，羊群。最早抽过哈德门。终于抽到了好猫，大中华。可他还是喜欢本地的好猫。他就要在儿子教授的书房里腾云驾雾,让整个书房烟遮雾罩。

离家出走七八年,儿子徐济云还真成了个人物,不抽香烟,抽烟斗,当然不是老农民的长杆石嘴铜烟锅也不是神气十足的斯大林黑烟斗,是一截子木头,很小的孔,塞豆粒那么大一撮撮烟丝,抽两口扎一下。儿媳妇王莉告诉公公,这是欧洲贵族抽的,散出的烟雾清香无比,弥漫在书房的角角落落,渗透到每一本书里,打开书时,书页里还留有这些高级烟丝的余香,提神灭菌,保护书籍,熏陶书房。这就是书香。书香迷人。书香门第。父亲老徐听得一愣一愣只听明白了一个伟大的词:书香门第。

父亲老徐一直对读书人充满无限敬仰,听到书香门第就肃然起敬。父亲老徐是他们那个山村第一个出远门闯江湖的人,他们那里方圆几十里连个地主都没有,最富的人家就有几匹牲口。父亲老徐12岁就离开山村到县城给药材铺子当伙计,跟着师傅认了几个字。每天看着有钱人家的孩子穿着漂亮的校服挎着书包去上学就羡慕得要命,师傅说了一句:"你也是该上学的年龄,穷人家的娃娃可怜呀没福气呀!"师傅好像在说他自己,手上的活都停下来了。那时父亲老徐才12岁,12岁个碎娃就对师傅说:"我念不了书让我娃念我娃念不了让我孙子念。"师傅连声称好:"狗日的有志气有血性,弄出个读书种子给咱改门换户。"有了志气有了雄心壮志的父亲十七八岁家里给他说媳妇,他一口回绝,谁也不知道他对自己有那么大的期待，从 12 岁那年就仰望蓝天瞭望远方，脖子伸那么长就像一只鹅，曲项向天歌。不对，不对，不是向天歌，是他自己对自己的内心纵声高歌，他自己在自己心里给自己唱秦腔，他心里藏着一把火，走路一跃一跃像个马驹子像个豹子，到没人处就纵身一跳抓树梢，摸墙头，甚至在空中狠狠抓一把空气然后松手放开，他还真的感觉到空气鸟儿一样从手掌心飞走了飞向了远方。

1949 年 9 月解放大军从陕北高原横扫关中平原，然后挥兵南下穿越秦岭。父亲老徐看到了希望，看到了光明，可他的希望和光明隐藏着很重很重的私心。这就是城镇小药铺小伙计的聪明之处。曾国藩和冯玉祥招兵只招山野纯朴乡民，绝不收城镇奸诈油滑之徒。父亲老徐没有参军，而是加入民工支前小分队，药店伙计的身份让他练就了出色的沟通协调能力。有道是大军未动，粮草先行。父亲老徐随大军越秦岭到汉中到成都，然后返回关中，回老家开展工作，父亲老徐成为西部山区小镇供销社的元老。元老不老，也就二十出头。

父亲老徐最辉煌的岁月开始了，不知他用什么手段什么法术娶到了镇小学唯一一个女教师。那个年代，铁路还没有修到西部山区，这个偏远的小镇只有五个吃公家饭的女同志，有四个成为镇书记、副书记、镇长、副镇长的老婆，第五个竟然嫁给供销社的小职员，派出所长、供销社长、小学校长等等一大帮领导全都娶农村妇女当老婆。那个年代双职工基本上提前进入小康生活，没什么家庭负担，小学老师有知识有文化，相夫教子可谓名副其实。红旗下的新一代出生了，如老徐所愿，儿子徐济云果然是个读书种子。"文革"前镇小学升格为中学，初中可以在家乡上。初中与铁路同时进入小镇，小镇一下子就繁华起来，机关多了，县城有的镇上都有。农村学生毕业后回乡务农。镇上的孩子就地就业当小职员。镇上各部门和车站领导的孩子大都成为街头小混混，不少人小小年纪坐牢好几次。家长们，尤其是领导们，才意识到狗日的老徐多么有眼光，娶小学老师做老婆，生养个读书种子。父亲老徐喝醉酒也不会给外人吐露他12岁当小伙计时给师傅说出来的雄心壮志。那是埋藏在生命深处的火焰，稍有不慎，就会被扑灭。美好的东西总是脆弱的，总是那么不堪一击。直到徐济云考上县高中，远远地把小镇青年抛出几百公里远，父亲老徐在农村老家的除夕之夜吃团圆饭时，趁着酒劲说出了好多年前跟师傅说过的雄心壮志和伟大理想，给老徐家生养一个读书种子。老徐家的人一点儿也不吃惊，吃惊的都是外姓媳妇们，包括妻子，小学教师跟这个挨刀的过了大半辈子他也没给妻子说过这个巨大的秘密。徐济云上高中那个年代，正是"文革"后期，那个时代流行的是知识越多越反动，高贵者最愚蠢，卑贱者最聪明，那个年代姑娘嫁人最佳选择是工人老大哥和解放军叔叔，知识分子娶媳妇都很困难。父亲老徐把儿子上高中看那么重，完全是他早年读不到书的读书情结。徐济云高中毕业下乡插队，带一大箱子书，招工在车站工作。更让人不可思议的是，那个年代小镇有许多下放的教授高级记者著名编辑，父亲老徐把他们奉为上宾，请到家里好酒好烟好肉好茶招待，给儿子补课，小学教师已经无法胜任辅导儿子功课的重任了。徐济云无论插队还是上班，总是逮机会溜家里补课。"文革"后期父亲老徐已经在镇上混得如鱼得水根深叶茂，能量之大一点儿也不亚于书记镇长和车站站长。1975 年当电影《车轮滚滚》上映时，父亲老徐以他那江湖手段让电影院和电影队在镇上和乡村持续上映一个多月。第三天大家就把电影主人公达奇扮演的支前民工队长耿东山跟父亲老徐联系在一起。狗日的老徐1949 年 9 月参加革命呀！也是支前民工呀！虽然不是民工队长，当个小队员也很荣幸呀！父亲老徐一下子就灿烂起来。父亲老徐的江湖地位早就有宋江刘备之美誉，批《水浒传》批宋江就有人给父亲找碴，加上巴结讨好知识分子等于罪加一等，《车轮滚滚》把一切反对的声音清除掉了，父亲老徐昂昂气壮请知识分子给儿子开小灶。1977 年恢复高考，1978 年徐济云考入著名的百年老校渭北大学，西部山区小镇一下子轰动了，开天辟地以来这个地方连个秀才都没出过，一下子出了个状元。欢呼中有多少人恨这个狗日的老徐，尤其是当年在全镇仅有的五个吃公家饭的姑娘中挑来挑去掌握权柄的人，看看人家老徐，看看人家那目光。肠子都悔青了。徐济云的爷爷奶奶整个家族欢天喜地热闹了好几十天，直到徐济云去学校报到。年底，奶奶笑眯眯地离开人世，留下的遗言是：我是状元他婆。大学毕业徐济云留校任教。年底爷爷去世，留下的遗言是：我是教授他爷。农民眼里所有大学老师都是教授。徐济云果然一路顺风。

29

　　父亲老徐从徐济云的书房出来了。徐济云和王莉很吃惊，父亲老徐就说："我一个大老粗就不能进书房吗？我是教授他爸，咋整也在教授上边。"徐济云马上说："您老人家随便进，儿子的东西就是您的东西。""这就对了。"父亲老徐倒背着手进了孙女的闺房。

　　话是这么说，父亲老徐再也没有进过徐济云的书房。老人很自尊，徐济云和王莉就以为老头是出于好奇，谁家有这么一个大教授儿子父母都会自豪呀高兴呀也好奇呀。他们显然小看了父亲老徐。有道是隔墙有耳，父亲老徐认真仔细地听着呢！还真听进去了，尤其是徐济云与他的那些研究生的热烈讨论。

整整一个下午教授和学生就做两件事。第一件事情是给老中青皮影艺术家写评论专辑，好几十个艺术家，博士们每个人负责两到三个。硕士们每人一个。困难的是给谁写？写谁？里边的学问就大喽。不用导师指点，博士们与研二研三的硕士们心知肚明，稀里糊涂不知深浅的就是研一的硕士生。这些敏感话题不便在教学楼教授办公室里谈论，隔墙有耳，传出去很麻烦。在老师书房就可以畅所欲言，按最终结论去办。关键是艺术家们的生理年龄与创作年龄严重脱节，极端不对称，而生理年龄创作年龄与作品的生命力就更不对称更不协调了。艺术家与其作品分有生命和无生命两大类。有些艺术家只有艺术家身份与名分招牌，开始从事艺术工作那天起他就没有出过一件真正的艺术品到死也没有。他离真正的艺术是那么遥远。这种艺术家从开始就进入死亡状态，研究他们就等于解剖尸体，当反面教材，从而验证什么是真正的艺术，但这种结论不能公之于众，只能在小范围内当拳靶子用，参与者必须是久经沙场的老战士，必须是经验丰富的专家学者，必须是跟着导师从事过两次以上课题的研究生，这种封闭式研究很恐怖，第一次参与的青年教师与研究生都有医学院学生第一次解剖尸体的感觉，头晕目眩咳嗽呕吐再正常不过。

　　父亲老徐坐不住了，想过去提醒这帮娃娃们，死娃肉吃不得，要倒霉一辈子。父亲老徐在书房门外转来转去就是不敢进去，文

353

化人知识分子个个伶牙俐齿，三寸不烂之舌能把铁棍卷断，说不好会让这帮学生娃占了上风就把老脸丢下啦。父亲老徐忽然看见客厅墙上挂的皮影子，父亲老徐眼睛一亮，腰板就硬了，嘴里就有唾沫了，父亲老徐就进去了。学生娃都怪怪地看这个怪不拉叽的蔫老汉，学生娃不言语完全出于对导师父亲的尊重，学生娃仅仅是尊重，学生娃可不想听一个大老粗进来搅场子。

父亲老徐知道娃们都想啥呢，父亲老徐干脆利落三言两语就讲清了皮影的来龙去脉，周人翻山越岭南征北战，既要杀敌还要赶狼，狼最馋碎娃，俗话就叫狼吃娃。为了保护碎娃留下种子留下革命的下一代，老人们就戴上面具把自己扮装成碎娃，举起火把，往野地里跑，狼拼命追，被狼追上的片刻间火把就灭了，狼爪子搭在老人肩上，老人身上就闪出一团火光，整个人都是红的，狼就发疯了连吞带咬，以为吃下去的就是碎娃，等狼吃饱了，蹲地上打饱嗝的时候狼就觉着味道不对，老人们疯跑的时候就断气了，跑到最后一程就是个活死人，有道是死娃不怕狼拉。狼抓住的是一具僵尸，僵尸还要拼上命最后一搏，喷出一团血光，等于给狼挖了个坑，狼到底是个禽兽吗，没有人脑子活，狼生吞活剥的是人的影子。吃了死娃肉的狼只能从崖上跳下去一头栽死。秦朝要在关中西府周原扎下根就更艰难了，四面八方都是比狼残忍百倍的草原部落，以打劫为生的游牧民族，个个都是强兵猛将，秦朝先后几代君王全都战死沙场，后人为了打败敌人，就把阵亡君王和将士的遗容制成皮影（木偶），他们已经学会了周朝的皮影（木偶）技术，他们一代一代前赴后继冲锋陷阵。敌人见到活人一样的皮影（木偶）以为死人复活就乱了阵脚。跟他们交战的就不是活人，活人把死人推在阵前，谁也打不过秦国。秦国之所以亡国，是秦始皇心太大，把军队全调南方征南越，调北方打匈奴，国内没有兵。六国反叛，就仓促征调修建阿房宫的犯人上阵，犯人不是秦国人，老先人传下来的皮影肘猴六国人就不会耍，结果呢，死人在后活人在前，活人给死人当挡箭牌。我在隔壁听你们乱哄哄说了半天，说一千道一万，你们就是在吃死娃肉当挡箭牌。

学生娃们你看我看你，局面就僵住了。活该父亲老徐倒霉，父亲老徐正要趁热打铁乘胜追击直捣黄龙，儿子教授徐济云进来了。徐济云参加学校一个会议，学生先讨论，导师做总结。徐济云中途上厕所溜回来，进门就听见父亲老徐滔滔不绝高谈阔论瞎指挥，徐济云停了一会儿，掐准时机破门而入，学生呼啦站起来，父亲老徐的滔滔不绝被打断。儿子徐济云首先称赞父亲讲得好，皮影艺术的起源就这么神奇这么感人。父亲老徐美滋滋的，那么享受那么自豪，一点儿也没察觉到教授儿子把他捧上天捧入云端会跌下来，教授儿子轻轻一个但是就一刀封喉，彻底颠覆了父亲老徐的野心，教授儿子对老汉连看都不看对他的弟子说："但是我必须告诉大家，现实逻辑跟理论逻辑是两条轨道上的火车，各跑各的，我们是在纸上谈兵，连沙场演练都不是，更不是尸体解剖，我们看到的不是活体是图案是文字，咱们只针对文本文字。"教授拿起一本资料汇编，随便打开一页，放鼻子下边闻了闻："我只闻到了油墨味。"弟子全都笑了。教授儿子就这么偷梁换柱混淆逻辑概念，把水搅混，然后礼送父亲老徐出境。父亲老徐一脸茫然走到门口，教授儿子还追加一句："欢迎您老人家参加我们的讨论，我们大家欢迎您。"弟子们掌声响起："欢迎老爷爷。"

父亲老徐满脸尴尬回到孙女的闺房，呆坐半天总觉得哪儿不对劲就是找不出缺口。猪屎分子胡说八道你只能干瞪眼毫无还手之力，知书不达理啊！父亲老徐心里堵得慌憋得慌解开衣服领子，半个胸脯都亮出来了，冷风吹着稍好一点儿。开始抽烟，又不想出去，一墙之隔听这些猪屎分子瞎叨叨还上瘾了。有点儿以毒攻毒的意思。听他们瞎叨叨父亲老徐慢慢安静下来。

他们可不是瞎叨叨，他们在谈一个很严肃的问题，就会互相搭配。好多年来的老规矩，十大班主，也就是十大皮影艺术家的前三位，一定要与西方电影艺术的圣三位一体相对应，就是伯格曼、费里尼、塔可夫斯基，位置不能搞乱了，相当于召开会议放牌位，稍有不慎就会惹出乱子。后边还有所谓七位大师，法斯宾德、库布里克、黑泽明、小津安二郎、爱森斯坦、伍迪·艾伦、大卫·李恩，对应七位皮影大师，位置也不能随便更改。皮影确实是电影的源头，可电影比皮影高，有道是皮影是人对自己的想象，电影是人对世界的想象，皮影总离不开民间艺术的格局，皮影艺术大师们与国际接轨与真正的电影艺术大师相提并论就让人心惊肉跳，有点儿梁山泊英雄排座位的意思，大家都很在意。走钢丝啊，刀尖上跳舞啊。导师徐济云特别指出：我们搞研究就是在钢丝上在刀尖上行走，度要把握好，要有分寸，善于搞平衡。现在的问题，一大批新的电影大师进来了，等于重新洗牌，也给我们带来了挑战。弟子们叽叽喳喳抖出一大堆电影新大师：文德斯、特吕弗、戈达尔、波兰斯基、斯皮尔伯格……安东尼奥尼，1972年来中国拍过纪录片《中国》，引起中国人民的极大愤怒，50岁以上的中国人记忆犹新。阿尔莫多瓦电影片中的性狂欢，让人难以接受，中老年人受不了。曾经有位海归博士出于好心把某位老艺术家与拍摄《公民凯恩》的威尔斯并列进行比较研究，有人马上进行挑拨，搬来一堆资料，威尔斯这部电影确实伟大，威尔斯本人一生很倒霉，在美国混不下去，流浪欧洲，贫困潦倒，这部杰作也是几十年后才被人慢慢发现的。这不是咒人吗？谁不向往美好生活呀！老艺术家立马跟海归博士翻脸，海归博士灰溜溜离开渭北市远走他乡，自己沦落到威尔斯当年的境地。徐济云告诫弟子们："惨痛的教训啊，大家可不要重蹈覆辙犯这样的低级错误。"为了给大家加强印象，徐济云让得意弟子王勇博士再次做补充。王勇就给大家介绍刚刚发生在文学界的故事：作家为争卡夫卡、福克纳、马尔克斯、米兰·昆德拉打起来了，动手早的捷足先登者，刚刚发表处女作，就跑马圈地，把大师们一网打尽，创作谈采访，随口必谈大师，变公共汽车为私人小汽车，变公寓楼为有个人产权有房产证的私宅，谁要再提卡夫卡、福克纳、马尔克斯，他就跟你急，不知道私闯民宅犯法吗？风能进雨能进国王不能进。

有关方面劝解沟通做复杂细致的思想工作，各不相让，互相僵持，最终解决方案是：某某某上半年卡夫卡，某某某下半年福克纳，以此类推，风水轮流转今年到谁家就是谁。摆平这件事，让操作者长长松口气。智慧需要智慧呀。大家听得目瞪口呆。导师徐济云就告诉大家：这就是社会这就是江湖，水深得很呢。徐济云就给大家讲他当年指导文学青年的美好往事，跟踪大师固然重要，跟踪当代作家名作，尤其是刚刚出头的名作更容易成功。一个人必须明白，任何一个时代顶尖级的人物很少很少，大多数绝大多数都处于略逊风骚的状态，或许你在跟踪同代优秀的作品时一不留神超过他了。弟子们还有点儿不明白。徐济云问大家听没听过四姨太现象，大家马上明白了，以假乱真啊。搞不好就弄假成真，四姨太假装怀孕把老爷引进自己房里，频频上床，怀孕机会就多。电影里的四姨太悲惨，现实生活中的四姨太成功率极高。弟子小声议论:这不是抄袭剽窃吗?心气高的弟子说得更尖锐:跟踪经典也好跟踪同代人也好,没有独创,等于给人家陪葬殉葬嘛。导师徐济云瞥了眼得意弟子王勇博士一眼,得意弟子就是得意弟子,心领神会,立马替导师收拾残局,王勇站起来告诉大家:"莎士比亚!莎士比亚!莎士比亚仅仅比同代众多戏剧家高出那么一点点一点点,忽上忽下。相当一段时间,莎士比亚笼罩在本·琼生的阴影下,马洛更是胜出一筹,甚至远不如马洛的朋友托马斯基德,后来的剧作家博蒙特和弗莱彻受欢迎的程度也不亚于莎士比亚。莎士比亚死后七年,朋友整理他的剧作最早出版对开本莎剧,为读者提供了欣赏的途径。当时著名的演员大卫·盖立克演出《查理三世》成名后,专门演出莎剧,称莎士比亚为我们的神。东印度公司成立后把莎士比亚剧本传播到海外。可见研究推广对艺术家起到死而复生的巨大作用。我们的工作很有意义。我们的研究不仅仅是对作品和作者的阐释,更是一种伟大的创造,借他人之酒杯浇自己之块垒。不要自己贬低说什么陪葬殉葬。"有人就说:"干脆换个说法,反正不是模仿就是颠覆,颠覆可能性不大,模仿更贴近实际。通俗说法就是照猫画虎。大家心里明白,模仿这张纸糊不住陪葬殉葬这个血淋淋的事实。"

一墙之隔的父亲老徐只听懂一句话:陪葬殉葬。父亲老徐稳如磐石岿然不动,父亲老徐心跳如鼓,竭力用肉身压住情绪。父亲老徐真想进书房去看看教授儿子徐济云听到陪葬殉葬有什么反应。一股神秘的力量把父亲老徐死死摁住。1972年高中生徐济云在学校的文艺表演大会上讲述故事《一块银元》，声情并茂，抑扬顿挫，吐字清晰，赢得阵阵掌声，有人惊呼，这水平超过县文化馆的故事员啦！徐济云名声大噪，被借调到文工团到全县各地巡回演出。巡演到家乡时，亲朋好友都不敢认这个臭小子了，跟真的演员一样。《一块银元》最震撼人心的是母亲带儿子沿街乞讨，大街上过来声势浩大的送葬队伍，地主李三刀的母亲死了，几十匹大马拉着车穿过大街，轿车上全是号啕大哭的送葬人，棺材前两个人用白色绸带拉着两朵白色的莲花，莲花上坐着一对童男童女。童女绿裤红褂手举灰色纱灯。万恶的旧社会，大户人家都喜欢高价从穷人手里买来童男童女灌水银作为陪葬品给去世的父母尽孝。当莲花上的童男童女从母亲跟前驶过来时，母亲发现童女就是不久前她刚刚卖掉的亲生女儿玲玲，母亲就崩溃了，扑向棺材抱自己的女儿，穿着孝袍的地主李三刀当场打死这位情绪失控的母亲。儿子成为孤儿被好心人收养，长大参加解放军，为亲人报仇雪恨。这个震撼人心的故事每个故事员讲述的重点都不同，《一块银元》有好几处引人入胜的地方。故事员讲的时候就不自觉地突出他喜欢的那个环节。

1972年全国各地文化馆群艺馆都在培训故事员，中学生徐济云根本不用培训，自学成才，一亮相就让县文化馆故事员培训班的工农兵学员们相形见绌，文化馆领导直接给徐济云颁发故事员证书。消息还传遍全县，县中学的中学生啊，消息传到西山镇，父亲老徐就告诉小学老师妻子：咱娃是个有心人，有道是千金难买有心人。父亲老徐拍拍妻子的肩膀："这娃以后前途大着呢。"妻子很骄傲地说："谁养的呀！"妻子还想继续骄傲："你不是能吗，你说说咱家徐济云以后的前途有多大？校长？县长？""嘿！嘿！你就这目光？"老徐就把金丝猴香烟摁窗台上摁了又摁转几圈摁死死的："你就知道个校长县长，咱娃以后干的事情，校长给他拎包包，县长给他擦皮鞋都不够资格。"小学教师嗷嗷叫了两声，都惊晕了。几十年后儿子徐济云成为大教授，在电视上给地厅级副省级领导讲课的镜头再次轰动时，小学老师瞪大眼睛，喃喃自语：这就是我儿子？这就是我儿子？亲朋好友一大帮挤在他们家看这个激动人心的一幕。老徐美美地咂烟，拍拍小学老师妻子的肩："不是捡的，不是抱养的，是您王老师亲生的，是您身上掉下来的。""我的儿子我的儿子。"小学教师老婆破涕而笑又猛然一愣，手指着丈夫老徐，"老东西，还真让他说着了，20年前他就对我说我家徐济云前途不可限量。"老徐微微一笑告诉大家那个无比重要的日子："1972年5月28日中午10点35分3秒。"大家还没有从惊讶中醒过来，老徐又告诉大家，重要的是告诉妻子，1972年1

月 5 日下午 2 点 45 分，儿子徐济云给家买盐酱油火柴时给我这个父亲少交了一毛一分钱，别的父亲发现这点儿猫腻会教训儿子甚至暴打儿子一顿，我老徐没有，我老徐相信自己的儿子，因为我家济云从小就是个好孩子，两岁他妈就教他认字，在娘胎里他就是个读书种子，几个月后，也就是 1972 年 5 月 28 日中午 10 点半，从县城传来我家济云被县文化馆直接授予故事员证书的特大喜信，我马上就想到 1 月 5 日那天我家济云给我少交的一毛一分钱，他拿去买书啦，连环画小人书《一块银元》刚刚出版我家济云就买了，小画书就一毛一分钱，娃娃没贪一分钱，娃娃看了十几场《一块银元》的幻灯片，跟小画书《一块银元》做对比。我家济云能在县上文艺会演脱颖而出不是偶然，娃做了充分的准备，机会是给有准备的人提供的，千金难买有心人，我娃 15 岁就是个有心人了，我这他爸还有啥不放心的。亲戚们就说："你 12 岁就一门心思要娶人家王老师给你老徐生养读书种子，有其父必有其子。" 1972 年中学生徐济云一边上学一边当故事员，他不满足于目前的状况，他要更上一层楼，反复磨炼自己的演讲能力，老师就告诉他要把故事内容吃透，要体会故事后边的故事。老师专门找来《一块银元》的资料，作者是部队的一位文化教员，以连长和一名战士在万恶社会的悲惨遭遇为素材编写，《一块银元》有确实可信的依据。徐济云就更坚信自己把故事的重心放在地主家出殡时棺材前莲花中间灌水银的童男童女那一幕。徐济云讲到这一段时，全身心投入进去了，已经不能用简单的声情并茂绘声绘色来形容了，而是出神入化进入仙境。旧社会过来的人连吸冷气：小小年纪经过万恶的社会似的，过过水深火热的日子似的，有人甚至怀疑娃家里不幸受过苦遭过难，矛头直指父亲老徐，老徐只淡淡一句："你问娃嘛，看他咋说？"娃的回答让人吃惊让人不可思议，家庭幸福美满，父慈子孝，咋能把万恶的旧社会表达得这么真实传神，没有亲身体验过啊，唯一的解释就是娃全身心地投入。娃咋投入的？娃不说谁都不知道，这个秘密徐济云不会告诉任何人。2008年5月26日下午，徐济云得到吴丽梅命丧大漠的消息后一个人站在阳台上，18楼的阳台朝哪个方向都能看到天空，天是那么蓝，天空深处飘来的云传来一阵声音："太阳说：来，朝前走！"白云就扑向太阳，飞蛾扑火一样，融化在太阳里，太阳一下子就大了，大团大团的白云，潮水一样奔向太阳，一千个太阳在天空闪耀。

漫天奇光异彩。

有如圣灵显威。

只有一千个太阳。

才能与其争辉。

那一刻太阳成为天空的眼睛，成为天空的镜子，看透了他也照亮了他，他听见了自己内心的声音……我那么渴望能进入文化馆能进入市文工团，能参军去当文艺兵，我就不会下乡插队了。我必须把《一块银元》讲到最高水平，成为全县全市第一名。我拿到故事员证书后父亲每月给我两毛钱零花钱以资鼓励，我积攒大半年我有了一元人民币，我就买了一支温度计，温度计里有水银，我喝了水银我感觉到了死亡，我甚至听见死神的声音："我是死者，我是世界的毁灭者。"没有亲身体验就不会把死亡讲得这么传神，我确实体验到了死亡，水银的阴气那么重，那一刻，整个世界都是阴沉沉的，一片寂静，原子弹爆炸后的那种死寂……太阳把所有死亡全都融化掉了，万里无云，云被烧成了灰，是那种有光泽的，青沉沉的灰。吴丽梅听完他的独白吴丽梅就消失了，他听到吴丽梅最后的声音就是："你不会再感到冷了。"我们心中始终有一团清澈的火焰。徐济云蹲地上抱头痛哭，哭了很久，哭倒在阳台角落里，王莉过来了，他们抱在一起大哭一场。然后他们进屋，上床，做爱，直到大汗淋漓。喷射生命之水的时候，徐济云死死盯住王莉，王莉红如烈火，关键是王莉生命深处有没有火，男人说了不算，她也不能用假高潮装蒜，必须告诉丈夫真相，真相就是射进去的是液体不是火焰。

父亲老徐至死都不知道徐济云这个天大的秘密，好多年以后父亲老徐偷听教授儿子和众弟子在书房高谈阔论什么陪葬殉葬，父亲老徐首先想到的是儿子徐济云当年讲《一块银元》。老徐快要接近教授儿子那个天大的秘密了。

硕士们离开了，跟博士讨论就没那么多忌讳，徐济云开始调整研究方案，点到为止。拿当年给作家们写评论时的方案点拨弟子们。以作家的位置来分配，那些身居要职的人就配以莎士比亚、但丁、歌德、普希金、托尔斯泰、陀思妥耶夫斯基。位置太高者直接配以《圣经》。近现代史从来都以欧洲为中心，至高无上者唯有《圣经》。若本土化，就配三坟五典，再次一点儿就是屈原、司马迁、李白、杜甫、曹雪芹了，弄到最后，个别无身份无地位的文坛黑马就配以跟他们作品毫无关系的三流四流末流，毫不顾忌这些无名之辈的感受。导师徐济云的语气中暗示大家：我们当年就是这么干的，很成功。

终于谈到了周猴，报纸连载快完了，大受读者欢迎，出版社为了制造更大的轰动，给作者徐济云和王勇提出了许多建议。大家知道《周猴传》的实际写作者是王勇，导师只是挂个名，弟子借导师的大名吸引读者，已经成功地吸引了大量的读者，导师就退出，出书的时候不再署导师的大名。理所当然，出版社的意见和建议就以王勇为主，报纸连载原本就删了许多内容，为出书方便嘛，出书正好也是增改的好机会。出于对导师的尊重王勇把修改方案带到了讨论会，很想听听导师的意见和师兄师弟师姐师妹们的建议。出版社的意见很有广告效应：周猴的身份可以一低再低，低贱为美，低贱就能吸引眼球大红于世。我是农民已经过时了，我是打工妹，我是农民工，我是癌症患者，我是白血病，我是坐台小姐，我是按摩女，效应也不大。出版社意见，以周猴的坎坷人生，最好。金庸《鹿鼎记》为什么这么成功，在华人圈里火爆几十年长盛不衰已成为经典，想想《鹿鼎记》的结尾，韦小宝问他那个婊子娘我的亲生父亲是谁，他娘就告诉韦小宝：汉满蒙回藏都有。那时候他娘就五族共和了。周猴猴精猴精一生坎坷又不安分，绝对有杂种基因。导师徐济云连声说好，师兄师弟师姐师妹们鼓掌通过，只等着出书后王勇请客。导师说："事关周猴的名誉，最好跟他本人沟通一下。"王勇就说："这么大的事，他不会听我的，他对导师顶礼膜拜，佩服得五体投地。"导师徐济云马上明白了："这件事我来跟他说，这是大好事，可以让他声望大增。"王勇就感慨："周猴的人生比艺术更精彩，给他写传有写小说的感觉，就像果戈理写《死魂灵》。"师兄师弟师姐师妹们齐声呐喊："是新版《死魂灵》。"

父亲老徐破门而入："我老汉实在忍不住了，我不说两句我就会活活憋死。"大家马上给老爷子搬椅子，倒茶水。教授儿子说："老爷子您说，您说，我们洗耳恭听。"父亲老徐就不客气了，父亲老徐咳嗽两声说："咱中国人呀尤其是男人，一生就两样事，玩权力玩女人，只有你们知识分子文化人玩贱，给人家写文章，把人家写成杂种，写成婊子养的，有这么作践人的吗？啊？"教授儿子就告诉父亲老徐："这不是作践，众生平等，生命不分高低贵贱，用现代文明的说法是关怀弱势群体。"父亲老徐马上打断教授儿子的话："你这是官话，官话你爸我听了一辈子，听官话我头就大。"教授儿子只好实话实说："给人写传记，那个人一生坎坷悲惨。"教授儿子说到周猴十二岁时大病一场，都装棺下葬了，突然醒来大哭，要不是那几声哭号，当时就埋葬化成土了。父亲老徐听得出一头汗：还有这么悲惨的遭遇？父亲老徐就问他："他人在哪？""他明天上午来咱家。"父亲老徐就告诉大家："老规矩，不给活人写传记，帝王将相都是死后立传，平民百姓都是死后三年立碑子。碑文就是传记嘛。人家活好好的，就给人家树碑立传不是咒人家死吗？"弟子们七嘴八舌告诉老爷爷一大堆在世的名人传记，老徐淡淡一句："那都是退了休半截子入土在棺材跟前转来转去的人，你们说的那些文化人早早立传那是他感觉再也弄不成事下不了蛋啦。"教授儿子从书柜里抽出歌德自传《诗与真》，告诉父亲老徐："这是德国的孔子，27 岁时写的自传。"父亲老徐就哈哈一笑："娃呀，外国是外国，咱中国自古都是天干地支六十年一轮回，人家外国不轮回，耶稣降生就是公元，就是元旦，以耶稣为界,分公元前公元后。"大家都惊呆了,父亲老徐就起身出去了,走到门口还说了一句:"七老八十的人,忘性大,可就是忘不了时辰,对时辰格外敏感。"

父亲老徐开始收拾东西要离开这里,父亲老徐要是当天下午走,就不会发生后来的事情。儿媳王莉劝不住,教授儿子也劝父亲老徐:我们这次去是全家大团圆,你一个人走怎么行?徐济云和王莉当下打电话给单位请假,最快也到明天下午了。七八年没回老家了,家乡变化太大了,高速路都通了,不用坐火车,自驾游衣锦还乡。教授儿子告诉父亲老徐:王莉技术比我好,她给咱们当专职司机。父亲老徐心情好了一些。

第二天上午9点半,周猴准时来徐济云家,进门时父亲老徐在客厅看报纸,出于礼貌父亲老徐起身跟周猴打招呼呀。刚起身还没站直,整个人就愣住了,眼睛瞪那么大,满脸的惊讶。徐济云左看一眼右看一眼,"你们认识?"周猴摇摇头肯定不认识,父亲老徐盯人家周猴好半天,也慢慢摇头,然后缓缓坐下。徐济云带周猴进书房。父亲老徐心潮起伏久久不能平静。一个小时后周猴离开了,周猴主动跟老爷子打招呼。徐济云送周猴出门,进电梯。两人在电梯还聊了几句。周猴说:"就按出版社的来,我没意见。"徐济云说:"目的只有一个,把你推向全国。"电梯就把周猴拉进去,垂直降落,电梯只有一个人,从18层直奔地面,越落越快，加速度降落，坠入深渊一样。徐济云问父亲老徐："你这么看着人家，都以为你们是老朋友老熟人。"父亲老徐望着窗外，神情呆滞。"你从周猴身上看到了什么？""你们文化人有个很要命的说法。"父亲老徐的目光投向书房，书房门开着，书柜上边墙壁上挂一条横幅书法：目击而道存。徐济云很吃惊："你从周猴身上看到了天道？"父亲老徐自说自话："你当年讲《一块银元》讲得好哇。"父亲老徐后半截话咽下去了，教授儿子听不见父亲咽到肚子里那后半句话，后来教授儿子体会出来了。谁能想到会是这个样子，父亲老徐第一眼看到周猴竟然是《一块银元》中母亲看见莲花中间被灌了水银的亲生女儿那种感觉。打死教授，教授也不会相信，父亲有这种想法。

父亲老徐再次接近教授儿子内心的秘密，已经让教授儿子无法回避了，比一张纸还要薄，都能模模糊糊觉察到这张纸后边的影子，可惜没有光，哪怕一缕微如毫毛的光也足以映射出摇晃不定飘忽不定的灵魂，灵魂比精神更深邃更微妙更不可捉摸……吴丽梅曾经告诉徐济云人是有灵魂的，人死以后脑袋上就会飘出一缕白烟，那就是人的灵魂。徐济云就笑："那是西藏喇嘛说法，新疆又没有喇嘛。""大学生，一点儿常识都没有，佛教从西域传到中原的你懂不懂，多少高僧西去东来，身披红色袈裟，就像飘动在大漠上的火焰，比佛教高僧更早的知道是谁吗？"徐济云有气无力地说出了伟大的老子。吴丽梅破涕而笑："你再不开窍我真的就把你活活打死啦。""天底下不开窍的人多啦，都要打死他们吗？""我爱的人不能不开窍，我爱的人不能没有灵魂，哪怕是一张皮影。""你喜欢皮影？白布上的影子？""你不要小看那白布上的影子，它带着火，它有光，皮影就是带火的灵魂，这是你们陕西最吸引人的地方。"

生命的火焰如果熄灭就会沦落为灰烬沦落为尘埃。比死亡更可怕的是什么？他一次次问自己。他也一次次回答自己。比死亡更可怕的是对死亡的想象。

妻子王莉开车，出了市区上了高速他都没有感觉，他只看见天上的太阳，越往西，太阳越大。太阳说，来，朝前走，太阳就成了天空的镜子，一下子就把他照亮了。

30

　　他还记得好多年前的那个周末，他带吴丽梅去见自己的父母。先去见父亲老徐，老徐正在供销社院子跟大家高谈阔论，老徐远远看见儿子徐济云带着吴丽梅过来了，老徐立马停止，老徐反应很快，高谈阔论的手势还悬在头顶，好像在给那个臭丫头吴丽梅致礼似的，这一个镜头后来成为大家挖苦嘲讽老徐的一颗巨型炸弹。老徐脸上马上挂起灿烂的笑容，蓝色大海上升起的风帆一样。儿子徐济云和吴丽梅过来了，儿子徐济云先向父亲老徐介绍吴丽梅："爸，这是我的同班同学也是我的女朋友吴丽梅。"吴丽梅大大方方给老徐鞠一躬，老徐马上扶住臭丫头："哈哈，咱们是一家人啦，来来来，进屋进屋。"三个人进老徐办公室。院子里的人才

反应过来，立马就叽叽喳喳。半小时后院子里的人围住老徐个个
都满脸怪笑，老徐今天高兴老徐一副死娃不怕狼拉死猪不怕开水
烫的样子，"老哥今儿有充分的思想准备，你们就把俄当屎吃吾阿
耍。"大家就放手大胆地耍弄狗日的老徐。只要心情好想咋样就咋
样，就是把原子弹塞老徐屁眼老徐都高兴。

儿子和女朋友还没进校园，各种消息就铺天盖地提前十几分
钟把整个校园淹没了，正好是课间操时候，传播渠道全部打通，
母亲见到吴丽梅第一句话就是："不是一家人不进一家门，我这下
有帮手了，咱俩合起来整治老东西，老东西欺负了我几十年，我
要翻身得解放了。"母亲搂住吴丽梅往办公室走，把儿子撇后边，
大家听到母亲最后一句话就是："我有儿没女，这下我有亲女子
啦。"老师们看问题的水平绝对高于供销社人员，老师们一针见血
地指出：王老师说给大家听呢。什么整治老东西，什么翻身得解放，
好事情全都落他们老徐家了，埋汰人连脏字都不吐一个。

徐济云真有点儿衣锦还乡的感觉。不是父母工作的小镇，是
几十里外的小村庄，那是老徐家的根基所在，回到那里去拜见爷爷，
去走访家族长辈和亲戚们，当然还要上坟祭奠老徐家历代祖先。

祖坟太壮观了，阳面高坡的一片柏树林中，一个个小土堆，
石碑大小不一，碑前都有小板凳一样的石头供桌摆放祭品，然后
上香点蜡烛烧纸钱。刚开始吴丽梅笨手笨脚，罗布荒原的汉人墓

地简单多了，祭拜仪式更简单，也就是烧个纸供点儿食品水果烟酒之类。西域汉人家族很零散，跟流沙一样，形不成内地如此强大如此盘根错节的家族网络和板块。吴丽梅跪拜到老徐家第九代祖先坟前时，已经相当熟练老到了。吴丽梅就告诉徐济云："我终于明白土地的意义，祖坟所在而不仅仅是活人居住的村庄和庄稼地。"徐济云就问："你们那里没有土地？"吴丽梅望着徐济云望了那么久，他们相恋四年吴丽梅也没有这么专注地看过徐济云，吴丽梅那双美丽的大眼睛慢慢细成一道缝，完全被浓密细长的眼睫毛遮住了，眼睛里的光却更亮了，闪电划过长空一样，还真的划向了高原之上，在寥廓的天空划出一条河，吴丽梅就告诉徐济云："我们那里有大地，绿洲戈壁沙漠群山草原互相交错连成一体，天地连成一体，人畜连成一体，人与万物连成一体。维吾尔族人就是团结联合的意思，他们从北方高寒之地来到西域沙漠，穿越火焰山的时候他们就成了大地上的火焰，火焰是太阳飘落下来的花瓣，被太阳照亮的人在戈壁荒漠建造大地上的花园，他们就从回鹘人变成了维吾尔族人，他们彼此团结联合，他们跟所有民族团结联合，他们跟万物团结联合。"

吴丽梅一口气说了那么多团结联合，吴丽梅从遥远的塔里木罗布荒原到内地上学，入学不到半学期就给大家反反复复介绍内地人听都没听过的古代维吾尔大诗人玉素甫·哈斯·哈吉甫和他

的《福乐智慧》，然后就是贝多芬《第九交响曲》中最有名的《欢
乐颂》，她就是这么不可思议地把玉素甫·哈斯·哈吉甫与贝多芬
联合团结在一起。用她的说法这不是因为她，是因为《欢乐颂》
与《福乐智慧》有内在的联系，大家还真把《欢乐颂》与《福乐
智慧》联合在一起了。大家就把吴丽梅称为欢乐女神，大家见到
吴丽梅耳朵里就本能地响起《欢乐颂》，音乐中伴有男女合唱，欢
乐女神圣洁美丽，灿烂光芒照大地，然后就是《福乐智慧》中象
征正义的日出国王，象征幸福的月圆大臣，象征智慧的贤明大臣，
象征未来知足常乐的隐士觉醒，更多的时候，大家会把《欢乐颂》
与《福乐智慧》混在一起。大三时吴丽梅不再嘲笑内地人的阴柔
阴暗阴沉阴险阴谋权术阴谋诡计，也不再为她那篇轰动一时的《老
子学说的负面作用和影响》而沾沾自喜，吴丽梅发现了关学大师
张载。张载最有名的就是，"为天地立心，为生民立命，为往圣继
绝学，为万世开太平"。吴丽梅更喜欢《西铭》中的民胞物与，"民
吾同胞，物吾与也，大君者，吾父母宗子"。全世界所有的人都是
我们的同胞父母兄弟姐妹，万物是我们人类的伙伴，王天下的君
王是我们人类的兄长；把儒家的血缘仁爱扩大到宇宙大家的平等
之爱，竟然跟君王称兄道弟。宋朝确实是中国历代王朝君臣关系
最和睦的朝代。有意思的是张载与玉素甫·哈斯·哈吉甫是同代人，
年龄相差五岁，几乎同时写出了《正蒙》《西铭》《东铭》和《福

乐智慧》。吴丽梅一下子就喜欢上陕西，吴丽梅就以为徐济云会天然地承传张载的关学。"你们是老乡啊，你们都是西府周原人。周公离我们家更近，不到五里路。""出生在中亚巴拉萨衮的玉素甫·哈斯·哈吉甫大半生在喀什噶尔度过，陵墓就在喀什噶尔。离我们家好几百公里，新疆就是这么个地方，抬脚就是几十公里几百公里，越是空旷蛮荒之地，人们越想接近越想走进对方心里。"那一刻吴丽梅和徐济云紧紧抱在一起。吴丽梅咬住徐济云的耳朵嘀里咕噜用五种语言，维吾尔语、哈萨克语、柯尔克孜语、蒙古语最后是用母语汉语告诉徐济云："这才叫人杰地灵，人心坏了会污染大地比核废料还要残酷。"

1982年夏天，切尔诺贝利核事故还没有发生，吴丽梅就有一种巨大的不祥之感，当吴丽梅吟诵中亚古波斯诗人鲁达吉的诗句："许多沙漠被开拓成为鲜花盛开的花园，也常常可以遇到有过金黄色花园的沙漠"时，徐济云松开手，跪倒在墓碑前，抱住墓碑号啕大哭，然后蛇行向前匍匐着挨个伏拜拥抱祖先的墓碑。多少个坟墓多少个墓碑啊，徐济云魔鬼缠身一般扑向一个个祖先。跟中国大地许多家族一样，老徐家也是明朝洪武年间从山西洪洞大槐树下迁到关中西部山区的，最古老的坟墓也只限于明朝洪武年间，也就20多代，徐济云基本上沿着他们这一脉逆流而上，也就几十个墓碑，如果横向展开那就是几百亩几千亩大半个高坡全都爬行伏拜到，没有藏族同胞朝拜佛祖的毅力和功夫，万万不可能完成这项伟大的工程。吴丽梅说到关学大师张载的民胞物与时徐济云耳边就响起贝多芬的《欢乐颂》，徐济云就懊悔两天前渭北大学那场有名的座谈会上他怎么就没有想到吴丽梅唠叨了整整四年的《欢乐颂》《福乐智慧》和后来的大儒张载，这种无法挽回的举动，两天前就意味着他已经失去了心爱的姑娘吴丽梅，俩人拥抱在一起就如同寒流暖流相交，马上就会大雨滂沱，徐济云不顾一切扑向墓碑，跪倒爬起拥抱一个个祖先……两天前当爱失去的时候他就已经死了……他蛇行匍匐到最后一座墓碑，这座坟埋的不是人，而是一棵树，当年徐氏祖先从山西洪洞带来的一棵小槐树如今粗如磨盘，树下立碑以志纪念。死人的墓碑是可以抱得住的，耸入云天的大树只能贴上去，壁虎一样在粗犷的树皮上紧紧贴着，再也哭不出声了，再也流不出眼泪了……"辽阔的草原是我们的，肥壮的牛羊是我们的，珍珠玛瑙是我们的，美丽的姑娘是人家的。"跟吴丽梅相爱这么多年徐济云就学会这么一首草原歌曲，每当他唱完最后一句，吴丽梅就绵软如云飘然而至，那举止那神情在告诉全世界美丽的姑娘是你的。1982 年夏天徐济云在祖坟前悲壮苍凉地唱完这首草原歌曲，吴丽梅就跟天上的白云一样飘到他跟前："大孝子，你真是个大孝子，徐家的老祖宗都被你唤醒了。"徐济云哭抱那些墓碑时，吴丽梅就跟在他后面一双小手羽毛一样轻轻抚摩墓碑，山岳般黑森森的大槐树出现在眼前时吴丽梅一下子想起故乡塔里木盆地火焰般的胡杨树。

他们当天下午回学校。跟爷爷告别时爷爷拉着吴丽梅的手摇啊摇啊，一边摇一边看着孙子徐济云："娃，你比你爸有出息，你爸这一辈子最大的功业是给咱老徐家娶了能生养状元的你妈，你给咱老徐家娶回来了满满一盆火，这女子乖的，蛮的，热辣辣一团火嘛，满屋子都烘热了，女人就是暖被窝热房子的。"吴丽梅就说："爷爷，大热天你还要火呀！""跟季节没关系，人死如灯灭，灯是啥？就是命里的一把火，火灭了，天就黑了，就断门绝户了，断火害怕得很。"爷爷拉起徐济云的手，把徐济云的手跟吴丽梅的手压一搭，爷爷的手一上一下把他们的手压中间捂住，捂紧紧的，那眼神有企盼有期望有企求。吴丽梅亲爷爷一下："爷爷我会回来的。"爷爷就放心了，爷爷就把手松开了。徐济云和吴丽梅的手就没有松开，走到门口，还听见爷爷喊了一声："济云，你要把这盆火给咱端回来。"

他们的手握得更紧了，堂兄的手扶拖拉机把他们拉到火车站他们都没松开手。上了火车全都乱了，是从乌鲁木齐开往北京的特快，全是新疆人，各个民族的都有，又唱又跳，吃饭都带着舞姿，整个列车就像个大舞台。吴丽梅就对徐济云说声抱歉就松开手，跟几个维吾尔族姑娘混在一起，大家挤到座位里边，狭窄的过道就成了舞场，吴丽梅完全变了一个人，真的成了一团飘动的火焰。艾德莱斯绸裙本身就是一团火焰，吴丽梅的舞姿很快超过了她的那些老乡，男女老少全都丫头丫头叫起来。塔吉克族姑娘加进来了，是那种缓慢优雅而高贵的群山之巅的鹰舞，更像缓缓涌动的赤烈无比的岩浆，与火焰般的维吾尔族人有很大的不同。吴丽梅无论是火焰还是岩浆，都是那么出色。按惯例当一个美丽的女子把西域大地的舞蹈跳到一种罕见的神境，最有魅力的男子就要跟她伴舞。上来的肯定是来自帕米尔高原上的塔吉克族小伙子，整个车厢静下来了，列车员都蹭过来了，美丽如火焰如大地深处炽热无比的岩浆一样的女子跟鹰一样的男子翩翩起舞时，连车轮声就都静下来，列车都不动了，列车跟黑走马一样，无论大地多么坎坷，马背安稳如床骑手可以在走马的背上睡觉。吴丽梅就跟塔吉克族小伙子跳成了这个样子。徐济云一下子明白什么叫高贵了。"我怎么能配得上如此高贵而美丽的女子？"徐济云有一种强烈的自惭形秽的感觉。自己混在这个地方显得那么猥琐。塔吉克族男子优雅朴实而高贵的那张脸让20多年后的徐济云明白了父亲老徐见到周猴时，周猴的猥琐阴暗让父亲老徐让所有的人都想到了自己的猥琐阴暗。人与群山相遇伟大的功业就能完成。吴丽梅回到徐济云身边时徐济云立马感到自己成了侏儒。

他们在学校门口碰见王莉，王莉一眼就看到她的机会来了。

王莉热情大方地走过来，跟吴丽梅拥抱，跟徐济云只是点头微笑。

　　吃过晚饭，他们在图书馆后面的树林见面。天还亮着，路边人来人往，徐济云想去树林深处，吴丽梅说："这里挺好，就在这里吧。"不到五六米就是大路，也就是说与大路只隔三四棵树。他们第一次约会就在这个位置，紧张又喜悦，以后的四年都是这片树林，一次比一次深，一直到树林深处，即使大白天烈日暴晒，树林深处也暗如隧洞。那种黑暗是多么温暖，跟黑天鹅柔软细腻暗光闪闪的羽毛一样。他们大二的夏天就在密林深处拥抱在一起，那种拥抱衣服是不存在的，实际上是两团大火的交融摇曳。百年老树伟岸雄壮，昼夜在这里彻底消失，只能感受到对方的心跳。徐济云已经不习惯在树林的浅滩地带，在太阳的余晖下跟吴丽梅见面。吴丽梅的目光再次投向树林深处时，徐济云突然意识到这片树林是西北高原特有的柏树。图书馆三面环绕在柏树林之间，只有一面朝向大门。柏林四季常青，有一股浓浓的幽香。西部山区老徐家的祖坟就分布在高坡上的柏树林里，也是四季常青，幽香浓烈。徐济云不会在这里伏地哭号，这里又没有他的祖先。他只能对吴丽梅如实相告了。吴丽梅那么淡然，他就知道分手的时候到了，分手最好在树林边上，离路很近的地方，吴丽梅已经走了，他还是一动不动，吴丽梅就返回来了，声音很小，但很清晰："我把你看成你们老徐家最后一点火光，你给母校最优秀的老师来这么一手，他们从此就成为希腊神话里那个不停推石头的西西弗斯，那个给人类盗火被捆绑在高加索山崖上被老鹰啄腑脏的普罗米修斯，如果你不知道希腊神话，你总该知道鲁迅说的埋头苦干的人拼命硬干的人为民请命的人舍身求法的人。我想你会比你父亲好一点儿，你会改变家族血脉遗传的恶习，你知道你伟大的父亲在那个小镇把多少埋头苦干的人折磨得生不如死？那些埋头苦干拼命硬干的人告诉我：他们想把我们埋了，就是不知我们其实就是种子。你们陕西有一个经典的说法：'好尿很少，哈（瞎）尿不差，蔫尿真哈。'你就是蔫尿碎善狗子客，我怎么能爱上你这种人？"

吴丽梅没有眼泪，只是给人泪如雨下的感觉，吴丽梅眼睛和嘴巴都是干干的，眼睫毛都是干的，都要焦了，吴丽梅后退几步，手里亮出一把刀子。你不要过来！你不要过来！那么亮的刀子。太阳正在消失，刀子的寒光彻底击垮了太阳。更多的人看到的也许是吴丽梅手上的一块寒冰。好多年以来，徐济云一直以为吴丽梅手上握着的是一块冰。吴丽梅走出十几米以后就紧抱双肩好像在冰天雪地里行走，最后的霞光完全成了漫天飞雪，跟跟跄跄行走的吴丽梅仰着脖子不停地看天上。太阳已经下去了，她还在拼命追赶，她还在拼命追赶，她还在心里大声呐喊：我冷！我冷！她显然听到了某种召唤……几年后吴丽梅发表的一篇有关罗布荒原太阳墓地的考察报告中很不规范地引用了青海诗人昌耀的诗句："太阳说，来，朝前走！"

一个半月后，毕业散伙饭大家又是喝酒又是唱歌，大家都欢呼吴丽梅同学跳新疆舞唱草原民歌。吴丽梅却给大家朗诵了艾青的诗《太阳》：

　　　　从远古的墓茔

　　　　从黑暗的年代

　　　　从人类死亡的那边

　　　　震惊沉睡的山脉

　　　　若火轮飞旋于沙丘之上

　　　　太阳向我滚来……

　　　　我还活着——

　　　　请给我以火，给我以火！

吴丽梅放弃留校任教的机会，自愿回新疆。徐济云和王莉一起送吴丽梅上火车。蒸汽机车，烧煤，喷吐很大的汽团，山呼海啸地动山摇向西奔腾，不停地吼叫：给我以火！给我以火！

一周后徐济云带王莉回家。家人再次震撼。最震撼的肯定是爷爷，爷爷真是老糊涂了，拉住王莉的手，扭头对孙子徐济云说："这就是你端回来的火？"王莉没反应过来："爷爷天太热啦，我给你扇凉。"王莉拿起扇子就像旧社会的地主丫鬟,恭恭敬敬小心翼翼地扇凉,爷爷跟碎娃一样哎哟哟:"我冷我冷。"弄得王莉很尴尬,徐济云马上带王莉出来。"我爷爷老糊涂了,你别介意。""老人都这样,我外公还跟孙子抢东西吃呢。"王莉咯咯一笑就没事了。徐济云不得不提醒王莉:"以后我爷爷会不断提到火。""爷爷一直这样吗?"徐济云稍微一愣,王莉就反应过来了:"爷爷喜欢吴丽梅,老人们都把香火看得很重,吴丽梅长腿长腰银盘大脸跟欧洲女人似的,离你几十米就感觉到热烘烘的。"徐济云就笑:"你就这么看吴丽梅?""她不就是一团火吗?没把你烤焦了?"

毕业前一个多月,王莉天天跟吴丽梅在一起,形同姐妹,同学四年也没现在这么密切。半个月后王莉跟徐济云关系公开,大家戏称王莉为革命接班人,从第三梯队撑竿跳到第一梯队。

王莉告诉徐济云:"我一直把吴丽梅看成世界上最幸福的人,她发表的每一篇文章我都仔细阅读,我万万没有想到在毕业前我也成了最幸福的人,徐济云,你记住,我们一定要把吴丽梅当成我们的亲人,她不会跟我们来往,但我们不能忘了她。""你这么了解她?""你猜她怎么说老子出关的?""鲁迅《故事新编》里不是说了吗?孔子求教于老子,咄咄逼人,老子只好出关西入流沙,吴丽梅不会告诉你老子入大漠入流沙如何如何化胡?""亏你还是她这么多年男朋友呢?她说老子老了,怕冷,更怕死,往西太阳落得慢，到了新疆，夏天晚上 11 点天还亮着，生命好像在延长，新疆长寿老人特别多，随随便便就能活 100 多岁，我觉得她的说法有道理。""她什么时候说的？""前几天呀？她还说，鲁迅可惜只到了西安，要是到了新疆，普罗米修斯就不是神话了。"

31

　　老子担任宫廷图书馆馆长的那个年代，周已经衰败，天子名号还在，但攻伐不再出自天子，天下早已四分五裂。周天子的地盘龟缩在小小的洛阳城里。诸侯兴起，天子失势；卿大夫兴起，与天子同族同宗的同姓诸侯异姓诸侯失势；240 年间，大小战争297 次，弑君 36 人，亡国 51 个；无数世家公侯被废被灭；昔日贱臣庶人纷纷登上政治权力舞台，就是《左传》里说的高岸为谷，深谷为陵。老子就生活在这种天旋地转的大时代。

　　相当长时间老子很满意自己担任的东周宫廷守藏史，天下最大的图书馆。跟五百年后的太史令司马迁一样，掌管文书档案，洞察宇宙天地自然演化之道，洞察王朝轮回兴衰人世祸福成败之道。

不管外面的世界有多么混乱，躲进书海成一统的感觉还是很不错的。当然不是为了个人享受，跟农夫种地工匠做工一样，他认认真真踏踏实实在无涯书海里畅游了好多年，脑袋成了书库，头发全都白了。显然是脑袋变大的结果，硕大的脑袋就像一颗竖立的冬瓜，却有南瓜的颜色，永远是瓦红瓦红的。泅渡书海没有把他变成鱼，上岸后状如冬瓜，面如南瓜，加上满头白发，就是后人称赞的童颜鹤发。他大概是人类历史上第一个在故纸堆里把头发熬白的人。2000多年后西部高地有个叫吴丽梅的大二学生，最先把他跟古希腊哲学家泰勒斯、毕达哥拉斯、赫拉克利特以及后来的苏格拉底、柏拉图、亚里士多德联系在一起。这些古希腊先哲都有一副好身体，都不是文弱书生，动手能力都很强，形同工匠。这种健壮的体魄和超强的动手能力发展到希腊文明的黄金时代就是雅典奥运会。哲学家柏拉图卫冕奥运会自由搏击冠军，被称为宽肩膀，相当于老子的大脑袋。有道是铁肩担道义，有担当有责任感，天降大任于斯人，就是降在肩膀上。老子不是这个样子，上天给他的不是柏拉图的理想国大任，也不是孔子孟子的王道大任，而是体现宇宙天地内在规律的天道；天道自天而降，光有一双大义凛然的宽肩膀是不行的，肯定是那个时代大地上最有智慧的脑袋。

有关老子的传说很多，说他活了990岁，其父是大寿星彭祖，母亲看见流星划过夜空而有身孕，还说他师从常纵、容成公、商容。唯一可信的是他名李耳，字伯阳或博阳，伯阳或博阳，就是说他能掌控太阳，而且是 1000 个太阳；那么多恒星握在手心，等于掌握了宇宙天地，印度古代圣诗《薄伽梵歌》这样描写天道显圣的盛况：

> 漫天奇光异彩，
>
> 有如圣灵逞威，
>
> 只有一千个太阳，
>
> 才能与其争辉。

我们也就明白他那张南瓜脸为什么如此红润光焰，只有太阳的光芒才能与之媲美。他也没有必要跟柏拉图一样每天都去竞技馆练拳脚，去奥运会争什么自由搏击冠军，他每天干的工作非常辛苦，满屋子的竹简木简绢书麻布书都要晾晒修补编号。按当时的规矩，诸侯国给周王室献书，使者返回时常要带几本王室图书。王室图书必须存档，他在修补整理编排图书之外，最辛苦的工作就是抄写古籍经典，为了不出错，古籍经典他必须熟烂于胸，若是人家索取孤本书，他必须熬夜赶抄。那些《三坟》《五典》《八索》《九丘》《阴符》《祈昭》《河图》《洛书》全都录制在脑子里，头能不大吗？

他自己没察觉罢了。

大难很快降临，公元前 520 年，周景王死了，嫡长子也死了，诸子争王位内乱，嫡次子王子匄被立为天子即周敬王。庶长子王子朝不服，将天子赶出王城，自立为王。庶子掌天下，诸侯们不服。公元前 516 年晋国出兵支持周敬王复位。王子朝出奔楚国。这个逃难王子很有政治眼光，出逃时不带金银珠宝，只想着王室收藏室里的经典。那都是王朝的典章文书档案和经典名著，拥有经典就拥有话语权就能证明自己身份的合法合理，再加上文学作品就合情了。王子朝不但劫走王室典籍，连图书管理人员一起带走，带书不带人，就无法重新整理劫持的典籍，就会"乱码"。老子李耳肯定是被劫持的对象。这段历史说法很多，其中之一，就是老子李耳参与周敬王改革失败，与王子朝一起适楚八年，王子朝被周敬王派人暗杀，老子回归洛邑王室。另一种说法，老子李耳出王城不远就趁机逃回洛邑附近的邙山。摆脱叛军追杀没点儿拳脚功夫是不可能的，老子的身手一点儿也不弱于自由搏击冠军柏拉图，大概只有参加过马拉松战役和薛拉米修海战的古希腊悲剧之父埃斯库罗斯能跟老子李耳相提并论，实战可不是体育比赛。奔楚也好上邙山也好，国家图书馆被劫有史可查。《左传·昭公二十六年》记载："王子朝及召氏之族，毛伯得，南宫嚚奉周之典籍以奔楚。"王子朝是个有政治远见的人，到达楚国边境，就是今天的河南南阳，就掩埋了重要的典籍，只带些不重要的典籍入楚。在楚11年，最终被刺客所杀，葬于楚边境地带的南阳，与经典共存亡。那些逃散的图书管理员为了生存，就抄书卖书为生。私学在楚国兴起，楚国从野蛮走向文明，百年后出现了大诗人屈原，还有了不起的庄子。南阳离鲁国很近，鲁国又是把周典章制度保存最完整的诸侯国，从天子宫廷传来的经典更加完善了鲁国保存的周文化，已经在鲁国开始私学的孔子读到了新的经典。2000多年后，那个叫吴丽梅的小女子已经上大学二年级了，已经不再对老子有任何偏见了，她把东周守藏史老子的这场劫难看作是公元1453年东罗马帝国的首都君士坦丁堡的陷落，帝国灭亡了，可帝国1000多年来积累的经典被文化人带到了一海之隔的意大利，加上埋藏在地底下的古希腊文物被发掘，那些灭掉西罗马帝国的哥特人开始从野蛮走向文明，伟大的文艺复兴拉开了序幕。比文艺复兴早1000年，东周王城洛阳的一次政变因王室典籍的被劫持流散，引发了一场持续300多年的思想解放运动，那就是诸子百家的百家争鸣，那真是一千颗太阳冉冉升起群星灿烂光芒四射的大时代。1980年大二学生吴丽梅很容易把20世纪80年代的思想解放运动与历史上的百家争鸣与欧洲文艺复兴运动联系起来。可以肯定的是流散到楚国的绝不是太公望姜子牙的兵书战策《阴符》，楚国很富很强大，春秋五霸之一嘛，后来迅速衰落，就是因为王子朝把《诗经》中的郑卫之音带到了楚国。楚国的诗歌后来居上，创造出了与《诗经》并列的楚辞，诞生了周文明所没有的屈原庄子，华美而不强壮，终为秦所灭。《阴符》《洛书》《河图》一律留在洛阳附近，鬼谷子、孙膑、庞涓、商鞅、韩非、李斯大量出现在韩魏是有道理的。传到齐鲁的肯定是《三坟》《五典》。孔子大受启发，读其书想见其人也，孔子一定要去王室图书馆，一定要拜老子为师。

老子已经大不如前，有道是痛定思痛更加痛苦，甚至产生一种对死亡的恐惧。死亡的阴影笼罩在他头顶，笼罩在王城上空，笼罩在全天下。当年周公修筑洛邑的时候只想着以这座大城来威慑中原，威震殷商故地，然后教化万民，同归于周，辅佐周文王周武王两代君王的军师姜尚姜子牙被封到濒临大海的齐，周公自己的封地鲁与齐相邻，于是乎，洛邑就"兹宅中国"。数百年后，西周灭亡，平王东迁，周公苦心经营的洛邑成为天子的避难之所，不断龟缩，实际控制范围不超过王城50里，就这么大点儿地盘，还内斗不断。内忧外患，只能加快王朝衰败的速度。

老子也没想到自己老这么快。早年埋头苦干很少露面，就很少有人看到他充满青春活力的样子，当他满腹经纶，满脑子智慧还承担天道时，他已经头大如斗，甚至超过斗，成了沉甸甸的冬瓜脑袋，很快就经历了这场战乱，身临其境，死亡的阴影蒙在脸上，一下子就这么老了。传言越来越离谱，竟然说他刚出生就童颜鹤发一副老头相,通俗说法:娃老气,成熟太早,在娘肚子里就洞察了宇宙万物天地以及人世的所有秘密和内在规律。这些消息传到他耳朵里,他一点儿也高兴不起来,说你成熟等于说你死嘛。他是那么忌讳死亡,任何与死亡有关联的事情都会让他彻夜难眠。

年轻的孔子向他求教来了。接二连三来了好几次,毕恭毕敬拜他为师,翻遍了所有藏书,问的也都是关键问题。他给孔子吐了舌头,孔子多聪明,马上就明白牙齿熬不过舌头,但孔子的神态告诉老师老子:吾肩扛克己复礼的大任,吾不能默默无闻无所作为。明白了以柔克刚的道理却不为所动,偏要知其不可而为之,只能给这个固执的家伙再开窍了,就有必要给他说说鞋子和足迹的关系。他竟然反驳老师:赤脚走路也是能留下足迹的。孔子离开的时候腰板很直。仆人就问老子:"他会不会再叫你老师?""几十年以后他会想起我这个老师,那时我早已不在了。"50多年以后,70多岁的孔子在河边悟出了水的力量,情不自禁地叹道:"逝者如斯夫,不舍昼夜。"仆人就说:"孔丘说什么老师您也听不见了。""你怎么知道我听不见?我只是不在他说话的地方,风会把他的一言一语传给我的。""老师您高寿,大家都说您能活到990岁,您的好日子还长着呢。""什么好日子,生不如死。"仆人吓坏了,老师平时最忌讳有人提到死,他自己却不顾及了。老子就告诉仆从:"我们该离开这里了。"仆人又是一脸惊愕。老子就说:"他上庙堂,我入流沙。"仆人胆怯地问："孔丘这么大胆？""让他去干吧，他在干我想干而干不了的事情，好着呢。"仆人小心翼翼地嘟囔道："他都容不下先生了，好啥好？""替天行道，匡扶正义，振兴大周，圆周公之梦，多么好的事情，老子老子老子真的老了，收拾收拾东西明天启程。""我们去哪里？""我都冷成这样子了，拽着太阳尾巴走吧。"

第二天一大早，主仆两人骑青牛离开洛阳。出城两三里，他们依依不舍地回头望了一会儿晨光里的洛阳城，老子再次想起那个用心良苦的周公：怎么就叫洛阳呢？从岐山到洛阳，短短500年就萎靡不振，衰败不堪，洛阳洛阳，元气大泄之地呀。子孙后代全都成了瞎尿蔫尿怪尿。趁咱还有一点点尿，咱赶紧走。一声嘚尿，青牛就一颠一颠跑起来。种田的农夫这么吆喝牲口是有道理的。嘚尿！嘚尿！耕耘土地的不是犁铧，是牛巨大坚韧的阳具，是牛浑身上下饱满的元阳之气，土地才能长出饱满的粮食壮人的阳气。驾车的骡马驴子也必须吆喝以嘚尿。一身老农打扮的老子已经能够熟练地使用俗语俚语了。过函谷关时还是被关令尹喜认出他高贵的身份，他只好听从尹喜的请求，进关写书，算是给天下最大图书馆一个交代，给历代担任守藏史的祖先一个交代。有意思的是中国历史上有两个世袭文化的家族。老子亲自把他所洞察的宇宙天地自然哲学的天道与历史哲学的人道写成《道经》与《德经》，合称《道德经》；太史令司马迁受腐刑之大辱，忍痛拼命完成"究天人之际，通古今之变"的《史记》，成为"史家之绝唱，无韵之《离骚》"，后世史家所著都是梁启超说的帝王家谱。

出关入秦，过西周旧都镐京遗址，老子百感交集。东迁洛阳的王室有血性有抱负的王子和大臣们一直怀着复国的梦想。西归关中镐京重整河山。老子何尝不是如此？几十年日夜不息整理国故，就是为了复兴大业，头大如斗为何？白了少年头为何？泪往下流，血往上涌。《道德经》一个关键词"牝门"遗迹就在镐京东南灞河北岸蓝田，就是女娲娘娘的母亲华胥氏老家华胥村和女娲娘娘抟土造人的女娲庄，八条大河汇聚于此形成巨大丰饶的生命之门，人类初祖由此诞生，女娲在此造人，耶和华在地中海边开始创世记，华胥村女娲庄以及沣镐古城将成为圣城。祭拜女神就是祭拜天道。

行至渭河南岸钓鱼台，老子一下有了姜尚姜子牙的凌云壮志，八十高龄的姜子牙在这块大石头上横一根无钩鱼竿，任凭河面鲤鱼跳龙门，老汉就是不理，横下心钓来文王，拜老汉为军师成就大业。现如今，他这个蔫老汉，骑青牛带童仆，只能在河畔望石兴叹。关中天府之地，常年与狄戎征战的秦人同时也受戎风熏染，很快抛弃周礼，民风大变，再也回不到昔日的光荣与梦想。很快到了秦人入关中的千渭之会，往北上高原就是秦的国都雍城，与周的故地岐相邻。老子已经没有奔岐地祭拜的冲动了。老子到了关中平原八百里秦川的起点，渭河出山的地方，秦岭与黄土高原交会处，源自秦岭的青姜河流入渭河。太阳神炎帝当年在青姜河河畔种植人类历史上最早的生姜，生姜不但是上好的调料，煮肉时去腥，而且驱寒。老子吃到了最纯正的鲜姜，一下子精神了许多，元气大增，再也不怕冷了。纯朴的农夫给青牛背上放了长长一口袋，几年都吃不完。吃完也就成仙啦。太阳神炎帝死后就葬在这里，与他亲手培植的生姜为伴，在地底下也能享受这种神品。死亡的恐惧逐渐消失，人间确实有灵丹妙药。函谷关著书时他已经预感到生命的永生与不朽。《道德经·三十三章》就写下了："死而不亡者寿。"就是说形体没了精神依然存在，就等于长寿。人与自然相处并不执着于有限的生命，尤其是人的精神，是可以浩气长存，与天地同寿，与日月齐光的。生姜就是证明，生姜就是太阳的胚芽，就是太阳的种子，上帝在伯利恒降生人子耶稣，上天在秦岭脚下诞了百草之王生姜，植物中唯一带火的珍品。炎帝听从上天的召唤一路尝遍百草，最终在青姜河畔发现了生姜，姜就成了炎帝的姓氏。炎帝尝百草把命都搭上了，为人类而受难；在各各它，他们选择了强盗巴拉巴，抛弃了耶稣，在青姜河畔关中平原，中国最早的农民给炎帝修了庙，像神一样敬着。关中西部以及整个西部高地的各个民族都以姜为姓，都心甘情愿成为炎帝的子孙，

393

成为太阳神的子孙。好多年以后，那个叫古公亶父的周人首领带部落逃难到岐山脚下周原沃土，听从太阳的召唤，过渭水到青姜河畔姜城堡与姜氏部落联姻，姜氏美丽贤惠的女子们给姬氏生养几代英雄豪杰，周人就成为太阳神的子孙，成功灭商，暴君纣王上鹿台自焚，被太阳的火焰吞噬。平王东迁，周人离太阳神越来越远，元阳衰竭。从东部海边西迁到西部高地的秦人信奉水德，以水浇火，迅速占领周人故地岐雍。老子西行到青姜河畔时，整个关中民气大变，周礼消失，战争的气味越来越浓，一种潜在的力量在召唤大阴之人，160年后洛阳附近卫国人卫鞅出关到秦，秦人开始进入勉而无礼的耕战时代。青姜河畔老子从鲜姜中品尝到太阳的芳香和温暖，也感觉到160年后的血腥之气。幸好有老农赠送这么多鲜姜，等于携带了太阳种子。这里还有一个值得怀念的伟人。

夸父逐日渴得要命，就趴在这里喝干了渭河，渭河水就成了泥汤，掉头又喝青姜河的水，源自秦岭的青姜河水源充沛，让夸父喝了个美，夸父元气大涨，又开始对太阳死追猛打，直奔西域大漠。老子就这样把自己想象成远古神话中那个伟大的夸父。

过天水，地势陡然升高，青牛换成白马速度快多了。

2000多年后那个在渭北大学读书的新疆姑娘吴丽梅就在大学校园后门外的青姜河畔想象老子出关西行至青姜河畔的这一幕，

这个新疆姑娘马上想到牛是赶不上太阳的。老人和少女跨越时间隧道同时听见了太阳的召唤："太阳说，来，朝前走！"一匹白马就从天而降，奔到老人跟前，吃了鲜姜的老人身轻如燕，翻身上马。童仆只能骑大青骡子，骡子负重能力强，驮满满一口袋姜，加上精壮的童仆紧随白马之后。从此白马名声大振，那些东去西来的高僧都以白马驮经，甚至在洛阳修建白马寺。玄奘西天取经没有官府公文，没有护照，私自偷渡出境，徒步越大漠群山，所带童仆半途而废，《西游记》还给玄奘强塞一匹白龙马。新疆姑娘吴丽梅关心的是老头的身体。纵马疾驰，老头很快就大汗淋漓。老子马上意识到这是生命的火焰熊熊燃烧的信号，流汗就说明有生命。吃姜能让人发汗，晒太阳能让人发汗，激烈运动也让人发汗。汗是生命之水。《道德经》中所阐述的水的智慧应该是汗水，人跟自然交融互动发汗，这才是生命气象的大智慧。要感悟到这一点没有亲身体验是不行的。道法自然，从书本里求知识，从自然中求智慧。当前耳目下，得道之人只有他最得意的弟子孔子了。孔子跟老子一样，正行走在大地上，周游列国，不管效果如何，运动量是很大的。那个叫吴丽梅的新疆姑娘又一次把老子孔子跟万里之外的希腊先哲们扯在一起，核心词语就一个，运动。所谓目击而道存，在希腊就是柏拉图讲的不经考察的生活不值得过，就是巴门尼德讲的哲学思辨的本义就是看。中国最早的哲学家老子，教育家思想家孔子，开始人类历史上最漫长的田野考察。希腊半岛跟胶东半岛差不多，孔子周游的是列国，是天下。师傅老子走得更远，已经出关过关中过陇西，快马加鞭穿越 3000 公里的河西走廊。你见过 3000 公里的竞技场吗？马拉松也就 40 多公里，洛阳到函谷关就 300 多公里，是马拉松的 10 倍。

焕发生命活力的老子根本不满足于 3000 公里的河西走廊，老头的视野越来越开阔，很快就出了玉门关，连他自己都惊呼：这才叫出关哪！函谷关算关吗？这声惊呼还真的唤起了中原的有志之士，又是凿空又是取经，即使到了 20 世纪初神州陆沉国破家亡之际，那个在民国政府教育部当小科员的鲁迅先生也要出关西行。鲁迅先生大概是五四运动众英豪中唯一出关西行的人了。1924 年 7 月先生在大声"呐喊"之后，陷入极端苦闷的"彷徨"中，很想借西安讲学的机会，实地考察盛唐古都，为已经构思成熟的长篇小说《杨贵妃》做最后的准备。连年兵乱，西安早已失去十三朝古都的辉煌气派，长篇小说胎死腹中，但先生对盛唐气象的向往，对唐朝美人的钟情，无不显示一个男人生命的激情与活力，满口黑牙满脸烟色的外表下埋着一座巨大无比的火山，就是他自己在《野草》中自我表白的："地火在地下运行，奔突；熔岩一旦喷出，将烧尽一切野草，以及乔木，于是并且无可朽腐……我将大笑，我将歌唱。"这是鲁迅出关西行数年后 1927 年春天发出的声音。

在吴丽梅的描述中，出关西行的老子终于在吐鲁番看到了鲁迅发自内心的火焰山，地火喷薄而出，天地间凝固的绵延300公里的山形火焰，全部纵向朝上，地表温度70摄氏度以上，老子自己都没意识到进入火焰山那一刻白马已经换成金色的骆驼，骆驼就是沙漠戈壁上行走的火焰，老子骑在一团大火上。与鲁迅同时代的历史学家考证出周人属火来自塔里木盆地，那才是老子要去的地方。当老子从火洲的庄稼地边走过时，他看到的浇灌土地的不再是中原以及河西一带的河流，而是地下河，俗称坎儿井。远古的坎儿井还不成体系，2000多年后林则徐把它们串起来了，林则徐大名在外，西域各民族有崇拜英雄的意识，更敬仰林公挑战洋鬼子的胆略和血性，就把坎儿井的发明权给了林则徐。哲学家老子看到坎儿井首先想到的是他的哲学巨著《道德经》，水至柔，但水太阴暗太阴沉太阴险很容易演化成阴谋诡计法势术权谋兵不厌诈灵机一动计上心来；浇灌大漠绿洲的水，即使冰凉刺骨，也都含有巨大的热量，完全是寒冷到极限后爆发出的生命之火。

越过天山，老子就看见了塔里木盆地上空巨大的太阳，一千颗太阳在天空闪耀，大地成了阳光的海洋，波涛汹涌的金色沙漠就是液体状态的太阳，胡杨树就是巨大的火把，叶尔羌河、玉龙喀什河、喀拉喀什河、阿克苏河、克孜勒苏河、孔雀河、塔里木河汇聚旋转挟带大漠众多的湖泊形成巨大丰饶的生命之门罗布泊，古代中原人意识中黄河真正的源头。老子看到了崭新的牝门，流动的火焰和明亮的眼睛，所有的生命都可以直视太阳，也可以直视人心。远古天有十日，后羿非要射九日，结果呢？没有光明的岁月，弟子逢蒙就放心大胆地暗设诡计谋杀师傅，10个太阳照耀下任何阴谋诡计都会暴露在光天化日之下。彻底摆脱死亡恐惧的老子，再次懊悔《道德经》里那些阴暗阴险的阴招损招，上天把他引领到这里，就是让他看看真正的宇宙天地和一千颗光明灿烂的太阳。那个叫吴丽梅的新疆姑娘来内地上学不到半年就痛感内地阴气太重，就写出第一篇论文《老子学说的负面作用和影响》。刚刚踏上塔里木大地的老子很快就把那一千颗太阳看成了天上的镜子。这个发现迅速传遍中亚大地，波斯人很快就相信了这个说法，就以波斯语阿依索阿斯曼称太阳为天空的镜子。从一千颗太阳，老子看到了生命之光，老子领悟到生命的全部意义，生命之水，生命之火，生命之光。老子越昆仑，到印度，把一千颗太阳带到喜马拉雅山以南，开启了另一个出色的弟子释迦牟尼，释迦牟尼放弃王子的高位，出王城入旷野，菩提树下悟道成佛；无论你遇见谁，他都是你生命里该出现的人，都有原因，都有使命，绝非偶然，他一定会教会你什么。喜欢你的人给你温暖和勇气，你喜欢的人让你学会了爱与自持，你不喜欢的人教会了你宽容和尊重，不喜欢你的人让你知道了自省和成长。没有人是无缘无故出现在你生命里的，每一个人的出现都有缘分，都值得感恩。

老子最后一项伟大的工程就是在塔里木盆地的牡门罗布泊发掘整理太阳墓地。老子从印度返回塔里木，他哪都不去了，就待在塔里木，骆驼也不骑，就骑小毛驴，老人骑小毛驴就有一种返老还童的感觉。毛驴有一种天然的童趣，活泼可爱，与老人相伴，老人们就有了贴身贴心的宝贝孙子。骑着毛驴的老子不但有了毛驴的童趣，还有了毛驴的幽默。幽默就是自己可开自己的玩笑，自我调侃自我嘲讽，有幽默感的人心理素质好智商高，有人性。有幽默感的老子真正成了得道之人。塔里木的老人们都骑上了小毛驴，都成了长寿老人。后来出现阿凡提这样的幽默大师一点儿也不奇怪。驴子悠扬高亢的歌声给老子另一大启发就是加工改造《摩诃婆罗多》，他的弟子们参与编写《摩诃婆罗多》，他独自把这部巨大的史诗改造成西域大曲"摩诃兜勒"。周人从罗布泊到敦煌，公刘又率部众从敦煌到渭河谷地。《诗经·小明》里写道："西有先音！我征徂西！明明上天，照临下土。"西域塔里木有先王之正乐，乐曲的核心即"我们是兄弟"。活着是兄弟，死后还是兄弟。几百座墓，每个墓上都以阳光的形状插七排木桩，呈现出太阳光芒四射的样子。最辛苦的工作是把每根木桩削成男人的阳具，都是精美的工艺品，龟头更逼真，圆而尖锐，遒劲的力量从暗中辐射，全都是坚硬如铁的胡杨木。火把一样的三千年寿命的胡杨树，其枝杈被精心打磨成太阳的光芒。工艺简单奇妙无穷，尤其是尖端部分，等于把人的生殖器和太阳熔铸为一体。有道是"君子藏器于身，待时而动"，人神相应以成大器，非大技巧，大手段不可，真有点儿治大国若烹小鲜的感觉。好多年以后吴丽梅开始太阳墓地的发掘整理工作，吴丽梅首先想到的是老子在这里把水与火熔炼在一起了。老子在《道德经》中阐述滋养万物的生命之水，也是古希腊泰勒斯提出来的创造世界万物的水，"水是一切的始基"，世界万物不来自神而来自水，水是万物的本源，而在宇宙的中心，有一团"中心火"；在泰勒斯之后，毕达哥拉斯提出天体围绕"中心火"旋转，这个中心火就是老子在塔里木盆地看到的"天空的镜子"——太阳，太阳就是中心火，这团火在大地上形成群山火焰山，于是大地上就有了文明的中心地带中国，最早叫中国的那个王城洛阳已经衰败了，女娲娘娘创世纪的圣城长安还没有建成，王城守藏史听从太阳的召唤出关西行，火焰山就是太阳下凡的证明。塔里木的原始含义就是种田、种地。周人就来自塔里木，入中原南征北战，到岐山脚下肥沃的周原，源自塔里木的原始农业在周原发扬光大，创造出了那个时代最优质的农田。周就是田地的意思，周人就是种地的人，庄稼人。最早的一帮农民，从西岐东进，至关中平原的腹地建镐京，女娲娘娘抟土造人的小村庄开始有了圣城的气象，然后过黄河灭商。助纣为虐的蜚廉恶来被斩，后人逃到胶东半岛，一支迁燕赵，一支迁陇右渭河上游成为秦人，秦人就是师法周人，种地种庄稼，从游牧转为农耕。秦就是打谷脱粒，秦也是西北高原一种谷禾的名称。老子来到了谷禾的源头，完全成了一个工匠，在制作人体的阳具和天上的太阳。这才是人与自然最完美的结合，这才是真正的天道。圆形木桩围成七个圆圈，组成若干条射线，呈太阳放射光芒状，身没而道存，与天地同寿，与日月齐光。七这个数字在太阳墓地出现的时候，希伯来人在地中海东岸的迦南地传播《旧约全书》，里边就有上帝七天创造世界的丰功伟绩。数在希腊哲学家毕达哥拉斯眼里就成了世界万物的本原。数到了七到了太阳墓地，死者就复活了，就呈现出太阳的光芒。在万物产生之前，整个世界充满了永恒的生命之火。火才是世界的本原和始基。老子对著书立说已经不感兴趣了。他完全可以写一部比《道德经》更大的书，一部专门写火的书。他完全沉静在太阳和火焰里。

太阳深处的火焰最终熔化人心的黑暗。

吴丽梅已经不是姑娘了，吴丽梅在塔里木大学成家立业，马上要做母亲了，当胎儿在腹中乱踢乱动的时候，她跟世界上所有的母亲一样就认为肚子里的小宝宝不是一块肉，而是有生命的小太阳，是太阳深处的一团火焰。吴丽梅的丈夫是个蒙古族，吴丽梅在医院拿到化验单看到怀孕的消息时突然想到丈夫的蒙古族身份。蒙古的本义就是火，就是火焰，这正是她所渴望的。女人很简单，只要是女人，她就渴望生命之火。跟所有有过初恋的女性一样，再次恋爱拥抱亲吻新婚之夜，怀有身孕的时刻，都会与初恋情人做比较，何况她跟那个叫徐济云的前男友有过激情澎湃的一夜。孕妇要定期检查，量血压量体温，她一下子就看到了温度计里细而亮的水银，跟前男友不同的是，她永远也不会想到《一块银元》给童男童女灌水银的悲惨故事。她想到的竟然是秦始皇陵。史书记载，秦始皇陵墓由水银覆盖，江河湖海一般。大三时她跟一帮同学去临潼看兵马俑，让她震撼的并不是讲解员讲的秦始皇陵里江河般的水银，也不是威武雄壮的兵阵，而是这些栩栩如生的战士神情中不易察觉的压抑与痛苦，还有一处没有开放的洞窟，据说里边埋葬的都是没有生育过子女的嫔妃。好多年以后徐济云的父亲不远万里来到塔里木大学，她马上就明白父亲老徐此行的目的，她的两个优秀的孩子给老爷爷表演蒙古族舞，唱蒙古族民歌，父亲老徐失望至极。老家伙早就意识到儿子徐济云在小镇与女朋友吴丽梅发生过故事，行万里寻找下一代来了。多么尴尬的场面，那一刻她就想到了兵马俑里那些不能生育的嫔妃，徐济云不至于连孩子都生不出来吧？丈夫马上洞察到妻子的心思，丈夫说："他们家没有儿子娃娃，老头看巴图的眼神跟看高娃的不一样。"吴丽梅就想到了水银，液体中没有比水银更阴冷的了。秦始皇陵中江河一样的水银凝聚着先秦那个时代中所有法家的思想，卫鞅带着李悝的《法经》出关西行就成了《商君书》，顶峰之作就是《韩非子》，法家思想缔造了秦始皇，也缔造了李斯赵高胡亥这样的碎善狗子客。这就是陕西老百姓厉害的地方，又狠又准地把阴柔阴险阴谋的小人打回原形。秦始皇在地宫里也离不开法家的法势术所构建的权谋体系，阴柔之大法的水之道已经不可能体现帝国的威力，比水更阴柔的水银就成为最佳选择。即使这个时候，吴丽梅也没想到前男友徐济云与水银有什么关系，徐济云曾告诉她，他在"文革"后期当故事员的辉煌经历。分手后吴丽梅回到塔里木，还专门找到《一块银元》的小画书。她已经不恨徐济云了，小画书里的故事太悲惨了，她开始同情这个不争气的家伙，人生的第一次从少女到女人的转变，进入她生命的不是火而是冰凉的水，那么阴冷，让人不寒而惊，让人不由自主地在内心呐喊："我还活着，请给我以火，给我以火。"直到与蒙古族小伙子相遇，才真正点燃了生命之火。

吴丽梅不但原谅了徐济云，连那个暴虐的皇帝也原谅了。她再次书写老子时读到了《老子》中的一段话："天地不仁，以万物为刍狗。圣人不仁，以百姓为刍狗。"然后是王夫之对秦始皇的评价："天假其私以济天下之大公。"皇帝成为天道的工具，西方人叫历史的诡计，中国人叫人算不如天算；皇帝把天下人当工具，他自己反而成了天道的工具。吴丽梅发掘太阳墓地时就想给秦始皇陵插七圈象征男人阳具的胡杨林木桩。360座墓地，全都是材质极好的圆木构筑而成。那时的塔里木盆地，绿草萋萋，森林密布，每棵树都金光闪闪。火把一样的圆木拱围起来的墓穴，温暖如春，死者有塞人、吐火罗人、中原人、印度人，各个民族各个种族的人都有，在太阳和火焰中个个都栩栩如生；他们只是在休息，睡够了他们还会起来，在日光下大地上奔波几十年上百年然后又回来入睡，然后再醒来再睡下，如此循环往复，生生不息。

第360座大墓修补好以后，老子梦想中的伟大工程完工了；天上有1000颗太阳，地上有360座太阳墓地，等于修通了从西域到中原的阳光大道。人不但想象自己，想象世界，也想象天道和希腊人所说的逻各斯。在老子之后，一批批舍身求法的人从中原到西天，西天的高僧翻越群山大漠到中原，东去西来，舍身求法的人听从太阳的召唤，长途跋涉，就像行走的火焰，就像太阳落下来的碎片；那个备受折磨的盗火者普罗米修斯摆脱高加索山的锁链，摆脱神话，加入到浩浩荡荡的西部大道辉煌的历史中。商队出现的时候，那些丝绸完全是火焰与太阳的复制品，那些瓷器完全是太阳的碎片，丝绸之路完全是太阳喷射的火焰。汉语就有了瀚海这个无限辽阔无比壮美的词。真正的王城不在洛阳而在长安。当丝绸以阳光的形态出现在欧洲时，不是在宫廷而是在战场。公元前53年古罗马三巨头之一的罗马执政官克拉苏率七个军团4万人进攻安息（波斯）帝国，越幼发拉底河，安息人佯装逃跑，把罗马大军诱进沙漠，双方在卡尔莱展开决战。就在罗马大军打乱安息军队阵脚之际，安息人亮出了一幅幅巨大的鲜艳夺目的军旗，这些军旗全都用中国丝绸制作，仿佛一千颗太阳放射光芒，有道是天地间唯有太阳与人心不可直视，安息人光芒四射的军旗轮番挥舞，刺得罗马人睁不开眼睛，以为天神下凡帮助安息人，顿时斗志丧失，闭着眼睛成了安息人的刀下鬼。2万多将士阵亡，1万人被俘。这是罗马人失败最惨的一次战役，与之相比的只有汉尼拔大败罗马的堪尼会战。罗马人还蒙在鼓里，不知中国丝绸为何物时，恺撒首次将耀眼的丝绸带入罗马大剧院，当恺撒身穿中国丝绸制作的长袍出现在剧场时，精彩的节目黯然失色，观众全都被恺撒身上耀眼绚丽的光芒吸引住了。然后是埃及艳后克利奥帕特拉和希腊神庙的女祭司，全都一身辉煌灿烂的中国丝绸，丝绸之路的起点圣城长安，就代替了希腊罗马神话。弥赛亚耶稣子时降生伯利恒，正好是圣城长安的清晨，黎明之光来自中国来自女娲娘娘抟土造人的关中平原，五星闪耀利中国，正好是老子修补太阳墓地500年以后。有道是五百年必有王者兴。耶稣降临人世，犹太教就成了地方性宗教，基督教将大盛，犹太长老们与彼拉多将耶稣送上十字架，耶稣受难殉道，《老子·三十三章》已经预言："死而不亡者寿""身没而道存",肉体没了精神依然存在,与天地同寿,与日月齐光。19世纪末20世纪初,斯坦因、斯文赫定等一大批欧美探险者云集塔里木盆地发现了太阳墓地,就感叹塔里木是人类文明的摇篮。

公元9世纪,一个数百万人的民族听从太阳和火焰的召唤从寒冷的北方大漠呼啸而下,来到塔里木盆地,来到丝绸古道。这就是与大唐为邻的回鹘人。

公元840年,雄踞漠北高原100多年的回鹘汗国面临灭顶之灾。首先是汗国宫廷内乱,宰相杀了老汗王,拥立了一个傀儡新汗王,汗国的一位将军引黠戛斯10万铁骑大败回鹘,回鹘汗国灭亡,数百万部众开始近10年的逃亡生涯。与回鹘世代联姻的唐王朝也处在风雨飘摇之中,太监仇士良把持朝政,牛僧孺李德裕党争不断,甘露之变失败,唐文宗李昂几乎被宦官软禁,自比周赧王汉献帝,再也不可能有所作为,终日忧郁。公元840年,庚申年,唐开成五年正月四日,文宗李昂忧郁而死,太监们又一阵乱折腾弄死几个能干的王子,辅助最软弱的武宗即位。漠北回鹘汗国这一年亡国。雄踞漠北百年之久的回鹘汗国,两次助唐平定安史之乱,公元788年唐德宗贞元四年,回纥可汗向宗主国唐王朝提出改回纥为回鹘,取汉文"捷鸷犹鹘然"之意,鹘是草原最凶猛的雄鹰,经唐王朝同意,回纥正式启用，为回鹘，成为大漠草原的猛禽。半个世纪后的840年，另一只猛禽黠戛斯人从叶尼塞河挥兵漠北，回鹘汗国内乱，加上百年不遇的雪灾，牲畜大量倒毙，瘟疫蔓延，国破家亡，数百万部众拖家带口在暴风雪与敌人的追杀中寻找一条活路。

冥冥中他们听到了太阳的召唤，感觉到了遥不可及的温暖，开始穿越辽阔的北方荒漠。这种穿越达10年之久，远远超过摩西带领犹太人出埃及和逃离巴比伦。逃难中的回鹘人信仰了太阳信仰了火焰。长途跋涉后，他们果然在吐鲁番看到太阳的神迹火焰山，那一刻他们相信了自己，他们一下子完成了人对自己的想象人对世界的想象和人对天道的想象。当他们到达塔里木盆地看到塔里木上空一千颗太阳时，他们跟当年的波斯人一样把太阳看作天空的镜子，他们直接采用了波斯语阿依索阿斯曼，就像他们直接采用汉语"捷骛犹鹘然"一样。然后是太阳在大地上给人的神迹太阳墓地。他们马上意识到这里就是他们的家园，就像1000多年前从这里走出去的周人到岐山脚下的周原找到家园一样，他们就成了维吾尔族人。

维吾尔的本义就是团结、联合，波斯学者拉施特《史集》中解释为："凝结。"逃亡之路就成了民族大团结大融合之路，他们融合了丝绸之路上的当地土著汉人、粟特人、突厥人、葛逻禄人等诸多民族，他们成了维吾尔族人。

他们落脚西域的时候，丝绸之路开通已经 1000 多年了，比丝绸之路更早的太阳墓地 2000 多年了。这条黄金大道，在形成之前就已经被秉承天道的老子打造成了高僧圣徒们舍身求法之路，基督教文明、中原文明、印度文明、波斯文明、伊斯兰文明，亚历山大帝东征带来的希腊文明，在这条黄金大道上遍地开花。历经磨难的回鹘人走进了春天的花园。

从 9 世纪中叶到 11 世纪 200 余年，他们成功地完成从漠北草原游牧民族到丝绸黄金大道定居民族的转变，他们成了绿洲上最优秀的农民，他们成了商道上精明能干的生意人，他们开设了星罗棋布的作坊成为技艺高超的工匠，他们把波斯印度的各种花卉引进大漠发展成精美异常的园艺业，他们并没忘了他们的驰骋北方大漠草原勇武的英雄岁月，他们没有放弃游牧生活，牛羊马驼依然与他们为伴，最后是歌舞。维吾尔族人西迁之前，西域音乐舞蹈就风靡中原，龟兹乐、高昌乐、疏勒乐，成为隋唐九部乐十部乐中的重要组成部分，高峰就是《秦王破阵乐》和《霓裳羽衣曲》，唐明皇成为梨园创始人。肥壮如牛的安禄山跳起胡旋舞迅如疾风猛如苍鹰。进入音乐歌舞海洋的维吾尔族人如鱼得水成为真正的歌舞民族。明清之际的叶尔羌汗国，王妃阿曼尼萨汗把《十二木卡姆》推向极致，木卡姆与麦西来甫成为维吾尔族歌舞的标志。西迁之前，西域文学更是多姿多彩，老子入流沙化胡，印度的神话戏剧传说，摩尼教的赞美诗，《伊索寓言》，《论语》，汉史，唐诗等等。维吾尔族人那种凝结凝固团结联合的天性再次爆发，落脚西域 200 年以后，诞生了两位文化巨人马赫穆德·喀什葛里和玉素甫·哈斯·哈吉甫；前者是喀喇汗王朝的王子，后者是喀喇汗王朝的宫廷大臣。宫廷内乱，王子马赫穆德·喀什葛里从王城喀什葛尔出逃，漫游天下，至阿拉伯帝国的中心巴格达；当是时也，突厥人信仰伊斯兰教时间最短，没法跟伊斯兰世界的阿拉伯人和波斯人相比，马赫穆德·喀什葛里走遍突厥民族的村村落落，收集整理出不朽的《突厥语大辞典》，最精彩的部分就是 300 多首民歌：有狩猎歌劳动歌爱情歌，跟孔子当年周游列国一样历经艰险，也跟孔子收集整理《诗经》一样，收集整理出 300 多首民歌，从此突厥语与阿拉伯语波斯语并驾齐驱，突厥人从此不再被阿拉伯人波斯人视为野蛮人。

玉素甫·哈斯·哈吉甫出生在喀喇汗王朝另一个王城巴拉萨衮。中亚汗国都有两个汗王两个王都，一个狮子王，一个公驼王。东西两个王城发生内乱，王子马赫穆德·喀什葛里向西逃亡，王朝忠臣玉素甫·哈斯·哈吉甫向东逃亡，他们重蹈老子的覆辙，也步孔子和屈原的后尘，这种从朝堂走向旷野的经历成为东方文人的必由之路。李白杜甫苏轼更是如此。后来波斯诗人萨迪把这种放逐与亡命天涯归结为："诗人三十年漫游天下，后三十年写诗。

有知识的人不实践，等于一只蜜蜂不酿蜜。"相当于中国古人说的："读万卷书行万里路。"科举兴起，三年一大考，考生从大江南北四面八方赴京城赶考。富家子弟骑大马得好几个月，穷书生一路打工卖文当字走走停停没有三年两载到不了京城，不管骑马还是步行，一路观察社会，考察民情，开阔视野增长见识，一次不中，再考，两三次四五次，八九年十几年反复行走于大地，知行合一。11 世纪的维吾尔族人古风犹存，历史仿佛在重视先秦诸子百家群星灿烂那个时代。

11 世纪中叶，经过 200 年的休养生息，喀喇汗王朝实力雄厚，富强繁荣，彻底摆脱了漠北草原国破家亡的阴影。当年草原上的牙帐如今变成金碧辉煌天堂一般的宫殿。在漠北他们以游牧为主，关注的是牲畜和草场，在西域他们以农业商业为主，当年的牧主成了地主和富商。西迁之前，他们主食就是奶和肉，西迁之后，奶肉之上增加了米面美酒，有大麦酒葡萄酒，还有玫瑰花露和蜂蜜花汁，房地产业都兴盛起来了，控制水源兼并土地会有更大的利润。一部分人先富起来了，更多的人沦为雇农和杂役，贫富分化越来越大，国王权贵就更牛了。漠北草原时代，汗王跟大家一起打猎征战，他们伟大的祖先乌古思汗亲自劳动。千百年来草原民族一个深入人心的传统：王者必须依靠自己的能力从外面找来财物，把这些财物分给大家。如果做不到，就没资格做王。他们十分蔑视中原皇帝，搜刮民财欺压自己的百姓，根本就没有打败敌人从敌人那里索取战争赔款安抚百姓的意识。11世纪70年代西迁之后的喀喇汗王朝正处在历史大转折的紧要关口，自称桃花石汗的历代汗王们大臣们已经染上了中原皇帝和权贵骄奢淫逸的生活习气，漠北草原的优良传统所剩无几。玉素甫·哈斯·哈吉甫在诗中写道："君王的权力遍及万民。他眉头一皱会危及生灵。"诗中隐士觉醒揭露国王："国君啊，你仔细看看自己，为一己之身积累了多少财产。褐色地层中的金银财富，你都要掘取出来填充你的宝库。"诗人从巴拉萨衮逃亡到喀什葛尔，目睹了下层老百姓真实的生存状态，敏锐地察觉到时代的风云变幻和尖锐的社会问题，诗人在诗中写道："正直已消失，邪恶在蔓延。""信义发生了危机，不义充满了人间。""卑者无礼貌，尊者无知识，狂悖者泛滥，温顺者绝踪。""贫穷孤苦者无人怜悯，世风日下无人感到吃惊。"进入宫廷担任要职，做的第一件事就是上书国王行仁政，以王道治国，而不是漠北游牧时代四处征战的霸道治国。《福乐智慧》就是献给喀喇汗王朝的"治国策"。诗人比孔子孟子幸运，比屈原更幸运，东方的君主桃花石布格拉汗哈桑伊宾苏莱曼看完《福乐智慧》大为感动，赐予诗人"哈斯·哈吉甫"的官职，译成汉语就是御前伺臣，受此封号的人是国君器重的大臣，辅佐国王执政。《福乐智慧》以四位主人公，日出国王，月圆大臣，贤明大臣，隐士觉醒之间展开对话，表达诗人的政治社会见解，描述出一幅富有魅力的理想国蓝图。这个理想国具有浓郁的东方色彩，是一个充满正义平等仁爱尊重知识重视教育，人人有修养的君子国。西方最早提出理想国的是希腊奴隶制时代的哲学家柏拉图，到了资本主义时代，英国人莫尔的"乌托邦"，意大利人康帕内拉的"太阳城"为人类设计了美好的未来，但西方黑暗的中世纪封建时代没有"乌托邦""理想国"，封建时代的理想国是个空缺。东方很早就有世界大同的理想，有君子国的蓝图。玉素甫·哈斯·哈吉甫被称为西域孔子。900多年后在渭北大学读大二的新疆姑娘吴丽梅写出第一篇论文《老子学说的负面作用和影响》之后，开始研究孔子的《论语》与玉素甫·哈斯·哈吉甫的《福乐智慧》。最后一章吴丽梅提出这样一种观点，孔子、柏拉图以及比哈斯·哈吉甫早一个世纪的中亚哈萨克哲学家音乐学家医学家法拉比都给人类设计了美好的社会蓝图，都无法实现，包括那个给亚里山大大帝当过师傅的百科全书式的哲学家亚里士多德，他们全都是纸上谈兵，孔子被冠以"素王"的美名，没有国土没有人民没有军队，有王道之道没王者之位。玉素甫就很幸运，辅佐君王，兴国安邦，又著书立说，就像他在书中写的那样："我说了话，写了书，我抓住了两个世界。"也印证了他的前辈法拉比说的："谁在凯旋中征服了自己，谁就赢得了两次胜利。"法拉比公元870年出生在中亚一个哈萨克小村庄，曾在巴拉萨衮和喀什葛尔求学。30岁以前就精通那个时代最高水平的"三学":语法学、修辞学、伦理学和称之为"四知"的算术、几何、音乐、天文,他成功地把亚里士多德和柏拉图的著作引入伊斯兰文明并完整地保存下来,为400年后东方文艺复兴奠定了基础,为500年后欧洲文艺复兴提供了丰富的文化资源,被称为第二导师,也是伊斯兰世界的亚里士多德。法拉比还是个大音乐家,写有《音乐大全》,据说他创制了哈萨克民族标志性的乐器冬不拉。受柏拉图《理想国》和亚里士多德《政治学》的影响,法拉比在《幸福之道》中提出"理想国"的模式,在这个"理想国"中国王应该是一个贤明睿智完美的人,公民应该具有科学哲学知识和政治教养,社会的目的是公民的幸福,玉素甫·哈斯·哈吉甫把孔子与法拉比融合一起创造出《福乐智慧》,安邦治国是其核心主题。日出国王象征公正法度,月圆大臣代表了幸福,贤明大臣代表了智慧,提高了人的价值,而隐士觉醒则被赋予来世的含义。

《福乐智慧》既是治国之策又是一部对智慧与知识的赞歌。"福乐智慧"就是追求幸福的智慧。治国安邦需要智慧,人生所追求的幸福生活也需要智慧,治理国家就是要保证民众的幸福生活。儒家的民本思想,在回鹘人西迁之前已流传西域1000多年了。处在中西文化交汇点的喀喇汗王朝的辅政大臣玉素甫·哈斯·哈吉甫,把中西方理念融合一起发扬光大,诗人在诗中提出了"智慧是美德之本"和知识就是美德的命题，美德包含人间一切美好高尚的品德，如真诚、善良、诚恳、仁爱、谦和、节制、廉洁、勇敢等，这些美好的品德都以智慧为根本，都由知识而形成，《福乐智慧》中"美德"与"善良"是同一个词:在古代维吾尔族语中既含有"知识"之意，又包含有"智慧"之意。"人生而无知，学而知之。""荣誉和地位属于有知识的人。""人的高尚全在知识。""智慧使人高升，知识使人高大，借此二者，使人方能非同凡响。""人类的价值就在于知识和智慧。"我们就知道吴丽梅多么反感《道德经》那段 :"弱其志，强其骨，虚其心，实其腹。"卫鞅《商君书》把老子的弱民术发挥得淋漓尽致。《商君书·弱民》:"国弱民强，国强民弱，故有道之国，务在弱民。""以强去弱者弱，以弱去强者强。"《商君书》驭民五术 :壹民、弱民、疲民、辱民、贫民，《韩非子》把弱民术发挥到极致，创造出一套完整有效的帝王术和奴才哲学，商鞅志在强国弱民，韩非志在强君奴民。司马迁在《史记》中把老庄申韩放一起列传是有道理的。吴丽梅不由自主地写下这么一段话 :司马迁不是因为李陵事件受刑而是因为他写下了不朽的《史记》。《史记》的主题就是 :"究天人之际，通古今之变，成一家之言。"也许他没意识到先秦百家争鸣那个时代已经结束了，也许意识到而有意为之，成为千古绝唱，成为天鹅之歌。

吴丽梅无法平静，20 世纪 80 年代初的大学校园，学生可以在教室熬夜苦战，不管教室还是宿舍都是长明灯。吴丽梅坐到后半夜，才开始动笔。儒家转型到法家最关键的人物荀子一下子在吴丽梅眼里成了一个平庸而懦弱的人。孔孟时代的儒家内心光明充满理想正义责任和尊严，但没有操作性，属于价值理性，孔子周游列国不入秦，因为秦不行周礼，另一个原因，他的老师老子出关西行也没在秦国停留而是一路向西入流沙而不归，孔子不再步老师的足迹，孔子有鞋子穿了，孔子有《春秋》大义，有先王之礼，人不是天道的工具而是天道的主体。战国后期，时局更加动荡残酷，荀子入秦，秦已经从霸秦上升到暴秦，荀子情不自禁开始赞美暴秦，赞美中有一种力量感和成就感，仿佛给儒家一股活力，有识之士也哑口无言，荀子已经享有大师美名，光有著作不行，关键还要有自己的弟子，以延续门派学风，于是乎就培养出两个高徒韩非与李斯，一个擅长理论，一个擅长行动，两个师兄弟再有天大的矛盾，但他们目标明确：打造出一个强大无比的帝国，再打造出一个强大无比的皇帝。在吴丽梅笔下，荀子成功地完成了儒家向法家的过渡，同时也完成了价值理性向工具理性的转变，秦国上下全都成了天道的工具，就是老子说的刍狗。吴丽梅压根就没意识到天道对她也同样冷酷无情，徐济云走进她的生活，她所有的论文都让徐济云把关修改，上天就这么报应她。她与徐济云分手时她才意识到两三年前她反思先秦诸子重新发现遥远的故乡那个伟大的诗人玉素甫·哈斯·哈吉甫时，她就陷入了欧洲人说的历史的诡计。她和徐济云常常探讨到黎明，讨论最多的话题就是平庸之恶，先秦诸子百家中最功利最平庸的不是杨朱而是荀子，在战国后期历史大转折的关键时期，竟然放弃了人之为人的责任。徐济云解释为中国文人特有的"达则兼济天下，穷则独善其身，"吴丽梅最反感独善其身，吴丽梅告诉徐济云，在新疆不会出现陶渊明，也没有什么英雄豪杰，草原人把男子叫巴特尔，汉人把男子叫儿子娃娃。吴丽梅继续发挥，独善其身就是助恶为善，这种结构性缺陷的善就是你们陕西人说的碎善，丧失道义把知识沦为法势术，这是知识分子的悲哀，韩非李斯被司马迁定义为鼠是有道理的，荀子颂秦为他的学生韩非李斯放弃尊严给秦王下跪磕头奴颜婢膝扫清了心理障碍。吴丽梅越说越精辟，不知不觉进入了小说，吴丽梅就扬扬得意重述荆轲刺秦。

话说荆轲带秦舞阳入秦不久，马上意识到秦王的长子扶苏非同凡响。秦已灭韩赵，一统天下势不可当，秦王虽未立太子，却对长子扶苏精心培养，13岁的小屁孩却有仁德之明。荆轲就不急着去见秦王，刻意逗留几日，目睹了公子扶苏的风采。咸阳王宫上空，阴沉晦暗，不祥之兆如此明显，人人皆知，没人敢说。秦法，防民之口甚于防川防贼寇。大刺客荆轲马上明白：秦王父子，一暗一明，形同水火，若刺杀成功，扶苏即位，秦国将大盛于天下，将一世二世万万世永世不绝，秦舞阳马上说："咱就刺扶苏，杀个碎娃跟捏鸡蛋一样，要逃也方便。"荆轲微微一笑："天象已显示扶苏将死于兄弟之手，扶苏死，秦必亡。"秦舞阳就明白荆轲要做什么了。刚进殿，秦舞阳就吓得尿裤子。有道是人生如戏，全凭演技，荆轲不辱使命，跟真正的大刺客一样跟秦王较量一番，秦王吓出一身冷汗，荆轲被秦王挥长剑狂砍乱剁之际，满脸微笑。秦王至死不明白一个被击垮的人一个被杀的人为什么要笑。秦王一统天下成了千古一帝，还是不明白一个被击垮的人为什么要笑。有道是笑到最后才是真正的笑。你妈的你都要死了你笑什么笑？死亡的恐惧一直萦绕心头，巡游天下找仙药以求长生不老以求长生不死。《史记》里有记载："始皇恶言死，群臣莫敢言死事。"不愿听也不愿承认死亡这个巨大的存在。有方士暗示几百年前老子李耳出关西行，时光就拉长了，生命也就拉长了，据说老子现在还活着，在昆仑山下跳大神呢。始皇不会西行的，吞六国灭衰周，周天子西行上昆仑，始皇帝不会步周穆王后尘，始皇就喜欢游蓬莱登泰山。很快到了沙丘，当年赵武灵王被活活饿死在这里。秦赵同族，兄弟之间却那么无情，坑赵卒40万，最先灭韩赵，以致赵国儿十年间无青壮。这个时候，始皇帝眼前竟然出现荆轲临死前的笑脸，始皇如醍醐灌顶茅塞顿开，狗日的真的笑到了最后。什么意思啊你？那张死人的笑脸一下子就严肃起来了，此时此刻已经死去好多年的大刺客荆轲用那惨凄的怪笑告诉始皇：赶快下诏传位太子扶苏！始皇帝就全身瘫软不能动了，就跟老子给孔子传道一样，全身能动的只有舌头，以及舌尖上微弱的声音。李斯和赵高就在身边，强大的帝国如此遥远，在通往帝国大殿的小道上，这两个王八蛋操控了一切，这两个奴颜婢膝的家伙此时此刻怎么变得如此渺小，如此让人不可思议。一个太监，一个仓鼠，再加上一个众王子中最弱智的胡亥。三只小老鼠啊！始皇帝的眼睛越来越亮，所谓临死前的回光返照，如同太阳，此时此刻皇帝才是真正的太阳，一千颗太阳在闪射光芒，太阳深处喷射的火焰以及天空上的镜子照耀下，李斯赵高胡亥跟跳蚤那么小了，可他们的权力那么大，那么大。自商鞅变法以来，帝国的弱化政策最成功的楷模就是皇帝跟前这三只小跳蚤三只小老鼠。皇帝惊恐万状，皇帝终于明白最大的恐惧不是死亡而是小人，皇帝就这么被活活吓死了，强大的兵团在地宫保卫皇帝，也无法摆脱对小人的恐惧。荆轲不再笑了，彻底消失了。

王夫之认为秦灭亡于小人之祸，"小人之心，智者弗能测也，刚者弗能制也……君子不坠其陷阱中鲜有也"。那个跟秦桧联手杀岳飞的宋高宗没有子嗣，从家族收养了两个小王子，王子长大成人，选太子时高宗皇帝赵构想出一条妙计，给两个王子各送 10 个美女。过一段时间，召回这 20 个美女进行体检，其中 10 个美女全部失身，另 10 个美女完好无损保持处女之身。没有近女色的王子被立为太子就是宋孝宗。鸦片战争之后，大清王朝到了关键时刻，道光皇帝开始立储，老六智勇双全，雄才大略且相貌英俊，老四文韬武略与老六相差甚远，天花留下一脸麻子，小时候骑马摔断一条腿还是个跛子。春天打猎，老六百发百中，10 支箭射中 11 只猎物，其中一支一箭双雕。老四一箭不发，只告诉父皇不忍杀生。道光考察老四老六治国方略时，老六头头是道，逻辑严密条理清晰，老四根本不谈治国方略，只是不断问父皇身体如何，饮食起居如何，这就是有名的藏拙示孝。老四成功踏上宝座成为咸丰皇帝，后病死热河避暑山庄。咸丰的西宫太后慈禧与老六奕䜣联手政变诛杀顾命大臣，垂帘听政 50 多年。老六奕䜣成为洋务运动首领，能力超强，引起西太后猜忌，如同多尔衮再世的老六奕䜣被打压排挤，同治中兴成昙花一现。西太后再也受不了雄才大略的皇室成员，同治以后的光绪宣统小小年纪就被宫女们折腾成性无能，用老百姓的话说小小年纪就把龙涎流干了。光绪与宣统都没子嗣，宣统溥仪连性生活都过不了。有道是："天地不仁以万物刍狗，圣人不仁以百姓为刍狗。"从始皇帝嬴政到宣统溥仪都成了天道的工具。美德智慧幸福紧密相连，平庸给国家带来灾祸，无知给个人带来不幸，弱民术弱命术包藏着巨大的私心。玉素甫·哈斯·哈吉甫认为，获得知识的人越多，幸福的人就会越来越多，"学者哲人会

给人们带来幸福"。这种来自古希腊的"智慧至上""知识至上""哲
人学者至上"的意识,在中亚地区形成了诗人高于国王的社会风尚。

《福乐智慧》中的隐士觉醒被国王多次邀请,比刘皇叔三请诸葛
亮还要热情还虔诚,隐士觉醒踏进王府见到国王先给国王一通下
马威:

> 国君啊,你仔细看看自己,
>
> 你为一己之身积蓄了多少财富……
>
> ……
>
> 你使有父者失去父亲,
>
> 你使有母者沦为孤儿。……
>
> 细想起来,这全都是贪欲,
>
> 欲壑焉有填平之时。
>
> 财富填不满贪婪者的双眼,
>
> 只有一抔黄土能填满他的眼睛。

隐士觉醒身上凝聚了原始儒家印度佛教和波斯苏非教派的思
想,这种诗人高于国王的意识在中原非常少见。

公元 11 世纪 70 年代,中原正是北宋仁宗年代。喀喇汗王朝
一直把大宋王朝当宗主国,定期派使者去中原朝贡。宋朝也是中

国历史上君臣关系较为平等的朝代。玉素甫·哈斯·哈吉甫跟北宋大儒张载年龄只相差五岁，属于同代人；玉素甫·哈斯·哈吉甫写《福乐智慧》时，张载在陕西关中眉县一边带学生恢复古礼搞井田制，一边著书立说写《正蒙》，寥寥数百字的《西铭》《东铭》既是校训又是他所创立的关学精髓，最有名的就是："为天地立心，为生民立命，为往圣继绝学，为万世开太平。"《西铭》被同代大儒程颢程颐兄弟称为千古绝篇。张载去世后被宋朝皇帝赐谥"明公""眉伯"，从祀孔庙，到了明朝改称"先儒张子"，如同先秦诸子再生。《西铭》跟《福乐智慧》一样，张子也设计了一个东方君子国，东方乌托邦，张载精心设计的是一个"民胞物与"的"大同"世界，这个世界就像一个和谐的大家庭，人民都是我的同胞，万物都是我的同伴，人人都是天地的儿子，大家尊老爱幼，和睦相处，连君主皇帝天子也只是天地之子的一员。关西大儒张载在中国历史上第一个把至高无上的皇帝君王天子拉下来拉到与众生平等的位置，给商鞅韩非李斯这帮狗子客致命一击。智慧美德知识才是衡量一个人的标准，"仁者以天地万物为一体"，后世不少愚腐懦夫纷纷谴责张载《西铭》对皇帝不敬，酸儒奴才们怎么能忍受皇帝君王与众生平起平坐？《西铭》就像"天空上的镜子"，让大地上的狗子客碎善奴才们原形毕露，平庸之恶暴露在光天化日之下。

大二最后一个学期吴丽梅已经不再那么愤怒了，已经冷静下来了,她就看到了《张子全书》《张载集》,然后是惊世骇俗之作《西铭》,席勒贝多芬再次出现在眼前,《第九交响曲》再次在耳边响起,"欢乐女神圣洁美丽,灿烂光芒照大地,我们心中充满热情,来到你的神殿里。你的力量能使人们消除一切分歧,在你的光辉照耀下,人们团结成兄弟",席勒贝多芬《欢乐颂》把玉素甫·哈斯·哈吉甫与张载连在一起,把《福乐智慧》与《西铭》连在一起。两位不曾相识的东方学者不约而同地在那个大动荡大变革的时代抓住了时代的脉搏打造出具有人文理想人文关怀的人文理想国,200 年后中亚地区出现伊斯兰世界文化复兴,300 年后欧洲文艺复兴开始,人类走出中世纪。张载开创的关学,贵在有用,重视解决军事、宗法、天文、土地制度等现实问题。躬行礼教,反对把"心学"当空谈。明心学大师王阳明不由感叹:"关中自古多豪杰,其忠信沉毅之质,明达英伟之器,四方之士,吾见亦多矣,未有如关中之盛者也。"王夫之先生专门有《张子正蒙注》。明朝灭亡,顾炎武抱着亡国之痛出关入秦,在关中实地考察,领会关学精髓,有感于国破家亡,张载孜孜以求的"民胞物与"的世界坠入"人将相食"的狼图腾时代,顾炎武以血泪之笔在《日知录·卷十三正始》中写道:"有亡国,有亡天下……易姓改号,谓之亡国;仁义充塞,而至于率兽食人,人将相食,谓之亡天下……保国者,其君其臣肉食者谋之。保天下者,匹夫之贱与有责焉而矣!"概括起来就是"天下兴亡,匹夫有责"。张载《西铭》中"乾称父，坤称母……天地之塞，吾其体；天地之帅，吾其性。民吾同胞，物吾与也。"概括起来就是："民胞物与。"顾炎武虽然生长在江南，但他对江南的学风颇为不满，屡加抨击："江南之士，轻薄奢淫，梁陈诸帝遗风也。'群居终日，言不及义，必行小惠'，难矣哉，今日南方之学者是也。""自余所及见，里中二三十年来号为文人者，无不以浮名苟得为务。"梁启超曾困惑顾炎武："虽南人，下半世却全送在北方，到死也不肯回家……为何举动反常到如此田地？这个哑谜，只好让天下万世有心人胡猜罢了。"他久居北方，徘徊于关中大地："密察山川形势，缔结豪杰人士。"在《与三侄书》中写道："秦人慕经学，重处士，持清议，实与他省不同。"西部高地，尤其是"关中为天下首，而潼关以临中原，实扼其吭，具建瓴之势"。明末清初，身怀亡国之痛的有志之士纷纷赴关中凭吊周镐京秦咸阳唐长安，西部高地就不是偏安之地，那是雄鹰翱翔之地，那是烈马奔驰牦牛怒吼英雄豪杰纵横的血性之地，那是一千颗太阳照耀之地，那是无数生命浴火重生之地。来自江南苏州吴地的顾炎武还有一个更隐秘的情结：西行之路就是寻根之路，就是回乡之路。当年周公子太伯仲雍奔吴，被当地百姓拥立为首领，蛮荒之地开始进入文明，吴的祖先来自关中周原，与周人同源。反清屡屡失败又对江南萎靡奢淫风气不满的顾炎武在关中西部高地浴火重生，找到了"精神家园"

和安身立命之所。

吴丽梅给文章画上句号的时候天就亮了,黎明之光洒落在窗户上,清纯而芳香。吴丽梅沉浸在老子出关入秦的那一刻,沉浸在张载带领学生齐声朗诵《西铭》的那一刻,沉浸在顾炎武凭吊周镐京秦咸阳唐长安的那一刻,沉浸在鲁迅登上西安破败城墙的那一刻;那一定是黎明之光清水洗尘一样飘洒天地的时刻,那一刻,吴丽梅真正爱上了这块土地,吴丽梅发誓要像顾炎武一样永远留在这里。爱屋及乌,那一刻,她真正爱上了徐济云。晚上约会的时候,徐济云大吃一惊,吴丽梅主动亲了他。

喀喇汗王朝跟历史上所有的王朝一样,从9世纪立国,到11世纪进入辉煌,到13世纪衰落。这一次灭掉汗国的不是北方蛮族,而是辽国的残部,金国崛起一路南下灭辽灭北宋,南宋偏安江左。辽皇族耶律大石带数千残部西迁,滚雪球一样不断壮大,灭喀喇汗国建立西辽王朝。然后蒙古崛起,成吉思汗邀请维吾尔人回故乡漠北草原,维吾尔人虽然亡国,可家园还在,丝绸古道已经让他们建设得繁荣富足,他们跟当年离开祁连山河西走廊落脚兴都库什山的大月氏人一样,已经离不开新家园了。高昌王亦都护巴而术阿而忒的斤首先起兵杀掉西辽少监投成吉思汗。亦都护译成汉语就是幸福之主,维吾尔人从汗王到百姓被《福乐智慧》熏陶几百年了,文明程度堪比中原,大概是那个时代世界上文明程度最高的民族了。高昌回鹘幸福之主亦都护前来归顺，成吉思汗十分高兴。亦都护高贵的气质非凡的仪表，更让成吉思汗惊叹不已，便把亦都护收为自己的"第五子"，跟亲儿子一样对待，还把公主嫁给亦都护。成吉思汗教训公主说：皇帝的女儿有三个丈夫，第一个丈夫是黄金王朝，第二个丈夫是名誉，第三个丈夫才是所嫁的丈夫。蒙古大军灭西辽乃蛮，回鹘人塔塔统阿学识渊博，蒙古人与回鹘人又有同乡之情，同起于漠北，蒙古的本义就是火焰，跟塔里木上空的镜子一样，跟西域大漠火焰般的土地和万物一样，塔塔统阿创制蒙古文字最好不过了。成吉思汗还让塔塔统阿给自己的王子当师傅，教王子们读书写字。汉人丘处机名震北方，奉旨西行在西天山给大汗讲道，大汗顿悟了生命的本相，不再以强力平天下。灭掉金国后又得一个大学者耶律楚材。征服了世界的蒙古人在丘处机、塔塔统阿和精通中原文化的耶律楚材开导下走向文明。

蒙古人兴盛百年，帖木儿大帝在中亚撒马尔罕崛起，把雄踞欧亚非的奥斯曼土耳其帝国打得落花流水，奥斯曼皇帝被俘，被帖木儿狠狠羞辱一番，欧洲基督教国家就很想跟帖木儿大帝联手夹击土耳其奥斯曼帝国，帖木儿大帝给西班牙国王回信这样开头："吾儿西班牙国王菲利普二世。"吾儿这个词在西北地区口语就是"你这我儿"，你是我的儿，书面语就是吾儿某某某，帖木儿

大帝很喜欢西北地区这个汉人方言，很带劲很牛皮。跟所有北方
游牧民族一样，梦中理想就是挥兵南下做中原的皇帝。中国，中
国，大地的中心，宇宙的中心，做中原的皇帝才是那个真正的王者，
中国以外全都是蛮荒之地，未开垦之地。中原人这样看，中原周
围的蛮夷也这样看。即使到了1840年鸦片战争，大清帝国惨败，
签订不平等条约，陕西关中地区一直流传这样的说法：条约原始
版本这样开头《中犬英南京条约》。洋鬼子没当回事，割地赔款一
样不少谁在乎题头呀！五口通商，鸦片进来了，洋货全都进来了，
很快明白中国人创造这个犬英字有多么王八蛋！把我们当夷狄当
野蛮人啊。英国人哪受得了这个，都大英帝国了，殖民扩张好几
百年了，文艺复兴启蒙运动宗教改革法国大革命工业革命几百年
了呀。征服了非洲美洲大洋洲，土著那才叫野蛮，到了亚洲，到
了中国，大英帝国的英就变成了犬英，传教士们纷纷回国发布这
个极端恶劣的消息，英国举国哗然，国会更是群情激愤。法国人
也受不了如此奇耻大辱，难道还要出现一个犬法不行？德国当时
还没有统一，还是好几百个小诸侯狗咬狗顾不上。英法联军攻破
北京，火烧圆明园，皇家园林珍宝太多，非洲美洲印度都没见过
这么多奇珍异宝，将士们就失控了，就成了强盗，抢劫一空，放
火焚烧不留痕迹罪证。雨果写文章怒斥：有两个强盗，一个叫英
吉利，一个叫法兰西。大作家雨果跟中国西北关中的农民一样给

英国法国加上了"犬"。英国法国一下子就成了野蛮人。这是后话。

15世纪初的帖木儿大帝虽然雄霸欧亚，拥兵百万，其实是个很厚道很谦逊的人，他崇拜成吉思汗，就娶了蒙古汗王的公主，成为黄金家族的女婿，《明史》中记载他是元朝驸马。他甚至都不好意思以蒙古贵族最高的浑台吉称呼自己，他只称自己为别克，很一般的草原蒙古贵族。帖木儿建立汗国后很长时间一直保持与明朝的朝贡关系，以大明王朝西域藩属国自居。等到他征欧亚横扫印度，底气很足了，他就想入主中原。

1405年2月18日，帖木儿大帝率60万铁骑浩浩荡荡从中亚大城撒马尔罕出发，一路向东，沿当年成吉思汗的行军路线向东向东一直向东，到了火焰山下奇怪的事情发生了。一个游方僧在帐外摇着手鼓讲故事，士兵们听得津津有味。离大帐几十米远呢，帖木儿还是听得那么清楚，而且全都听明白了。明朝开国皇帝朱元璋有个蒙古妃子，生下了一个盖世英雄朱棣，因为有蒙古血统，朱棣性如烈火凶猛异常。朱元璋传位给孙子。朱棣被封为燕王。燕王就带北方大军以蒙古兵为主力，南下夺了侄子建文帝的江山，然后迁都北京，旧都南京成了陪都。帖木儿入主中原打的就是这个蒙古血统的明成祖朱棣。这个人跟他一样都有一半蒙古血统。蒙古就是大地上的火焰，帖木儿的另一半就犹豫了，而这一半一定要让火焰更凶更猛。当天晚上，大帐外又来了一群中原的皮影艺人，帖木儿就去看，布帘子后一团火，两个小影人，跳来跳去，一个还把另一个一刀劈于马下，士兵们欢呼。帖木儿开始了对自己的想象。天亮了，帖木儿看见了太阳，太阳底下那么多影子，人的、动物的、草木的，万物皆为影，世界就这个样子？帖木儿不知不觉进入对世界的想象。大军很快就开拔了，浩浩荡荡从火焰山下穿过。从古到今，所有从火焰山下经过的人都会把火焰山看成凝固的火焰而不是山，都会把这团大地上的火焰看成太阳的神迹。帖木儿就开始了对宇宙天地对天道的想象……60万大军全都惊呆了，雄才大略神勇无比的帖木儿大帝一半坠马而亡，另一半化作一缕白烟窜入太阳。那一刻天空煞白，就像一面白布，被白烟笼罩的太阳微弱如烛火摇曳，无论坠地的躯壳还是升天的白烟状的灵魂，在烛光照射下全成了投射到白布上的皮影。

成吉思汗之后草原上出现过好多影子帝国，帖木儿大帝之后最后一个影子帝国出现在印度，就是把英国人吸引过去的帖木儿大帝的孙子巴布尔大帝建立的莫卧尔帝国。征服了莫卧尔帝国的英国人腰杆硬了，底气足了，就来到中国，就成了犬英国人，带鸦片来的嘛。

32

还有更精彩的故事，来，跟我走！

周猴带着徐济云教授和王勇博士到地下室。打开灯给人一种阴森森的感觉，几个大木箱子落满厚厚一层灰尘，跟长毛了似的。王勇抽出一本《巨人传》要拍打箱子，周猴拦住了："就待一会儿，把灰尘打起来还不把人呛死。"那些灰尘跟老鼠一样静悄悄地处于昏睡状态。周猴轻手轻脚打开了一个箱子，箱盖上绵软厚实的灰尘纹丝不动，真跟死了一样，土腥味刺得人不停打喷嚏不停咳嗽。折腾半天，周猴找出了"宝贝"。锁门的时候也轻手轻脚。

返回渭北大学的路上，周猴就告诉他们："就是要让你们体验一下这种神秘的气象，20年前放进地下室，就没人再进去过，我也不会再进去了。"周猴压低嗓门:"跟进坟墓一样,跟揭棺材一样,谁敢一个人进去?你们两个是给我壮胆子的。"

直接到徐济云教授办公室,开始分享秘密资料的快乐。教授和他的弟子甚至忘了追问这三件秘藏作品的作者。周猴刚取出来他们就被吸引住了。三部作品的历史背景都是清朝末年八国联军攻破北京,西太后和光绪皇帝逃到西安的经历,官方叫"西狩",关中民间老百姓叫光绪帝母子拾麦穗。拾麦穗原本是农民婆姨碎娃干的杂碎活,夏收大忙,青壮劳力割麦、打场,女人碎娃就去田间地头捡掉落的麦穗,颗粒不剩,爱惜粮食。捡完自己家麦地的麦穗,再去地主家麦田大掠一番,地主家地多,长工短工能割完上百亩麦子就不错了,哪顾得上掉落的麦穗,穷人家女人娃娃来捡麦子也能落个人情。大清王朝败落了,架子不能倒啊,一路逃难进入关中,正好是农忙夏收季节,西太后和光绪帝在西安郊外麦田里散散心,也算体察民情。西太后装模作样放下身段,还真捡了一大把麦穗,陪同的官员感动得热泪盈眶呀!光绪帝也拾了几个麦穗。帝王家锦衣玉食几十代,总算目睹了原粮。关中民众感动得一塌糊涂。西太后只是光绪帝的姨娘,关中人还是把他们看成母子,于是就有了《拾麦穗》的传说。好多年以后民间艺人就把这个故事改编成皮影戏《拾麦穗》,台词很简单,反反复复就两句:光绪王他娘拾麦哩,拾麦哩……不是拾麦,是散心哩,散心哩，散心哩，散心哩……唱腔是秦腔里最抒情的眉户腔，类似于苏州评弹和昆曲的委婉柔媚。让人惊叹的是皮影上的麦穗影子薄如蝉翼，几近透明，不用灯火，自然光下就很清晰地显露出麦子的颗粒和麦芒，都不忍心用手摸。徐济云不由得感叹道这个艺人太厉害了，捕捉到了历史背后的真实和人心最幽暗的部分，王朝败落了，架子不能倒啊，台词反反复复，尾音拉那么长，那么悠闲安逸从容满足，还有那么一点儿得意，啧啧啧。周猴就说："别说帝王家，平民百姓也一样。"周猴拿出另一个画轴，荆轲刺秦献地图一样慢慢地展开画轴，边展开边说："这就是咱西府神话，我周家十几代祖先的先人轴子，家家户户都有，好多人家兵荒马乱破四旧都遗失了。我爷爷就是舍命也不舍先人轴子。用我爷的话说：这是穷人的念想和心愿，猴年马月都实现不了，但必须有，有和没有完全不一样。用我爷的话说：敬神自敬，神就是咱先人，先人永远在咱头顶上。年年上坟敬先人，香蜡，茶酒，献饭，最要紧的就是先人轴子，好多人家都没有啦，就我家有。"先人轴子打开了，穷人家的"清明上河图"，穷得叮当响，却都画着高房大瓦，摆着高桌低凳，穿绫罗绸缎，使着童子丫鬟。周猴自我调侃："穷人的乌托邦，穷人的光荣与梦想。打肿脸充胖子。"徐济云跟大领导一样鼓励周猴："你就是你爷爷的光荣与梦想嘛，全都实现了嘛。""哪里，哪里。"

于是就看到了第二个故事，《红楼梦》流传海外记。据说西太后当年在西安城都城隍庙还真看了皮影戏，还真让西太后见识了陕西人的刚烈与豪迈。想想看，从1840年道光二十年到1900年光绪二十六年，洋鬼子一路杀来，大清国毫无还手之力，京城被破了两次，洋鬼子的坚船利炮几千年未曾见过呀。咱自己搞洋务，造枪造炮造兵舰，买枪买炮买兵舰，甲午之战反而让倭寇给打败了，太刺激人了。于是乎就琢磨变法改良，改来改去，改不出个啥名堂。民间从来有高人，民间知识分子读书人就想到了《红楼梦》。都是《红楼梦》惹的祸。这个宝二爷，生于深宅大院长于妇人之手，陈后主陈叔宝南唐后主李煜之流嘛！把大清国的男儿全雌化了。民间知识分子爱国心切，扶清灭洋，当然不会走义和拳匪那条暴力之路，君子动口不动手，大清国的民间读书人民间知识分子有高招对付洋鬼子，那就是把《红楼梦》翻译成洋文，流传到欧洲，不出几代，洋鬼子的后人就乖乖雌化，二夷子化，让他们男不男女不女，那个时候我们就趁机攻打洋鬼子。其实也不用打，他们就成娘娘了嘛，操他们就是了，日他们就是了，咥他们就是了。当是时也，把慈禧老佛爷看得心花怒放，老太太拍大腿就拍了几十下，到底是垂帘听政掌国柄的老佛爷，大乐之后，淡淡一句："洋鬼子火大，败败他们的火也是应该的。"一下子就传开了，越传越邪乎，大清国有神兵利器有撒手铜啦，有弱洋法术啦。邪到什么程度，都扯到当年徽班进京了。想当年秦腔大师魏长生红遍大江南北啊，大清国在关键时刻选择了昆曲抛弃了秦腔，阴柔之风大盛，阳刚之秦腔流落民间，皇帝还不停地下江南，一次不行还六次，隋炀帝只下三次江南就把国给亡了，大清皇帝一次也没西巡过。洋鬼子破京城，才想起西狩西安，才想起凭吊周镐京秦咸阳唐长安，感受到了西部太阳的温暖。有人甚至扯到了绿营兵。当年把汉人军队编为绿营，从古到今讲的是红男绿女，汉营兵将全都雌化了，全成了娘娘。剿长毛只能靠曾胡李左地方杂牌军了。这出戏显然经过了几代民间艺人的加工改造，徐济云甚至认为最后那位高人离我们不远。周猴惊出一身冷汗。

第三部也是最后一部竟然叫《岐山臊子面》。岐山臊子面源于西伯侯姬昌，西伯侯爱民如子，手下从渭河抓到一条大鲛鱼，西伯侯不忍心一人独享，就让人做成几十锅鲛汤，反复煮反复浇，吃面不喝汤，锅汤就没完没了，几十万部众都吃到了这个美味，于是乎就成了周人的饮食习惯。没有那么多鲛就以猪肉代替，用五花肉慢火熬一个时辰相当现在的一个半小时烂成糊状，加辣椒粉加醋，就是酸辣香的臊子肉，加上薄筋光的面条，再加上煎稀汪的汤，闻到香味就口水不断地流哩！一锅汤反复回烧，把一家人连在一起把一门亲朋好友整个家族连在一起。团结和睦众人一条心万事可成，这就是周人兴旺之道。据说西太后西狩古长安，凭吊祭拜周秦汉唐先王，西岐周人故地是非去不可的。上了周原大地，就被村落里飘来的酸辣香迷醉了。随行官员立马传令岐山知县，让县城最好的面馆县城大十字照壁背后那家好生伺候。一行人直奔岐山县城，知县充当导游角色，简明扼要说清了岐山臊子面的来龙去脉和臊子面的特点。老佛爷的贴身侍女就埋怨知县："你别说了，我都流口水了。"知县还是啰唆一句："照壁背后那家饭馆的灶是春秋时鲁班亲手所筑。"老佛爷就问："有什么特别之处吗？"知县就告诉老佛爷："灶眼只需塞一把柴火，九口大锅立马沸腾如滚滚波涛。""这么神奇啊！"老佛爷惊喜不已。自从西行出关，太后老佛爷就惊喜不断，这几十年又是洋鬼子又是长毛，内忧外患，大清国就没安生过，到了关中总算喘了口气。关中是个好地方呀！

故事有了转折。太后一行进了城，却不能立马享受天下第一美味岐山臊子面。正值深秋，每年一次的秋决要处理一大批死囚。自古惯例，罪大恶极的死囚，临刑前也要满足其最后的愿望，死囚要吃什么就给什么，关中地区肯定是岐山臊子面了，岐山地界肯定是照壁背后臊子面了。店家会竭尽全力把臊子面做到极致，让死囚吃饱喝足安然上路。太后入城正好与死囚最后的晚餐相撞，官员们想改弦更张，太后立马制止，让囚犯先吃，不急不急。太后一行耐心等待。自从进入关中，太后就显得特别大度，给陕西人留下极其美好的印象。流传在陕西关中的种种有关西太后的传说都是慈祥善良，朴素端庄。最有名的就是进西安之前在北郊野外一户人家里出恭，四个农家姐妹来伺候太后。太后头上的金钗落在地上，太后正愁拿什么东西奖赏这四姐妹，就把落地的金钗赏给她们。西太后是秋天到关中的，民间故事就引申到夏天麦收季节，就演化出西太后和光绪帝《拾麦穗》。西太后与死囚同一天吃岐山臊子面，与民同乐，大家对太后的印象就更美好了。创作《岐山臊子面》皮影戏的艺人肯定受过现代教育，这出戏的重点显然不是西太后吃臊子面，是吃完臊子面返回西安途中的长吁短叹。知县不是本地人，是个江南进士，不爱吃酸，更不爱吃辣，陪上司吃臊子面等于活受罪。臊子面天下第一美食招待宾客是上品佳肴。知县更受不了的是臊子面的汤轮回反复上桌，不卫生呀！几千年了就出现这么个知县，每次接待外地上司，就让厨师不换汤，一次性上，吃完就倒掉，反复轮回的辣子面汤就跟喝水一样奔流到海不回头。周文王创造的轮回汤变了样，可怕的是奔流到海不回头在关中西府是人死后棺材上的题词，黄泉路上的哀歌。知县下令厨师给太后如此这般上这种一次性的奔流到海不回头的汤，厨师就很为难，知县的命令不能不从，可不能欺君，更要命的是不能让大清王朝奔流到海不回头踏上黄泉路啊！厨师就叮嘱手下端盘上饭时候嘴里要不停念叨："文王创哈的，周公订哈的，出了门就念叨：碎善狗子客，吃面喝汤哩。"太后再次开怀大笑，这里的老百姓太有意思了，不愧为周秦汉唐故地，敢取笑他们的父母官，再大的官，在皇帝太后跟前不就是碎碎的一个官吗，太后这么想可没这么说，她老人家宅心仁厚就拿自己最贴心的太监李连英开涮："你们这些公公就是碎善狗子客。"李连英慨然应诺："老佛爷说的是，人家打点我们巴结我们还不是冲着老佛爷您吗。老佛爷才是大善才是主子，大善下边才是我们这些碎善，主子后边才是我们这些狗子客。"太监就是太监，人类历史最优秀的大太监李连英话锋一转，直逼在场的众多官员："你们离太后和皇上还隔着一层呢。我们这些公公都是碎善狗子客，你们连碎善狗子客都不是。"还没等官员们发怒，太后老佛爷脸一沉，"你这狗奴才你说什么呢？为人要厚道，不许胡说八道。他们可是咱大清的栋梁，哪是你们这些狗奴才能比的。"李连英马上就觉得不对劲：臊子面吃面不喝汤，进岐山县城前知县怎么介绍周文王创造臊子面的？皇家的福运大清的福运全给倒掉了！倒掉了！端盘的小伙计已经多次暗示了，太后坐不住了，又不能让轿子停下。过咸阳时太后再大悟，知县一个外地人改革臊子面的吃法不是有意为之，与死囚们撞车也完全是出自天意，只在戏文中听过死囚吃饱上路，实地相遇，让人百感交集：人生在世，不就是个吃吗？民以食为天，当皇上当太后能比老百姓多吃几口饭？周文王太通达了，称王称霸之前就把什么都想开了，美味佳肴不能独享，天下人共享之。周朝国运880年。我大清国运不到周的一半，就把我这老太婆折腾成这个样子。太后老佛爷就不生气了，彻底平静下来了。老佛爷离开岐山时还专门给这家面馆题了："照壁背后岐山臊子面。"面馆老板亲自给太后展示鲁班灶，碗口大的火门，放一把柴火，火吼如虎豹，九大锅水滚如浪。

回到北京，太后也不恨洋人了，频频接见外宾，常常把外交官的夫人们请进宫里与民同乐。老太太晚年给洋鬼子留下极其美好的印象。洋人也如实相告，宫里阴气太重，需要太阳，需要火，人和动物的区别就是人会使用火。太后就给洋人讲古老周原的鲁班灶。洋人就说那是周秦汉唐的火，后来火就不旺了，阴气越来越重，后羿射下的九个太阳收进鲁班灶里，那是做饭的火，不是万物起源的火，不是思想的火，不是智慧的火。太后就听不懂了。洋鬼子确实喜欢火，火枪，火船，火车，还有让大清国为之一震的洋火火柴；一根小木棒，裹一小疙瘩芒硝，轻轻一划，就燃起一团火，比火镰打火方便多了。太后多精明，马上明白洋人的言外之意弦外之音；人死如灯灭，大清国真要油干灯灭了，就让它灭得利索一些舒服一些体面一些。光绪帝还想再折腾，太后老佛爷劝不动，又不忍心让这孩子瞎折腾，临终前吩咐李连英让这孩子跟太后我一起上路吧。老佛爷死后第二天光绪帝也成功地驾崩了。太后老佛爷临终遗嘱："我大清朝后有袁大头呀袁大头……"
最后那句怎么听着都是我大清朝后有冤大头呀冤大头。那腔调不
是宫里常有的京剧，而是秦腔中最委婉最抒情的眉户调。乾隆爷
时秦腔在京城可是红极一时，最后让乾隆爷给禁了。大清王朝最
后一位能干的太后老佛爷不是以京剧而是以秦腔来结束自己的一
生。众人不明白太后为什么如此看重袁大头，李连英就告诉大家：
袁大头是忠臣，他会永远忠于大清朝。

三年后袁大头与革命党联手推翻清朝建立民国，又几年袁大
头复辟称帝，大家才明白袁大头忠于的是帝制，是从秦始皇以来
的 2000 年帝制。袁大头为帝制尽忠成了帝制的殉葬品，比岳飞还
忠，比岳飞还冤哪，真冤啊！太后老佛爷临终前另一个重大决策：
选众皇子中最无能的溥仪当大阿哥。让那些雄才大略满腹经纶的
王子上位他们就得沦落为天道的工具，就是老子说的刍狗。太后
老佛爷临终前的那些日子谈论最多的就是秦始皇：真是千古一帝！
太伟大太英明了，最后没有选择长子扶苏，而是选择幼子胡亥是
多么了不起的决定，所谓赵高李斯篡改遗诏完全是瞎猜，秦始皇
太爱长子扶苏了，不忍心让智勇双全的长公子充当天道的工具，
脑子不够用的幼子当刍狗被天道玩弄也不会给嬴氏丢脸。溥仪比
胡亥更惨，溥仪有负于太后对他的期待，溥仪的资质只能过日常
生活；王朝结束了，好好过你的平民日子，偏要过皇帝瘾，比袁

大头还冤大头，给日本当儿皇帝当傀儡生不如死，比胡亥袁大头还惨。

戏看完了，周猴还不明白：溥仪差在哪里？王勇就告诉他：溥仪十几岁的时候就让宫女们把身体折腾坏了，用老百姓的话说把尿挤干了，龙涎倒光了，成人后都不能过性生活。周猴听得心惊肉跳："宫里那么多娘娘，皇上尿不硬，难受死了。"王勇就说："平民百姓要摊上这种病也难受啊。"周猴就发感慨："原以为示弱是咱老百姓的生存方式，皇家也这样搞我就放心了。"周猴完全接受王勇在他传记里增加敏感话题的方案。

王勇很快就追查到周猴更多的隐私。大家一直怀疑以周猴如此单薄如此虚弱的身体怎么应付他那个体壮如牛的妻子。周猴好多次谈到他妻子吃苦耐劳当过铁姑娘队长，赶马车，抢铁锤，精壮男人都不是她的对手。典型的阴盛阳衰。周猴就笑：我一点儿也不衰。再问，就不说了。报纸连载完了，出单行本也是增加修订的一次机会，再加些料更能吸引读者嘛。周猴这个强壮的妻子就走上前台，比小说还精彩。

这个当年的铁姑娘真是浑身似铁，在嫁周猴之前曾嫁过三个男人，一个工人，一个军人，一个农民，工农兵全齐了。每次结婚不到一年就离婚，男方先提出，理由难以启齿，工农兵三个壮男硬是破不了铁姑娘的处女之身。缘分很快就到。"文革"后期大兴水利,关中西府修建冯家山水利工程,几十个县几十万民工汇聚西部山区进行长达数年的大会战,男女民工轮番上阵。痨病鬼一样的周猴干不了重活,就搞后勤,运送生活用品。走到半路晕倒了,铁姑娘队长正好路过,拎小鸡一样拎起这个小可怜往背上一抢,往医护所跑。翻山越岭呀,也就一个来小时,铁姑娘从来没接触过这么绵软的男人,跟背一包棉花一样,又是有生命的棉花,离医务所还有好几里地,铁姑娘自己就软了。新婚之夜,铁姑娘竟然还是处女之身,棉花一样的周猴根本不用什么力气,绵软的小手轻摸几下,铁娘子就激情澎湃,小鸡鸡刚走进,铁娘子就大呼小叫高潮迭起,真正的四两拨千斤。有道是以强克强者亡,以弱克强者胜。

王勇就把这个故事告诉导师徐济云,徐济云就说:这就是他能收藏皮影西太后《西狩三部曲》的原因。徐济云和弟子王勇看完密封20多年的皮影精品后就忍不住问周猴原作者是谁。周猴淡淡地说一个小学教师,好多年前就死掉了,他的西太后《西狩三部曲》以自然投稿的方式投到我们《皮影手册》杂志社,我还真看不出有什么好,都要退稿了,主编张火明随手一翻,大吃一惊,全部带走。过了好几年,那个小学教师郁郁不得志,校长不停挤压,老婆跟人跑了,孩子病死了,他就病倒了,时间不长就死掉。

他死掉不久，主编张火明就把《西狩三部曲》交给我，还叮嘱我一定要保管好，谁都不能看。还拍拍我的肩膀：交给你我们放心。到现在我都不明白他们放心我什么？徐济云和王勇相视一笑："你是个好同志，人家就放心你。"王勇差点儿告诉他："你完全可以让三部曲重见天日，或者狠一点儿，加工改造，抄袭剽窃都可以啊，他们对你放心到这种程度，你连抄袭剽窃的能力都没有。"

徐济云的眼神却是另外一层意思，好多年后王勇才明白，那就是张火明主编把这套杰作当诱饵，各个击破摆平各大班主，张火明成为唯一的赢家，在众大师推荐下升任某部门的局长，这种合纵连横术挑起各大班主互相争斗，都想独吞这套杰作，也给原作者那个小学老师带来灭顶之灾，就是本地人说的狼吃娃，虎食子。自古民间有高人，原作者自己都没想到这套作品一出手会让各位大师黯然失色，《西狩三部曲》中的任何一部，他们穷其一生也难望其项背。互相斗争的结果谁也赢不了谁，张火明志在仕途，对狗屁皮影艺术不感兴趣，以老江湖的睿智和练达，把这套杰作转交给周猴最让人放心，所有的人都放心。张火明就发出这样的感慨，发现推荐周猴这个活宝才是真正的皮影艺术。徐济云洞察到这一切的时候，不由得黯然神伤。王勇当时没察觉到罢了，周猴就更一脸茫然。

周猴把《西狩三部曲》交给徐济云教授的目的很简单，就是报答徐济云教授的知遇之恩再造之恩。"士为知己者死嘛，没有大教授的发现，我就跟那小学教师一样被埋没了。狼吃娃很可怕。"周猴每次提到小学教师，徐济云就很不自然，徐济云甚至怕人提到埋没这个词。吴丽梅曾经很自信地告诉徐济云：那些埋头苦干的人，那些拼命硬干的人，那些为民请命的人，那些舍身求法的人，是埋没不了的。埋没他们的人压根就不知道，埋掉的是种子，就像《圣经》里说的，一粒麦子不死掉它还是一粒，如果它落入土中死掉了，它就会变成很多粒。可上帝和吴丽梅就没想到人家压根就不把种子往土里埋，人家把种子埋进沙子，掺进很多很多沙子，不给种子提供发芽的土壤，就像古波斯诗人鲁达吉说的那样："许多沙漠被开拓成鲜花盛开的花园，也常常可以遇到有过金色花园的沙漠。"徐济云就问自己：种子落到你手上了，你是沙子还是土？周猴吓一跳："徐教授你咋啦？你咋这么看我？"徐济云就随口应付了一句："你的传记写完了，马上要交出版社了，不知你满意不满意？""树碑立传多好的事情呀，不满意我还是人吗？"

《周猴传》最后一章身世之谜很抓人，报纸连载时没有这一章，征得周猴本人同意后出书时加进去，而且加在书的腰封上，有极其强烈的广告效应。从周猴的先人轴子可以看出周猴家人有强烈的"地主情结"，世世代代没做过地主的人比做过地主的人更热爱地主。

有道是机会总留给有准备的人。新中国成立初土改斗地主，爷爷担任村干部，大权独揽说一不二，可他们村在山脚下，包括周围的村子，全是贫瘠的坡地，开天辟地以来就没出过地主，连富农都很少。爷爷灵机一动，计上心来，引进人才一样从县城附近王家堡子引进一个高高大大又白又胖的王地主；那时候不叫引进，叫借，借一个地主供大家批斗。这个王地主可不简单，良田几百亩，还有不少店铺，还上过学念过书，属于有文化的乡绅，号称全县十大豪绅之一，位列第三还是第四，反正排行榜上挺靠前的。每个月王地主来四次，接受贫下中农批斗前先参加劳动。爷爷私心很重，王地主进村只干一件活，起猪圈，儿媳也就是周猴的妈妈喂猪；一个胖地主，一个村干部儿媳，从上午干到下午，开一个时辰批斗会，王地主回到城郊王家堡子也就天黑了，过几天再来。王地主很快发现村干部老周的险恶用心，老周年轻漂亮的儿媳妇总是不经意间蹭王地主，王地主是见过世面的人，王地主马上明白狗日的老周想借种，老周的儿子憨憨的农村小伙子，话都说不清楚，一脸蠢相，老周想改换门庭。王地主无法反抗，将计就计，跟这小媳妇交欢但肥水不流外人田，天黑回到家立马跟自己婆娘美上一顿，白天等于热身，等于演习。王地主精通中国古老的房中术房中秘籍，穷人家的小媳妇被整得五迷三道，下身一大摊哪分得清是谁的？笨手笨脚的农民丈夫哪有这么高深的功夫，跟王地主一样，小媳妇把白天的交欢也当成了热身演习，晚上烈火烹油一样跟榆木疙瘩丈夫狂欢；丈夫不但察觉不到巨大无比的绿帽子，反而把自己媳妇与王地主一起劳动看成修炼自己的好机会，不到十几天，媳妇变了个人，一投足一举动说话都不一样了，媳妇被王地主整整锤炼了一个月。村干部老周见好就收。一个月，石头都开花了，何况大奶头大屁股的小媳妇，从王地主疲惫的样子就能看出来王地主很勤奋地在干这项伟大的工作。三个月后儿媳妇的肚子就起来了。虽然没有留下王地主的种子，但王地主打夯一样把周家儿媳妇的子宫从窑洞夯成了先人轴子里才有的大瓦房。周猴就这样降生了，还真有几分王地主的模样，但眉眼神志还是老周的，有那么几分像，也不枉爷爷用心良苦一场。后面的事情就不能写进书里了。多少年后王地主的子女上大学，发财的发财，当官的当官；还真有一位我们不便透露身份的高官，王地主去世前肯定给他交代过什么，这位高官一直暗中倾力支持周猴。支持周猴的另一支力量说来也很有意思，就是与周猴妗子通奸几十年的村长的子女，也都他妈的高升啦，也都听从父亲的遗嘱，对周猴妗子的子女包括亲戚倍加关照。这两份资料千万不能写入传记，更不能外露，文人知识分子最反感这个。想想吧，一个贫农为了实现人生理想都这样了，马尔克斯的魔幻现实主义也魔幻不出这种奇思妙想呀！

《周猴传》很快就出版了，周猴还是那么怒气冲天。周猴告诉王勇我早都习惯了，每遇到一件好事就本能地大闹一场。王勇就说："你一直生活在恐惧中，极端不自信，就反其道而行之，其实就是为了保护自己。"周猴满脸怪笑，王勇就说："这么多人帮你，你是不是觉得人人都得帮你？就像缴粮纳税？"周猴就告诉王勇："我来自坟墓，原本就没有生命，丧失生命就不是人了，帮我的人他们另有所图，帮我的人就不是人。"看到王勇博士目瞪口呆的样子，周猴拍拍他的肩膀："把你吓成这样子了，你到我们村考察来考察去，你一定听说过我二爸（二叔）自杀的事情？""你远房叔叔嘛，这样的叔叔我有几十个，我家也在农村，农村都这样，跟你关系大吗？""你考察不仔细嘛，那个自杀的二叔跟我们家来往不多，也不咋搭理我爷爷，我爷爷当村干部没多久就被耍（捋）掉了，二叔也参与了。可我看得出二叔心里崇拜我爷爷。""那时你才多大？抬高自己吧？""12岁，刚从坟墓里出来，我爷爷下台好多年了，我一眼就看出二叔的狼子野心，你不要笑，死过一回的人了，眼睛很毒的，就是你们知识分子说的洞察力，洞若观火。""你爷爷下台了，人家还对你爷爷狼子野心呀？""他想取代我爷爷在家族在村子在方圆几十里的威望，威望你懂不懂？我爷爷是有想法的人，我爷爷有朴素而强烈的地主情结，我爷爷这个想法藏得很深，可还是让二叔看出来了，除过我这个爷爷最爱的亲孙子外，看出爷爷内心秘密的就是二叔了。"周猴抽两口烟告诉王勇,"我的传记已经出版了,相信你不会把我们今天的谈话公开出去,也相信你不会写进书里。"周猴不理会王勇奇怪的眼神,王勇的眼神分明在说:"说不说是你的事,写不写是我的事,你管得着吗?"他显然小看了这个来自坟墓的人,直到现在他还没真正理解大地上的坟墓。

周猴就开始讲述爷爷更隐秘的一段经历:民国初年,兵荒马乱,民不聊生,爷爷带着新婚妻子逃到几百里以外富裕地方求生,爷爷给地主打工,新婚妻子给地主家当用人。那是爷爷有生以来第一次见到有钱人家,老家的村子千百年来就没出过地主,连富农都没有。东家待下人很厚道,工钱不少,还管吃住。可东家也有七情六欲,耐忍不住就把年轻漂亮的女佣给强暴了。受辱的妻子把这一切告诉丈夫。爷爷杀心顿起,操起杀猪刀去报仇雪恨,从下人住的旧屋奔到前边东家住的大院也就十几步距离,唰唰几步踏进高瓦大房的深宅大院,爷爷就跑不动了,有道是目击而道存。先人轴子上描绘的美好生活的图景就在眼前,光荣和梦想突然以实景出现。实际上爷爷给东家打工一年多,每天都能见到东家的深宅大院,从来这里的第一天,他就眼前一亮,生活一下子就有了希望,爷爷就开始了对自己的期待和想象,先人轴子的画面全都活起来了;东家白白胖胖慈眉善目待人很和气,人有了钱就应该是这个样子，爷爷在大院后边的侧房门口吃饭的时候都要仰望一会儿近在咫尺的高瓦大房，然后埋头猛咥，真正踏进东家大院完全就是另一种感觉了，血不停地往上冒，都要冲破天灵盖放烟花喷火焰了，爷爷自己都不知道自己怎么又折回去了，进屋把惊慌的妻子压倒在地上一顿乱捅，不是砍，是捅，一下一下，没有声音，丈夫没有声音，妻子也没有声音，只有刀子扑哧扑哧十几下，每一下都带出一股子血，很热很鲜艳的血，跟怒放的玫瑰一样，跟太阳深处喷射的火焰一样；太阳很快就喷出黑黑的血，太阳就瘪了，展开四肢不动了。丈夫听过评书《水浒传》，丈夫就模仿好汉武松的壮举，扯下被子一角，蘸血在墙上写下："饿死事小失节事大奸夫淫妇该杀杀人者某某某。"真不好意思公开爷爷的大名。爷爷投奔威震北方的冯玉祥西北军。中原大战西北军垮掉，爷爷回乡务农。当年的杀妻事件，已经被人们演化成一桩义举，杀的是失节女人，是淫妇；不管是强迫的还是自愿的，失去贞操就很容易成就丈夫的名望。娘家人不但不敢找丈夫讨说法，还好长时间都抬不起头。爷爷成了民间英雄。回乡不久，再娶一个贤惠能干的媳妇，奶奶嫁给爷爷很自豪。爷爷老江湖了，以农民的狡诈足以掩饰自己。爷爷只给最疼爱的孙子周猴吐露心声，肯定是祖孙两人独处的时候。爷爷就告诉孙子忆苦思甜的过程，那是一套行之有效的程序：第一步点苦，劝苦，攀苦，调动情绪制造氛围，认识到自己辈辈苦，胎里苦，效果就出来了，哭声四起，抱头痛哭，好多人哭晕哭病，还有活活哭死的。第二步，从感性上升到理性，算苦中账，诉账中苦，开展算账运动，算账中哭声再起就是水平很高的哭声了，充满哲学意味和理性色彩：贫穷不再是一种抱怨，而是一种荣誉一种资源一种资本。王勇忍不住插一句："怪不得你整天哭，整天抱怨，利在其中啊！"周猴延续爷爷的话题，忆苦思甜没有激起爷爷对地主的仇恨，反而给爷爷清除掉大批大批的竞争对手，爷爷以农民的狡猾和智慧告诉我，恨地主的人多啦，爱地主的人就少啦，连地主自己都不爱自己啦，地主自己都不想当地主啦，多好的事情呀！爷爷跟碎娃一样手舞足蹈的样子永远刻在孙子周猴的脑海里。爷爷的想法其实很简单很朴素：就是让自己心爱的孙子多占便宜少吃亏。王勇插一句："不劳而获当寄生虫。"王勇跟周猴接触最多，是周猴家的常客，周猴家人不把王勇当外人，周猴那个健壮如牛的妻子最爱说的一句话就是："我家老周聘麻得很，一年四季十指不沾水，我就是人家周家的使唤丫鬟。"周猴就笑眯眯地盯着王勇的眼睛："博士，你就没看明白先人轴子吗，高瓦大房童子丫鬟，被人伺候的感觉太美妙了，先人轴子就画出这么一个意思，就是要把日子过成这个样子，被人伺候。徐教授讲的《福乐智慧》我只听明白一个意思，追求幸福就是追求被人伺候。你说我误读，误读也是一种读。世界上所有的学问我都能把它们理解成追求被人伺候的学问，我二爸（二叔）洞察了我的心思，可他没学到我爷的精髓。我二爸当村干部真把自己当一盘菜，爷爷提醒过他不要把自己真当一盘菜，他还嘲笑爷爷狗肉不上台板，爷爷就知道二爸迟早要出事，二爸真把自己当成一个人物了，爷爷就拿二爸当例子告诉我：狗肉不上台板，就不要硬上，上去就下不来了。爷爷说这话的时候我突然明白爷爷当村干部只是为了接近地主，运动结束了，爷爷自己就不想干了，就眼睁睁看着人家来推翻他压根就不还手，爷爷知道他只是向往崇拜地主，他永远也做不了地主；人对社会的想象对天道的想象都不如对自己的想象那么真实。王勇都要跳起来了："那你还让我给你写传？""别激动，别激动，坐下，坐下。我还没告诉你我二爸咋死的？粉碎四人帮清理三种人，二爸助纣为虐，他本人不是纠不是核心人物，没什么恶名。正因为他没什么恶名更没有多少恶行，都没法送他进监狱，审查个一年半载就可以放出来。东山再起的可能还是有的。他的对手太了解他了，给他一个很轻的处分，连党籍都保留着，就是让他干两个月体力活，这么轻的处分决定大家都不敢相信：公职都保留啦，还能吃公家饭，不就干两个月体力活吗？又不是劳改。爷爷知道大事不好，跟二爸长谈，不谈还好，越谈二爸越烦躁。不到一个月二爸就上吊自杀了。对手太了解他了，有位诗人这样写道：需要温暖的时候，他背着山一样的柴火走向村庄……二爸当上干部就十指不沾水了。有道是从劳到逸容易，从逸到劳难于上天；让草根断裂，就提起来再放下去。农民的儿子忍受不了劳动的耻辱愤而自杀自绝于劳动。谢谢您和您的导师把我抬这么高，我绝不会重蹈我二爸的覆辙。"

笑容就凝固在周猴脸上了，也凝固在王勇脸上，他们对视着……

"我们一生都在互相望对方的脸，今天也是如此。我左思右想，怎样才能把我的脸，变成你的……我可以附在你的身边，诉说一个我做过的梦吗？你从未对别人提起过这个梦……精神先于世界而生的人，在进入现在的肉体之前，他们就已活过好几辈子了……在种子播下以前，他们已经丰收……在未有心灵之前，他们已经懂得思考……在太阳未升起之前，他们就已经找到阴影……当两个这样的人相遇，他们就不再是两个人，他们是一，也是亿……他与你同在。"

他们就越过对方的脸，看到了天上的云，大卷大卷的云从高原涌向群山。每一朵白云都要落下一段声音，那是来自遥远的西域来自遥远的年代，叫鲁米的古波斯诗人的美妙诗句，云海一样飘过来把他们裹在一起。连他们自己都不知道他们会在云海里泅渡多久。

祸不单行，倒霉事一个接一个。师兄张林马上要从研究院常务副院长升调到另一个重要岗位了。张林好多年前在下边当镇长时交了一个小情人，16岁一个中学生，多单纯一个碎女子，心甘情愿给张林当小情人，绝不破坏张林的家庭，绝不在公开场合跟张林套近乎，比夫妻还和谐，好日子一过就是十几年，碎女子大学毕业都工作了当小科长了，都二十七八岁了，怎么办？确实成了大问题。那段时间全国到处发生官员杀情妇的恶劣事件，有道是情妇可养不可杀，最恐怖的是济南人大主任用炸弹炸情妇的七九事件，10多年的老情人啊被炸得血肉横飞，身首异处。张林的情妇吓坏了，不停地问张林："你会不会杀我？你会不会杀我？"张林调出大量资料证明那个被炸死的情妇也有责任，她不断威胁人家，人家没安全感人家恐惧了嘛，被逼急了嘛。人被逼急了狗哪比得上。你又没逼我你又没威胁我你怕啥？小科长想好半天也想不起十几年来她有啥违规之处。但问题还得解决，必须给家人给社会一个交代。办法有了，结婚，丈夫肯定是个盾牌，但这个盾牌呢最好必须是个歪瓜裂枣，也不能太差，跟如花似玉的美女科长差距不能太大，遮人耳目嘛，遮羞布一定得有点儿装饰效果，反反复复，一对狗男女达成一致，无论美丑，身体不能太棒，这可是关键问题，床上功夫太强吃亏的是谁谁明白。张林反复强调这是底线是红线，千万不能碰！小科长就发誓：找个弱男过日子你就放心了吧。

　　小科长真是好样的，多少年来一直拒绝张林以外的男性。经张林首肯，绿灯一亮，就有洪水泛滥的危险。底线画在哪儿呢？啪啪啪，帅哥猛男被扫射一空，弱男也不少，先看相貌，再暗中观察，张林自己选定一个苍白瘦弱的武大郎一样的弱男，小科长就大叫："你让我给他当护士呀！"张林淡淡一句："不至于吧？他又没疑难杂症，咱们说好的，身体一定要弱的，你不可以反悔！""我就是有点儿憋屈。""有我这道主食，零食就凑合一下吧。"

　　小科长的新婚丈夫还真是个弱男，体弱志弱性子也弱，新婚之夜没同床他也能忍。婚前只拉拉手，拥抱，亲吻这套程序都没有。张林就更满意了，小科长心情很复杂："你就希望我嫁个太监！"张林赶紧热烈拥抱把她哄高兴。

　　情人结婚那天，张林长出口气，好像北朝鲜拥有了核武器。还有什么比太监式男人更让情敌满意的事情呢？

　　一周后，新郎期期艾艾磕磕巴巴地乞求新娘子："一周一次可以吧？"新娘神情冷淡，新郎就大步后撤："两周行不行？""三周呢？"新郎都要哭了，低头哈腰像个沿街乞讨的叫花子。这就是我的丈夫？女人心里麻凉麻凉的，长发一甩，昂然望着窗外，看都不看这个狗一样的男人，就像古罗马贵妇对待奴隶一样，撇下一句话："下周吧，看我心情怎么样。"新郎连声谢谢，谢谢，眼睛贼亮，生活有了希望。新娘摔门而出，半夜才回来，满面春风的样子一看就知道跟老情人张林厮混去了。插进一块挡箭牌，小别胜新婚，进入新婚状态的反而是张林和小科长，他们的关系就像加了催化剂，浓得都化不开了。他们还真感谢这个窝囊废，废物有时候会起到意想不到的作用。蜜月的前两周都是小科长跟张林在狂欢，小科长如实相告，我们就没同床。他这么老实？你不是要我找这样的吗？你亲自审查考核过的呀？从情人的状态和身体可以感觉到他们真没过过夫妻生活。张林就劝新娘："长久下去也不是个办法，演戏嘛就要演出个样子，十天半个月让人家一回。""你把我当什么啦？我是妓女呀？""人家顶个丈夫身份嘛，该吃的亏我们还是要吃的，就是让你受委屈了，我会加倍补偿的。"怎么补？双方决定，假丈夫每跟小科长上一次床，张林必须连陪小科长三个晚上，而且是整夜陪，他们偷情10多年来从没有过过一整夜。张林更在乎自己的家室。张林就妥协了，怎么摆平老婆是你的事。该吃的亏必须吃。

小科长对假丈夫的承诺就顺利地兑现了。你可以想象假丈夫畏畏缩缩的样子，基本上是武大郎戏潘金莲的场景；小科长牛气哄哄往床上一躺，一边翻时尚杂志一边下令：来吧，快一点儿，我累啦。叉开双腿，凭由窝囊废丈夫摆弄，眼皮抬都不抬。就你这小身板你能整出个啥动静？大肚子夯人的架势。假丈夫脱裤子，扒内裤，她还抬抬屁股，还讽刺人家："进得去吗？"还真进去了，一只小老鼠呀！小科长依然看时尚杂志，身体里好像一条软软的舌头在晃动，跟挠痒痒似的，真是个小可怜，女人就彻底放松了，换句话说就是放松了革命警惕，一点儿也没觉察到入港的小老鼠愈战愈勇哗啦啦一下子成了一条遨游于大洋深处的蓝鲸，女人自己都没感觉到自己生命深处发出的进入死亡状态的那声悠长深沉的呻吟，很快就变成了产妇生产时的哀号，最后只能发出我要死了我要死了的喃喃自语。蓝鲸从容消失在海洋深处。现在她感觉到的是一根巨大的铁轴在生命深处不停地膨胀发热，一只金色发动机在身体里怒吼，钻探机在穿越地球，先民在钻木取火，火！火！火！地火在地下运行，奔突，不断地奔突，熔岩喷薄而出……女人一下子就僵硬了，坐直，紧紧抱住这个臭男人，大声喘息，然后跟水一样滑落下去。

后来的情况变得很滑稽。女人依然爱着张林，可张林再也得不到女人与丈夫之间任何真实的信息。跟情人做爱的时候张林心惊肉跳，情人短短一个月就从清澈的小溪变成汪洋大海，浩瀚无际，张林再怎么折腾都是一叶扁舟，跟航母比拼，不是找死吗？出于男人的自尊又不能问，更不能退缩。女人已经感受到脚踩两只船的快乐。爱着旧情人又放不下外弱内刚的丈夫。女人自己也不知道跟老情人能撑多久。每次跟熔岩般的丈夫狂欢再会老情人，老情人就成了小可怜，再这么撑下去非垮掉不可。就这么忍着吧。

忍的是他又不是我。

张林告诉师弟王勇这一切时王勇就明白张林被人下套了，这招太阴了。张林跟情人是十几年的老关系，尽人皆知，就老婆不知。这个外蔫内猛的闷骚型男人显然是被人重金招来的，成功地瞒过了张林的法眼。张林暗中访查，此人是密宗高手，女人根本不敢与其单独相处，交欢一次就终生无法摆脱。如果自动退出，就等于昭示天下自己不行，男人最怕人说不行。张林就陷入进退两难之境。不知能撑多久。背后的黑手到底是谁？一点儿蛛丝马迹都没有。她又不是你老婆你认真干吗？夫妻大难临头还各自飞呢。同治皇帝是慈禧的亲儿子，慈禧都受不了儿子与心爱的女人夫妻和睦，一定要硬塞给儿子一个他不喜欢的女人做皇后，捏住儿子的卵子蛋就等于捏住了大清王朝！你老兄的卵子蛋让人家给捏住啦，那个人是谁已经不重要了。你的对手肯定从《色，戒》中得到了启发，我也刚刚发现了《色，戒》的破绽，王佳芝接近汉奸易先生之前，革命党派一个毛头小伙子给王佳芝破身，就已经给后来的失败埋下了伏笔；革命党里肯定有风月高手肯定有精通房中术的老流氓，这样的人给王佳芝破身，易先生也就只能跟你一样成为汪洋里的一条小船，随波逐流任由他人摆布。张爱玲自己不都说了吗，进入女人的内心要经过阴道，张爱玲没有说出的另一半话应该是什么样的人进入。如果有一个比胡兰成更流氓的男人调戏一下张爱玲，说不定张爱玲能写出中国版的《飘》和《查泰莱夫人的情人》。

张林发现王勇一点儿感情色彩都没有，就捏王勇的鼻子耳朵，王勇就告诉他："我比你还惨，你只是掉进了陷阱，我掉下去的是无底洞。""有这么严重？比我还严重？还有什么比阴险小人使用阴谋诡计更残酷的事情？""切尔诺贝利核事故你知道吧？""你又没染上核污染你怕什么？""我做的工作就是制造核废料核污染，制造者自己能摆脱掉吗？""不就是一个比喻吗？""能比喻在一起的就有内在的逻辑关系，可惜我明白得太晚了，两小时前才明白过来。核废料强大的放射性毒素，存在时间长达20万年，它依靠自身的原子力持续扩散，摧毁一切生命力，核废料核污染就是给人类送终的。人化的核废料核污染比核废料核污染厉害多少倍，想都不敢想。"

中午休息时王勇睡不着，就打开电脑上网解闷，竟然发现自己成了新闻热点。堂兄王进的公司成功上市啦，众多媒体报道时都要提及王勇博士，影视明星的广告之后就是戴眼镜的气度不凡的名牌大学博士王勇，王勇在给全体职工讲马克斯·韦伯的《新教伦理与资本主义精神》。

接下来就是从马克斯·韦伯演化而来的科层制。正是科层制让堂兄王进茅塞顿开，这个狗日的对科层制的内容特征方法不感兴趣，这个狗日的还真听出了门道，专门把王勇叫进办公室把门关上，让助手站门外，谁也不许打扰，就像在谈一宗大买卖。这个狗日的一定要王勇讲清楚科层制的来龙去脉。书呆子王勇一一道来，多少有点儿炫耀的意思，给土豪讲课有极大的心理优势和唯我独尊的话语霸权。

　　讲完后他忽然有一种商鞅、韩非见秦王的感觉，他不停地扪心自问：我是商鞅吗？我是韩非吗？我是李斯吗？我就是一介书生啊！他怎么也忘不了堂兄王进反复追问的喜悦与兴奋，他终于想起他给堂兄王进说的那段话：16世纪开始，新教用自身的纪律切入个人生活和社会生活，为世俗生产和生活而辛苦劳作等于履行为了上帝的荣誉而尽的责任，这种天职驱使信徒深深地投入日常生活，检验自身并获取自我救赎，无休止的不间断的和有组织的劳动本身变成了世俗生活的首要目的。听到这里，堂兄王进情不自禁地叫起来："啊呀呀！老板成上帝了呀！"这才是堂兄所需要的。堂兄已经没有心思听书呆子王勇讲什么科层制的意义方法作用之类，什么认真精确高效率，什么内部分工权利责任明确，严格的规定与纪律；讲到排除私人感情，只讲工作关系时，堂兄王进眼睛一亮，算是记住了；讲到巴尔扎克把科层制看作"侏儒行使巨人的权力"时，堂兄王进让王勇再说一遍，亲手动笔记在本子上。王勇就有必要提醒堂兄王进：作为社会主体的个人在庞

大万能的科层制机器里完全无能为力彻底地物化异化了。堂兄王
进哈哈一笑："这就对喽，狗日的老外就是厉害，全说到点子上了。"
终于找到了灵丹妙药，堂兄幸福激动难以自制，挥两下拳头："科
层制，老板上帝化！嘿！"撇下王勇就立竿见影去了。

体残之人快速高升占据关键岗位，看门守仓库监督检查的都
是脑残之人，最后是志残之人，负责文书档案给老板拎包最合适
不过。科层制让这种人大显身手，真正达到了巴尔扎克说的"侏
儒行使巨人的权力"。

给王勇致命一击的就是这些人以网民的名义在网上发布的意
见，他们竟然提到了切尔诺贝利核事故以及各个国家发生的核废
料核污染事件。他们查到的资料显示，2009 年咸海干涸就是因为
1957 年俄罗斯南部车里雅宾斯克州核废料爆炸，所释放的核污染
是切尔诺贝利核污染的 2.5 倍，存在了 550 万年的世界第四大湖
泊咸海，水量以每 10 年减少 20% 的速度迅速干涸，2009 年从地
球上彻底消失。俄罗斯作家普里什文把湖泊描绘成大地上的眼睛。
这双中亚草原美丽的眼睛永远地闭上了。我们不忍心说这双眼睛
瞎了。我们这些行使巨人权力的非正常人比核废料还要厉害，我
们的能量远远超过核污染核废料，为了生存我们无法舍弃这份工
作，老板就是我们的上帝，可上帝怎么能这样啊！宽恕我们吧！
饶恕我们吧！鼠标就停下了，王勇的手指都僵了，王勇自己也僵了，

他已经预感到他的不幸。

王勇去见未婚妻，那么从容镇定连他自己都感到吃惊。他们有固定的约会地点，就是渭北市最有名的小悉尼咖啡馆，最优秀的乐师在大厅中央演奏，钢琴小提琴吉他二胡琵琶轮番上阵。

王勇第一次跟未婚妻来这家咖啡馆时听到的是拉赫玛尼诺夫那首抒情忧郁而充满诗意的《c小调第二钢琴协奏曲》，也是未婚妻的最爱。王勇这个乡下人对俄罗斯的了解也就是柴可夫斯基的《天鹅湖》，第一次听如此细腻委婉忧伤而充满诗意的钢琴曲让他大开眼界。他竟然告诉这个城里姑娘："我以前总是把契诃夫和柴可夫斯基连在一起，此时此刻才知道拉赫玛尼诺夫才是契诃夫的知音。"未婚妻微微一笑："拉赫玛尼诺夫把柴可夫斯基当老师，他们是师生关系，我还是头一次听人把音乐家和小说家拉在一起。""俄罗斯的文学艺术都有一种难以排解的忧伤。""拉赫玛尼诺夫又多了一个知音，你知道拉赫玛尼诺夫在俄语中是什么意思吗？这个姓氏来自俄语拉赫玛尼，挥霍无度的意思，你不也这样吗？一点儿也不像农村出来的，出手总是那么大方，我喜欢你的慷慨大方，你很男人。"王勇正得意呢，未婚妻话锋一转："拉赫玛尼诺夫的父亲大手大脚豪赌不断，赌光了家产，弃妻子儿女不顾。""我可没有这样的父亲，我父亲是个老实到家的农民。""你别紧张，拉赫玛尼在俄语中还有另一层意思：亲切慷慨，我希望

你亲切慷慨，我亲爱的中国版的拉赫玛尼诺夫。"这都是美好的过

去了。

　　6点半，天还很亮，王勇进去的时候大厅里演奏的是拉赫玛尼

诺夫的《d小调第三钢琴协奏曲》，曾让多少演奏家绝望以致疯狂

的无比艰难难以捉摸的钢琴曲刀子一样划过王勇的心脏，牛筋一

样勒紧王勇的咽喉，王勇踏进咖啡馆的大门时就不由自主地解衣

领上的扣子，就开始焦躁不安，不祥之感如此强烈。当他走到他

跟未婚妻熟悉的位置时，未婚妻已经提前到了，在座的还有一位

陌生男子，从他们的神态看他们的关系远远超过他这个准未婚夫，

这几天一直弥漫在他心头的不祥之感发挥出意想不到的作用，他

特别冷静，好像他早有心理准备似的。已经另有所爱的未婚妻竟

然放松下来了，彻底放松下来了，还特意给他介绍身边这个明显

比她小好几岁的小伙子。叫什么来着？反正不是一个单位的，不

属于办公室爱情，这就很危险。女人放松之后，关系暧昧的小伙

子也放松下来了，王勇竟然主动跟人家握手。女人就更放松了，

彻底地放松了革命警惕，于是《d小调第三钢琴协奏曲》就顺利地

滑过了急流险滩甚至超过了生死难测的梅里雪山和高不可攀的喜

马拉雅山，女人就赞美王勇身上的拉赫玛尼诺夫气质，从音乐到

俄语中的拉赫玛尼原始含义：亲切慷慨。王勇傻瓜似的点点头就

像受老师表扬的小学生。女人飞快地瞟一眼新男友，新男友心领

神会跟王勇摆摆手离开了。王勇一脸茫然：他怎么走了？女人马上切入正题："你也看到了，我有男朋友了，我爱上他了。"然后就死死地看着王勇，等王勇回话。王勇就说："我们只是订婚，又没结婚。就是结婚了另有所爱也很正常。"女人满脸惊喜打王勇一拳："我就说嘛，拉赫玛尼，不要那个忧伤的诺夫，就要拉赫玛尼，就要你这个拉赫玛尼就要你这个亲切慷慨。"女人突然停住了，她看到了王勇的忧伤绝望还有悲怆。这个从农村走出来的博士，最早对俄罗斯的了解就是契诃夫和柴可夫斯基，《天鹅湖》之外还有《悲怆》，写完《悲怆》两个月后柴可夫斯基就去世了。必须给王勇一个交代。前女友打开手机翻出相册，一张一张翻看王勇的形象，半年前他那么阳光那么健康那么帅气，如今变得萎靡不振甚至还有些猥琐。这是我吗？王勇夺过手机仔细看了看，终于确定就是自己。前女友就告诉他："你的怀抱变成了冰窖。你越来越像你写的那个周猴。我希望我心爱的人在深夜给我太阳。"

今夜肯定无法入眠，街头酒吧里传出的港台歌曲里还真有这么两句歌词："心爱的人儿，在深夜给我太阳。"从小悉尼咖啡馆出来时，女人的现男友就在门外等着，王勇就说："你们是姐弟恋。""他比我小五岁，可比我成熟。"王勇本想说声："祝你们幸福。"王勇使好大劲还是没有说出来，王勇已经不拉赫玛尼了，王勇彻底地拉赫玛尼诺夫了。无法入眠的夜晚，王勇甚至想到了上帝，看到窗外天空的星星时，他再次听见那首要命的港台歌曲，那首歌很长，歌词有几十句，可他听到的只有这么两句，反反复复就这么两句："心爱的人儿，在深夜给我太阳。"夜已经很深了，给心爱的人儿以太阳的那个人已经不是王勇了，王勇依然大睁双眼，耳朵就像高原上的野兔。西部高原，千沟万壑，野兔经常会跑成一团火焰。燃烧的兔子能不能成为太阳？它们跃上高崖又跃入深谷，它们跟鹞鹰没什么区别。在西部高地，当太阳苍白灰暗的时候，鹞鹰就以闪电的姿态照亮大地；鹞鹰的血就是太阳的光芒。王勇一下子就坐起来了，王勇怀抱着枕头，抱得那么紧，以前都是这么抱心爱的女人的啊，从女朋友抱成未婚妻，马上就要成为妻子的时候让别人抱走了。王勇抹一下脸，没有泪，却有很深很深的泪槽，就像西部高地的深沟大壑，纵向的多，肯定都是纵向的，就是纵到九天之上也引不来一丝阳光，就是纵到九泉之下，也淘不到一碗岩浆，哪怕零零星星的地火。此时此刻，天是冷的，地是凉的，身上还有热气吗？王勇扪心自问，还摸了摸胸口，还摸出了一点儿动静。外边早就一片寂静，后半夜已经没人闹腾了。王勇摸到的动静肯定不是来自心脏更不是来自灵魂，有没有灵魂还是个问题，真是个问题。我们就知道那声音来自天空，夜深沉，不要希望天空有太阳有带电的鹰，会有一点点声音，肯定是与火有关的声音，所罗门的歌是歌中的雅歌，是耶和华的烈焰，喷射火焰的电光，永不熄灭。他给女朋友的第一封情书引用了《诗经》的首篇《关雎》，第二封情书是《诗经》中的《蒹葭》"所谓伊人，在水一方"，就打动了这个城市姑娘的芳心；互相可以开玩笑了，姑娘埋怨自己爱上了一个乡下人，他就环视一下城市的高楼大厦，随口说出《圣经》中所罗门王与牧羊女的一段对话："所罗门王，你所有的宫殿都比不上我那牧羊哥哥火焰般温暖的胸膛。"姑娘就停止反抗，从额头到脖颈，他的舌头真的成了火焰；爱情之火就是天火，就是上帝的烈焰，闪烁如电光，源自太阳深处；他那火焰般的舌头咬住姑娘的耳朵："我的佳偶，我的淑女，我的伊人，你甚美丽，你甚美丽。你的眼睛好像鸽子眼，柔纯动人。"姑娘开始给他以热烈的回应，两个吻纠缠一起不断升起，焰火一般照亮天空，照亮大地。然后就熄灭了，不可思议地熄灭了，成了一堆灰烬，从头到脚都是灰烬。他就像个醉汉，瘫床上一动不动，能动的就眼珠子和脑子。

他还记得周猴告诉他当年从坟墓里被扒出来的情景，爷爷最先听到坟墓里的哭声，棺材已经被土埋一尺多深了，爷爷跳下去，爷爷跟疯子一样，扒开土劈开棺盖，搂起孙子，爬上来时还没忘带两个灰包，就是用麻纸包扎的柴火的灰。古老习俗，入殓时在死人四周围一圈灰包，稳固尸体，也是对尸体的保护，棺木太硬，软和的灰包跟棉垫一样，又有棉垫不具备的化解功能，尸体腐烂草木灰吸收融化，人体迅速融化入土，草木灰最能肥地。尤其是板结的土地。撒上草木灰，土地的肠胃功能立马复苏，就像给人喝粥。

农村出身的王勇博士在周猴说到灰包时马上就联想到灰包的一系列功能。下边的故事就更感人了，爷爷坐在马车上抱着孙子，也不忘那两个灰包，一个垫孙子头底下一个垫孙子的脚。抢救过来后医生告诉实习生："这就是劳动人民的智慧，孩子身体没事，主要是受了惊吓，草木灰在阴暗的坟墓里就显得柔软温暖跟热被窝一样，送往医院的路上又能安神。"医生握住爷爷的手："你这爷爷可真是个好爷爷。"

瘫软在床的王勇既没有这么一个好爷爷也没有柔软温暖的灰包。他就拼命回忆在老家农村他触摸过的草木灰，从锅灶从火炕里扒出来的灰都要倒在粪堆上压上土，或者直接撒到地里。灰还是热乎乎的，还有残留的灰烬，在西北农村灰烬就叫火子。灰烬草木灰都是学术术语知识分子城里人叫法，在农村，灰就是火子。王勇终于找到灰烬与草木灰的原意，等于找到了火。如此卑微的火拯救不了他的爱情，却能安慰他。他不由自主地拉一下毛毯，大半夜了他脚手冰凉，打了好多喷嚏。真正温暖他的是毛毯，可他还是想到了火，放多久都不会冰凉都会有温度，永久地保持着火的底线，永远在零度以上。古代的皇帝权贵也一样，棺材下先铺一层纯桦木烧制的上好的木炭，棺材里围一圈灰包，都是麦秸稻草烧的，细腻柔软光滑如绸缎如羽毛；木柴杂草玉米秆豆秸芝麻秸棉花秆的灰沉渣太多，只适用肥地。死人用的就是五谷之首麦子和稻子的灰。可怜的秦始皇死在野外，一帮奸佞小人以腥臭阴寒的鲍鱼相伴，到王城咸阳，再多的灰包木炭奇珍异宝都不顶用了，恐惧阴寒不祥之气都渗到骨头里去了，灵魂无法化成一缕白烟飘上蓝天，只能郁结于体内，沉入地宫，以数千兵马俑护卫，再覆以江河湖海般的水银，以阴制阴。数年后秦亡，项羽入咸阳大肆焚烧抢掠，掘秦始皇陵时，地宫里突然飞出一双黄金大雕，几十万掘坟的楚兵魂魄尽失，形同地上的兵俑，任由汉军屠戮。逃至乌江的楚霸王还是被五个关中兵追上了，霸王再也无还手之力了，顷刻间被肢解，以汉王令，五位击杀西楚霸王的关中兵被封侯，其中就有司马迁的外公。相传都是地宫散发的阴气毒倒了几十万楚军。从此再也没人敢碰秦始皇的地宫。

我还活着，给我以火！给我以火！

王勇的状态让导师徐济云很不安，徐济云据理力争王勇留校任教，跟徐济云一个教研室。师母王莉心血来潮提醒王勇："这个喜讯告诉她，她或许会回心转意，姐弟恋还小五岁，少先队员儿童团了嘛。"王勇就摇头苦笑："儿童才可怕呢，尼采说了嘛，悼念祖先不如悼念儿童，儿童才是人类伟大的祖先。""你有这么好的前途，干吗这么颓废，真是名师出高徒。"师徒相视而笑。

最近徐济云也是情绪低落，落落寡合，提不起神，得意弟子的遭遇如同雪上加霜。师徒如同父子，徐济云再次动用自己在学校的影响力给刚刚留校的弟子王勇争得去国外访学的机会，澳大利亚悉尼大学发给徐济云的邀请函，徐济云马上与悉尼大学沟通推荐王勇代表自己去参加会议，跟学校有关部门反复交涉，人家都抱怨：又不是你儿子你至于下这么大劲吗。"我儿子我才不会这么争呢。"人家就怪怪地望着他："你有儿子吗？"他就退出去了。他才不生气呢，反正事办成了，他们爱说什么叫他们说去。王勇办完手续，还是那么蔫蔫的，师母王莉就说："精神点儿，你导师可是用心良苦，你在悉尼咖啡馆失恋的，他就非把你弄到悉尼大学去访学，悉尼大学才是真悉尼，悉尼咖啡馆算什么呀？"王勇就说："弟子一定不辱使命。""学术交流就是个机会，宣读论文不重要，重要的是给咱带回来一个洋妞，长长咱中国人的志气。""好，好，我给咱牵一匹大洋马回来。"大家哈哈笑了几下。

王勇飞悉尼去了。

静下来一想，就觉得那帮人说话太伤人了，人家没儿子你用那种眼神戳人家心窝子：你有儿子吗？有这么伤人的吗？徐济云喝凉水一般，端起咖啡大口大口牛饮，小匙子都要吞下去了。王莉大叫："你这是喝咖啡吗？一眨眼就到了解放前，改不了你的乡下人习惯。"城市人眼里，小镇小县城跟农村没什么区别。"我当教授都20年啦，你还这么说我？""咖啡能这样喝吗？""你就说咖啡吗？你上纲上线干什么？"他们彼此开始后撤，这是他们夫妻多少年和谐美好的习惯，夫妻不可能不吵，关键是吵起来后怎么收场，他们俩都能及时后撤。徐济云就如实相告，王莉就说丈夫小心眼："咱没儿子，咱有女儿呀，咱宝贝女儿多优秀呀。"

王莉刚刚接到女儿发来的消息。女儿给父母同时发出的短信，父亲生闷气不理手机，更不会开电脑查邮箱。王莉及时接到女儿的音讯，女儿正式进入好莱坞的一家电影公司，从事录音制作，高收入而且稳定的技术行业。美国南加州阳光海岸的好莱坞高地，日照时间长，光线好，空气好，视野广阔，拍电影的风水宝地，所有的光都比不上太阳的光。王莉嘀咕着洛杉矶的种种好处，王莉已经有了移民倾向，再过两年王莉就退休了，女儿在洛杉矶也有车有房有老公有孩子了，当外婆去，老东西想一块去就去，不想去就丢渭北市，俺一个人去，老东西你孤独寂寞吧。胡思乱想大半天，终于还得回到老不死的丈夫身边。伺候他吃，伺候他喝，也不能一口一个老不死，一口一个老东西。人家大教授50多岁，正能干着呢，都学科带头人了，都二级教授长江学者了，终身教授就是个时间问题，我们的根在中国在大西北，国外就是个旅游度假的地方。王莉开始安慰徐济云了："你给学生争，人家才敬佩你。王勇这会儿快到悉尼了；你第一次坐飞机去上海参加学术会议，多少人眼红啊。1988年领导坐飞机的机会都很少。""我一直感恩佟林教授给我的帮助。""你追随佟林教授也是为了给吴丽梅一个交代，你们分手不就是那场座谈会吗？你把几个水平一般的老师捧成一朵花，有英雄情结的吴丽梅难以忍受，回新疆寻英雄去了，佟林教授不就是学术界大英雄吗？你谁也没有辜负，你问心无愧。"

徐济云握住王莉的手握得很紧，她这么认为他就没必要说出他与吴丽梅的实情，有些秘密必须让它烂在肚子里。吴丽梅三年前就死于大漠，所有的秘密只在他一个人心里，这才是真正的让人永远放心的秘密。

他和吴丽梅分手的秘密成了真正的秘密。吴丽梅这个已经离开人世的亡魂永远也不会知道她曾经那么自信地告诉徐济云：埋他们的人永远不知道他们埋掉的是种子，这批种子就是那套西太后《西狩三部曲》，跟烫手山芋一样，再这么捧下去会变成一颗定时炸弹，甚至是杀伤力无限的核污染。徐济云心里一惊，这种可能不是没有，他并不比周猴高明多少，从张火明到诸多大师辗转到他手里，无法让它重见天日。徐济云在书房里一次次地观赏抚摸细腻光滑精美无比的《西狩三部曲》，他无法继承，可他的鉴赏力告诉他，十大班主所有的作品加起来也难望其项背，这是一套让艺术家绝望的精品，谁都知道一旦公开，等于艺术界天旋地转。

这就是吴丽梅说的种子。

　　徐济云正在琢磨这批种子，电话响了，父亲打来的，很简短很要命的一句话：父亲老徐回到家里安静了两个月，旧病复发，竟然还认为徐济云跟吴丽梅有一个孩子，而且是个男孩。徐济云告诉父亲老徐：吴丽梅三年前就已经不在人世了，考察太阳墓地时让沙尘暴卷走了，半月后才找到尸体。太阳墓地给父亲老徐意想不到的鼓励："人家跟你分手那么多年了，跟别人成家了，人家还往太阳墓地跑，人家在给咱老徐家找儿子。""爸你老糊涂啦，寻找太阳墓地是考古是学术研究。""你才糊涂呢，你还是个大教授，书念到狗肚子里去啦，她有家有丈夫有孩子，她想要孩子跟她丈夫来一腿就能弄出 10 个、8 个孩子，她不弄，一儿一女够了，蒙古族丈夫满意啦，她还找太阳，往太阳墓地跑；女人跟着太阳走，你这个大教授不明白老子就告诉你，女人永远忘不了跟她第一个上床的男人，那是她碰到的第一个太阳，你臭小子你还不如一个农民！书真是把你给念糊涂啦。"他就告诉父亲老徐："爸，你这是男娃情结。""就是你说的这个结，解不开这个结老汉我死不瞑目！死不瞑目！"老汉就把电话挂了。

　　父亲明明知道无论大儿子还是二儿子都不可能再生养孩子了，父亲还那么执着，大教授就把父亲的男孩情结跟犹太人的弥赛亚情结联系在一起。在犹太人意识里弥赛亚永远缺失，永远没有答案；不给问题以答案，问题就永远不会过时，就能持久地影响人，磨炼人的意志，培养人的头脑，滋养人的智慧，也等于永无休止地折腾人自己。父亲老徐再这么折腾下去，真能把一个已死之人整得好像还活着，好像世界上真有老徐家的一个男孩在世界某个地方待着，父亲老徐多年的流浪生涯还真训练出一套针对缺席"创造实物"的本领。

徐济云不知不觉离开校园，到了大街上。那是西北高原阳光最灿烂的一天，徐济云突然把吴丽梅的"种子情结"跟父亲老徐的"男孩情结"连在一起，电光闪烁，焊接得如此成功，徐济云大为惊叹。徐济云就拦住一辆出租车，司机问去哪。"咸阳机场。"司机大喜，所有的出租车司机都喜欢去机场，车子开得又稳又快。徐济云内心翻江倒海……

"于浩歌狂热之际中寒，于天上看见深渊，于一切眼中看见无所有；于无希望中得救……待我成尘时，你将见我的微笑！"

去哪里他不知道，他好像在自言自语，把你的生命交给你内在的那一位，他随便买了机票就上了飞机。飞机跃入蓝天，然后是大团大团的白云。吴丽梅被风沙卷走的那天，白云就不再是天上的羊群，白云就成了所有人的灵魂。他就看见了1972年秋天的罗布荒原，那个叫吴丽梅的姑娘赶着羊群穿越大漠来到水流汇聚的古老的大湖罗布泊。罗布泊刚刚消失，结痂的盐壳一片煞白。

生命在回光返照。在大地上存在了 1800 万年的美丽的眼睛闭上之前豁然一亮，如同一千颗太阳升上天空，如此灿烂，如此明亮，如此辉煌。辽阔瀚海辉煌的落日永远定格在这个 12 岁小姑娘的脑海里，旷野吹来的浩荡长风横扫天地，于是她就开始了对自己对世界对宇宙天地无尽的想象……

2015年9月到2016年10月

西安大雁塔下

从土地

到大地

——《太阳深处的火焰》创作谈

这部小说原名《皮影》，定稿时改为《太阳深处的火焰》，就像一个乡村孩子，有个小名，都很土，上学时一定有个大名。长篇小说《生命树》原名就叫《玖宛托侬》，维吾尔语即少妇的婚礼，《喀拉布风暴》原名《地精》，就是沙漠里生长的特别能壮阳的中药锁阳和肉苁蓉。

初到新疆，我还是一身书生气，大学毕业留校一年远走新疆，还是想当大学老师，比如伊犁州师范学院，伊犁教育学院。当时伊犁州劳人局的刘斌局长一定要我去新建不久的伊犁州技工学校。刘局长就是当年跟王震将军进疆的老革命，很会做思想工作，先跟我拉老乡关系，他山西人，我陕西人，他不管这些，陕西山西不就隔一条黄河嘛。后来才知道，西上天山的汉族人，不管东南西北大家都互相以老乡相称，西出阳关了嘛。刘局长后边两句话还真打动了我，一是你农村出身，兄弟姐妹多，技校工资高待遇好；二是你不是爱文学还发表过作品吗，技校老师一半时间上课，一半时间带学生实习，还有生活补助，公款出差，可以跑遍天山南北，大学老师内地与新疆差别不大，整天窝在老房子里。我就心甘情愿地成了伊犁州技工学校的语文教师。

按我的教龄，我是我这个年龄段的新疆作家中跑遍天山南北地方最多的人之一。带锅炉班的学生实习，一个地方一待就是一个冬天，带驾驶班学生实习就是带一个车队呼啸天山南北，一下子回到成吉思汗蒙古马队横扫世界的那个英雄年代。在大漠戈壁，开汽车都是飞机掠过长空那种感觉。刚开始向往绿洲草原森林湖泊，牛羊马驼飞禽走兽这些有生命的东西。后来，荒漠、沙漠、戈壁，令人无限恐怖的大峡谷，达坂也为我生命的一部分。我开始写西域大漠时，是不由自主地以老人、女人、男人、孩子来命名，很少有具体的姓名。大漠中人就是这个样子，跟石头沙子尘土一样，跟飞禽走兽一样，卑微而有生命。好多年以后，当我回到关中故乡，大漠的一切越来越清晰。我才意识到，乡村平原与草原大漠的不同，土地与大地的不同。

1990 年到 1992 年，在天山脚下，我完成了长篇《西去的骑手》与《百鸟朝凤》的初稿。《西去的骑手》完全是大漠气派，而《百鸟朝凤》是向故乡关中古老的周原告别之作。凤鸣岐山以兴周，我是周人之后，周人从邠迁豳再迁岐山，在岐山脚下筑城扎寨，周原以及关中成为最早最发达的农业区。土地乡村血亲宗族封建社会，与岐山相邻的凤翔又崛起大秦帝国，从封建走向郡县，方圆不到几百里的关中西部，周秦两个王朝奠定了中国几千年封建的基础。大漠则是另一种气象，绿洲如同岛屿，漂浮在瀚海中，随时有被沙漠吞没的可能。绿洲总有大片的树木掩护，村庄包括农田果园，包括牧民的冬窝子，都要树木掩护。农田、果园、牧场与荒漠、沙漠、戈壁连为一体，这就是大地，西域大地，乡村土地无法封闭，也无法形成宗法家族。我第一次在奎屯在乌苏见庄稼地吓一跳，麦田里野草跟麦子一样多，在关中乡村田野上是没有树的，树都长在村庄，树会跟庄稼争资源，资源有限。土地良田都是熟土，土地上的人都是熟人社会。大地却有许多陌生的生命，城市更是如此。楼兰的意思就是城市，丝绸之路上的繁华城市，人来人往。楼兰消失了。大漠里的胡杨树梭梭红柳永远不会消失。胡杨被写进《生命树》，比胡杨更有生命力的红柳就成为"太阳深处的火焰"。

感谢中国青年出版社 2000 年举办的"走马黄河"行动，我有机会漫游了祖父抗战时待过的蒙古草原和父亲作为二野老兵待过的青藏高原，从黄河源头一路下来，采访考察了各民族的民间艺人，包括皮影艺人，对皮影艺人和皮影艺术有了完整的了解。一部长篇小说的生长期至少也该有十年二十年。生活积累如此，艺术积累亦如此。不能不提当年与《奔马》《美丽奴羊》一起出现的《鹰影》，陈思和老师收入《世纪末小说选》给以很高的评价，李振声老师甚至把《鹰影》与鲁迅《故事新编》里的《铸剑》相提并论，而我对鲁迅的阅读恰好是中学时期从《故事新编》和《野草》开始的，《鹰影》巨大的投影进入关中就是阴阳交错的《皮影》，而赐予原始洪荒之不绝伟力的太阳的投影就是大漠红柳。红柳就是太阳深处的火焰，照亮万物的生命，包括民间艺术皮影，包括闪电般的《皮影》，包括霹雳闪电般的《野草》。

红　柯

2017.7.7

图书在版编目（CIP）数据

太阳深处的火焰 / 红柯著. — 北京 ：北京十月文
艺出版社，2018.1
ISBN 978-7-5302-1741-2

Ⅰ.①太… Ⅱ.①红… Ⅲ.①长篇小说—中国—当代
Ⅳ.① I247.5

中国版本图书馆 CIP 数据核字 (2017) 第 227011 号

太阳深处的火焰
TAIYANG SHENCHU DE HUOYAN
红 柯 著

出　　版　北京出版集团公司
　　　　　北京十月文艺出版社
地　　址　北京北三环中路 6 号
邮　　编　100120
网　　址　www.bph.com.cn
发　　行　新经典发行有限公司
　　　　　电话（010）68423599
经　　销　新华书店
印　　刷　北京盛通印刷股份有限公司
版　　次　2018 年 1 月第 1 版
　　　　　2018 年 1 月第 1 次印刷
开　　本　890 毫米 × 1270 毫米 1/32
印　　张　15
字　　数　275 千字
书　　号　ISBN 978-7-5302-1741-2
定　　价　45.00 元
质量监督电话　010-58572393
如有印装质量问题，由本社负责调换。